智囊

U0084535

《智囊》是毛澤東晚年最愛讀的筆記小說

《智囊·閨智部》載有一則軼事——

監察御史李畲的母親，素來以清素貞節著稱。一次，李畲派人送祿米到其家，其母讓人重新稱量了一下，結果多出三石。問其故，則答：「御史例不概。」不概，就是量米時不用平斗、斛用的小木板去刮。這樣，每斗都冒尖裝盛，自然就多出米來。其母又問腳錢多少，來人又說：「御史例不還腳車費。」於是，李畲母大怒，下令送還所剩米和腳錢，並將李畲斥責了一通。李畲便追究倉官的罪責。其他御史得知後也十分慚愧。

仁讀之下，李畲之母冰清玉潔，不占公家便宜，不貪非分之財，十分可敬。而李畲得知情況後則嚴加追究，應當說也是能廉潔自律的。但是，毛澤東看了之後想得更深，看得更透，揮筆寫下了——「李畲應自科罪」的批語。

品味毛澤東的批語，其中大有深意。「李畲應自科罪」，起碼有三點值得注意：

其一，作風不細。古時官吏的主要收入就是俸祿，讓人給自家送祿米卻不檢查過問一下，無端的多吃多占，即使是屬下所為，自己不知道，也是不能開脫干係的。

其二，循例不當。不論是「例不概」也好，「例不還腳車費」也好，這些「例」那都是不適當的。因為這一「例」便

「例」出了特權，「例」出了貪污，有損官德，有污清名。李畬卻沒有看到這些制度規定的不合理性，單單處罰那位倉官，這就沒有真正抓到要害，假若李畬預先知道有這些「例」存在，更加上參與或默許這些「例」存在，則罪責更大矣！

其三，當其母舉報了這一情況並責怪時，李畬不是從自身找一找原因，來　番反省，而是單單處罰別人，有推卸責任之嫌，不是領導人應有的風格和氣度。而且，不從自己身上找原因，不從制度上找弊端，不從根本上堵漏洞，那麼，以後此類問題仍是不能得到有效解決的。

因此，毛澤東的批語「李畬應自科罪」，對於今日的各級官員來說，也是很有教育啟發作用的。

〔明〕馮夢龍◎著

智囊

大全集

【下卷】

總 序

　　此書是根據《智囊補》編譯的，《智囊補》是明末文學大師馮夢龍先生晚年嘔心瀝血編纂的一部反映古人巧妙運用聰明才智來排憂解難、克敵制勝的處世奇書，也是中國文化史上一部搜羅宏富、篇幅龐大的智謀錦囊。書中蒐集了從先秦至明末三千多年間經史百家、稗官野史，以及民間傳說中二千餘則以智取勝的事例。

　　全書共分十部二十八卷，所記的人物三教九流、多種多樣；所敘故事，上自治土安邦的經國大略，治軍作戰的用兵之策，決訟斷案的明察睿智；下至治家理財的精明算計，立身處世的生活錦囊，逢凶化吉的機敏權變；甚至於寵宦奸臣的陰謀詭計，損人利己的狡黠小慧。「惟恐失一哲人，漏一慧語」。所敘謀略智囊，共十部二十八卷，每部前有總敘，每卷前有題詩，於史料輯錄之外附有許多頗有見地的評述和按語，故「其描寫摹神處，能令人擊節起舞：即平鋪直敘中，總屬血脈筋節，不致有嚼蠟之誚」（馮夢龍：《新列國志·凡例》）。

　　因此，此書自問世以來，便受到歷代帝王將相乃至平民百姓

的青睞。但由於受時代和作者世界觀之局限，此書中存在不少封建糟粕，正人君子的大智大勇與奸邪人的陰謀詭計互現，加之作者用當時所流行的卻不為當代人所卒讀的文言文寫就，所以，按照「古為今用」、忠實於原著的原則，我們特地組織了十來位多年從事古文研究的專家學者，精心地選譯和評點，隆重地推出這部中華傳統文化的智慧結晶──《智囊大全集》。

　　本書為方便讀者閱讀，以每十四卷成一分冊，全書二十八卷共分二冊，即──

　　⑴智囊大全集──上卷
　　⑵智囊大全集──下卷

　　全書六十萬餘言，洋洋灑灑難免會有錯謬之處，敬請批評指正！

目 錄
下卷

第十五卷
耍弄權術的智囊

夏禹仿效堯舜邁步，潛移默化父傳師導；三人都說老虎要來，來人嚇得跳牆便跑；權術是不講禮儀的，唯要防止敵人殘暴，荒誕與誠實相伴隨，正計與奇謀欲比高；你看那腐儒真可笑，不通世故胡亂說教。因此，輯有《耍弄權術的智囊》一卷。

大信不信

孔子住在陳國的時候，外出時路過蒲國，恰好碰到公叔氏在蒲叛亂。蒲人阻攔孔子，對他說：「你答應不去衛國，我們才能放你走。」於是，孔子只好與蒲人訂了不去衛國的盟約。

不過，孔子出了城的東門，就馬上往衛國方向趕車。孔子的弟子子貢問：「訂的盟約能違背嗎？」孔子答：「被迫訂的盟約，連神也不會聽的。」

就是說，最守信用的人，是不受「城下之盟」的約束的。

智囊

德高望重的孔子，一方面跟造反的公叔氏訂立城下之盟，一方面又違背了自己的誓言而前往衛國，難道不是出爾反爾嗎？其實，孔子是知權達變的聖人。訂立城下之盟，是迫於兇險的形勢；違背城下之盟，是恪守正義的原則。對好人講誠信，是正當的，對惡人講誠信，難道不是為狼謀食，為虎添翼嗎？

孔子曾經說過：「人無信而不立。」就是說明失信於人，不講信用，則萬事不成。政府不誠信，政府與人民的關係就會處於水深火熱之中，社會矛盾激化，階級鬥爭加劇；商人不誠信，就

會以假亂真，坑害消費者；朋友不誠信，就會自私自利，以自我為中心，小肚雞腸。

可見誠實守信是一種強大的精神動力。現實生活中，人的言行舉止時時刻刻都要堅持誠實守信的基本準則。

宋太宗反對逼供信

宋太宗即位不久，有一個乞丐到京城某街某富戶家，登門討錢。因討錢沒得到滿足，在街上大罵了起來。來圍觀的眾人，沒有不對乞丐怨忿的。在人叢中忽然有個軍尉跳出，刺死乞丐後扔下刺刀就逃走了。他來勢很猛，行動迅速，嚇得沒人敢加以詢問。管街道的士卒把這件事寫成狀子報給有司，並以刀作為物證。有司判這富戶為殺人罪，已經定了案而且把戶主投在獄中。

宋太宗聽說此案後，問有司：「富戶服罪嗎？」有司答：「服了！」太宗要刀看了看對有司說：「這是我的刀啊！死的那個乞丐是我殺的，為什麼要冤枉人？由此可以知道，嚴刑鞭打之下，什麼罪不能供認呢？陷入於羅網之中、刀鉗之下，也不一定都是黑暗污濁的世道才有的。」

於是，宋太宗懲罰了斷案有失的人，而釋放了富戶，並下詔諭示書眾官，從此以後審訊斷案應當謹慎，不得濫用刑罰搞逼供。

 智囊

法律面前人人平等。在法律面前，評判事物對錯、是否觸犯法律的關鍵是有無證據。審訊斷案的時候，應當謹慎，不可濫用刑罰搞逼供。

世界上各個國家，都在一定程度上承認口供的作用，並非完全承認。在西方，有些案件，如辯訴交易案件，就承認口供，但大前提是犯罪嫌疑人、被告人自願。法律規定口供是證據的一種，嚴禁行刑逼供，反對強迫犯罪嫌疑人、被告人做出口供。但在現實的辦案中，行刑逼供成為一個頑症，這主要是歷史的原因，也有現實的原因，如辦案中的科技力量不足、破案時間緊迫等，所以要下大力氣解決。

高皇帝巧避暗害

滁陽王的兩個兒子忌恨太祖威名越來越顯赫，想暗地裏在酒中放毒藥害死太祖，然而他們的預謀事先洩漏了。等二人前來邀請太祖做客時，太祖假裝不知，隨同前往，面無一點為難之色，二人暗喜太祖落入圈套。到了半路上，太祖從馬上跳起，仰望長空，好像看見了什麼，一會就勒馬回轉，並高聲叱罵二人：「你們原來是如此歹毒之人。」

二人問其緣故，太祖說：「剛才上天告訴我，你們要設計毒害我，我不能去了。」二人一聽大驚失色，立即下馬拱手敬立，垂著頭連說：「豈敢！豈敢！」從此打消了謀害太祖的念頭。

智囊

太祖非常清楚兩個兒子要殺害自己的陰謀，但是他並沒有當場揭穿，起正面衝突，因為在他看來，兩個兒子羽毛未豐，況且滁陽王對自己也有情有義，怕投鼠忌器；但是不去赴宴也不是一個辦法，躲得了初一，躲不了十五，只好以智勝人。於是，欣然

前往，製造假象，麻痺謀害人的神志，而突然地裝神弄鬼加強了做賊人的心虛，當對手還沒有反應過來的時候就先亮出底牌，使對手措手不及。於是，對手不得不在慌忙之中，承認自己的犯罪行為，並且餘悸常在，以後也不敢心存歹意了，真可謂「治標又治本」。

這說明，「兵不厭詐」，要善於抓住虛實、真假之間的突然性，讓人措手不及。用智的人不僅要經常放煙霧彈，做假面具，而且要會親自登臺演戲，以強烈的戲劇性突變來讓對方於有意無意間露出馬腳，徹底臣服。

英宗拒婚

明英宗被俘後，也先用車載著妹妹，請求將妹妹許給英宗。英宗問隨從官驛使吳官童該怎麼辦，吳官童說：「哪裡有天子做人家女婿的，如此，後代歷史將如何記載？可是不同意，又違背了也先的情意。」於是英宗哄著也先說：「我當然可以娶你妹妹，但不能隨隨便便就結婚。等我回中原後，用厚禮來聘她。」也先覺得有道理，這件事情就暫時擱置下來。

過些日子，也先又選了幾個美人送給英宗侍寢，英宗又推辭說：「讓她們來日作為你妹妹的陪嫁吧！我當一併讓她們做嬪妃。」也先聽了，更加敬佩英宗。

天子不能當人家的女婿？如果對方與中原和好，那麼也先送妹，娶她是可以的。後來，英宗復位重掌皇權時，也先使者到，吳官童詢問他為什麼也先的妹妹沒來。使者說：「我們已經送到邊界，可是石亨殺了隨嫁的女子，自己霸佔了姑娘。」皇上命令隱瞞這件事。基於此，石亨後來被逮捕下獄，並死於獄中。

智囊

知道在適當的時候拒絕做某事。人生最大的教訓之一是要懂得如何拒絕，其中最重要的拒絕是拒絕為你本人做某事或拒絕為他人做某事。有些活動並不太重要，徒耗寶貴的時間。而更壞的事情是只忙於一些雞毛蒜皮的事，這比什麼都不幹還要糟糕。要真正做到小心謹慎，不要對別人有太強的歸屬感，否則會弄得你自己都不屬於自己了。你不要濫用友誼，也不要向朋友要求他們不想給的東西。

過猶不及皆是害，和別人打交道尤其如此。只要你能夠做到適中和節制，你就總能得到他人的青睞與尊重。能做到有理有節是很寶貴的，這將使你永遠受益無窮。你要有充分的自由熱情關懷盡善盡美的事物，絕不要糟蹋了你自己的高雅趣味。

但是，更重要的是，要懂得拒絕的藝術。有的時候，當你內心特別不情願，非常想拒絕某件事情的時候，要三思而後行。如果你的拒絕可能引起更大不必要的衝突或者爭議，可以採取委婉妥協的方法，先給對方一個臺階，順著對方的意思走，當時機成熟的時候再表達自己真實的想法。這樣一來，不僅給對方了面子，而且也給自己一個緩衝的空間，比起直接的正面衝突要好得多。

公孫申詐立新君

魯成公時，晉人扣留了鄭伯。鄭國的公孫申說：「我們出師圍困許國，暗示我們要改立君主，晉人就一定會歸還我們的君主。」於是鄭國的軍隊包圍了許國，表示他們並不急於救鄭伯。晉國的欒書說：「鄭國人想要另立君主，我們扣押他一個人有何

用處？不如討伐鄭國，送回他們的國君，跟他們和解。」於是諸侯伐鄭，送回了他們的國君。

由於子魚的忠告，宋襄公才得以被楚國釋放；因為叔武的幫助，衛成公才得以回國。這些都是春秋的事情，並非從公孫申開始。明朝土木堡之役中，也先俘了英宗，提出無理要求，居心叵測。于謙謝絕說：「依靠社稷的神靈保佑，我們已有君主了。」於是，也先計窮，只得歸還了英宗，有識之人認為這是運用了公孫申的計謀。

王旦隨真宗到澶州去時，雍王元份留守在東京。皇太子雍王忽遇暴病，真宗命令王旦迅速騎馬回京處理此事。王旦臨行前說：「希望真宗召來寇準，我有話要講。」寇準來後，王旦當著大家問真宗：「假使十日之內，沒有好消息上報，我該怎麼辦？」真宗沉思很久說：「再立皇太子。」這裏又用了廉頗與趙王約定的故事。大臣為國如此深謀遠慮，都是由於君臣之間相互信任，同懷國家命運之憂，而無猜疑忌恨的緣故呀！

 智囊

晉國的武士捉住了鄭國的國君，以為這樣鄭國就會投降了，可是鄭國卻偏偏立了新君；「土木堡之變」，也先俘虜了英宗，可是，于謙立下了景宗為新皇；澶淵之盟如果宋軍失利，真宗主張另立太子為皇帝；項羽予烹煮劉邦的父親，劉邦卻說請分給他一杯肉羹。諸如此類，都是解決事物矛盾的一種方法。

這一方法要求我們在認識和改造世界的過程中，處理各種矛盾要根據事物的特點，堅持原則性與靈活性相結合，採取不同的方法，才能達到解決矛盾的目的。

狄青借神鼓士氣

南方人迷信鬼神。有一次狄青帶兵征討儂智高時，大軍來到桂林，狄青焚香祝禱：「此次討蠻不知勝負如何？現在我以一百個銅錢請示神明，如果這一百個銅錢全部都是正面朝上，就表明出征能大獲全勝。」

狄青手下的將領極力勸阻，因為一百個銅錢都出現正面的機率實在太低了，恐怕會嚴重的影響軍心士氣。狄青沒有接受勸阻，在數萬軍士的圍觀注視下，只見狄青猛一揮手，一百個銅錢灑滿一地，每個銅錢都是正面朝上，一時間軍士們振奮起來，歡聲雷動，響徹山林。

狄青也高興得不得了，命副將取來一百支鐵釘，將銅錢釘在原地，覆上青紗，親手加上封條，然後向神明祈禱：「等我凱旋回來，一定重謝神明，取回銅錢。」

以後，狄青率軍平定了邕州，凱旋歸來時，履行前言，來取錢。拔開釘子，幕府士大夫們共看這一百個錢時，才發現原來錢的兩面都是一樣的。

桂林路途險阻，軍士人心惶惶，所以狄青借神明的力量來提振士氣。

智囊

古時將領經常對部下、士兵採取愚弄、蒙蔽的手段，不讓他們了解軍事計畫，進而擔心受怕，失去繼續鬥爭的信心和決心。但是愚弄、蒙蔽的手段是多樣的，其中假託鬼神就是其中很重要的一種，這是因為古代將士出征作戰，都是出於迫不得已。再加上文化落後、迷信鬼神、相信天命等原因，所以，一旦出現所謂

凶兆，或者其他不利條件的時候，軍中士兵容易士氣瓦解，不戰而屈。桂林路上險要，作戰任務艱巨，軍心惶惑不穩，因此狄青借用神來鼓舞士氣，以堅定大家的信心。

現實生活中，並不是引喻大家假託鬼神都可以渡過難關，而是指當遇到困難和挫折的時候，要堅定信念，執著地往前走，相信自我，戰勝自我，充分發揮和挖掘個體和團隊的潛力，有條件的要上，沒有條件的創造條件也要上，發揮主觀能動性，努力克服困難，改造客觀世界，實現最終的目標。

王晉溪智鬥湯麻九

王晉溪任兵部尚書時，正遇到湖州孝豐縣湯麻九謀反，勢頭頗猖獗。巡按御史將此事報告給皇帝，皇帝將它下交給兵部處置。王晉溪召來屬下，故意大聲責斥說：「湯麻九不過是一個毛賊，只需要派幾十個伙夫就可以捉拿他，哪裡值得去奏報朝廷？想讓朝廷發兵，這實在有傷國家的威嚴！巡按不盡職，考察後，應當罷官！」王晉溪的這些話傳開以後，大家聽了，都認為王晉溪把湯麻九謀反視為兒戲，太輕視敵人。眾官相聚而談，彼此都憂心忡忡。

湯麻九聽說朝廷不發兵，就放肆地掠奪搶劫，不加防備。在此之前，戶部為查處錢糧，派遣都御史許延光在浙。王晉溪立即奏請皇上密令許延光討伐湯麻九，並授給他辦法和策略。許延光又命彭憲副暗暗帶地方兵數千人，出其不意，乘夜前往。湯麻九剛剛搶掠回來，正在大吃大喝，忽然官兵來了，當即活捉並斬首，這場暴亂便被平息了。

當時若朝廷派將遣兵去打湯麻九，他們一定拼命抵抗，以致弄小成大。這次舉動，朝廷沒派一兵，沒費一點錢財，僅靠地方

力量就夠了。王晉溪的才幹，實在有過人之處，雖然他的人品不夠高尚，但怎麼能夠廢棄他而不用呢？

世界上有很多事情表面上看不出合不合理，例如白天到了最長的時候就要反過來變短，而到了最短的時候又反過來變長，這是自然的規律。如果有人知道表面合理的東西其實悖理，表面悖理的東西其實合理的道理，那麼他就深知事物發展變化的規律，和蘊涵在規律背後人們的智慧了。

所以，我們認識和看待事物，要用聯繫發展的眼光，深入地進行分析，如此才能真正地認識事物發展變化的規律，同時把握事物發展變化的主動權。

在這裏，智慧是個性的，是一種手段和技巧，可以用於各種目的和各種場合。弱者可以憑藉它來保護自己，強者可以憑藉它來除惡揚善。

借僧騙錢與借佛求財

唐朝人李抱貞為潞州節度使時，府庫空虛，幾乎發不出薪餉，急得不知如何是好。當地有位老和尚，德高望重，百姓十分尊敬他，李抱貞無計可施，只有求見老和尚，說道：「府庫空虛，希望能借助大師的威望渡過難關，不知大師是否願意？」老和尚說：「有何不可？」李抱貞說：「請大師選個吉日，告知信徒將火焚肉身獻佛，在下將命人另掘一地道，待點火後大師就可由地道脫身。」老和尚聽了李抱貞的計畫覺得很滿意，就很高興

地答應了。

於是李抱貞一面命人張貼佈告散播消息，一面派人修建道場，由於法會將連續舉行七天，所以道場上堆滿了木柴、香油。為了讓老和尚放心，李抱貞親自陪同老和尚事先察看了地道。

到了吉日，道場上燈火晝夜不熄，梵唱之聲不絕於耳，只見老和尚坐在法壇上手執香爐，對信徒們宣揚佛法。李抱貞率領監軍僚屬和將吏一起在壇下頂禮膜拜，把俸祿全捐進壇內，壇裝不下，就堆在其旁。於是男女老少一個接一個跟著他們捐獻，所獻財物以億來計算。

七日過後，聚柴點火，鐘聲大作，念佛聲一片。李抱貞當時就將所收得的所有錢財納入了軍資庫，另外找到舍利子，建造了一座塔將它貯存起來。

傳聞汴州相國寺內有個佛像出汗不止。節度使劉元佐命人駕車，親自帶著金子、絲帛去捐施。中午時，他的妻子也來捐施。第二天又在寺中辦起齋場，吃素念經。至此，將吏、商人奔相走告，唯恐捐施來不及。劉元佐命人用帳本記下收納的財物。十天後，關閉寺門說：「大佛的汗停止了。」共得上萬銀兩，全用來做軍資。

不仗佛義，軍資從哪裡出？皇上所以讓佛道儒三教並存，也是因為各有所用。

智囊

一些有遠大志向的人總會感歎生不逢時，時運不佳，但是出生是個人所無法選擇的，困難和挫折是個人無法避免的，都具有很大的偶然性。既然如此，與其沉浸在感歎和抱怨之中，不如自己拯救自己。

鬥智比鬥力更具有挑戰性。當出現問題的時候，一定要學會統籌安排，綜合分析，主動出擊，變被動為主動，原則性與靈活性相結合，靠智慧來充分挖掘個人的潛力，恰如其分地利用外部因素，將外力轉化為事物發展的內力，不同流合污，不隨波逐流，才可能使自己化險為夷，順利地渡過難關。

陳霽ㄐ｜ˋ岩智購俵ㄅ｜ㄠˋ馬

俵馬以高三尺八寸，馬齒少而體型壯碩的品種才合乎標準。但各個州縣都無法自行交配繁殖種馬，必須向外地的馬販購買。并州位居在這一帶的州縣之中，外地的馬販還沒有到達并州，合格的馬就被其他各州縣攔截買光。州官為向朝廷交差，只有不斷對馬販施加壓力，甚至鞭打用刑，一時馬價大漲，反而更買不到合適的馬。

陳霽岩為并州知府，明白馬價高漲的原委後，故意裝作不急，等到外地馬販齊集并州後，才表示要看馬。提前一天，陳霽岩就召來本地的馬販們，問道：「其他各州都已買好俵馬呈給朝廷，你們可知此事？」

馬販答：「知道。」

陳霽岩小聲說：「為了買馬，我心中也急得很，但明天選馬匹時，我要裝作不急，你們不要穿幫。」

第二天，外地的馬販帶著馬匹前來，有馬高四尺的，陳霽岩反而不買，說：「高矮怕相比，而高大的馬匹較少，容易顯得突兀，暴露出不合標準。因此，如果真選不到三尺八寸的，我寧可要低一寸的，沒關係，我已呈報太僕寺說是我們自行交配繁殖，這次可能遲一些，因此有時間慢慢選。」

本地馬販說：「再過三天，在臨濮有個馬會，屆時一定能買

到合意的馬匹。」陳齊岩點頭說好，對這些外來的馬販也沒一句責備的話。外地馬販頗為失望，爭相殺價求售，結果，陳齊岩在兩天內就將朝廷所要求的馬全數買齊。

其他各州為求交差爭相以高價買馬，好爭取日後升官的機會，以致在別州一匹馬喊價四、五十金，而并州一匹馬不超過二十金。

這就是真心為民，實惠及民，必然會置「保薦升官」於度外。被保薦的官，正因為他不刻意追求保薦。

王毅、盛瑞裕評論此事說：這是一個生性機巧的人，從百姓的利益出發，用伏藏的手段，把一件急事辦得妥妥貼貼，既解了燃眉之急，又節省了許多錢財，而其辦法，就是一個「緩」字。以緩行詐，故意演示求馬不得，這是需要膽識的行動，結果因為揭穿了馬販子遠道而來，無法餵養活口的事實，反而使擁有購買權的買主處於上風，以長制短，表現出很高的謀略藝術水準。這是「伏藏」藝術在商貿上的運用，用今天的話來說，就是把求購、求售的買賣雙方關係，加以引導、控制，造成買方市場的假象，從而達到保護購買者利益的目的，而陳知府本人也得以順利完成輸馬重任。

徐道覆集木造船

徐道覆是盧循的妹夫，二人曾密謀起事，為建造船隻僱人在高康山伐木。為防事機外泄，偽稱為木材商，對人說：「本想將

木材運到京城，但財力不夠，只好在本州賤價出售。」過了幾天，又說因勞動力少不能運到京城，只好就在郡中減價發賣。當地人貪圖便宜爭相購買，各儲藏在自己家裏，就這樣搞了四次，所以百姓手中積了許多船板。

等到徐道覆等起兵時，按照賣木材的券票到各家取木材時，沒有人敢隱瞞。得到木材後，徐道覆率眾努力造船，只有十幾天就把船造好了。

徐道覆雖然是個粗人，其才略卻有過人之處。如果盧循能一直用他的計謀，又怎麼會戰敗，投水而死做水仙？徐道覆臨死時歎道：「我被盧循耽誤了，假使我跟從的是個英雄，天下也就安定了。」

唉，奇才策士之類的人物，因鬱鬱不得志，最後狼狽死去的，到處都是！武則天看到駱賓王所寫討伐她的文章後，曾感歎說：「讓這樣的人才屈居於低下的職位，這就是宰相的過失了。」可以說是深知內情的話。

智囊

此計的關鍵在於「假道」。善於尋找「假道」的藉口，善於隱藏「假道」的真正意圖，突出奇兵，往往可以取勝。

事情總是圍繞著一定的利益進行的，因此，「利而誘之」的謀略應用在作戰過程中屢見不鮮。同樣，在現實生活中，這一策略也被各個領域的人們廣泛地使用著。但是，這一謀略的使用是有條件的，對於貪利者，可以誘其上當；對於不貪不愚的人，很難奏效。

借死囚而克敵

魏秦王禎做南豫州刺史。大胡山蠻人時常出來掠奪。秦王禎就使計策邀請來新蔡襄城的幾個蠻人首領，讓他們觀看射箭，先選左右善射的二十餘人，讓一個死囚犯換了衣服混在其中。秦王禎自己先射，全中目標，又命左右人按順序射，都中。輪到囚犯不會射，因而不中，當即斬首。蠻人互相看著，嚇得渾身戰慄。

秦王禎又讓左右找來十名死犯，都穿著蠻人的衣服等候在指定的村莊。秦王禎正襟端坐，恰逢有微風吹起，就舉目看看天象，又回過頭對蠻人說：「風氣略顯暴躁之象，像是有賊抄進境來，不超過十餘人，大約在西部離城五十里處。」即命騎兵追捕，捕捉了十個人，秦王禎對捕來的人說：「這裏是你們的家鄉嗎？做賊該死不？」說完就把他們殺掉。山蠻被嚇服，並不知他們是死囚。從此，境內再沒有受到蠻人的騷亂和掠奪。

唐代回紇人幫助平定安史之亂有功，又仗著武力強大，歸返回地途中，所到之處姦淫擄掠，州縣接待稍不稱意就殺人洩恨。將軍李抱玉奉旨到回紇軍營勞軍，竟沒有官員敢隨行，只有馬燧自願隨行。馬燧先賄賂回紇人的首長，以旗幟為信號，違反命令的人可處死，接著馬燧又自牢中挑出一批死囚為公差，稍有違令立刻處死，回紇人看了大吃一驚，沿途再也不敢鬧事。

宋真宗視察澶淵，丁謂做鄆州知府，兼齊濮等州的按撫使。當時契丹人深入這一帶，百姓大驚，紛紛跑到楊劉渡河逃命。船夫為了獲高利，故意刁難不給擺渡。丁謂知道了，就叫來一個會搖船的死囚，裝扮成船夫的樣子。丁謂痛斥他的怠慢行為，並立即將他斬首，一時間，船很快地都集中在渡口，百姓因此得以渡河。

渡河之後，丁謂將百姓分為幾部分，有的白天沿河執旗幟報信，有的晚上敲鼓打更以自衛。契丹人沒撈到什麼好處，就退兵

了。對死罪的犯人不叫他白白地死去；秦王禎借來威嚇蠻人；馬燧借來威嚇作亂者；丁謂借來以顯權威。囚犯大的用途可以攜來打敗敵人，而最下等的死犯也能用來替代無辜生命。治政好比聖藥王，塵垢土木皆可入藥。

所謂「殺雞儆猴」、「殺一儆百」，有威脅恫嚇的意思，這是權術，是馭眾的手段。要想步驟統一，法令貫徹執行，就必須依靠嚴厲的手段。軍隊如果沒有鐵的紀律，就不能讓令行無阻，就不會有戰鬥力。同樣紀律應該是無私的，不分大小，罰不避親，行不畏貴，法才有權威性，令才有號召力。

管理現代企業和機構，也同治軍一樣，要有嚴明的紀律和有令則行的作風。在執行紀律的過程中，要做到一視同仁，公開、公平、公正，不受個人因素的影響，不可感情用事。以一警眾，是為了維護企業和社會的秩序和紀律。

從另一個方面來說，這則故事在運用「殺一儆百」權術的過程中，巧妙地假借死犯做示眾的招牌，可謂費盡心思。這也啟示我們在運用權術的過程中，需要具體問題具體分析，隨機應變，靈活運用權術，真正達到好的效果。

韓雍的小權術

明朝時韓雍鎮守兩廣，律令森嚴。除了一、二名親信外，外人一律不許進入內室，並且喜歡用權術統馭部下。

一天，韓雍在後廳宴請鄉紳，飯後並踢球為戲來助興，比賽

結束後，韓雍派人在後廳放一石球，並指示若有人看到那石球，就說「這是韓公平常所踢的球」。於是看到石球的人都因韓雍的力大無窮而吃驚。

另外，韓雍也在傘蓋下暗藏磁石，並在頭髮裏暗藏鐵屑，所以每當韓雍外出時，鬚髮血脈僨張，加上韓雍體型魁梧，見到他的人無不視為神明。

蠻族鄉民橫蠻彪悍而愚昧，韓雍利用其無知來愚弄他們。

中國古代社會是一個等級分明的社會，反應在君臣關係上，就是上下彼此猜疑，互相防範，勾心鬥角，爾虞我詐。在上者，若不小心謹慎，輕則很容易被部下或者他人讒言擊中，落箭下馬；重則像三國時代的孫策、張飛那樣在遊玩睡夢之中被人謀殺。

程嬰救趙氏孤兒

春秋時代，晉景公寵用屠岸賈，他兇殘狠毒，依仗國君的寵倖殘害忠良。屠岸賈率兵圍攻趙氏所住的下宮，殺了趙朔、趙同、趙括、趙嬰齊，而且滅了他們的九族。趙朔的妻子是成夫人的女兒，懷孕在身，只好逃進宮中避難。趙朔有一個門客叫公孫杵臼，杵臼對趙朔的朋友程嬰說：「你怎麼沒隨趙氏一族死呢？」程嬰說：「趙朔的妻子已懷有身孕，若是男孩，我要撫育他成人，好為趙氏一門報仇；若是女孩，我再隨趙氏一門入地下也不遲。」

沒過多久，趙朔的妻子生了個男孩子，屠岸賈聽說後到宮中去索取。趙朔夫人假說孩子已死，把孩子藏在褲袴中，囑咐說：「如果趙氏宗族該滅絕斷根，你就號哭；如果趙氏宗族不該滅絕斷根，你就不要出聲。」等到屠岸賈來要孩子時，孩子在袴中竟然無聲無息地。

　　這次搜索後，程嬰對公孫杵臼說：「今天姓屠的沒搜索到孩子，以後一定還要來搜索，怎麼辦？」公孫杵臼說：「撫育孤兒和死哪種難？」程嬰說：「死容易，撫立孤兒難。」公孫杵臼說：「趙朔對您恩重，您就做那難事，我做容易的，請讓我死在您之前吧！」於是兩人商議，由公孫另找了一個嬰兒，假託是趙氏孤兒，用高貴的襁褓包裹著他，然後帶著嬰兒躲藏在山中。

　　不久，果然又有許多將軍帶著士兵來搜查趙氏孤兒。程嬰出外，對屠岸賈派來的諸將軍說：「程嬰不肖，不能立趙氏孤兒，誰能給我千金。我可以告訴他趙氏孤兒在什麼地方。」諸位將軍大喜，答應給他千金。同時派軍隊隨著程嬰找到了公孫杵臼，公孫假裝罵道：「程嬰，你是個小人！過去下宮之難中，你沒有死，同我共謀藏匿趙氏孤兒，今天你又出賣我！縱然是趙氏孤兒難以繼王位，可你怎麼忍心出賣他呢？」接著，公孫抱著孤兒呼喊：「蒼天啊，趙氏孤兒有什麼罪？請你們讓他活下去，只把我公孫杵臼殺死吧！」

　　諸將不許，慘殺了杵臼和孤兒兩人，諸將軍認為孤兒已死，都很歡喜。然而真正的趙氏孤兒仍在世間，程嬰同他藏在山中十五年，將他撫養成人。後來，晉景公患病，請卜者為之占卜，卜辭說：「大業之後，有志未遂者要重新起來。」景公就此詢問韓厥，韓厥知道趙氏孤兒在，就回答說：「趙氏子孫要起來為父報仇。」景公問：「趙家還有子孫嗎？」韓厥以實相告。

　　於是景公與韓商定，立即將趙氏孤兒召入宮中匿藏起來。諸位將軍入宮問候景公的疾病，景公憑藉韓厥勢眾，脅迫諸將去見

趙氏孤兒趙武。眾將無可奈何，把謀害趙氏的罪都推託到屠岸賈身上。於是趙武和程嬰遍拜諸將，共同圍攻屠岸賈，滅其九族，同時重新給趙武田地莊園。趙武長大成人後，程嬰說：「我將要下到黃泉，去報答公孫杵臼。」於是自殺而亡。

趙氏知人善任，所以能結交到能為自己效命的死士，因而趙氏一族終於能復興，最後竟能成為有國的諸侯。反觀後世門客，不是因利就是為勢而投靠，一旦發生急難，哪能做到如程嬰或公孫杵臼的行為呢？

春秋時魯武公帶著兩個兒子括與戲晉見周天子，周天子非常喜歡戲，就冊封他為魯世子，將來可繼承武公爵位。武公死後，戲繼位，是為懿公。懿公的兒子名稱，年紀尚小，於是奶媽臧寡婦就帶著兒子入宮照顧稱。括死後，括的兒子伯禦起兵造反，殺了懿公，自立為魯公，並且四處搜捕公子稱，想斬草除根。臧寡婦知道伯禦的陰謀，就把公子稱的衣服讓自己兒子穿上，並且睡在公子稱的床上。伯禦見了床上的孩子，一刀殺了，臧寡婦於是抱著公子稱逃出宮外，與公子稱的舅舅三人躲藏起來。

十一年後，魯國大夫得知公子稱還活著，便將此事稟奏周天子，殺了伯禦，重新冊立公子稱為魯國國君，是為孝公，當時人稱臧寡婦為「孝義保」。這事發生在程嬰的事件前，或許程嬰和公孫杵臼是效法臧寡婦吧。然而程嬰出賣嬰兒，公孫杵臼痛斥程嬰，二人神情逼真，不僅仇家沒有疑心，甚至全國人民都被他們蒙在鼓裏，比起臧寡婦，公孫、程嬰兩人的思慮卻更深遠，用心也更良苦。

 智囊

程嬰和公孫杵臼使用的是典型的「調包計」，以假的目標物

騙過對手來保護真正要保存之物的安全。此計策成功的關鍵在於要使對手對虛假的目標深信不疑。只要程嬰等人要保存的是趙氏孤兒，替代物也只能是真正的嬰兒，他們要想成功必要付出常人所不能想像的代價。這不僅需要智慧和膽識，更需要忠義和自我犧牲。

陳子昂毀琴揚名

唐代陳子昂剛到京都長安時，不為人們所知。有一天，有個賣胡琴的人要價一百萬，豪紳貴族們爭相傳看，沒人能夠辨別胡琴的優劣。這時陳子昂突然走上前來，對賣琴人說：「跟我到家取一千緡，我買這把琴了。」眾人吃驚地問他為什麼用這麼高的價買胡琴，陳子昂說：「我善於彈奏這種樂器。」大家說：「可以讓我們聽聽嗎？」陳子昂說：「請大家明天到宣陽里，聽我彈奏吧！」

第二天，大家如期前往。到宣陽里一看，發現陳子昂已準備好酒菜，胡琴擺在桌前。吃完飯，陳子昂捧著琴說：「我是陳子昂，四川人，作有文章一百篇，千里迢迢來到京城，竟然不被人們賞識。這把胡琴只不過是一般樂工製作的，我怎能對其感興趣呢？」說完，舉起琴來，一摔而碎。然後把自己的文章一一贈給前來觀看的人。

這樣，一日之內，陳子昂的名字就傳遍整個京城。

唐代人重視才能，即使只是一種小技藝，人們也能驚奇讚歎。所以陳子昂借用胡琴的高價，以出奇來換取自己的名聲，果然因此成名。如果是在今天，不僅文章沒有用處，即使求人聽聽胡琴恐怕也沒有了。真是可悲啊！

挑動敵人，可以知道他們的行動規律；用假象來引誘敵人，可以知道他們是否佔據著有利的地形，進行試探性的戰鬥，可以知道敵人的虛實強弱。這裏講的是作戰中要進行試探性的活動，以摸清敵人的虛實，弄清敵人的動向。「投石問路」的計策，生動而形象地表達了上述的軍事思想。

「投石問路」的意思很淺顯，使用也很普遍，有善意的，也有惡意的。小丑可用之跳樑翻牆，將軍可用之探營劫寨，政客可用之縱橫捭闔，商家可用之了解市場，文人可用之吹噓登龍……總之，「投石」是為了試探動靜，「問路」是為了決定行動。

愛子仲鬥宦官，溫嶠ㄐㄧㄠˋ詐醉制錢鳳

西漢人愛盎，慷慨識大體。宦官趙談因為得到君主的寵倖，常常陷害愛盎，愛盎為此非常擔心。愛盎的哥哥子仲做常侍騎，對愛盎說：「你當眾侮辱他，他以後雖然討厭你，皇上卻不再相信他了。」

一次皇上到東宮去，趙談侍奉皇上乘車，這時愛盎伏在車前說：「臣聽說能夠與陛下共同乘車的都是英雄豪傑。現在漢朝雖然沒有人，但陛下也不至於非要同被閹割的人乘一輛車吧！」皇上聽了大笑，隨即把趙談趕下車，趙談哭泣著下了車。

東晉時，大將王敦任用溫嶠為丹陽令尹，準備了酒為溫嶠餞別。溫嶠害怕他離開後，錢鳳在王敦面前說自己的壞話，於是輪到錢鳳敬酒的時候，錢鳳還沒飲酒，溫嶠即故意裝醉，用手敲打錢鳳，打落他的頭巾，並大怒道：「錢鳳是什麼人？我溫太真給

你敬酒，你竟敢不飲！」錢鳳十分不高興，王敦認為溫嶠是醉了，也沒有追究。

第二天，錢鳳對王敦說：「溫嶠與朝廷的關係密切，不要隨便相信他，應該慎重考慮。」王敦說：「太真昨天醉了，所以對你無禮，但你怎能因此就誣告誹謗他呢！」以後王敦對溫嶠仍深信不疑。因此溫嶠能夠回京都，把王敦謀反的陰謀報告給皇帝。

東魏時，爾朱兆因為六鎮屢次反叛，雖然一再討伐，但是不能夠禁止，就向高歡問計。高歡說：「應該選君王的心腹私將統帥部隊，如果對方再來侵犯，就向統帥問罪。」爾朱兆說：「您看誰能任此統帥？」

這時賀拔允在場，勸爾朱兆任用高歡。高歡拳擊賀拔允，打掉了他的一顆牙齒，說：「當年天柱大將軍在世的時候，我像一名鷹犬一樣隨時聽從大將軍的派遣。現在天下安置在於君王如何考慮，而你賀拔允竟敢欺上誣下，自作主張，說這種話！」爾朱兆認為高歡很誠懇，就委任他為統帥。

高歡知道爾朱兆是喝醉了才委任他的。為了防止他醒後反悔，就馬上出去宣布自己已經受任統率全軍，命令部隊到汾河東邊集合訓練。士兵們平時就很喜歡高歡，都樂於聽命。於是高歡帶領軍隊不久就佔據了冀州。

 智囊

對於一些靠搞陰謀詭計一時得寵的小人，忍讓屈服終究不是上策。不如像愛盎對趙談、溫太真對錢鳳那樣，當眾羞辱他，打消他的威風，或者揭穿他的陰謀。這雖然需要冒一定的風險，但是常常能夠變被動為主動。「以和為貴」是一種生存策略，必要時「鬥一鬥」也是生存哲學，就看你處在什麼樣的環境中了。

司馬懿裝病，假歇不癲

曹爽驕縱專權，司馬懿想要殺他，又恐事機不密，於是對外宣稱得了重病。

河南令尹李勝前來探訪司馬懿，只見司馬懿讓兩個婢女扶著出來，又拉著婢女的衣角指著嘴巴表示口渴，婢女端來一碗粥，司馬懿卻喝得滿臉滿身都是粥汁。李勝說：「外邊傳說您的舊病發作了，哪裡想到竟病成這樣！」司馬懿這時以微弱的聲音說：「聽說你今天到并州，并州離胡人近，你要好好防備，我死是早晚的事了，恐怕不能再相見了。現在我把兒子司馬昭託給你，請你多加照顧。」李勝說：「應當說到荊州，不是并州。」司馬懿故意胡亂顛倒地說：「您剛剛到并州。」李勝又說：「是到荊州。」司馬懿說：「年老腦子不好使，聽不懂你說什麼。」李勝回去後，告訴曹爽說：「司馬公只剩一口氣，形神已離，不值得為他憂慮了。」於是曹爽對司馬懿不再防備，不久司馬懿反而殺了曹爽。

安仁義、朱延壽都是吳王楊行密的將軍，朱延壽又是楊行密夫人的弟弟。自從平定淮南後，二人盛氣凌人並且暗中商議謀反。楊行密知道後，想除去二人，於是假稱得了眼病，每次接見延壽派來的使者，都把使者所呈報的公文亂指一通，走路也不時因碰到屋柱而跌倒，雖有朱夫人在一旁扶他，也要許久才甦醒得過來。

楊行密哭泣著：「我大業已成而雙目失明，這是天意啊！兒子們都不爭氣，幸好有朱延壽可以接替我的位置，我也就沒有什麼遺恨了。」朱夫人聽了十分高興，趕快把朱延壽召來。朱延壽來，楊行密在寢門迎接時，刺死了他，隨即趕出了朱夫人，把安仁義也斬首了。

東漢末年，孫堅發兵討伐董卓，帶領數萬大軍來到南陽後，

發文請南陽太守張咨支援米糧。張咨說：「孫堅和我一樣是二千石的太守職位，憑什麼向我調發軍糧？」於是不加理會。孫堅想見他，張咨也總是推辭不見。孫堅暗想：「我才起兵就受到阻礙，以後怎麼建立威信呢？」於是假稱得了重病。消息傳開，全軍士兵非常擔心，不但延請醫生診治，並且焚香祝禱。

孫堅派遣親信去告訴張咨，說準備給張咨一些兵馬。張咨圖利，想得到兵馬，於是率步兵騎兵五百人，帶著美酒到了孫堅軍營中，孫堅臥床接見，過了一會起來，設酒招待張咨，飲酒正酣時，長沙主簿進來說：「南陽前行的道路沒有修好，軍中物資又缺乏，太守張咨又拒絕提供軍糧，使得大軍無法討賊，請按軍法處置。」張咨非常恐懼，想逃跑，可是四周已有圍兵，出不去。過了一會兒，主簿又進來說：「南陽太守阻礙我義軍討伐董賊，請按軍法處置。」

於是，將張咨縛綁到軍門斬首，一郡之人為之震驚，對孫堅有求必應。所過的郡縣都準備好糧食，等待著孫堅的軍隊。後人認為孫堅稱得上是能用法的人，法是國家的根本，孫堅因此能在吳國建功立業。

明武宗正德五年，安化王寘鐇造反。仇鉞被俘，京師謠傳仇鉞降賊，而興武營守備保勳則是外應。李文正說：「仇鉞一定不會投降賊人。至於保勳，如果因為他和寘鐇有姻親關係，你就懷疑他是外應，那麼凡是和敵人有過交往的，都會害怕而不敢投效我們了。」於是推薦保勳為參將，仇鉞為副將，將討賊的任務交給他們。保勳非常感激，暗自發誓定要滅賊。

此時，仇鉞稱病，躺在敵營中，暗中卻約定一些忠誠的遊兵壯士等候保勳來，決定當保勳兵到河上時，他們從營中發起內應。另一方面，仇鉞派人去報告王黨何錦，要他火速派兵守衛渡口以防止保勳決河灌城。何錦得信，果然帶兵出城，只留下王黨周昂守城。仇鉞又假稱病重，周昂於是前來慰問，仇鉞挺臥在

床，只是呻吟不斷，說自己早晚就要死了。趁周昂全無戒備之時，衛兵突然用錘子擊打周昂，然後將他斬首。仇鉞立即起身，披上盔甲，帶上劍弓，跨馬出門。一聲呼哨，那些遊兵將士迅速集中，仇鉞帶領他們奪下城門，活捉了王寘璠。

三十六計中有一條是「假癡不癲」。原文意思是說，寧願假裝不知道而不採取行動，而不假裝知道而輕舉妄動。要沉著冷靜，不露出真實動機，如同雷霆掩藏在雲層後面，不顯露自己。

故事中的司馬懿、楊行密、孫堅等人都是假裝生病，讓對手放鬆了警惕，掉以輕心，解除了戒備，然後乘其不備，猛然出擊，都產生了奇特的效果。因此，鄭板橋曾有句名言：「聰明難，糊塗亦難，由聰明轉為糊塗更難。」當形勢對自己不利的情況下，為了保存自己，想到裝聾作啞並不難，難的是裝得真，裝得像，而一旦時機成熟，則覆手為雨。

現代社會，「假癡不癲」之計，用於商業經營之中常常是經營者為了掩蓋自己的企圖，常以假癡來迷惑眾人，寧可有為示無為，聰明裝糊塗，不可無為示有為，糊塗裝聰明。

楊倭漆巧揭門達

明英宗天順年間，錦衣指揮官門達掌權。同時，又有一個名叫袁彬的錦衣指揮官隨英宗到北邊狩獵，有護駕之功。門達擔心袁彬威脅自己的地位，令自己失寵，於是他決定先下手為強，隨即令巡邏兵揭發他的隱私，想把他置於死地。

當時有個叫楊暄的藝人，善於用日本漆在器具上作畫，被稱為「楊倭漆」。門達陷害袁彬的時候，楊暄正在門達府上做工，他聽說了這件事情之後，非常生氣，就借著在門達府上幹活的機會，蒐集證據，上奏皇上，揭發門達二十餘件違法亂紀之事，極力訴說袁彬的冤枉。好不容易奏摺幾經輾轉，終於到了英宗的面前，皇上看完立即命門達找楊暄來質問。

楊暄見到門達後，神色自若，好像此事根本同他沒關係一樣。門達逐條地詢問奏文中的事，楊暄都說不知道，並且說：「我楊暄是下賤的藝工，不識書字，又同您無怨，怎麼會做這事？希望左右離去，我可以告訴您實話。」左右去後，楊暄對門達說：「這都是內閣李賢教我的，他讓我奏疏告你，我實在不知道其中都寫了些什麼。您若集合文武百官在朝廷上質問我，我一定對眾人說出實情，這樣李賢就無話可說了。」門達聽後十分高興，用酒肉款待他。

第二天上早朝的時候，門達將此事上奏皇上。皇上命押諸大臣在午門外集中，當眾人面把事情弄清楚。剛把楊暄領到午門，門達對李賢說：「這都是你命他做的，楊暄已經說實話了。」李賢正在驚訝，楊暄卻大聲喊道：「要死該我死！我怎敢陷害他人？我是個市井小人，怎麼能見到李賢大人。鬼神明鑒，這實在是門達教我咬住李賢的。」

於是楊暄剖析揭發門達的二十餘條，證據確鑿，條條在理，門達聽後神情沮喪。皇上聽了訟詞，知道了真情，疏遠了門達。袁彬得以分掌南部，過了一年，被召回京任職。後來門達因一案受牽連，被貶廣西，最終死在那裏。

這件事與張說斥責張昌宗，保全魏元忠事情是一樣的。然而張說本來就多智謀，又得宋璟諸人的勉勵幫助，如蓬生麻中，不扶而直。楊暄只是一介平民，不曾讀書知古，卻能出一時之奇，抗皇上之威而堵塞奸人之口，不僅保全了袁彬，而且保全了李

賢；不僅保全了一個忠臣，而且除去了一個奸惡。他的智慧已十倍於張說，而其功勞也十倍於張說。當時的縉紳之流依附阿諛、奉承達官貴人者不少。看到這件事哪有不吐舌頭，不感到慚愧的呢？這難道不是做官人受富貴的牽累，而一般人卻反而能講是非和公理嗎？

　　洪武時，皇上曾經因惱怒宋濂，派人到他家去殺他。馬太后這天吃素，皇上問她為什麼，太后說：「聽說今天殺宋先生，我不能解救他，只能為他吃齋來幫助他在陰間能有點福氣。」皇上醒悟了，立即派飛車去赦免宋濂。

　　薛文清因忤違了王振，皇上詔令綁往市中斬殺。王振的老僕人這天在廚房裏大哭，王振問他哭什麼，老僕說：「因為聽說今天薛先生將受死刑。」王振聽說後，怒氣消除了，這時正好王偉申訴救薛，於是薛文清才得免於一死。老僕的哭同太后的哭功能竟然相同，這也是件奇聞。有人說：「具有是非之心，這也是一種智慧。」智慧豈能因人而受限制？

　　明朝的土木堡之變中，英宗被俘。皇上的內侍喜寧本來是胡人，他曾跟從被俘的英宗皇帝並且數次引導胡人入侵中原，敗壞雙方的議和，皇上為此很擔憂。袁彬為英宗出主意，讓他派遣喜寧到宣府參將楊俊處傳達命令，向他們索要所需的春衣，同時使軍士高盤和他同去。袁彬刻木藏書信，把信繫在高盤的大腿上，信上讓楊俊逮捕喜寧。楊俊得到信後，邀請喜寧在城下飲酒，正飲酒時，高盤抱著喜寧大喊，楊俊的隨兵速將喜寧捆綁起來，送往京城，最後處以極刑。胡人因此失去了嚮導，不再向中原出兵，這才允許英宗返回中原。按袁彬在胡人中周旋，同被俘的英宗一塊起居，他出力最多，而誅殺喜寧是最重要的一件，他可以說是第二個寧武子！

「審時度勢」是機智巧辯的重要素質，只有辨明環境，看準時機，才能使自己的謀劃收到最好的效果。經常說「好漢不吃眼前虧」，如果眼前的形勢不利於自己，就要隱忍克制，等待最佳的時機，一舉而定。

楊暄是手藝人，要鬥倒狡猾顯貴的門達，只有勇氣還是遠遠不夠的，必須鬥智鬥勇，在不利的環境中冷靜鎮定，想方設法誘使門達自掘墳墓，製造最有利於揭發他罪行的時機，最後，才能為無辜者伸冤，使有罪者正法。

宗澤巧留惡牙校

宋徽宗建中、靖國年間，宗澤任文登縣縣令。他的同榜好友、青州教授黃榮給他來信說：「我因獲罪從蘇州流放到某州，途經文登，不幸身患風寒，不能繼續前行。但同行的牙校十分冷酷，不管我的疾苦，照常催促我趕路；即便是賄賂牙校以求暫時停下來逗留幾天，也不允許。萬般無奈，只好向您求助了。」

宗澤接到信後，一方面立即在行館設置床帳，並派大夫為黃榮看病；另一方面又設法叫幕僚拖住牙校。待到黃榮病好，準備起程時，卻又不知道牙校到什麼地方去了。

於是，黃榮祕密地向牙校隨行的人打聽，這才知道黃榮在看病時，牙校就已被縣裏的一些縣吏們，邀請到妓館裏去飲酒作樂了。此後，縣吏們還每天輪流做莊，邀請牙校到他們家裏接待。

所以，由於牙校貪戀酒色，至今仍然不肯離開妓館，後來黃榮幾次催促，牙校這才與眾人一起上路。

在得知武官好酒貪色後，宗汝霖就針對武官的弱點設計，只叫手下的幾個縣吏輪流地去陪伴著牙校飲酒作樂，尋花問柳，就完全化解了黃榮的困境，在這件事中聖賢之道全用不上。我認為宗縣令是個懂得用兵的人，可以和他談論兵法。

凡事只要做到有的放矢，就會收到立竿見影之效。否則，南轅北轍，方柄圓鑿，就會適得其反。

當黃榮因受風寒不能繼續行路，以行賄牙校乞求暫時停下來，卻仍得不到牙校的允許時，宗汝霖卻不費吹灰之力能夠留住牙校住下來，其關鍵就在於宗汝霖對牙校做到了投其所好。投其所好是一種法寶，這種法寶對於意志薄弱者特別有效。

當年明末大臣洪承疇被清軍俘虜後，一度標榜自己堅貞不屈非要為國殉難不可的時候，皇太極投其所好，用傾國傾色的香妃作為誘餌，不到一夜之間，洪承疇就乖乖地投降了。

京醫巧治婦疑疾，誘飲芥醋少年癒

唐朝時京城有位醫生，不知道他叫什麼名字。有一位婦人，曾跟著她的丈夫到南方，因為不慎誤食了一條小蟲，從此心中常常犯疑，多次請醫生治療而沒有效果。聽說這個醫生專門醫治各種疑難雜病，便慕名前來求醫。這個醫生得知她患病的原因後，便請她家裏能夠保守祕密的一個乳母前來，悄悄地囑咐她道：「現在我給她吃的是瀉藥，當她要吐時，你就用盂盤接住，等她吐完以後，你就說有個小蛤蟆吐出來給跑掉了，但是，絕對不能

讓患者知道這是假話。」

乳母回去後一一照辦了。從此，婦人的病就好了。

另有一位少年，常覺得眼睛裏有東西，於是請一位趙姓醫生診治。趙醫生和少年約定第二天早晨請少年吃魚，少年準時赴約，醫生請少年進屋，說等送走其他客人後立即招呼他。

一會兒，僕人擺上碗筷，但桌上除了一瓶芥醋外，再沒有看見僕人端上其他的菜餚，也不見醫生，少年等了許久，要僕人催請，仍不見醫生出來，少年非常饑餓，聞到桌上芥醋的香味，不知不覺就喝了起來，喝了一口，突然感到胸口不再鬱悶，也不再眼花，於是一口氣把剩下的芥醋全喝了。

這時趙醫生才走出來，少年很不好意思地向他道謝。趙醫生說：「你先前吃的魚太多了，加上又有魚鱗梗在胸口，吃醋不夠，所以會覺得胸口不舒服，兩眼昏花。剛才所準備的芥醋，就是希望你會因為肚子餓忍不住去喝它，現在病果然好了。昨天說請你來吃魚，那是故意騙你的。你還是回家去吃早飯吧！」

 智囊

不少疾病都是由於心理因素而導致的。

因此，一些高明的醫生，常常能在藥物治療的同時，輔以心理治療：或者有的根本就不需要什麼藥物治療，僅僅只是語言上暗示就可以了。

人和動物的區別，就在於人有思想。

原本沒有病，或根本沒有問題的事情，因人的猜疑，杯弓蛇影，久而久之就成了心病。「解鈴還需繫鈴人」，因此運用心理學的技巧來解決難題，已成為現代醫生研究的課題。

第十六卷
隨機應變的智囊

如果一個將軍一天之中指揮打了一場戰役，那麼，他的成敗就像髮絲那樣細微；有時經過三年辛辛苦苦地建造起來的車輛，或許在剎那一瞬間遭到破壞；排除兇惡的險情，走向勝利的彼岸，這並不是哪個人事先就能夠預料的，有時需要學習一點隨機應變的本事。因此，輯有《隨機應變的智囊》一卷。

鮑叔牙智若鏃ᵖ矢

　　春秋時期的一位大政治家管仲和他的好朋友鮑叔牙一起來到齊國謀求政治前途。鮑叔牙投靠當時齊國國君齊襄公的弟弟公子小白，而管仲投靠齊襄公的另一位弟弟公子糾。齊襄公為君荒淫無道，公子小白和公子糾都怕受牽累，於是小白便由鮑叔牙侍奉逃往莒國，公子糾則由管仲和召忽侍奉逃往魯國。

　　不久，齊國發生內亂，齊襄公被殺，公子糾和小白都想搶先回到齊國做國君，管仲帶兵攔截小白，並用箭射中小白的帶鉤。鮑叔牙教公子小白向後倒下，假裝被射死。管仲真以為小白死了，便報告公子糾說：「你可以安安穩穩地登上國君的寶座了，公子小白已經死了。」

　　鮑叔牙乘機驅趕著車先進入齊國境內，所以公子小白能夠當上國君，他就是齊桓公。鮑叔牙的聰明才智，就在於他能應和著射來的箭而讓公子小白向後倒下裝死。他的聰明才智來得像箭那樣迅疾。

　　這時，魯國也發兵送公子糾回國，桓公發兵打敗了魯軍，並逼迫魯國殺了公子糾，管仲被囚送往齊國。桓公本欲殺掉管仲，但鮑叔牙極力舉薦管仲，對桓公說：「管仲的治國能力遠遠超過我，我在許多方面都不如他，齊國要想國富兵強，棄管仲而不用肯定是不行的。」並且說：「他之所以要殺你，只是忠心於自己

的上司罷了！他能夠忠心於自己的上司，一定可以再忠心於你。能夠重用管仲的國家，一定會富強起來，望你不要錯失了這個奇才呀!」

於是，齊桓公只好親自將管仲從囚車裏釋放出來，促膝長談，連續三日三夜，大家一時相見恨晚，連忙將治國的大權，託付給管仲。

管仲治國有方，經過幾年的努力，終於幫助齊桓公首先成就了霸主，成為了歷史上著名的春秋五霸中的第一位諸侯霸主。

王守仁上奏疏營救御史戴銑，得罪了大宦官劉瑾，在殿上受了杖責，被貶為貴州龍場驛丞。王守仁穿著一般平民的衣服迅速驅車前往。過江時，作了吊屈原文來表達自己的心志，不久又寫了投江絕命詞，假裝已經死了的樣子。絕命詞傳到京師，當時專權的大宦官劉瑾，怒氣還沒有減退，打算派遣刺客從小道前來殺他，聽說王守仁已死，才停止了刺殺行動。王守仁的聰明才智同鮑叔牙是一樣的。

 智囊

鮑叔牙能將計就計，要公子小白中箭後僵臥不動，才取得入齊的先機，這種應變的機智，像箭一般犀利。

機智是成功的跳板，它是一個人成功打造自己聰明智慧的結晶。誰能夠精確地估算出由於缺乏機智而導致的損失呢？那些人生旅途上的跌跌撞撞、磕磕碰碰，那些生活中的彎路和陷阱，那些跌倒後的辛酸、苦澀與困惑，那些由於人們不知道怎樣在合適的時間，做合適的事情而導致的致命錯誤！

你經常可以在我們的身邊看到那些蓬勃橫溢的才華，被無謂地浪費，或者是得不到有效的利用，因為這些才華的擁有者，缺

乏這種被我們稱之「機智」的微妙品質。

與那些有著卓越才幹卻缺乏機智的人相比，成千上萬的人儘管才能平庸，但卻由於其機智靈活而取得了很大的成就。

你處處都可以看到這樣一些人，他們僅僅因為不能主動尋找致勝的契機而備受挫折，遭受友誼、客戶和金錢方面的巨大損失，他們所付出的代價是極其慘重的。由於缺乏機智，商人因此流失了自己的顧客；律師因此而失去了富有的客戶；醫生則因此病人驟減，門庭冷落；編輯為此犧牲了讀者；牧師則喪失了他在講道壇上的說服力，和在公眾心目中的崇高形象；教師在學生中的地位因此一落千丈；政治家也因此失去了民眾的支持和信任。

管仲欲使役人欲

齊桓公因為鮑叔牙的大力推薦，派人到魯國要管仲。魯國大夫施伯對魯莊公說：「齊君派人要回管仲，一定是要重用管仲。如果管仲為齊效命，一定會威脅魯國的安全，不如殺了管仲，把屍首交給齊君。」魯莊公本已答應殺掉管仲，但齊國的使者對莊公說：「管仲曾經射傷我國的君王，是我國君王的最大仇人，想親手殺死管仲，一直是我國君王最大的願望，今天如果魯國殺了管仲，只把屍體交返齊國，等於魯國不肯把管仲交返齊國一樣。如此，魯國就得罪齊國了。」

於是，魯莊公命人把管仲綁起來，以囚犯的檻車送往齊國。

路途中，管仲怕魯國醒悟過來後會派人追上來殺他，想快點到齊國，就對役夫們說：「我為你們唱歌，你們為我應和。」他所唱的歌加快了役夫們前進的速度，役夫們一邊唱一邊跑，卻沒有感到疲勞，於是很快就走完了全程到了齊國。

呂不韋說：「役夫們得到了他們所想要得到的，管仲也得到

了他所想要得到的。」陳明卿說：「這使得齊桓公也得到了他所想要得到的。」

智囊

　　管仲想使役夫們跑得快，因此以唱歌來歡愉役夫們的心。《呂氏春秋》將管仲的這種方法稱之為「順說」，即順從聽話人的意願，然後將它引導到自己所要表達的意思上來，不露痕跡地達到了自己所要到達的目的，這同樣是一種機智。

　　機智在商業活動中是一筆巨大的財富，對一個商人來說那就更是如此。在現代的大都市中，有無數的誘惑在吸引著顧客的注意力，因而機智所起的作用就更為重要。

　　一位著名的商界人士把機智列為促使其成功的首要因素，另外的三大因素是：遠大的抱負、專門的商業知識和得體的穿著。試想一下，如果銀行的理專缺乏專業素養，客戶怎會放心將大把的鈔票讓他去操作、去投資呢！

　　假使一個人想要在自己的業務活動或職業中獲得成功的話，那他就必須擁有這種能贏得同事信任，並幫助他結交可靠朋友的才能。一個真誠的友人會利用一切機會讚揚我們所寫的書，會不遺餘力地向他人仔細描述我們在最近一次開庭中的精彩辯護，或者是我們在治療某個病人時的神妙醫術。

　　他們會在我們的名譽受到惡意的誹謗時挺身而出、仗義執言，並反駁和痛斥那些卑劣的小人。然而，如果缺乏機智的話，我們是不可能交到這樣肝膽相照、莫逆於心的知己好友的。

延安軍校安眾心

宋仁宗保元年，延安城被黨項人包圍已達七天七夜了，而且幾次都差一點被攻破了。當時率領延安軍民守城的是范雍，他見此情景整天愁眉不展，心中滿是憂慮。

這天，有位老軍校跑到他的指揮營帳裏，對他說：「我長年住在這邊境之地，以前也曾多次遭到敵人圍攻，危急的情勢和今天差不多。況且，我對黨項人也比較了解，他們不擅長攻城。現在儘管我們遭到了七天七夜的圍攻，但我相信在將軍您的英明指揮下，全城軍民的殊死捍衛，延安城最後終會平安無事的。您若不信，我可以拿自己的生命來擔保!如果不是這樣，在下甘願被斬!」

范雍雖然不怎麼相信老軍校的這番話，但畢竟想到他的話還是很鼓舞士氣，因此，心神也就逐漸地安定下來。等到這段危機渡過去以後，這位老軍校受到重用和提拔。

大家都稱讚老軍校懂得兵法，而且料敵如神，推為首功。不過，也有人當時為他捏了一把汗，事後對他說：「你當時怎麼敢如此胡說八道呢?萬一事後沒有應驗，那可是要掉腦袋的呀!」

老軍校笑著答道：「如果真的不像我說的那樣，城池被黨項人攻破了，那時大家自顧逃命都還來不及，誰還會有心思、哪會有時間來殺我了呢?當然我先前那番話，只不過是想安定軍心罷了!」

 智囊

在現實生活中，無論行為還是事件都發生在一定的情境之中，並受到該情境中諸多條件的制約。人們在陷於一時困境可能提供的有利條件來擴展現在的活動餘地，那麼，至少可以紓解甚

至擺脫眼前的困境。這種在現在的情境下先將以後情境，利用來解決眼前問題的辦法，我們姑且稱之為情境的騰挪轉移。

顧駿先生認為：這位老軍校要解決的是目前的困境，但在尋求對策時，他已經把以後的情境提前挪上來，也納入考慮的範圍了。然而正是這張毫無約束力的軍令狀振奮了士氣，保住了城池，老軍校也靠騰挪轉移情境來激勵將士，立了大功。當然，這種騰挪需要一個人的大智大勇，至少能像老軍校那樣見多識廣、遇事不慌才行。

明帝留鞭巧脫身

晉朝時王敦準備舉兵造反奪取帝位，明帝察知王敦的奸謀後，就騎上馬，身著便服出走，來到湖陽王敦的軍營，暗中觀察王敦軍營部署的情形。有一士兵覺得明帝看起來不像尋常百姓，立即報告王敦。

王敦正在午睡，夢到太陽環繞著軍營上空，再聽到士兵的報告，驚叫著說：「這一定是那個黃頭髮的鮮卑人來了。」這是因為晉明帝的母親荀氏，是燕代地區人，明帝的模樣長得像外婆家的人，鬍鬚是黃色的，所以王敦叫他黃鬍鬚的鮮卑奴。於是王敦命五名兵士，快馬加鞭追趕一名黃頭髮的人。

明帝也有所驚覺，快馬離去。明帝路過一家客店，見門口有位賣小吃的老婦人，便把手中鑲著七種寶石的馬鞭送給她，囑咐道：「後邊要是有騎兵追來，你可以把這鞭拿給他看。」

不久，士兵追來，詢問老婦人可曾見到一名黃頭髮的騎士經過。老婦說：「他已經走遠了。」說完拿出馬鞭，五名士兵輪流觀看這罕見的寶物，因而耽擱不少時間，這樣，晉明帝就因此而得以脫了身。

　　當大將軍王敦陰謀策劃叛亂的時候，晉明帝卻能以帝王之尊，單身入虎穴，察看虛實，其膽量值得人欽佩，而危險的程度也是可想而知的。正當他面臨災難的時候，卻能夠做到急中生智，憑藉一根七寶鞭，委託老婦人的一句話，終於化險為夷，得以平安脫身。這叫做憑藉外力的智慧。從古至今，一個人或者一個國家，如果能夠憑藉外力的幫助和環境的協調，就可以產生意想不到的收穫。

　　《易經》有云：「窮則變，變則通，通則久。」一意孤行，明知不可為而為，費盡辛苦，卻一點效果沒有，這個世界上沒有那種「只注重過程，不注重結果」的人。既然沒有什麼結果，那還是及早變通為妙，不會變通者必然死路一條。

　　如果你在事業上屬於「明知不可為而為」的那類人，那你最好「放下屠刀，回頭是岸」，不妨換個角度考慮。當你鑽入牛角尖，越往前走越黑時，你首先應對你的選擇提出問題：路線對嗎?方法對嗎?為什麼越來越窄?此種情況你可以假設一下：用另外一種方法，走另外一條路線，是不是會越走越明亮呢?這就是換個角度想一下。

　　司馬光砸缸這個事例，實際上就不是從正常角度，而是換一種角度考慮的具體應用。因為正常的救人方法達不到目的，走下去只能看著人白白送命，這種情況下，你就需要看看還有沒有其他辦法。

韋孝寬察顏觀色

尉遲迥曾任相州總管，皇帝下令讓韋孝寬來代替他任總管，又讓小司徒叱列長文做相州刺史，讓小司徒先去鄴城，韋孝寬隨後去。到了朝歌，尉遲迥派了他的大都督賀蘭貴帶著信問候韋孝寬。韋孝寬留下了賀蘭貴同他談話，借此來觀察他的神態。從談話中韋孝寬懷疑尉遲迥他們可能要變亂，就推辭說自己有病，要延緩赴任；同時又派人到相州去求醫求藥，祕密地偵察情況。

才到達湯陰，正好碰到叱列長文奔離相州，韋孝寬立即命軍隊回頭，沿途所經的橋道都下令拆毀，各驛站的馬匹也全數帶走，臨行還囑咐各站驛丞：「蜀公尉遲迥將到此地，你們趕緊準備酒菜及上等草料好迎接蜀公。」

不久，尉遲迥果然派大將軍梁子康率數百騎追殺韋孝寬，然而沿途受到驛丞熱忱的款待，使得軍隊耽擱不少時間，從而讓韋孝寬從容逃脫。

 智囊

銷售是一種以結果論英雄的遊戲，銷售就是要成交。沒有成交，再好的銷售過程也只能是鏡花水月。在銷售員的心中，除了成交，別無選擇，但是顧客總是那麼「不夠朋友」，經常「賣關子」，銷售員唯有解開顧客「心中結」，才能實現成交。

方法是技巧，方法是捷徑，但使用方法的人必須做到熟能生巧。這就要求銷售員在日常推銷過程中有意識地利用這些方法，進行現場操練，達到「條件反射」的效果。當顧客懷疑是什麼情況時，大腦不需要思考，應對方法就出口成章。到那時，在顧客的心中才真正是——「除了成交，別無選擇！」

虎口脫險

晉元帝司馬睿的叔父東安王司馬繇，被成都王司馬穎殺害，司馬睿跟從晉惠帝住在鄴，害怕這場災禍將涉及到自己，便祕密地出逃。由於司馬穎事先通知關口和渡口不准貴人通過，所以到了河陽，就被管理渡口的官員攔住了。

他的隨從宗典後到，走上來用馬鞭子掠過司馬睿的身上，對他說：「你這個管理賓館的舍長，現在官方禁止貴人通過，你也在被禁之列嗎？」說完之後就哈哈大笑，這時管渡口的官員才放司馬睿過去。

西魏大將軍宇文泰同東魂大將侯景打仗，宇文泰的馬中了箭，馬驚狂奔，宇文泰從馬上跌下來摔在地上，東魏的軍隊追上了他，他的手下人都逃散了。宇文泰的親信李穆下了馬，用馬鞭子抽打宇文泰的背，罵他說：「你這無能的敗兵，你的主子在哪兒？為什麼一個人躺在這兒？」東魏兵沒有起疑匆匆而過，李穆於是把自己的坐騎讓給宇文泰，兩人這才逃過一劫。

晉朝時，王廞戰敗後，有一個叫曇永的和尚把王廞的幼子王華藏了起來，曇永讓他提著包袱跟在自己身後。守衛橋樑的巡邏官吏對王華發生懷疑。曇永就呵叱王華說：「小奴才，為什麼不快走？」接著一陣拳打腳踢，這樣王華才倖免於難。

 智囊

激烈精彩的動作電影往往會出現這樣的鏡頭：主人公在炸彈即將爆炸的那一刻，縱身一躍，得以脫險。在英文裏，我們用「by the skin of one's teeth」來形容死裏逃生，虎口脫險。很多英文的片語和短語都是來自於西方經典《聖經》。「By the skin of my teeth」就是出自《聖經》中的《約伯記》。猶太人約伯在受到上帝的百般非難之後說道：「My bone cleaveth to my skin, and to my flesh, and I am escaped with the skin of my teeth」（直譯：我的皮肉貼著骨頭，我同牙齒的皮膚一起逃了出來。）有必要討論一下「the skin of teeth」這種奇怪說法，牙齒怎麼會有皮膚呢？

古人的用意我們已經無從查考，今天的一種理解是：「the skin of the teeth」指的是牙齒表層的琺瑯質。可憐的約伯用了一個形象的比喻：他的逃生空間就像是牙齒的琺瑯質那樣薄薄的一層。自此以後，「by the skin of one's teeth」就被用來表示涉險逃生的意思。

大作家王爾德（Thornton Wilder）有部作品The Skin of Our Teeth，就被國人翻譯成《九死一生》。同樣的道理，「narrow escape」也是這個意思。例如：Smith had a narrow escape from drowning when he fell overboard.（史密斯從船上掉下來，險些淹死。）「narrow escape」同中文裏的「一線生機，倖免於難」頗有幾分神似。

有關代理商和開發商之間的生存博弈，換一種角度來考慮可能結論完全不同，一個更富有戲劇性的猜想是：未來代理商也很有可能取代開發商。

有一個寓言用在這裏非常合適：傳說老虎的本領都是貓教的，貓教會了老虎各種技能，老虎卻反過來要吃掉貓，幸好貓還有一手「上樹」的本領沒被老虎學去，這才使得牠得以虎口脫險。

徐敬業馬腹存身

徐敬業十幾歲時，喜歡騎馬，並喜歡用彈丸射東西。他的祖

父英公李績常常說：「這個孩子十分聰明，品行也很好，我也很喜歡，但是他面相不好，將來會給大家帶來滅族之禍。」他雖然很不忍心，但是為整個家族考慮，還是決定趁早除掉這個孩子。因此，他幾次設計想置徐敬業於死地，但是都被他巧妙地逃脫了。

後來，英公想出了一個萬全之策，認為一定能置徐敬業於死地，以絕家族的後患。

在一次打獵時，他叫徐敬業到林子裏去驅趕野獸，然後乘著風勢放火，想把徐敬業燒死在林中，大火燒起來以後，徐敬業自知已無處藏身，就殺了自己騎的馬，隨後伏身在馬腹裏。大火燒過之後，他全身都是馬血，從馬腹中出來，英公對徐敬業的才智大感驚訝！

大凡有放蕩不守規矩的奇特表現的子弟，自恃有才能，對自己的行為不加檢點，這種人往往是家門的禍患，比如徐敬業破轅的兆頭，表現在他的童年。英公明明知道他是家族的禍患，竟不能除掉他，難道是後來又惋惜他的才智？由於英公勸高宗立武則天為皇后，造成了武則天把唐皇室子孫幾乎都殺光了，上天故意用徐敬業來回報他呢？

諸葛恪有突出的才能，他的父親諸葛瑾歎息說：「這個孩子不能給我們家族帶來大的昌盛，反而將使我們滅族。」在這以後，諸葛恪果真因為謀反被殺。

隋文帝的侄子楊智積，有五個男孩，只教他們讀《論語》、《孝經》，不讓他們與賓客交往。有人問他為什麼這樣做，他答道：「要是讓他們多讀書，廣泛與人交往，才能就會因此增加；他們有了才能也可能產生禍患。」別人很佩服他這種見識。

弘治、正德年間，胡世寧有大將的謀略，在江西當按察史，當時江西盜起，正在商量有關剿盜的事，有軍官來謁見，正好胡世寧到別處去了，軍官就拜見他的小兒子胡繼。胡繼說：「你的

軍隊向來不演習，怎麼能讓我父親檢閱呢？」那軍官跪著向胡繼請教演習的方法。

胡繼就邊說邊指劃著軍隊進退離合的各種隊形，說得很詳細。軍官照著胡繼講的演習方法練兵三天，胡世寧回來了，他在檢閱軍隊時，看到這位軍官所帶軍隊的演習以後，感到十分奇怪：「只有軍官是辦不成此事的，這是誰教他們的呢？」軍官把實際情況告訴了他。胡繼當初不愛讀書，他的父親認為他笨，不抱任何希望。聽了軍官講的情況以後歎道：「我有這樣的兒子居然自己還不了解！」

從此以後，每次攻打敵人，他必定聽從胡繼的謀略，因為胡世寧的謀略，失誤不超過十分之三，而胡繼的失誤不超過十分之一。胡世寧向皇帝上奏疏，要求皇帝按照禮法來制裁寧王，胡繼跪著說：「這道奏疏一進獻，必定會帶來大禍。」勸胡世寧不要上呈，胡世寧不聽，結果呈上以後，胡世寧果真入獄，胡繼因為想念父親，病死了。別人都為他的早逝痛哭，獨有胡世寧的母親不哭，還說：「這個孩子要是活著，就將成為賊，胡氏家族就要滅了。」這位母親也頗有見識。

智囊

徐敬業在四面是火濃煙滾滾沒有出路的林子中的危險情況是可想而知的，但是他臨危不亂，在認真觀察實在沒有出路的時候，細心觀察看有沒有可以藏身的地方，當認識到馬腹可以藏身時，當機立斷殺掉自己的馬躲進去，並在裏面躲避危險。

在現實生活中，看似毫無逃生希望的危險境況下，只要臨危不亂、保持冷靜沉著，充分利用周圍一切可以利用的資源和條件，總是能從中想出保全性命的辦法。重要的是冷靜、機敏，並

充分利用一切可以利用的條件。

陳平脫衣避禍

陳平從小道走，帶著劍逃亡，要渡過黃河。船夫見他那樣相貌堂堂，一人獨行，懷疑他是逃亡的將領，猜想他腰中會帶有金玉寶器，因此屢次用目光打量他，想殺了他來奪取財主。陳平害怕了，就解下上衣，光著上身幫船夫撐船，船夫知道他身上並沒有藏著財寶，也就不下手了。

陳平侍奉漢王，總共六次提出奇策：請求劉邦拿出重金，在項羽君臣之間施反間計，使項羽將領間互相殘殺，這是第一件；假裝要以接待諸侯的禮節來接待亞父范增派來的使者，而用粗劣的飲食給項羽派來的使者吃，來離間范增和項羽的關係，使項羽失去他最重要的謀臣，這是第二件；半夜派出兩千名婦女出滎陽城東門來誘敵，自己和漢王卻從城西門突圍而出，從而從滎陽之圍中解救了漢王，這是第三件；踩漢王的腳，請求他封韓信為齊王，以防韓信背叛，這是第四件；請求當了漢朝皇帝的劉邦裝作巡幸雲夢澤，乘機囚禁前來迎接的韓信，這是第五件；派畫工畫了美女的像，祕密派人送交匈奴皇后閼氏，表示如果單于再包圍高祖，漢將進獻畫上女子給單于，以取得單于的歡心，使閼氏失寵，從而使閼氏勸單于解白登之圍，使漢高祖劉邦脫險，這是第六件。

六件計策中，只有踩腳封韓信這件最妙。至於裝作巡幸雲夢澤而借機擒韓信，這是個大錯誤。雲夢澤可以光明正大地巡遊，何必假裝，再說又認為韓信一定會前來迎接和拜見，可以乘機抓住他。既然估計韓信他一定會來迎接和拜見了，卻還能說他要謀反嗎？你考察他是對的，馬上抓起來就不對了。抓了一個韓信，

使得劉邦手下的三個大功臣相繼都起了疑心，感到害怕，結果被斬首滅族。陳平帶來的禍患太嚴重了！

有一艘大船在水上航行，有個旅客拿出了一隻黃銅杯子喝酒，船夫懷疑是金的，多次注視那杯子。這個人就靠近河上洗杯子，故意讓杯子掉落到水中。船夫以為是失落了金杯，感到十分驚駭和惋惜，杯主人乘機向他解釋說：

「這是黃銅杯，不是真金的，不值得惋惜。」

這件事和曲逆侯陳平脫下上衣幫助船夫撐船所表現出來的智慧差不多。

陳平是漢初三傑之一，為劉邦六出奇計而名垂青史，本文記載的故事，充分反映了他的機智。

行大事之人，往往要有忍辱負重的氣度，所謂「大丈夫能屈能伸」。陳平跟隨項王攻打秦軍可謂戰果累累，戰功卓著。然而，此一時，彼一時。他落在唯利是圖、心狠手辣的水寇手中，又急於逃難，敵強我弱，稍不慎重，輕則傷身，重則亡命，因此，只能鬥智用計。他大智若愚，脫光衣服，既向船夫暗示自己身上沒有財寶，又為船夫掩飾了圖財害命的歹意。陳平運用這種以屈求伸，以退為進的策略，達到了化險為夷的目的。

劉備戲言巧掩飾

漢末時，曹操一向忌恨劉備。曹操曾經隨意地向劉備說道：「現在天下的英雄，只有您和我曹操了，像袁紹這些人，不值得

計算在內。」

當時劉備正吃飯，一驚之下把筷子掉到地下，就在這剎那天上雷聲滾滾，劉備隨機應變地說：「聖人說：『迅雷風烈，必有大變。』這說法很有道理，這雷聲的威力，竟嚇得我失落了筷子。」

相傳曹操因為得知劉備酒後怕雷，居閒時還喜歡種菜，從而看輕劉備，認為他是個「無膽無識的人」，劉備的這種韜晦之計，終於使他從曹操忌恨中平安脫身。

智囊

孔子說大智若愚，老子說大巧若拙，大勇若怯。孫臏裝瘋躲過了龐涓的迫害，司馬懿裝病瞞過了曹爽奪取了兵權，被監控中的蔡鍔裝作沉溺酒色使袁世凱放鬆了戒備，才能逃回雲南起兵反袁。

劉備本來有英雄之志，卻裝作無心朝政，本來認識時事，卻胡亂對答，佯作無知。本來是因為曹操道破他心中之事而落箸，卻急中生智假稱自己懼怕雷聲。

但是，當時機一旦成熟，萬事都做好了準備，就是動的時候了，如同孫子所說，其疾如風，其徐如林，侵略如火，不動如山，難知如陰，動如雷震。劉備以截擊袁術為由帶兵而去，曹操竟然一時大意應允了，雖然事後後悔，但縱虎歸山為時已晚。龍在池中沒有困住，一旦上了天還能束縛得住嗎？

王羲之假寐免難

東晉大書法家王羲之是當時大將軍王敦的侄子。當他十歲的

時候，聰明伶俐，清秀可愛，大將軍王敦非常喜歡他，經常帶他在身邊，有時安置在帳中同寢。

有一次，大將軍早起，而王羲之仍貪睡未起。不一會兒，王敦的屬下錢鳳進來，摒退左右，密議叛國起兵的大事，兩人談得非常投機，竟然忘了王羲之還在帳中睡覺。

王羲之在床上迷迷糊糊地聽到有人說話，不料側耳傾聽，聽到的卻是他倆密謀叛亂的事情，他料定如果被他倆發覺一定沒有存活的可能。隨即便吐出口水，把被褥、床頭和自己的面頰、嘴角全部塗抹，並且裝作睡得很香的樣子。

王敦與錢鳳正談得起勁，忽然想起帳中還有王羲之，不由得大驚道：「糟了！如今不得不除掉這小娃兒了。」

於是，他們前去打開帳子一看，看見王羲之滿臉都是唾沫口水，便認定王羲之一直在沉睡，並沒有醒過來。

就這樣，王羲之才保全了一條小命。

智囊

遇到事情要隨機應變。王羲之小小年齡，就能做到臨事不亂，隨機應變，找到最佳解決辦法。如果不是他裝作熟睡的樣子，說不定就被王敦殺死了，那麼就不會有書聖王羲之了。

我們在生活中，也要隨機應變。遇見事情要臨危不亂，運用自己的智慧，總是可以發現解決辦法的。沒有不能解決的問題，不要被眼前的突發事件嚇倒，只要多動腦筋，一定可以順利找到解決問題的方法的。

崔巨倫掩才袋傻

北魏的崔巨倫，曾經在殷州擔任過別將。殷州被葛榮率軍攻陷後，葛榮聽說崔巨倫是個才子，而且很有名望，就特別想起用他，但是崔巨倫卻打算想辦法讓自己脫身。

當時正巧是五月五日，葛榮會集百官，叫崔巨倫作詩，他寫道，「五月五日時，天氣已大熱。狗便張口欲死，牛復吐出舌。」看了這首詩的人都不禁大笑，以為他不過是徒有虛名罷了，而崔巨倫用這種方法掩蓋了自己的才能求得脫身。

不久，他結交了不怕死的勇士，乘著半夜天黑向南跑，在路上遇到了敵人的巡邏騎兵，大家感到很危險。

崔巨倫說：「寧可往南走一寸而死，豈能往北走一尺來求生！」他立即上前去哄騙敵人說：「我是接受了上級的命令往前走的。」

當敵人拿著火把準備看上級的命令時，崔巨倫立即拔劍斬了敵方的統領，其餘的敵人全都逃跑了，於是崔巨倫得以脫身而回。

嘉靖年間，倭寇侵略江南，昆山人夏生被倭寇俘獲，自稱自己能寫詩。倭寇的將領叫他乘上竹轎跟著他們走，每天和夏生作詩唱和，夏生終於免於被殺。

過了很久，夏生要求回家，倭寇的將領贈送給他很厚重的禮物，放他回去。這算得上是不掩蓋自己的才華而獲得全身而退的一個例子。夏生說倭寇的將領也能作詩，他的《詠文菊》就這樣寫道：「五月欄干遮不住，還留一半與人看。」

智囊

崔巨倫的裝傻，實是韜晦之計。三國時期司馬懿假裝病重，

使曹爽被騙而免去殺身之禍，也曾坦然接受諸葛亮送來的女人衣服，以瓦解蜀國的挑戰，可見韜晦是一個很重要的謀略。

在現代企業經營中，暫時避開市場的競爭熱點，不動聲色地開發新產品，研製新項目，等待時機成熟之後再將產品推向市場，從而一舉佔領市場，這便是韜晦之計。

伺機殺盜

兩位布商在簍門僱船回家時，有個北方和尚想到昆山，要求搭個便船，船夫不答應，但兩位布商見和尚是佛門子弟，就答應和尚的請求。船到河中央，和尚突然拔刀往桌上一插說：「你們要死得舒服些，還是死得痛苦些？」

布商嚇了一跳說：「你說什麼？」

和尚道：「我本非好人，裝成和尚只是想得到你們的財物。你們乖乖地自己跳河，還可以留個全屍。」

布商哭道：「既然非死不可，請大師讓我倆飽餐一頓，那麼死也無怨。」

和尚大笑道：「好吧！就讓你們做個飽死鬼。」

於是，船夫燒一鍋肉，在肉裡加上許多湯汁，用大碗盛裝，趁和尚不注意，全倒在和尚頭上，肉湯滾燙，和尚只顧著用手把大碗撥開，布商說時遲那時快，拔出桌上的刀殺了和尚，三人合力將和尚的屍體丟入河中，把船上的血跡清洗乾淨後，繼續前行。

吳地有一個書生在和尚廟中借宿，他見和尚每次外出時，總要鎖他的房間的門，十分謹慎小心。

一天，和尚忘了上鎖，書生放步走進了僧房中，房內幾上有個小石盤，書生好奇地敲了一下，旁邊的小門就忽然開了，有一

個少婦走了出來。她發現是個書生，馬上就吃驚地離去了，書生也慌慌張張地往外跑。

這時和尚正提著一壺酒從外邊進來，見到門沒有鎖，驚愕地問書生：「剛才你見到了什麼？」書生回答說：「沒有見到什麼。」和尚發怒了，抽出刀來對著書生說：「你得死在我這刀下，不能讓我因事情敗露而死在別人手裏。」書生流著眼淚說：「容我喝醉後，您再殺我的頭，好讓我昏昏然沒有什麼知覺地死去。」和尚答應了。

書生假裝舉起酒杯請求和尚說：「廚房中有鹹菜，求你給我一根用來下酒。」和尚拿刀去廚房，書生馬上脫下布衫塞在酒壺嘴裏，使酒倒不出來。然後，他隱藏在門背後，等和尚來了，便舉起酒壺朝和尚腦袋連砸了幾十下，和尚一聲沒吭就被打死了。之後書生問那少婦從哪裡來的，才知是和尚殺了她的丈夫霸佔了她。書生把和尚的財物分一部分給了少婦，便讓她走了。

智囊

塵世人生本是一場除邪鬥惡的戰爭。狡詐者的武器無非是玩弄種種心計，他們最常玩的把戲就是聲東擊西。假裝瞄準一個目標，煞有介事地佯攻一番，其實心底裏卻在暗自瞄準別人不留心的靶子，然後伺機施以致命打擊。有時似乎是不經意間流露出自己的心思，實際上這是在騙取他人的注意和信賴，目的在於在適當時機突然一反常態、出奇制勝。明察秋毫之人對此種伎倆往往在靜觀默察後加以阻截，審慎伏擊；觀其表面張揚之意而做反解，可即刻識破其虛假勾當。

聰明人常常放過對方第一意圖，以便引出其第二乃至第三意圖。玩弄詭計者，一旦看到自己的陰謀敗露，便偽裝得更精巧，

往往以吐露真言引人上鉤。他們改變戰術，故作憨厚無欺而實售其奸。有時推心置腹的坦誠態度達於極端，骨子裏藏著的卻仍是狡詐。然而明察之人看穿這一切，總能瞥見光明外表下的陰影，他解破對方的真情，知道那表面最最單純的其實正包藏著深深的禍心。

程顥敢作敢為

宋神宗時，黃河的水兵，按律法不必服其他勞役。宦官程昉為河防大臣，仗勢不把州郡律法放在眼裏，想徵調黃河水兵整治三股河。程顥以不合律法拒絕，程昉便上奏神宗，朝廷於是下令程顥撥八百水兵給程昉。時正值天寒河水凍結，士兵受不了程昉的暴虐，紛紛逃離。

州官早晨聚會，管城門的吏人報告說：「河清兵潰散而歸，將要入城。」眾官相對而視，因為害怕程昉，不想接納他們入城。

程顥說：「要是不接納這些兵，就必定會造成變亂，我們應該開門接納。事後程昉要是挑三揀四，後果由我自己來承擔。」說後親自前往開城門，安撫和接納他們入城，還告訴他們回去後休息三天再服役。眾人歡呼著入城。程顥把情況全都向皇帝稟報了，終於決定不再派遣河清兵去服役。

後來程昉有事進京啟奏經過州郡，見到程顥時，只敢說些好話奉承程顥。然而，私底下程昉卻又不甘心，曾當著多人之前揚言：「黃河水兵的潰逃，是受了程顥的鼓動，我一定要上書奏明皇上！」很多人都替程顥擔心，程顥笑著說：「他心裏怕我，不會對我怎樣的。」程昉果真不敢向皇帝提起此事。

這類事情，程顥的弟弟程頤必定不能做到。即便安撫了潰散

的士兵，他也一定要同程昉在朝廷上打官司，怎麼能只讓程昉心裏怕，而不敢成為公開的仇敵呢？

堅壁清野

己巳年，明英宗在與瓦剌軍隊作戰時被俘，也先將進犯京城，揚言要佔據通州糧倉。滿朝官員驚惶失措。在商量對策時，有人說要派人放火燒了通州糧倉，以免讓敵人得到糧食。

當時，周忱正巧在京師，他建議：下令京師各守衛部隊預支半年的糧餉，讓他們自己前去通州糧倉領取。於是，通州糧倉前一個個肩上背著糧的軍人接踵而至，不過幾天的時間，京城的糧食立即充足起來，而通州糧倉因此全部空了。

另一種說法是：當時商量對策的人請求燒掉通州糧倉，以打掉敵人搶糧的念頭。于謙說：「糧食是國家的命脈，是老百姓的膏脂，怎麼能不珍惜？」他傳令京城裏只要是有力氣扛糧食的人，都可以隨意去扛，幾天後糧食都進了京城。

　　酈食其認為，楚王項羽打下了滎陽，卻不堅守藏糧最多的敖倉是失策，勸劉邦趕快去攻佔敖倉。另外，李密佔領了黎陽糧倉，打開糧倉讓老百姓隨便吃，十天中招得軍隊三十餘萬。徐洪客向李密獻計說，這麼多人長久地聚在一塊吃，就怕糧食吃完，人也就散了，這樣難以成就功業，應該乘著銳氣進軍奪取地盤。李密沒有聽從，於是失敗了。

　　劉子羽守仙入關，預先調運了梁洋地區公家和私人的存糧，金人深入進犯時，劉子羽的糧食儲備充足，而金人的糧餉供應跟不上，金人就只好退兵。從古以來在攻守的對策上，沒有不以糧食作為根本的。關鍵是在敵人還沒有到之前就預先做好準備。如果實在搬運來不及，那麼燒掉也是一個對策。古代名將常常這樣做，絕對不能把糧食送給敵人。

　　燒毀糧草以堅壁清野，是古今中外通常的做法，但是周文襄偏偏要打破常規，卻取得了更好的效果。前人的經驗要尊重，一般的規矩也要遵守，但如果過分依賴經驗，過分遵守常規，就會束縛人的思維，缺少創新的精神。

張佳胤智擒大盜

　　張佳胤在滑縣任縣令時，有一天，有兩個名叫任敬和高章的大盜，假稱是錦衣衛派來的使者，前來見張佳胤。兩個「使者」徑直走上公堂的臺階，面向北面站立，張佳胤心裏對此感到十分奇怪，但仍然照常判案。任敬厲聲說：「這是什麼時候，你這個縣官就這麼傲慢地對待朝廷派來的使臣嗎？」

張佳胤的臉色這才略有改變，離開了座位來迎接他們。任敬說：「我們身奉皇帝御旨，恕我們不能施禮了。」

張佳胤說：「聖旨涉及到我嗎？」於是派人備下香案準備聽「使臣」宣旨。

這時任敬附耳對他說：「這聖旨不涉及到你，是關於沒收耿主事家產的事。」當時滑縣是有個耿隨朝，在任職的地方因草場失火案件而受牽連入了獄。

張佳胤心裏十分懷疑，便把他倆請入後堂。這時任敬牽持張的左手，高章推著張的後背，一同進入內室，坐到炕上。任敬掀開鬍子笑道：「您不知道我們是什麼人吧？我們從霸上來，聽說您的府庫裏有一萬兩銀子，希望您借給我們一些。」說罷，同高章一起拔出了匕首，放在張佳胤的脖子上。

張佳胤毫無懼色，從容地對他們說：「你們圖的是錢，而不是找我報仇，我即使愚蠢，也怎麼會因為吝惜錢財而看輕生命呢？即便你們不拔出匕首，我這個貪生怕死的懦夫，又能把你們怎麼辦呢？再說，你們既然自稱是朝廷派來的使者，為什麼又自己輕易地暴露了自己本來的面目呢？如果讓別人偷看到了，可不是對你們有利的事啊！」兩個大盜認為他講得有理，便把匕首收進了衣袖中。

張佳胤又說：「滑縣沒有多少油水，哪能有這麼多銀子？」任敬拿出了他們的記事本，如數地說了一遍，由於知道他們掌握了內情，張佳胤就不再辯白，只是請求他們不要拿得太多，以免連累了自己的職位。張佳胤反覆給這兩人講明利害關係，講了好半天，這兩人說：「我們有同夥，一共五人，您應該給我們五千兩銀子。」

張向他們致謝，說：「這太好了，可你們兩人的錢袋中能裝得下這麼多銀子嗎？你們又有什麼辦法能走出我這衙門？」兩個大盜說：「你考慮得確實有理。應當給我們

準備一輛大車，把銀子裝在車上，我們按照奉聖旨逮捕犯人的老規矩，給您戴上刑具，不准許有一個人跟從你，如果有人跟上來，我們就先刺死你，等我們平安地帶著銀子騎上馬逃走時，便把您釋放了。」張佳胤說：「你們要是白天押著我在大街上走，縣城裏的人必定要阻攔你們，即便殺死我，對你們又有什麼好處？不如夜間行走方便。」

兩個大盜互相商量後，認為這個辦法好。張佳胤又說：「府庫裏公家的銀子上有印記，容易辨認，一旦有人辨認出你們手裏拿的是府庫裏的銀子，這對你們也沒好處。這樣吧，縣城裏有許多富戶，我想如數從他們那裏借出這五千兩銀子，交給你們，這樣，由於不是從府庫裏取來的，既不會連累我這個縣官丟了官職，你們也可以高枕無憂，豈不兩全其美？」兩個大盜更是覺得他的主意高明。於是他寫了一道公文，並傳卜話去，召縣吏劉相來見。

劉相是個很有心計的人。劉相到了後，張佳胤就對劉相編瞎話說：「我不幸遭到了意想不到的災禍，如果被他們抓走，用不了幾天就得死。如今錦衣衛來的官員很有能耐，能解脫我，我心裏十分感激他們，我準備拿出五千兩銀子作為謝禮。」劉相嚇得一吐舌頭，說：「到哪兒去籌集這麼多的銀子？」張佳胤暗中踩了一下劉相的腳，說：「我常見本城中的有錢人富而好義，我派你去替我借貸。」

於是，拿過紙筆，寫上某大戶應當出銀子多少兩，某大戶又應當出多少等等，一共開列了九個人，正好湊足五千兩的數目，而實際上這九個人都是捕盜能手。張佳胤囑咐劉相說：「朝廷派來的使者在這裏，這九位應當衣冠整齊地前來拜見，不要因為我向他們借了銀兩，就故意裝出一副窮酸相。」劉相領會了他的意思，出了衙門。

張佳胤取來酒食，招待這兩名大盜，而且自己還先動手吃

喝，以消除這兩人的懷疑，並且告誡這兩名大盜不要貪杯，以免喝醉了壞事，這兩個大盜對他更加相信了。酒喝到一半，剛才張佳胤招呼的九個人打扮成富人的樣子，用紙裹著鐵的兵器，親手捧著，陸續來到了門外。

這九個人謊稱說：「您所借的銀兩已經送來了，只是因為我們沒有這麼多錢，實在拿不出您要求的那麼多銀子。」一邊說，一邊還做出苦苦哀求的樣子。兩名大盜聽說銀子送到了，而且看到來人都像富豪的樣子，不再懷疑。這時張佳胤呼喚拿秤來，他又嫌桌子小，要來了府庫中的長桌子，橫放在後堂。

在抬進桌子時，又隨之進來了兩個縣吏。張佳胤與任敬隔著長桌，一個處於主位，一個處於賓位，高章則始終不離張佳胤的身邊。

這時，張佳胤就拿起砝碼對高章說：「你不肯代我來看看夠不夠分量嗎？」

高章稍稍靠近長桌，那九個人捧著手中裹著的兵器，競相來到長桌前，張佳胤乘機脫身，大聲高喊：「捉賊啊！」任敬起身去撲他，沒撲到，便在廚房中自刎。人們活捉了高章，經嚴刑拷問，又獲知王保等其他三名強盜，於是就立即通緝追捕，但這些強盜已逃亡到了京師。張佳胤給主管京師治安的陸炳呈上公文，陳述此事，陸炳把這些強盜全部捉拿歸案，並處以極刑。

祁爾光說：「處在千鈞一髮的危急時刻，卻能表現出安定的神態；在殷切懇談、溫文多禮的同時，通過眼眉又佈置下了捕盜的計畫。他消滅這些大盜，輕鬆得猶如制伏幾個小孩子。這位先生的經國濟世的謀略，真是在一代人中罕見的。」

　　人際交往中，有時會因突發事件陷入被動尷尬的困境，此時若能隨機應變，拿出對策，就可以化被動為主動，巧妙解圍。如何隨機應變才好呢？

　　逆向思考。有時面對攻擊，借用對方說理的漏洞，利用嚴密的推理法，向對方攻擊的相反方向說理，便能從困境中解脫出來，收到克敵制勝之效果。

　　有一次，英國著名作家蕭伯納脊椎骨出了毛病，需要從腳跟上截一塊骨頭來補脊柱上的缺陷。手術後，醫生想多要一點手術費，對蕭伯納說：「蕭伯納先生，這是我們從來沒做過的手術啊！」「好極了，」蕭伯納說：「請問你打算付我多少試用費呢？」醫生的意思是要蕭伯納多付一點手術費，蕭伯納卻從對方的話中指出破綻，告訴醫生新手術意味著什麼，使醫生捉雞不成，反賠上一把米。

　　戲謔反擊。面對惡意的漫罵，不是用污言穢語反擊，而是抓住對方言語中的破綻，用戲謔之語巧妙反擊，可以跳出困境，制伏對方，還能達到妙趣橫生的效果。

　　美國總統林肯在一次演講中，收到一張紙條，林肯打開一看，上面只寫了兩個字：「傻瓜。」林肯不露聲色，鎮定地說：「本總統收到許多匿名信，全都是只有正文，不見署名。而今天正好相反，這位先生只署上了自己的名字，卻忘了給我寫信。」林肯總統抑制了自己的憤怒，幾句戲謔的話，初看好似毫不經意，實際上不僅諷刺了那位漫罵他的人，而且維護了自己的尊嚴和人格。

王守仁撫降眾

王守仁到蒼梧做太守時，當時各少數民族聽到王守仁先前的聲威，都嚇得發抖，不敢不聽從他的命令，而王守仁只是越發隱匿聲跡，不顯露自己，在第二年七月他到了南寧，派人約田州的盧蘇和王受前來投降。

盧蘇王受同意了，卻用精銳部隊兩千人來自衛。到了南寧，雙方確定了盧蘇和王受見王守仁的時間。然而王守仁所喜愛的指揮王佐、門客岑伯高，因為深知王守仁沒有殺害盧蘇、王受的意思，就派人向盧蘇和王受提出：他們必須繳納一萬兩銀子才能饒命。

盧蘇和王受十分後悔和生氣地說：「督府王守仁騙了我們。再說倉促之間從哪裡去找一萬兩銀子？只有造反了。」

王守仁有個侍女，十四歲了，得知王佐等人的謀劃，半夜入帳中報告了王守仁。王守仁大驚，一直到早晨也睡不著，他派人告訴盧蘇和王受：「不要相信讒言，我一定不會殺你們。」但兩人的懷疑和驚懼沒有消除，提出：「來見你時，我們必須佈置軍隊保衛我們。」王守仁答應了這個要求。

他們又提出：「軍門左右迎候的衙役，必須全部換上田州人，要是不換，就不來見你。」王守仁不得已，第二個要求也答應了。盧蘇和王受進入軍門，身邊佈滿了士兵、衛士，蒼梧郡的人都十分恐懼。王守仁接見他們後，斥責他們，判他們受杖刑一百下，兩個人不脫甲，接受了杖刑，執行杖刑的人也是田州人。因此，他們安然地接受了杖刑而去。當地各少數民族都心悅誠服。

智囊

王守仁不僅做事有膽量，而且對待降眾真誠、友善。不因對象是降眾而耍花招，不講信用。他越是這樣真誠地對待降眾，越能讓這些降眾心悅誠服，俯首稱臣。於是，王守仁就在降眾面前樹立了威信，真正地實現了撫眾。

領導樹立威信，需要做到以下幾點——

一是以「信」取威。這裏說的「信」就是指「言必信、行必果」。在實際工作中，最令人氣憤的是領導說話不算數，「欺騙人」、「吹牛」。作為領導對自己講的話一定要承擔責任，說了就要算數，信守諾言；對不一定能做到的事情，絕不能輕易許諾，千萬不能說了不算，定了不辦。一旦做出決定，就要一以貫之、狠抓落實，兌現承諾。對罪犯要誠實、坦率，一是一，二是二，不當面一套，背後一套。

二是以「誠」借威。這裏所說的「誠」就是指領導與下屬之間要以誠相待，放下身段，在工作中多溝通、多交流、多請教，儘早和下屬打成一片，讓下屬感到你的言行可以代表整個單位，才能在下屬心目中樹立可敬可畏的形象。

三是以「情」升威。人非草木，孰能無情。下屬在工作和生活中可能會遇到各種各樣的困難，如生病需要治療、委屈需要傾訴、困難需要幫助等。領導如果能夠抓住這些有利的時機給予適當的幫助，無異於雪中送炭，達到「真心教育，真誠感化」的效果。

「路漫漫其修遠，吾將上下而求索。」領導樹立威信絕不是一蹴而幾、一勞永逸的事。通過自身的努力，在政治素質和業務能力提高的同時，個人威信也自然會「水漲船高」。

一字之功

顧玠在擔任儋耳太守期間，有一年五月，文昌海面突然颳起了一陣颶風，隨後海面上飄來了一條無主的商船。船內裝有金絲鸚鵡，一個黑女人和金條等東西。當地地方官員把船上的金條分了，把黑女人埋葬了，只把鸚鵡送到縣裏，並具文呈報儋耳郡的巡撫衙門。不料，公文被駁回到鎮守府，上面還屢次派人來督責追查這件事。

這使得那些原來分金條、埋女人的地方官員非常害怕，便想躲避罪責，一起商量飄海逃跑。主管這件事的人也不能為他們提出什麼好主意。顧玠恰巧到達郡裏，大家都來向他討辦法。顧玠要求把原來上報的公文拿來，他看過一遍後，把原文中的「飄來船」改為「覆來船」重新呈送。修改了一個字的公文呈上後，這件事情就此了結，不再追究。

只換了一個字，就省掉了許多麻煩事。因此，有「一字之貶」，有「一字之師」。

智囊

中國文字是世界上最古老的文字之一，其神奇功效透過此文可見一斑。顧玠和耿定力都是以善心在文字上稍做改動，一是省卻許多瑣事，二是救活人命。

古代，為吏者為了改變句子要表達的意思重點，也常常會將一句話裏的兩個詞或者片語，一個複句裏的兩個分句，倒過來說。比如刀筆先生代做狀紙或者官吏審案子，在下斷語的時候，先說什麼，後說什麼，是很有講究的。如某人犯的本是死罪，想讓他死是一種說法，不想讓他死就是另外一種說法。

如果說：「其情可憫，其罪當誅」，那麼，這個人就難免一死，倒過來說：「其罪當誅，其情可憫」，這個人就可能死不了。為什麼呢？因為「其情可憫，其罪當誅」，這個複句表達的重點在後一分句上，意思是說，儘管他犯罪的情況是值得人們同情，情有可原，但是他犯的罪應該殺頭，這就沒有商量的餘地了。而「其罪當誅，其情可憫」，意思是說，他犯的罪固然應該殺頭，但是犯罪的情卻是值得同情的。到底殺還是不殺呢？還是可以商量的。

從這個例子中，就可以得知，我們在說話和寫文章的時候，為了加強表達效果，就要充分運用漢語中由於順序不同而形成的表達上的靈活性。除了注意順序不同造成的語法結構不同以外，特別要注意的是順序的變化，而引起修辭效果的不同和邏輯思維程式的改變。

真假詔書

宋高宗建炎初年，高宗到錢塘，命張浚鎮守平江，湯東野為守將。一天，聽說皇帝下詔書，湯東野感到奇怪，立即報告了張浚。

張浚回答說：「趕緊派個會辦事的官員，得比前去接旨的驛丞，早一步取得聖旨回來。」

湯東野檢視取回的聖旨，原來是由於杭州發生兵變，逼宋高宗退位，改由太后聽政，宋高宗迫於無奈而寫下的詔書。湯東野考慮到不能宣讀這樣的詔書。但是有詔書來這件事已經宣揚出去了，將士們渴望得到朝廷的賞賜。湯東野擔心軍隊得知杭州發生兵變，高宗退位後，會發生變亂，所以又同張浚商量這件事。

張浚回答說：「馬上打開府庫拿出錢來，做出行將對眾軍行

賞的姿態。」

於是他們就把這封被逼而寫的假詔書藏起來，私下裏把州府中過去收藏的高宗皇帝登基時大赦天下的詔書放在車中。等到迎來詔書後，他們把它張貼在城樓上才離開。那城樓的臺階立即禁止通行。沒有人敢上去，因此誰也看不出詔書上的破綻。同時，他們就按照皇帝祭天地時賞賜的慣例，把錢銀、布帛賞給將士，於是軍心較為平定。隨後，張浚就決定對策，興兵勤王，保衛宋高宗。

 智囊

在現代企業管理中，隨機應變應是一個高層次管理者必備的素質能力。面對諸如經營環境的突然惡化、經營環節的突然中斷、談判桌前刁鑽問題的提問等突發的危機、意外的事故，必須學會隨機應變，在極短的時間內想出應對之策。如若面對複雜多變的環境，應付自如、遊刃有餘，有可能化險為夷，甚至變壞事為好事，變被動為主動，成為走向成功的契機，達到最佳效果，反之則走向平庸，甚至失敗。

《三國演義》中表現隨機應變的例子很多，這些故事無不閃爍著智慧之光。

隨機應變中的「機」和「變」是多種多樣、千姿百態的，無規律可循。「機」可以是天時、地利、人和……「變」是隨「機」而變的，可以是順水推舟、草船借箭、迎難而上、尋找最佳時機……其「變」運用之妙全在於心。隨機應變是才智、膽略的快速反應和臨場發揮。

第十七卷
臨機應變的智囊

縱使大江裏有滿江的水，但也救不了遠處只須斗升之水的涸轍之鮒；所以說，一壺清水，一碗米飯，有時比價值連城的玉璧還要珍貴；這樣說，並不是要我們不考慮長遠利益，而是說在碰到危急時如何解救燃眉之急。因此，輯有《臨機應變的智囊》一卷。

漢高祖急封雍齒

漢高祖劉邦即帝位後，大肆封賞了二十多位功臣。還未封賞的將領，為了爭賞而爭相表功，漢高祖定不下來如何封賞才好。

一次，他在洛陽南宮，遠遠望見眾位將領星羅棋布地坐在沙土地上竊竊私語，便問留侯張良這些人在說什麼。張良回答說：「您從平民起家，憑藉著這些人取得了天下，現在您做了天子，而您所封的都是您的舊交，所殺的都是您平時恨的人，所以他們聚在一起想謀反。」

漢高祖對這種情況感到很憂慮，說：「怎麼辦好呢？」留侯張良說：「您平素最憎恨、群臣也都知道您最憎恨的人，是誰呢？」漢高祖說：「雍齒曾經使我屢次受窘。」留侯張良說：「現在趕快封雍齒，群臣就人人心情穩定了。」於是就封雍齒做什方侯。群臣都為這件事感到高興，說：「像雍齒這樣的人尚且能封侯，我們這些人就更沒有什麼可擔心的了。」

溫公說：「將軍們所談論的未必是有關謀反的事，他們果真有造反的念頭，張良也不會等到高祖詢問才說。張良只因高祖初即帝位，便以個人的愛憎行賞論罪，造成諸臣不安，所以才忠言勸諫，改變高祖的作風。」

袁了凡評論說：「張良為雍齒遊說，造成高祖對功臣的不信任，致使日後三大功臣遭到誅殺，未嘗不是張良的一句話所種下

的禍根。由前者看張良是忠臣，由後者看張良是禍首。我認為劉邦以平民稱帝建立漢朝，所有的大臣都是當年並肩征戰的夥伴，如果人心不安必會謀反，高祖所憂慮的也在此。張良借高祖問話道破了高祖心意，所以高祖能輕易接受張良的建議，平息群臣的疑慮，不能不說是張良的計謀高明。至於後來韓信、彭越被殺，張良事先又哪能預料得到呢？」

智囊

管理的重要原則之一是賞罰公正分明。《論語·里仁》：「唯仁者能好人、能惡人」，也就是愛憎、賞罰分明。首先，賞罰分明就是要求領導者要識才用才，應當「立制」與「任人」「相為用」。選好人、用好人，是賞罰的關鍵。其次，管理者要十分重視物質利益的賞罰。儘管管理者應當提倡忠孝，褒揚道德，但是，管理者應十分重視用利益去調動人、激勵人。

也就是說，作為被管理者，不必多求利，而管理者則應主動地有利益的意識，首先先考慮人們的切身利益。再次，管理者在進行賞罰時，不僅要重視金錢、物質方面的，還要注重精神方面的。事實證明，如果賞罰不明，職工的積極性就不可能發揮，管理的效益就必將大受影響；而賞罰得當，則是充分發揮人們積極性的重要條件之一。

作為領導者，應該愛恨分明。堅持原則，對錯事加以批評，對好事加以表揚，不能良莠不分。這是領導者正直無私的表現，也是樹立領導威信的基礎。

孔子救火

魯國人放火燒一個大柴場。天颳北風，火頭向南邊蔓延，怕要燒到魯國的國都來。魯哀公親自率領眾人救火，但他的旁邊沒有人，人們都去追趕被火燒出來的野獸，卻不去救火。魯哀公把孔子召來，向他請教辦法。

孔子說：「那些追趕野獸的人又快樂又不受處罰，而救火的人又勞苦又沒有獎賞，這就是救火的人少的原因。」魯哀公說：「您的意見很好。」孔子說：「現在事情太緊急，來不及去賞賜救火的人，再說，要是救了火的人都要給予賞賜，那麼國家的財富還不夠用來賞賜救火的人，請您只用刑罰。」

於是魯哀公下令說：「不救火的人，與戰爭中投降敗逃同罪；追趕野獸的，與擅入禁地的同罪。」這道命令還沒有在國都中傳遍，火就被撲滅了。

宋朝賈似道為丞相時，臨安大火，賈似道正在距臨安二十里外的葛嶺，不斷有人到葛嶺向賈似道報告臨安大火的消息，賈似道說：「等火勢蔓延到太廟時再說。」

不久，有使者報告說火勢蔓延已快至太廟。賈似道乘坐小轎，由四名大力士用椎劍護衛，每行一里多路便更換轎夫，所以一會兒便來到太廟前。接著，賈似道命所有人員恭敬肅立，說道：「若太廟被焚，就斬殿帥問罪。」不久，大火便在殿帥率眾奮勇撲救之下熄滅了。

賈似道雖是奸臣，但他令出必行，行事明快的作風，也有令人欣賞的地方。

孔子對賞罰的選擇，首先是利用了人們趨利避害的畏懼心理。本來驅逐野獸而不放火，其中既有興趣愛好，又有厚利可圖，人們又何必捨棄追逐野獸而去救火呢？但是孔子此文將逐獸與救火的利害關係顛倒過來，使不救火者成為對人們有害的人，這樣一來，人們為了保全自己的利益，不得不爭先恐後地救火了。

其次是利用了人們屈服於權勢的敬畏心理。韓非子說：「民眾本來就屈服於權貴，很少能被仁義所感化的。」因此，獎賞與懲罰雖然說都是君主治理民眾的有效手段，但是在緊急情況下，嚴明懲罰比激勵獎賞更有威力。因此孔子勸說魯哀公懲罰不救火者，這個辦法表面上看來比獎賞的手段要嚴酷許多，但見效快，這道命令還沒有在國都中傳遍，火就被撲滅了。

知縣沿街買飯

南宋理宗嘉熙年間，世代隸屬土官的壯族奴隸峒丁在吉州造反，於是，萬安縣縣令黃炳集合軍隊守備。有一天，五更時分，天還沒有亮，探子來報告，說造反的隊伍快到了，黃炳派巡尉領兵去迎擊敵人。將士們都說：「空著肚子怎麼辦？」

黃炳說：「你們儘管快走，飯立即送到。」黃炳就領著下屬官員們，帶著竹籮木桶，挨家挨戶告訴說：「知縣買飯來了。」當時老百姓家裏的早飯剛剛做熟，知縣用優厚的價格買下，然後和下級官員們擔著飯往軍隊裏送。於是士兵們都飽餐一頓，一仗就打敗了敵人，為這件事朝廷論功，提升黃炳做臨州知州。

在有些領導者的頭腦中，做個好領導的關鍵是要做好上司安排的工作，討上司開心。這很有道理，但也不盡然，更多的時候，下屬的支持才是升職的關鍵。常言道：「好花須有綠葉扶」、「好漢須有朋友幫」。領導者善於處理好與下屬的關係，敢於放下身段，走到下屬中去，贏得下屬的衷心擁護和全力支持，使上下精誠團結，通力合作，這才是取得領導績效的關鍵。

美國克萊斯勒汽車公司總經理李·艾柯卡是知名度很高的世界經濟強人，他之所以在公司裏一度被委以重任，其中一個很重要的原因在於他善於調整與下屬員工之間的關係。在組織中，領導者與下屬員工關係融洽，有利於領導方針、目標的實現。無數事實證明，一個領導者如果不善於處理與下屬的關係，難以贏得下屬員工的衷心擁護和支持，甚至會「釜底抽薪」，自己拆自己的台。

趙從善急造紅桌

趙從善到京師任京兆尹時，宦官們想有意為難他，讓他限定一天內油漆出祭祀用的三百張紅桌。趙從善派人從酒店茶樓中取來三百張桌子，洗乾淨，用白紙糊好，再塗上紅漆，按時交了差。

又有一次，東西宮遊聚景園，夜裏經過萬松嶺，宦官們索取三千個火炬來照明。趙從善命令從瓦舍妓院中取來蘆葦編成的門簾，灌上油脂，然後把它捲起來，用繩子捆緊，掛在道路兩旁的松樹上，把兩旁照得就同白天一樣亮。

宋高宗南渡後以臨安為都，想蓋一座宮殿，但是還沒有鋪蓋

房頂就已經沒有瓦材了。偏偏又逢大雨，郡守與漕運官都煩惱不已。忽然有一個小吏稟告說：「我們可以多派些士兵拿錢銀分發給城門外大街和附近居民地區的店鋪，租借他們樓房腰簷上的瓦若干，等一個月後，新瓦運到，便按原來的數目賠還他們。」郡官聽從了這個意見，這樣殿上的瓦短時間內就辦來了。

智囊

這兩件事都是一時的權宜之計。

出現危機是一種常態，應對危機是一種能力。在突發事件或危機面前，能否「扶國家於危難，救大眾於水火」，關鍵取決於一些必備的能力要求。

準確判斷的能力。這是一種能夠在複雜的環境和形勢中，把握事物發展的規律和趨勢準確決策的能力。它包括宏觀戰略眼光、總攬全局的意識，要求人們不僅具有必須的知識基礎，而且能夠利用和善於利用現代科學技術手段、熟練使用分析工具等，一旦出現突發事件或危機，能夠迅速做出正確決策，趨利避害。

迅速反應能力。能否在危機發生第一時間，做出迅速的反應，採取相應的應對行動，決定著危機和災害將給社會造成損失程度。因此，對於具有相關職責的人員來說，能否在其許可權範圍內，迅速把資訊傳送給上級部門和相關部門，並將可利用的資源投入到救助和減災中，是對其應變能力的檢驗。

組織協調能力。協調有力是指能夠有效組織可支配的資源，有序地應對和重建。應對危機的有序性和有效性，不僅取決於危機管理的機制，同樣取決於在完善危機管理體制的條件下，對各種資源的合理配置和有效使用。

周巡撫急調牛皮

明英宗正統年間因繕修宮殿，彩繪預計需一萬多斤牛膠，朝廷派官員命令江南地區進獻，催得很急。當時江南巡撫周忱因公進京，途中巧遇使臣，使臣請周忱立即返回江南，周忱卻請使臣先行，他自有打算。

到了京師，周忱說：「京師府庫中所貯存的牛皮，因存放的年代久，已經腐朽了，請您拿出來熬成牛皮膠來應付需要。等我回去後，買了牛皮還給府庫，用新的換你們舊的，雙方都方便。」掌管司禮監的宦官首領王振高興地答應了。

當時邊境防務吃緊，工部下文要求造幾百萬件盔甲和腰刀，並且要求盔甲全都是水磨鐵的。但是周忱估計要用水磨亮全部盔甲，則非要一年半載不行。於是他暫且命令將頭盔鍍上一層薄錫，來使盔甲發亮，這件事情十天就辦成了。

智囊

周公這則調牛皮事件，既解決了府庫中存放的牛皮腐爛的問題，又解決了自己一時的急需。至於後則在盔甲上鍍錫一事，如果不影響盔甲的品質，那麼，可以視為一項小發明，值得推廣。由上兩件事情可以看出，周巡撫是一個善於處理問題的聰明人。

所謂聰明人，就在於他們心明眼亮，善於分析形勢，捕捉資訊，抓住機遇，施展自己的才華，而且往往辦事有先見之明，能在別人還想不到的時候，就能預測到形勢發展的趨勢，及早籌於帷幄之中，處處主動。能用不同的思維方法去認識和處理客觀事物，進而受到事半功倍的效果。與此相反，有些人觀察和處理問題，往往採取以往的思維，把問題看得一成不變，不知它們之

間相互制約與相互影響的關係。要麼就這樣，要麼就那樣，只知道按圖索驥，刻舟求劍，不知道變化和發展，這種人辦起事情來，往往費了九牛二虎之力，卻得不到好的效果。在今天的社會裏，我們需要成千上萬這樣的聰明人。他們應該有勇於創新的意識，大膽的冒險精神，以及善於觀察事物的敏銳力和洞察力。

能人張愷

明宣宗宣德三年，郊縣人張愷憑監生的身分做了江陵縣縣令。當時征討交趾的大軍從江陵經過，軍隊的總督要張愷當天下午就要立即送幾百個火爐和爐架到軍中。張愷馬上命令木匠把方桌的腿鋸掉一半，桌面中央鑿個洞，中間安放上鐵鍋。不久，軍隊又來領取一千多個馬槽，他就叫來了各家會做針線活的婦女，用棉布縫成槽形，槽口綴上繩子，再用木椿把布馬槽的四角撐開。等馬餵過後，就可以收捲起來，不管軍隊前進到哪裡，馬槽都夠用了。後來大家都來效法。

後來周文襄推薦他當了工部主事，在督運中採用了他想出來的很多方法。這人不過是個監生啊！但是在使用人上可以用資歷來限制嗎？

智囊

張愷的發明，是在被逼情況下急中生智想出來的妙法。其實，在我們的日常生活中，急中生智想出來的妙法時常發生。因為在緊急情況下，人的大腦細胞的潛能就會得到充分的發揮，人也會比平時更加聰明敏捷。相應地，在平時學習、工作中，當遇

到棘手的問題時，需要我們轉換思維，多角度，多方面進行思考，力爭實現「柳暗花明又一村」。

巧購肥牛

陶魯是郁林人，二十歲時，因為父親陶成在戰爭中犧牲，被錄用為廣東新會縣丞。都御史韓雍下令，需要一百頭牛犒勞軍隊，限三天內備辦出來。軍令如山，眾同僚都不敢應承，但是，陶魯卻承擔了這項任務。三司和同僚們責備他胡來，陶魯說：「我絕對不以這件事來連累你們。」

他在城門上張貼佈告說：「買牛，一頭五十兩銀子。」人們看到佈告後，有一個人牽了一頭牛來了，陶魯馬上給他五十兩銀子。第二天，人們爭先恐後地牽牛來，陶魯選取其中一百頭又肥又壯的，按市價給了主人錢，說：「買牛是韓公的命令。」

他按期向韓公進獻了一百頭牛，韓公十分稱讚他，於是正式辟召陶魯為幕僚，掌理兵政。韓雍攻佔藤峽，依仗了陶魯的力量。陶魯最後官升知州。

這種做法，本源於商鞅的按法令重賞移動木頭的人，來取得百姓信任的方法，兼有趙抃增價半羅的智慧。

智囊

如何調動激勵人的工作熱情、工作積極性和創造性，在當今社會顯得尤為重要。激勵是一門學問，也是一門藝術。

激勵的基本任務就是調動人的積極性，激發人的創造性和主動性。激勵的重要性，正如一位西方學者所說「你可以買到一個

人的時間，你可以僱一個人到指定的工作崗位，你可以買到按時或按日計算的技術操作，但你買不到熱情，你買不到創造性，你買不到全身心的投入，你不得不設法爭取這些。」作為單位的領導和人力資源部門，應與時俱進，以人為本，研究員工的特點、興趣、愛好、背景等，創造不同的激勵平臺，啟動員工潛在的驅動因素。

常言道：人是感情動物。這表明人與人之間的感情交流和維繫，通常是以關心為載體的，中國的成語中「雪中送炭」、「解燃眉之急」等等，都可以用「關心、關懷」作為注解的。企業員工工作積極性不高，可能是對工作的某些不滿，或是個人遇到不順心的事。凡此種種，都會影響個人的情緒，低落的情緒是不會有高昂的鬥志和積極性的。

聰明的老兵

丁大用征討嶺南，京師去的軍隊缺少糧食，搶來了敵人的稻穀，用刀和頭盔來舂米。邊境地區的老兵笑他們笨，教他們在山丘上選一塊乾淨地方，挖個像臼一樣的坑穴，點燃了茅草來煅燒它，使它變得堅實。然後把稻穀放在這坑穴中，再用木做成杵來舂稻，這樣十分方便。

智囊

看起來無法解決的難題就這樣輕而易舉地解決了。

曾流行過這樣兩句話:把簡單的事情複雜化——糊塗；把複雜的事情簡單化——聰明。有的時候，當人們遇到困難的時候，

總是愛一味地鑽牛角尖，按照超常規的思路去理解，如果超常規的思路不通，何不回過頭來想想最簡單、最基本、最普遍的處事方法呢？

雷簡夫巨石入地

宋朝時陝西有一次山洪爆發，有一塊巨石落下山澗當中，澗水四處流溢，造成災害。但巨石太大，有如一幢房舍，人力根本無法搬動，州縣深感困擾。當時的縣令雷簡夫命人在巨石的下方挖洞，洞的大小和巨石一般，再順著水勢將巨石墜入洞中，水患也就平息了。

智囊

世界原比我們想像的要簡單得多，複雜問題總是由簡單問題而來的。解決問題的第一步，就是把複雜問題簡單化。

思路決定出路，觀念決定成敗。很多人貧窮，不是口袋貧窮，而是腦袋貧窮。一旦出現問題的時候這些人就恐懼和害怕，冥思苦想，費勁心思，鑽到死胡同裏走不出來了。其實，很多時候，當一個思路不通，我們就沒必要鑽牛角尖，要換一種思路。試著把困難掩蓋起來，想著用最簡單的方法來解決。

望梅止渴

有一年夏天，曹操率領部隊去討伐張繡，天氣熱得出奇，驕

陽似火，天上一絲雲彩也沒有，部隊在彎彎曲曲的山道上行走，兩邊密密的樹木和被陽光曬得滾燙的山石，讓人透不過氣來。到了中午時分，士兵的衣服都濕透了，行軍的速度也慢下來，有幾個體弱的士兵竟暈倒在路邊。

曹操看行軍的速度越來越慢，擔心貽誤戰機，心裏很是著急。可是，眼下幾萬人馬連水都喝不上，又怎麼能加快速度呢？

他立刻叫來嚮導，悄悄問他：「這附近可有水源？」嚮導搖搖頭說：「泉水在山谷的那一邊，要繞道過去還有很遠的路程。」曹操想了一下說：「不行，時間來不及。」他看了看前邊的樹林，沉思了一會兒，對嚮導說：「你什麼也別說，我來想辦法。」他知道此刻即使下命令要求部隊加快速度也無濟於事。腦筋一轉，辦法來了，他一夾馬肚子，快速趕到隊伍前面，用馬鞭指著前方說：「士兵們，我知道前面有一大片梅林，那裏的梅子又大又好吃，我們快點趕路，繞過這個山丘就到梅林了！」士兵們一聽，彷彿已經吃到嘴裏，精神大振，步伐不由得加快了許多。

 智囊

「望梅止渴」之事表現出曹操的聰明才智，他能在大軍絕水源、士卒渴難忍的危急情況下，提及甘酸的梅子，不僅使士卒引起條件反射、暫解乾渴之苦，而且也鼓舞了士氣。從此以後，大家就用「望梅止渴」來表示一個人用想像來滿足自己的願望，就像士兵們想到梅子就覺得口不渴了一樣。

「望梅止渴」比喻虛償所願，用空想安慰自己或他人。《水滸傳》五十一回：「官人今日見一文也無，提甚三五兩銀子，正是教俺望梅止渴，畫餅充饑！」

借箭保平衡

建安二十二年，孫權打退了曹操的進攻，保衛了濡須。在這次戰役中，孫權同曹操對峙有一個多月。孫權曾經乘坐大船前來觀看曹營的底細。曹操的士兵們拉開了弓彎胡亂發射，射來的箭大部分都附著在孫權所乘的船的船幫上，受箭那一面重了，船身傾斜，見此情景，孫權便命令調過船頭，換另一面船幫去接受曹操士兵射過來的箭，這樣船兩面受的箭漸漸相等了，船身也就平穩了。

建安十八年，曹操、劉備、孫權各據一方。曹操打敗了劉備，又派兵進攻孫權，於是劉備和孫權聯合起來抵抗曹操。諸葛亮奉劉備之命到孫權那裏幫助作戰，「草船借箭」的故事，就是在孫、劉聯合抗曹的時候，也就是在赤壁之戰之前發生的。

孫權借箭保平衡的故事與「草船借箭」的故事道理是一樣的。即運用智謀，憑藉他人的人力或財力來達到自己的目的。同一事物，對於具有敏銳意識的人來說，可以得到很大的收益。憑藉外力，不僅要求人們善於去借，還要求人們首先明確借什麼，有了敏銳的借的意識之後，才可能在日常生活中獲取真知。生活之中，處處都有能人，處處都有學問，一個聰明的人應善於發現，善於攝取，為我所用。

城牆寫字氣金人

金帝完顏亮生性多忌諱。宋將劉錡在揚州時，下令把城外居民的房子都燒掉，又用石灰把城牆全部塗成白色，寫上——「完顏亮將死在這裏」一行醒目大字。完顏亮見了這行字就厭惡，於是就到龜山上去住。由於金兵人多，龜山住不下，因此金人就發生了許多紛爭而內亂。

劉錡抓住金帝完顏亮生性多忌諱的弱點，在城牆上寫字來氣死金人，達到制勝的目的。

在論辯的過程中，如何能夠抓住對手的弱點？首先自己得做充分的準備，然後把對方要說的涉及到的相關問題都做一下設想，辯論要從細微的方面著手，注重細節是辯論的法寶。

一個優秀的乒乓球選手，首先是個適應性非常高的人，要適應對方的速度、旋轉、角度和落點，也就是說要適應對方的打法特點，通過自己的特長來限制對手，做到揚長避短，抓住對手的弱點，以自己的優勢，取得勝利。因此，乒乓球的戰術就是揚長避短，充分利用自己的特點和長處，發現對手的弱點和短處，加以利用，從而贏得乒乓球對抗的勝利。

從理論上講，每個乒乓球選手都有自己的弱點，有技術上的，站位上的，臨場戰術應變上的，心理素質上的，對方如果是進攻型選手，要講求的是壓制對方的進攻優勢；防守型選手，要講求無法讓對方從容防守，只能疲於奔命；而對方是全面型選手，則要根據具體情況，選擇具體的戰術來克制對方。

大殮中的祕聞

宋英宗剛剛登基才幾天，在舉行仁宗皇帝的大殮儀式時，英宗還沒有舉哀便突然發病，精神失常，大喊大叫。侍奉他的宦官們都跑掉了，大臣們一個個嚇得呆立著，不知所措。韓琦扔掉手中的拐杖，徑直快步走到英宗的跟前，把他抱住，走到簾內，交給宮女們，說：「一定要用心照看好陛下。」

他回過身來就警告看到這種情況的人，不許他們走漏消息，說：「今天的事只有我們幾個人見到，外人沒有一個人知道。」言下之意是：一旦走漏消息，就要拿這些人是問。於是在場的人又都回到自己的位置上舉行大殮，像沒有發生什麼事情似的。

智囊

在千鈞一髮的關鍵時刻，韓琦挺身而出，採用強制手段，告誡這些人不許他們走漏消息，否則拿他們問罪。越是在關鍵時刻，大家越怕惹禍上身，於是也都越不敢發言了。在這裏，之所以能夠成功地保守祕密，沒有發生混亂，也就在於韓琦的「狠招」。倘若他自己慌成一團，顫顫驚驚，唯唯諾諾，唯恐走漏了風聲，而又沒有狠狠地壓制走風的可能，那麼勢必會亂成一團，後果不堪設想。

人都有趨眾心理。所謂「趨眾心理」，用二十世紀初的法國心理學家李本博士的一段文字作為描述，「當一群人聚集在一起時，大家的個人意識形態會逐漸消失，取而代之的是一個整體的情緒和意見。他們的整體行為與個人獨處時的性格行為相異，他們的思想會受其他人影響而出現偏差，想像多於實際，毫無邏輯。他們不能分清主觀和客觀，紛紛用臆想去看事物，這種不合

邏輯的看法往往和事實有很大的距離。」

因此，從一開始就扼制趨眾起鬨的風氣，明確趨眾起鬨的罪行，很少有人敢以身試法的。

....

歸途駕崩無人曉

明代成祖率軍北上抵禦南下的韃靼人，歸途中駕崩於榆木川，楊榮、金幼孜進入皇帝所住的軍帳中祕密商量，認為現在軍隊在塞外，離開京師還遠，馬上宣布駕崩，可能會引起變亂，於是就對駕崩之事祕而不宣。他們立即命令工部官員蒐集皇帝所在之處和軍隊中的錫器，召集工匠把這些錫器融化後做成一個櫃子，把明成祖遺體裝殮在錫櫃中，再把櫃子鎖起來，之後又殺了鑄錫櫃的工匠來滅口。同時又命令專門管理皇帝膳食的光祿卿，按照平常的規定進獻膳食，向軍隊發布命令時也更加嚴肅。等到軍隊進入塞內，一切都十分平靜，沒有人發現駕崩之事。

皇帝的靈柩到開平，皇太子就派皇太孫前往迎接。到臨行時，下邊啟奏說：「應當有密封的奏章來說明皇太子派皇太孫代替自己前來的情況，還要有印章，要是沒有印章作為標記，就沒有辦法來防止作假。」當時皇太孫走得很急，來不及製作印章。侍從楊士奇請求拿明成祖當年授予東宮太子的印章，暫時支付給皇太孫，等他回來再交還，皇太子接受了這個建議。

皇太子又對楊士奇說：「你的意見雖是權宜之計，但也是適合時宜的。過去先帝君臨天下時，皇儲的位置長久以來都空著，於是下邊流傳很多沒有根據的議論，我現在就把太子的印章交給皇太孫，確定了我的皇儲，沒有根據的議論還怎麼可能滋生呢？」

使用權宜之計，一切都照常進行，巧妙地掩飾了皇帝歸途駕崩的消息，最終無人知曉，避免引發大的戰亂和災難。這正應了兵法中所說的「兵不厭詐」。兵不厭詐是一條比較麻煩的計策，因為要反過來覆過去地鬥智，非常需要耐心。只要稍有不耐煩就會落入別人的陷阱裏面，因此要特別小心謹慎。

在戰場上，「兵不厭詐」，真真假假，虛虛實實，讓敵人捉摸不透；在商場上，與某些競爭對手交往，運用此謀略，往往能取得意想不到的效果。

雖然如此，但要取得根本性的勝利，離不開廣大人民的信任和支持。經商要獲得成功，也離不開顧客的信任和支持。信用、信譽是商人價值連城的無形資產。一個企業與公眾之間，絕不能運用詭詐之術，弄虛作假，而應該「一諾千金」，把「信」作為立身之本。

毀籍救人

宋靖康二年金兵佔領開封，北撤時又劫走宋徽宗、宋欽宗，在這次史稱「靖康之變」的事件中，金人想把在京師的宋皇族成員全部抓來。有人獻計，說宗正寺的典冊中有皇族的宗譜。敵方首領命令立即把典冊取來。不一會兒，就把典冊拿到了南熏門亭子。恰巧敵方的使者因為有事暫時回去了，這天晚上只有監督繳納官物的幾個人在那裏。戶部官員邵溥民就是其中的一個，他馬上索取皇室宗譜來看，每揭兩三塊，就抽出一塊扔進火爐裏燒了，他歎息說：「我的力量不能推及到每個人身上了。」

宗譜被燒掉的有十分之二、三。不久，敵方的使者回來了，監督繳納官物的官吏們將餘下的宗譜都交給了他，於是金人就按宗譜來抓人。所有能夠倖免於難的皇族，都是靠了邵溥民的力量。

唐朝裴被史思明抓住了，叫他當偽朝的御史中丞。當時史思明殘酷殺害皇族，裴暗中為他們開脫救活了近百人，由此可知，隨時隨地肯為別人行方便的人對國家有益。看那些只會死抄忠孝舊本子的人，他們要是跟邵溥民相比，不知誰更勝過誰呢？

智囊

邵溥民有膽有識，在危難關頭，他靈機一動，大膽地撕毀宗譜，每撕毀一張，就等於拯救了一批人。真可謂危難關頭見真情，英雄本色盡現。細細想來，邵溥民冒著被殺頭的危險來做這件救人的事情，真是令人敬畏。隨機應變的背後，蘊藏著一顆赤膽忠心。

在危難關頭，每一個心存集體、胸懷國家的人，捨己救人，置個人生死於不顧，都是非常地崇高和偉大。在崇高和偉大面前，又能急中生智，才思敏捷，救人救己，可以稱得上是充滿智慧的英雄。

侯叔獻治洪水

宋神宗熙寧年間，睢陽縣界內的人在沛河河堤上掘口子，引汴河水灌溉農田。有一天，下了一場大雨，汴河突然暴漲，洪水洶湧而入，把河堤沖塌得很嚴重，單靠人力堵堤的辦法，已無法

治洪水了。

這時，都水丞侯叔獻親臨現場察看險情。他看到汴河上游幾十里的地方，有一座廢棄了的古城，就立即派人挖開那裏的河堤，把洪水引入古城中。這樣一來，下游洪水的流量自然減少了。然後，他又趕緊組織人力搶修原來被洪水沖塌的河堤。

第二天，古城裏的水開始漫了出來，汴河水又開始往下游流去，而這時下游的河堤已修好了，洪水也得到了有效的遏止。最後，他開始堵封古城的城牆，古城的水自然也就流不出來了，這樣就形成了一道有效的洩洪閥。事後，人們都很欽佩侯叔獻治水時的機敏和勇敢。

 智囊

古代城池的功能，主要是用於禦敵。而現在將它用之於洩洪，這也許就是侯叔獻的首次發明創造。生活中的許多東西的功能不止是一種，只要時時留心，不時會擦出智慧的火花。上述侯叔獻等人的例子就證明了這一點。

第十八卷

聰明機智的智囊

彩綢裁剪成的花朵，縱然再美麗，也會受到春天的百花嘲笑。因為縱然人工再怎麼勤勞，也比不上自然育成的動人靈巧，所以，世上聰明機智的人，既不用占卜問吉，也不需要絞盡腦汁思考。因此，輯有《聰明機智的智囊》一卷。

司馬遹論政事

司馬遹是晉惠帝司馬炎的太子。他從小就善於思考，聰慧靈敏。司馬遹五歲時，有一次，宮中半夜失火，晉惠帝司馬炎登上高樓去觀火。司馬遹就拉著司馬炎的衣角走到暗處，對晉惠帝說：「夜深事急，應當防備發生非常之事，不能讓火光照見皇上。」晉惠帝因此十分看重他。他曾經跟從晉惠帝去看豬圈，他對晉惠帝說：「這些豬已經很肥了，為什麼不殺了來養士人，而卻讓牠們白白地浪費這麼多的糧食呢？」晉惠帝撫摸著他的背說：「你這個孩子以後能夠成為國家的棟樑。」可是，後來司馬遹竟因蒙受賈後的讒言，被廢黜死去了。

這種有才智和見識的人，為什麼常常沒有福氣？這種人要是有福氣能繼承王位，並且長命的話，司馬氏政權一定能夠昌盛；然而天道越出了常規，以至於他死了。司馬遹的謚號叫湣懷，而繼承晉惠帝的兩代皇帝，一個謚號叫懷，一個謚號叫湣，這是上天巧妙地顯示了它的天人感應嗎？

智囊

阿德勒·賽魯斯說：「在對三百名天才進行的一項調查研究

中，美國史丹福大學的科克斯博士發現他們當中幾乎所有的人都曾是領悟力非凡的兒童……非凡的小孩長大成為非凡的成年人不失為一條規律。」

神童學家劉湘的研究表明，神童神不神，重在發現和培養。他認為超常教育是一種高層次的素質教育。他培養教育的女兒劉贊智商高達一六○多，十五歲即考上中國農業大學。因而他一向主張：「我們不要人造『神童』，但也不能拒絕神童，埋沒神童……要正確理解因材施教。」即教育必須科學，素質教育就是科學的教育。

拒不答問有文章

李德裕天資傑出，他的父親李吉甫常常向同僚們誇獎自己的孩子。

宰相武元衡召見李德裕，對他說：「你在家讀些什麼書？」言外之意是探一探他的心志。李德裕不回答。

第二天，武元衡把上述情況都告訴了李吉甫。李吉甫回家後責備李德裕。李德裕說：「武公身為皇帝的輔佐，不問我治理國家、順應陰陽變化的政事，卻問我讀的什麼書。管讀書，是官設的學校和禮部的職務，他的話問得不得當，因此我不回答。」

李吉甫又告訴了武元衡，武元衡十分慚愧。

從這件事上便可以知道這個李德裕應當是佐三公和輔相的人才。

智囊

李德裕拒不答問有文章，主要原因在於他自己的想法，認為

武公作為皇帝的輔佐，不問其治理國家、順應陰陽變化的政事，卻問讀什麼書，是不符合自己的身分的，所以他拒絕回答該問題。

回歸現實生活，很多人都習慣於「人云亦云」，擅長跟風，遇到事情缺乏主見，沒有自己的思想，常常充當著「老好人」的角色。所謂「老好人」，在某種程度上可能不會得罪什麼人，受到部分人的歡迎，但是時間長了，個人容易產生依賴心理，個性漸漸泯滅，在工作和生活中處於被動地位，於是很難在業績上有所創新和突破。

洪鐘一看就會

明朝人洪鐘四歲的時候，他父親洪朝京因為擔任府學訓導考核期滿而前往京城，洪鐘隨父親乘船同行。在船中，他的父親跟同船人下棋，洪鐘在一旁靜靜地觀看，漸漸地領悟出對方下棋的棋勢，給他父親出主意，父親在兒子的指點下連連獲勝。後來，船行至臨清，洪鐘見到牌坊上大字題寫的匾額，就拿筆寫了起來，他寫的字與匾額上的字體一樣。到了京師，就設下書肆賣字，京師中的人把他看成是神童。

明憲宗聽說後，召見他，叫他寫字，他就地接連寫了幾個字。又叫他寫「聖壽無疆」幾個字，他握筆久久不動手寫。皇上說：「你可能有不認得的字吧？」他磕頭說：「我不是不認得字，只是因為這種字不敢在地上寫罷了！」皇上對他的話非常讚許，就叫內侍抬來几案，又拿來了踏腳的凳子，讓他站在凳子上，在几案上寫這幾個字，他一會兒就寫出來了。皇上很高興，叫翰林院收他為學生。供給他廩米，讓他到國子監讀書，他的父親因此升了國子助教，為他教育兒子提供方便。

洪鐘在弘治庚戌年十八歲考中了進士，授爵在中書省供職，不幸染上了疾病，不到三十歲就死了。難道他真是佛學中所說的那種前世修了聰慧，卻沒有修福氣的人嗎？

智囊

洪鐘作為一個聞名一時的神童，有幸遇到一個識才的父親和皇帝，先天聰明，後天又得到了專門的培養和教育，後來才能有所作為，這也是他三十而卒的大幸了。而北宋時王安石筆下的金溪神童方仲永，由於放鬆了後天的培養教育，結果後來成了一般平凡的人。

高定口才出眾

高定才六歲，讀《尚書》，讀到《湯誓》那篇，問他的父親高郢說：「商湯怎麼憑著臣子的身分去討伐國君紂呢？」他的父親說：「這是適應了上天的意志，順應了下民的要求。」高定說：「《尚書·湯誓》中說：為國效命的，就在祖先的神主前接受賞賜，不為國效命的，就要在土地神的神位前被殺，難道這是順應下民嗎？」他的父親不能回答。

關於伯夷叔齊認為武王伐紂是不正義的看法，人們為之已經爭論了上千年，一個才智出眾的兒童，用一句話就把它解決了。與他的事蹟相比較，那獐、鹿、松、槐之類的對答，就只不過是嘴皮子上的功夫，不值得稱道了。

唐代的賈嘉隱，在七歲時以神童的身分被召見。當時長孫無忌、徐績在朝堂中站著跟他交談。徐績跟他開玩笑說：「我所靠

的是什麼樹？」他說：「松樹。」徐績說：「這是槐樹呀，你怎麼說是松樹？」賈嘉隱說：「用公配木，怎能不是松？」長孫無忌也像徐績那樣地問他，他答道：「槐樹。」長孫無忌說：「你不能再矯正一下答案嗎？」他說：「木旁有鬼，有什麼要煩勞去矯正的？」

　　王安石的兒子王雱很小的時候，客人中有人拿一隻獐，一隻鹿，放在同一個籠子裏獻給王安石，那人問王雱：「哪一隻鹿？哪一隻是獐？」王雱實際上分辨不清，看了半天之後便說：「獐旁邊的是鹿，鹿旁邊的是獐。」客人對他的口才十分驚奇。

智囊

　　「以臣伐君」，這在「君君、臣臣、父父、子子」的中國封建社會裏，是犯下了大逆不道的滔天罪行，是「罪不可誅的」。但是歷史每每改朝換代的時候，開國君主總是要以「應天順天」來為自己「以臣伐君」的行為開脫的，唐高祖本來就是以討伐隋煬帝而奠定了國基，而唐朝後代的皇帝無疑是要以「應天順天」這塊遮羞布，來為自己祖先這種犯上的行為開脫。七歲的高宗提出這一問題並不奇怪，做父親的不能回答也不奇怪，這是因為成年人不敢回答。如果是直言相告了，又不忠於當今的皇上了。

　　中國傳統文化的這種虛偽性和劣根性在古書裏還存在很多，每每不能自圓其說，這是一個令人深思而又無法擺脫的歷史惡性循環，毫無社會經驗，僅有七歲的孩子是不能明白這一點的，就像《皇帝的新衣》裏的那個乳臭未乾、稚氣天真說真話的兒童，難道當時街兩旁站立的大人，真的都不知道皇帝沒有穿衣服嗎？固然不是。不知道是故意裝糊塗，還是真的沒有認識到這一點？

文彥博樹洞取球

文彥博小時候跟一群孩子打球，球掉進圓柱形的洞裏取不出來。文彥博把水灌到洞裏，球就飄浮上來了。

司馬光小時候跟一群孩子玩，有一個孩子一失足跌入一口大水缸裏，被水淹沒了。這群孩子嚇得都跑了，司馬光拿石頭打破了水缸，缸中的小孩馬上就得救了。

這兩人應變的才能、濟世的本領，在小時候就已經顯露一斑。誰說小時候聰明伶俐明事理，長大了就一定不佳呢？

智囊

應變能力是當代人應當具有的基本能力之一。在當今社會中，我們每個人每天都要面對比過去成倍增長的資訊，如何迅速地分析這些資訊，是人們把握時代脈搏、跟上時代潮流的關鍵。這需要我們具有良好的應變能力。此外，隨著社會競爭的加劇，人們所面臨的變化和壓力與日俱增，每個人都可能面臨生活、工作等方面的困擾。努力提高自己的應變能力，對保持健康的心理狀況和全面發展都是很有幫助的。

父母宜結合具體環境對兒童進行應變能力的培養。如在報上讀到孩子被拐騙的新聞，碰上公園裏走失的兒童、街上錯過了集合時間的孩子時，就啟發孩子：「要是你，怎麼辦？」孩子在家不小心摔起了腫塊，讓小刀劃出了傷，在給他抹藥、包紮的同時，問他：「要是你一個人，怎麼辦？」根據孩子的答案，再給予一定的、社會常識的輔導。

王戎不摘苦李子

王戎七歲時，曾跟許多小孩一起玩，看見路旁李樹上長了許多李子，把樹枝都壓彎了。許多孩子都爭著跑去摘李子，只有王戎不動。別人問他為什麼不去，他回答說：「這樹長在路邊，卻留著這麼多的李子，這一定是苦李樹。」

別人試了一下，果真如此。

許衡少年時，一年盛暑時經過河陰，途中有梨樹，同行的許多人都爭先恐後地爬到樹上摘梨吃，唯獨許衡坐在樹上像是沒看到梨一樣。有人問他，他說：「不是屬於你的東西，你去拿是不應該的。」問他的那人說：「現在是亂世，主人早跑了，這梨其實是沒主人了。」許衡又說：「梨樹沒有主人，我心裏難道能沒有判斷是非的主張嗎？」

由王戎和許衡的故事來看，王戎不摘李子是因為聰明，許衡不吃梨是因為行為處事堅持正當原則，兩人都是神童。

智囊

王戎預知李子苦，自古以來認為他是天才，否則他不吃怎麼知道李子是苦的？其實他不過是具有敏銳的觀察力和判斷力。道理很簡單，「樹在路旁而多子」，那一定不好吃，否則，早被人們摘光了，所以他以他敏銳的觀察力和判斷力被人們譽為「神童」。

觀察力的培養，一般是從小處著手，經過不斷的培養鍛鍊，每個人都可以達到「神童」的地步。

所謂神童，根據《辭海》的解釋，意思是「聰明異常的兒童」。從故事中的洪鐘、高定、王戎、許衡等，都是歷史上這類小有名氣的神童，然而他們當中小時候出眾，長大了更佳的人幾

乎沒有，寥寥無幾，如王安石筆下的方仲永，古往今來的這許多神童的天資，後來就在鮮花與掌聲、驕傲與自滿中被扼殺了。

曹沖稱象

曹沖從小就挺聰明。孫權曾經送給曹操一隻大象，曹操想知道這隻大象的重量，問他手下的眾下屬用什麼辦法稱，沒有人知道該怎麼辦。在一籌莫展的時候，沒料到曹沖獻計說：「把大象牽到一條大船上，然後按船吃水的深度，在船幫上刻上印痕，大象下船以後，再把稱好了重量的東西在船上放，等船入水的深度與原來的印痕相齊，這個時候通過船上貨物的重量，就能知道大象的重量了。」當時曹沖才五、六歲，他這種聰明的樣子，真讓曹操感到吃驚。

智囊

這個故事，發生於一千八百多年前的魏國，其原理和亞基米德的浮力定律，大致上相同。但兩人相距一千多年，曹沖竟能運用這個原理解決難題，除了因為他對事物的觀察細微外，經驗的累積也非常重要。

人類的智慧能得以繼續相傳，就是依賴人類不斷進修，不斷學習，再加以發揚光大，因此我們才有今天這個繁榮，發達的社會。自古至今，知識的傳遞，總是通過文字的紀錄，由老師傳授或由學生自學而得。但時至今日，資訊科技發展迅速，將人類的距離也逐漸拉近。在地球上一角發生的事情，數秒鐘內已可傳遍整個世界，知識傳遞亦透過網際網路迅速散發，書本已不再是知

識的單一來源。相反，我們要進行分析，判斷所載知識的真確性，我們要學會學習，學會取捨，學會欣賞。

人生的路途，有起有伏。一生平淡，反會覺得生命枯燥，偶爾遇上挫折，反為人生添姿增彩，磨鍊出堅毅不屈的精神，培養出積極面對和解決問題的態度。短視往往是年輕人的一種特點，捨難取易，急功近利，耽於逸樂，比比皆是；每遇挫折，即怨天尤人，採取逃避的方法，這是缺乏自信心的表現。因此，培養自信，挑戰自我，是刻不容緩的。

此外，我們可以將一個長期目標，化解成若干個連貫的短期目標，使我們更易達標,從而對自己進行鼓勵，提升個人的自信。貪圖逸樂，沉迷於任何類型的活動，對個人的發展都是有一定的影響的。

我們需要的是全面的發展，均衡的發展，多方面知識的發展。因此，各方面時間的安排和分配，要恰到好處，不能因有所偏好，而輕視其他的活動或學習，我們需要培養自律的精神，約束自己不羈的行為，控制自己的時間。

自學，自信，自勵，自律，「四自」是相輔相成的，它可以達到為學的目的，提升我們知識的水準，開闊我們的視野，培養我們良好的德行，今天要進行學習，必需要通過聆聽別人的見解，欣賞學習別人的成果，與別人研討磋商等過程。現在資訊科技的發達，人與人之間的關係更加密切，所以各種類型的溝通和表達方法的培訓，用以提升「自我表達」的能力，是有實際需要的。

....

戴顒妙改銅像

自漢代開始就有佛像，但形態製作上不精細。宋世子請工匠在瓦官寺鑄造一丈六尺高的銅像，等完工之後，遺憾地感到銅像

面龐有些瘦，但是工匠們不能改了。後來，請戴顒來看銅像，戴顒看過銅像後說：「不是面龐瘦，而是雙臂和肩部過於肥大了。」於是就削減雙臂和肩部，這樣就不覺得面龐瘦了。

花費無度就會感到錢財匱乏，當官的過於貪婪就會覺得老百姓窮，帶兵的將領懦弱無能就會感到敵人強大。由此舉一反三，可以認識到很多問題。

智囊

戴顒妙改佛像的做法，給了我們很好的啟示。世界上的事情很難一帆風順，當遇到困難和挫折的時候，是沮喪氣餒還是想方設法以期能把壞事變成好事，就看你以何種態度如何對待問題了。所以說，態度決定一切，細節決定成敗。

作為一個企業，不管產品具有多大潛在的吸引力，但是絕大多數的消費者，並不知道這些產品。如果我們不善於抓住產品宣傳的契機，等到產品賣不掉的時候才打出廣告，要想拓寬產品的知名度，躋身於世界經濟舞臺強手之林，是不可能的。作為廣大的生產經營者，要積極深入市場，尋覓資訊，捕捉一切有利於產品自我宣傳的契機，選擇一個適合於本企業、本產品特點的宣傳媒體，及時將自己的企業和產品的形象注入消費者的心目中，只有這樣，才能使產品宣傳收到事半功倍的獨特效果，才能將產品真正地推向市場，推向消費群體。

楊佐巧換新木

宋朝時陵州有鹽井深達五十丈，井底為岩石，井壁用柏木築

成，並高出井口，再由井口垂下繩索汲取鹽水。由於使用多年，柏木已腐朽，想更換新木，但井中氯氣太重，工人一入井就中毒而死，只有雨天時氣隨著雨水下降，勉強可以施工，一旦放晴就要停工了。

楊佐當時在陵州做官，就教工人在井口用一隻大木盤盛水，讓水由木盤縫隙中像雨滴般漏出，稱為水盤，施工便可以連續進行。幾個月後，井壁修護一新，更換工程完成，又可繼續產鹽了。

智囊

有一位哲人說過這樣一句富有哲理的話──「這個世界不缺能幹活的人，缺的是會思考的人。」

所有計畫、目標和成就，都是思考的產物。為什麼有的人成就了偉業，有的人卻碌碌無為一輩子?其實，成功的機會無處不在，只是她更青睞於善於思考的人。別人成功了，我們卻沒有，並不是別人運氣好，而是他們善於思考，對這個世界多了份觀察。

當然，成功不是唾手可得的，也不是胡思亂想就能得到的。真正的思考是一件很傷腦筋的事情。須知，思考的果實雖甜，但思考的過程卻很苦。苦就苦在思考需要大量調查研究，掌握第一手資料，需要堅持不懈地總結積累經驗，需要博覽群書不斷「充電」……而要做到這些，無不需要耐得住寂寞，需要「鬧」中守靜，放棄安逸的念頭，犧牲許多娛樂，有時還要精簡交往，壓縮一切不必要的應酬。另外，思考也貴在堅持，貴在於「勤」，要多思考，常思考，養成勤思考的習慣。一番「痛苦」過後，一天天的領悟，終於會在一天頓悟，品得甜美的果實。

其實，我們大家在一起學習、一起工作，誰比誰聰明、誰比

誰幸運並不是最大的差距，最大的差距在於誰思考得多、思考得深、思考得對。靈光一閃的頓悟是一種思考，坐在那裏默默沉思是一種思考，把自己的所讀所想記述下來、表達出來也是一種思考。勤於思考下去，必有大的進步。

因此，我們在生活中要善於思考，特別是一些別人解決不了的問題，我們可以換個思路去解決；別人不敢做的事情，我們要鼓起勇氣去做；別人想不到的事情，我們要努力想到並實現。

「只有想不到，沒有做不到」，這句話雖然有點誇張，但從某種角度講，也有一定的道理。這個世界上沒有跨不過去的坎，關鍵看你如何走。這個世界上沒有解不開的結，關鍵是看你以何種方式解。善於思考的人，是永遠不會被困難嚇倒的，即使前面荊棘叢生，他們也能披荊斬棘；即使前面泥濘滿路，他們也能風雨兼程。

尹見心巧從河底鋸大樹

尹見心做知縣，縣城邊上有一條河，河道中間有一棵樹，是從河底長出來的，已有好幾年了，過往的船隻常常被撞壞。尹見心讓民工砍掉這棵樹，民工說：「這棵樹在水底生根，根長得很牢固，沒法子砍掉。」尹見心就選派一個水性好的人潛入河底，丈量出這棵樹的高度；然後又找人做了一個杉木大桶，兩頭都是空的，它的長度稍稍超過樹的高度。杉木大桶做好以後，尹見心又組織人把大桶從樹梢向下套去，深陷在河底，接著用大水瓢把桶裏的水淘乾，再讓人跳入杉木大桶裏，從根部把那棵樹鋸掉。

激變的事物是不會停下來等人想辦法應對的，這是再清楚不過的道理。所以，天底下哪有智慧而不敏捷，敏捷而無智慧這回事呢？

思維機敏的人，他的勇氣就可以改變，而不會在應付突然到來的問題時感到困窘，因為事情的變化是不能停下來等待我們的，只有過人的機敏，才能躲避災害，獲取利益，成就事業，達到這一點，就同智謀沒有兩樣了。

懷丙撈鐵牛

懷丙是一個出身於山西蒲州附近貧苦人家的小和尚，當蒲州附近的那座橫跨黃河的浮橋被大水沖垮後，用於繫大鐵鏈的八隻大鐵牛中，有一隻大鐵牛沉到河底，人們想盡了許多辦法，都無法把這隻幾萬斤重的大鐵牛撈上來。怎麼辦？當地官府無可奈何之際貼出了榜文，徵求解決難題的方法。

幾天過去了，一直沒有人揭榜。這時，走來一個和尚，他不動聲色地揭了榜，這個和尚就是懷丙。他揭榜後，人們議論紛紛，甚至懷疑這個小和尚是否在開玩笑。

懷丙取榜來到了官府，他二話不說，把派來的兩艘裝滿沙土的大船放在鐵牛兩旁；把大木橫擱在兩條船上，用粗大的纜索把它和船繫緊，再在大木上縛一根結實的纜索，纜索下端掛了鉤子，鉤住鐵牛，然後卸去船上的沙土，沙土越卸越少，船就越來越上浮，鐵牛也就逐漸「浮」起來，最後將船上的全部沙土卸完，鐵牛就浮起來了。

　　這個故事寫了宋朝的工程家懷丙和尚，利用水的浮力打撈起陷在河底淤泥裏的大鐵牛的事。了解懷丙和尚是怎樣利用水的浮力打撈鐵牛的，同樣告訴人們，古代對船的容積和載重量，早就有了比較確切的量度，從而感受到古代勞動人民的聰明智慧，教育學生愛科學，學科學。

　　可以抓住懷丙和尚說的那句話──「鐵牛是被水沖走的，我還叫水把它給送回來。」創設一種促使學生主動發現問題、提出問題的情境，由此激起人們的認識衝突，再通過語言實踐獲取直接經驗，從而提高綜合運用所學知識解決實際問題的能力。

楊修洩密招殺禍

　　楊修作為曹操的主簿，當時正建造丞相府的大門，門框成型，正在構建門頂的椽子時，曹操走出來察看，看完以後就在門上題了一個「活」字，便走了。楊修看見門上的題字，馬上讓工匠們把門給拆掉，他說：「門中有『活』是『闊』子，這說明魏王嫌門大了。」

　　有人給曹操一杯乳酪吃，曹操喝了幾口，在杯蓋上題了一個「合」字交給臣下看。眾人接過杯子後不知道他的用意，等杯子傳到楊修那裏，他接過杯子就喝了一口，他說：「這是曹公叫咱們每人喝一口，有什麼不可解的呢？」

　　曹操曾經過曹娥墓碑下，楊修從碑背上看見八個題字──黃絹幼婦，外孫齏臼。

　　曹操問楊修：「你懂得這八個字是什麼意思嗎？」楊修回答

說：「我懂。」曹操忙說：「你先別說，等我好好想想。」接著他們離開墓碑往前走了三十里。

這時曹操說：「我已懂得那八個字的意思了。」他讓楊修另取紙筆，記下他領會到的意思，楊修記下的意思是：「黃絹色絲，等於是一個『絕』字，年幼的婦女，就是少女，這等於是個『妙』字；外孫是女兒的子女，這等於是個『好』字；齏臼這種東西，是用來盛五種辛辣調味品的器皿，這等於是個『受辛』（辭）字，這八個題字隱含的意思合起來就是『絕妙好辭』。」曹操也記下了自己領會到的意思，結果與楊修的一樣。曹操感歎地說：「我的才智與你相差三十里呀！」

曹操佔領漢中之後，想進一步討伐劉備，但是沒有什麼進展；要守漢中，又很難建樹什麼新的功業。護軍不知道是該繼續前進，還是該留下來防守，曹操發出命令只講：「雞肋」二字。官員們沒有人懂得這兩個字是什麼意思。

楊修說：「雞肋這個地方，吃起來沒什麼味道，扔掉它可又覺得可惜。曹公寫上這兩個字是說明撤兵回去的主意已經定了。」於是楊修私下裏告訴軍營中的人整理武器行裝。沒多久，曹操果然下令撤軍了。

楊修聰明才智太顯露了，所以引起曹操的忌恨，這樣他能免於災禍嗎？晉代和南朝宋的皇帝大多喜歡與大臣們賽詩比字，爭高低，大家都吸取了楊修遭殺害的教訓，所以大文學家鮑照故意寫些文句囉嗦拖遝的文章，書法世家王僧虔用很拙劣的書法來搪塞，這都是為了避免君主的殺害。

曹操殺楊修，歷來的史學家認為，那時因為楊修的聰明才

智太外露了，遭至魏武帝的忌恨。其實，作為一代有作為的政治家，曹操是愛才惜才的，楊修被殺的真正原因，並非是他的才智太外露，而是在於他露的不是地方，上述記載的楊修的四件小事中，前面三件都屬於雕蟲小技，只是耍耍小聰明而已；而後面的一件事，犯下洩密的彌天大罪，罪不可赦，最終招來了殺身之禍。

巧妙的解說

通海節度使段思平，被楊姓忌恨，他逃離了通海。路上揀到一個核桃，切開，裏面有「青昔」兩個字。段思平拆開這兩個字說：「『青』是十二月，『昔』是二十一日。我應當在這一天討伐楊姓。」於是從束邊借援兵，到了黃河邊準備渡河。

渡河的前一天夜裏，段思平夢見別人把他腦袋砍下來了，又夢見玉瓶瓶耳打破了，還夢見鏡子碎了，心裏有些恐懼，因此不敢進軍。軍師董伽羅對他說：「這三個夢都是吉祥之兆啊。您是大夫，『夫』字去掉上面的頭，就是『天』字，這是您要做天子的吉兆；玉瓶少了耳朵，剩下的就是『王』字；鏡中有人影，好像是另一個人與您相對峙，鏡子破碎了，人影也沒有了，這等於說您的敵手不存在了。」段思平聽了董伽羅這一番話，立即決定繼續進軍。不久，就把楊姓打跑了，佔領了他的國家，改名叫大理國。

南朝梁的殷芸編著的《小說》這本書上，有這樣一段記載——秦王嬴政夢見日落山崩，海乾花謝。群臣們聽到這段夢都不知道怎麼來解釋。而呂不韋的一個年僅十二歲的家臣甘羅解釋這段夢說：「太陽落下去以後，天帝星才能顯露出來，山脈塌了大地才能顯得越加平闊，海水乾了龍才會把珍寶獻出來，花朵謝了才能收到果實。」這段記載雖然荒誕不經，但也是很善於應對的。

要從不同的角度看問題。對待同一個夢境，從正面解釋有理有據，從反面解說也言之有理。但是，在特殊的情景下，軍師巧解夢，借此鼓舞軍心，幫助段思平堅定進軍的信心，起到了正面強化的作用。相反，如果軍事也像段思平一樣，一味地回顧夢境，擔心夢會成為現實，那就沒有勝利可言了。

因此，在現實生活中，我們首先要相信科學的力量，正確地認識夢的成因和夢的意義；另一方面，我們要學會辯證地看待夢，既不要因為做了惡夢就舉步不行，做事情畏畏縮縮，生怕惡夢成真，也不能因為做了美夢就整日癡心妄想，想入非非，沉迷於不切實際的幻想之中。

周之屏巧悟相意

周之屏在南粵時，張居正下令全國清查土地，對耕地進行重新丈量。當時的官員認為瑤族、侗族人民居住的地區，他們的耕地朝廷一向不過問，無法進行丈量。前來朝見天子的北方少數民族地區的各級官員們，也在朝廷上提出同樣的意見。

宰相張居正厲聲說：「你們只管丈量。」

周之屏領會了他的意圖，行了禮便出去了，其他人還在竊竊私語。

張居正笑著說：「離開的人是理解了我的意圖的人。」

大家出來後問周之屏，張居正的話究竟是什麼意思。周之屏說：「宰相正想通過丈量土地，統一法度，來治國齊天下，他考慮的是全國這個大局，難道肯明確地提出什麼『某某田不能丈

量』這類的意見嗎？我們下屬官員應當根據實際情況靈活掌握嘛!」大家這才真正領會了張居正的意思。

智囊

俗話說：「上有政策，下有對策。」周之屏只所以能夠領會宰相的意圖，是因為他能夠站在宰相的立場靈活思考問題，深知領導者關注的是全國大局，而具體的措施和行動，需要下屬結合實際問題靈活實施。這是一門領導的藝術，即授權藝術。

授權就是要給下屬一定的權力，使其在處理問題時有相當的自主權，同時也讓下屬承擔一定的責任，做到責、權、利一致。授權是領導者的分身術，有利於調動部下的積極性，培養鍛鍊部下的能力，對完成群體目標起著很大的作用。

授權時要注意以下幾點：首先，因事擇人，視能授權。要把權力授予那些品行好、有專長、有處事能力的人。其次，要明確職權範圍。領導者要向下屬講清所授權力的責任範圍，講明執行任務時要達到的具體目標，使下屬在準確領會意圖後主動積極地開展工作。最後，要授權留責，監督控制。授權留責是對下屬信任的表現，並不是推卸責任。出了問題領導者應勇於承擔責任，好讓下屬放心大膽地工作。當然授權不等於放任自流，領導者仍須監督控制，以免偏離方向或濫用權力。

鐵腳木鵝

隋煬帝幸駕廣陵，決定開鑿運河，但舟船航行到寧陵境內，常常因水淺不能通航。隋煬帝向虞世基請教這件事。虞世基說：

「請做鐵腳木鵝，長一丈二尺，從河的上游放下來，如果木鵝停住不走了，就是水淺的地方。」隋煬帝按照虞世基的意見去做，從雍丘至灌口，發現水淺的地方有一百二十九處。

智囊

　　事情阻礙行不通的時候，忽然碰到聰明睿智的人，以一句話、一個觀點啟示了眾人，使眾人像大夢初醒一般的豁然醒悟。

　　環視當代教育，傳統的「填鴨式」、「滿堂灌」、「一言堂」的教學方法，死搬硬套、照本宣科的陳舊教學方式，使學生成為填塞知識的倉庫，忽視了學生主體性的作用，非但無法調動學生的積極性，反而因為機械刻板的教學方法，禁錮了學生的頭腦，扼殺了學生的創造性。

　　相反，啟發式的教學方法，建立在「有所為，有所不為」的原則之上，可以激發學生的強烈求知欲望，進入積極的思維狀態，教師只要適當地引導啟發，學生就會立即動腦筋，深入思考，從多個角度來分析和解決問題。

第十九卷
能言善辯的智囊

子產善於辭令，鄭國賴以生存；仲連聊城一矢，名聲近播遠揚；排疑難解糾紛，策士能言善辯；世上群子賢士，切勿輕視諷謠。因此，輯有《能言善辯的智囊》一卷。

子貢宏論扭乾坤

子貢是孔子的學生，以善於辯論著名。一次他為了魯國的利益，遊說齊國、吳國、越過、晉國，利用分化、聯合的手段，憑口舌之力改變了這五個國家的命運。起因是齊國的大將田常調集軍隊去攻打魯國，孔子聽到消息後對學生們說：「魯國是我的家鄉，你們為什麼不出面制止呢？」於是子貢請求前往，孔子同意了。子貢先到了齊國，向田常遊說。

子貢對田常說：「你去攻打魯國，實在是個大錯誤，因為它的城牆低薄，土地貧瘠，國君愚蠢，大臣無能，軍隊和老百姓又都討厭戰爭，所以，你很難打敗魯國。你不如去攻打吳國，吳國城牆堅厚，土地肥沃，武器堅利，兵精將廣，大臣賢明，所以你能打敗吳國。」

田常一聽，氣得臉都變綠了，說：「你認為困難的，正是人們認為容易的；而你認為容易的，卻恰是人們認為困難的。你為什麼要胡說八道呢？」

子貢說：「我聽說，憂患在內則攻擊強敵；憂患在外則攻擊弱者。現在你想攻擊魯國，雖然容易取勝，但每戰必勝，必然導致貴國國君驕橫傲慢，到處攻城掠地，臣子必然妄自尊大。你打敗了魯國，卻使國君驕橫而為所欲為，群臣放肆而爭權奪利。這樣一來，你反倒上與國君有隔閡，下與群臣有利害之爭，你會在

齊國無立足之地。所以說，你不如討伐吳國。討伐吳國不能獲勝，則大臣戰死在國外，朝廷空虛，就沒人與你爭權奪利，輔助國君的就只有你了。」

田常說：「這樣做好是好，但軍隊已派往魯國，現在突然離開魯國而攻打吳國，國內的大臣們必然會對我產生懷疑，怎麼辦呢？」

子貢說：「您可按兵不動，我去吳國請求吳王救助魯國攻打齊軍，你再派兵去迎戰吳國就順理成章了。」田常同意了。

於是，子貢見到吳王，勸他說：「想建立霸業就要戰勝強大的對手。如今吳國和齊國勢均力敵，此時齊國正在派兵攻打魯國，進而與吳國爭奪霸業。這樣會打破雙方力量平衡，我私下裏為大王您擔憂啊！如果您現在能出兵援救魯國攻打齊國，既可揚名天下，又有利可圖；既可以扶持諸侯，誅除齊國，還能使強大的晉國屈服。名義上為保全魯國，實際上是困住了稱霸的齊國，威懾了強大的晉國。」

吳王認為子貢說得有理，表示贊同。但因吳王剛打敗了越軍，擔心越國乘機報復，所以表示要等消滅了越國再去救魯攻齊。子貢見此，接著說：「越國的力量不如魯國，魯國打不過齊國。大王放棄齊國而進攻越國，那麼齊國就會乘機把魯國吞併了。大王為了討伐小小的越國而畏懼強大的齊國並失去盟友魯國，是不仁不義啊！如今您應該保存越國以表示您的仁慈，解救魯國以表示您的義氣，抗擊齊國以表示您的勇敢，壓制晉國以表示您的威嚴，那麼，各國諸侯必然會競相歸順大王，您的霸業也就成功了。如果您實在擔心越國的話，我請求東去，面見越王，令他出兵，跟隨大王一起討伐齊國。」吳王十分高興，就派子貢前往越國。

子貢到了越國，告訴越王說：「我勸說吳王救魯攻齊，吳王雖然有想去的意思，但又害怕越國會乘機攻打他們，故聲稱等他

討伐越國後才行，如果真是這樣，那吳國必然來攻取越國。」

越王勾踐說：「我與吳王打仗，被困於會稽，對吳國恨之入骨，日夜臥薪嘗膽，只想與吳王決一死戰，這正是我想要的啊！」

子貢接著說：「我聽說，沒有報復別人之心，而讓人產生懷疑，這是笨拙的人；有報復別人之心，而被人知道，這是最危險的；事情還沒辦，就走漏了消息，這就可能毀於一旦。這三種情況都是成就事業的大患呀！」

越王沉思了片刻，覺得子貢說得有理，點頭稱是，並接著問子貢有何良策。

子貢說：「吳王為人勇猛殘暴，眾大臣都不堪忍受；國家戰爭而國庫空虛、土地荒蕪，官兵們無法忍耐，百姓也都怨恨吳王。如今大王若能臥薪嘗膽，藏怒於心，反而發兵幫助他討伐齊國，那麼，他一定會去討伐齊國，而不再以越國為敵。如果他討伐齊國沒有取勝，則大傷元氣；如果他戰勝了齊國，那麼吳、晉矛盾勢必激發。到時我再去求見晉國國君，讓他與諸侯一起討伐吳國，吳國必然被削弱。這時大王乘機進攻吳國，一定會滅掉吳國的。」

越王聽了子貢的妙計，非常高興，同意按照子貢的計策行事。於是，子貢又返回吳國，對吳王說：「我恭敬地將大王的話告訴了越王，越王聽了十分恐懼，說他十分不幸，小時候便失去了父親，又不自量力，得罪了吳國，以致軍敗受辱，棲身於會稽。全靠大王您的恩賜，才沒有失去宗廟社稷。您的恩德，他到死也不敢忘記，哪裡還敢圖謀不軌呢？五天以後，他便親自率兵跟隨大王討伐齊國。」

吳王聽後非常得意，以為大事已成，於是便發動九郡的兵力去討伐齊國。

子貢見吳王已派兵攻打齊軍，連忙又來到晉國，對晉國國君

說：「我聽說，不預先考慮事情，就無法應付突然的事變；不預先分析軍事形勢，就不可能戰勝敵人。現在吳國要去討伐齊國，如果吳國打敗了齊國，必然攻打晉國。」

晉國國君聽了大吃一驚，連忙問子貢有什麼辦法。

子貢接著說：「唯一的辦法就是修造武器，準備糧草，加緊練兵，聯絡諸侯，做好與吳國打仗的準備。」晉國國君於是下令加強了戰備。

吳軍與齊軍交戰，打敗了齊軍，果然兵臨晉國，與晉軍對陣。因晉軍早有準備，所以很容易就打敗了吳軍。越王勾踐乘機襲擊了吳國，吳王只得帶兵離開了晉國，返回吳國，與越軍交戰。由於吳軍遠道奔襲，士兵疲憊，而越軍復仇心切，勇往直前，兩軍交戰，吳軍大敗。越軍隨即包圍了王宮，殺死吳王，滅掉了吳國。

子貢的遊說，保全了魯國，削弱了齊國，使晉國強盛，吳國滅亡，越王稱霸，改變了五個諸侯國的命運，真可謂宏論定天下啊！

智囊

子貢的能言善辯，建立在正確地分析當時諸國形勢的基礎上。他能夠洞悉各國諸侯與大將們的性格特點和內部矛盾，以及他們實行某些策略的目的，充分利用各方的矛盾為自己利用，起到四兩撥千斤的作用。而這一切，建立在對資訊的蒐集，對人、對事、對事態發展的調查研究與周密分析的基礎之上。

可見，能言善辯必須有深厚的社會知識的積累，以及獨到的真知灼見，而僅有空洞的說教、油滑的腔調是不行的。在現實中還要增加知識的積累和對事情、對現象的分析，用時才能遊刃有餘。

魯仲連義不帝秦

秦兵圍攻趙都邯鄲，諸侯都不願意帶頭出兵救趙。魏王派客將辛垣衍由小道入邯鄲城，想與趙王相約一起尊秦王為帝，藉以解邯鄲之圍。

戰國齊人魯仲連，好策劃，為人正直，操守高。當時他正好在趙國，聽說魏國想遊說趙王尊秦王為帝，就去見戰國趙武靈王兒子平原君。由平原君介紹魯仲連與辛垣衍見面。

魯仲連見了辛垣衍，竟一言不發。辛垣衍說：「我本以為凡是住在邯鄲的人，都是有求於平原君而來，但我仔細觀察先生的舉動，並非有求於平原君，真不知道先生為什麼待在這圍城內久住不走？」

魯仲連說：「秦國是個背棄禮義，只知崇尚殺人的戰功，用權術操縱士大夫，把百姓當奴隸般使喚的國家。秦王果真稱帝，那我寧可投東海而死，我可不願意做秦王的順民。今天我來見將軍，目的就是想對趙國有所幫助。」

辛垣衍說：「請問先生要怎樣幫趙國呢？」

魯仲連說：「我準備再說服魏、燕兩國援趙，而齊、楚兩國已經答應了。」

辛垣衍說：「燕國的動向我不清楚，至於魏，我就是魏國人，不知先生怎麼能使魏援趙呢？」

魯仲連說：「這是因為魏國還沒有看見秦國稱帝的害處，假使能明瞭其中的害處，魏王一定會發兵救趙。」

辛垣衍說：「那你說秦王稱帝的害處在哪裡呢？」

魯仲連說：「以前齊威王推行仁政，率天下諸侯朝拜周天子，當時的周既窮又弱，天下諸侯都不肯朝貢，只有齊國肯稱臣進貢。但過了一年多，周威烈王駕崩，諸侯都前去弔喪，可是齊國卻最後到達，周王大怒，派使臣警告齊王說：『天子駕崩，新

即位的天子服喪，而東藩之臣齊國的田嬰竟遲來奔喪，依法當斬！』齊威王一聽，生氣地說：『呸！周王只不過是一個賤婢所生的奴才罷了！』整個事件成了個大笑話。齊國在周天子生前去朝拜他，死後卻如此辱罵他，實在是因為做不到周天子所要求的諸侯義務。對真正的天子尚且如此，你以為把秦奉為天子不會發生類似的笑話嗎？」

辛垣衍說：「先生難道沒有見過僕人嗎，十個人服侍一個人，並不是真的因為力氣和智慧不如主人，而是出於畏懼。」

魯仲連說：「那麼魏國和秦國的關係，就如同主、僕嗎？」

辛垣衍說：「是的。」

魯仲連說：「好。那我有辦法叫秦王殺魏王，把魏王剁成肉醬。」

辛垣衍很不高興，說：「先生也未免太誇大了，你又怎能叫秦王殺魏王呢？」

魯仲連說：「我當然做得到，請將軍聽我解釋。當年鬼侯、鄂侯、文王，是殷紂王的三公。鬼侯有個女兒長得很漂亮，於是獻給紂王，可是紂王卻不喜歡她，結果紂王就把鬼侯殺了，剁成肉醬；鄂侯為這件事向紂王諫言、辯論，結果紂王又把鄂侯殺死，曬成肉乾；文王聽說這兩件慘事以後，忍不住長歎一聲，結果竟被紂王囚禁在羑里的倉庫裏有一百天，想困死他。這不就正是有擁護人為帝王，結果反倒被殺死，曬成肉乾，剁成肉醬的往事嗎？

「齊閔王要去魯國時，夷維子負責駕車，他對魯國人說：『你們準備接待我的國君嗎？』魯人說：『我們用十頭牛款待你們國君。』夷維子說：『我們國君是天子，天子到各地巡行狩獵時，諸侯都要搬出王宮住在外面，交出國庫的鑰匙，並且撩起衣裳，端著桌几親自在殿堂下伺候天子進餐，天子吃完，諸侯才能退下。』魯人一聽，就不讓齊閔王入境，以致齊王只有改從鄒國

前往薛國。

「正巧碰到鄒君逝世，齊閔王要去弔喪，夷維子對鄒君手下說：『天子來弔喪，喪家必須把靈柩擺放為坐北朝南，然後請天子立於南方之位祭弔。』鄒國的臣子說：『如果一定要我們這樣做，我們寧可伏劍而死。』因此齊閔王君臣也不敢進入鄒國。

「鄒、魯兩國的臣子，雖迫於齊國的淫威，當君主在世時不得奉養，君主死了不得含殮，但是要以他們行朝拜天子的大禮，他們仍不肯讓齊閔王進入自己的國家。

「今天秦國是擁有萬輛兵車的大國，魏也是萬輛大國，兩國互相稱帝稱王。但是見秦國打了一場勝仗，就想尊秦王為帝，這是三晉的一干文武大臣，還遠不如鄒、魯這兩個小國的臣民氣節高尚。

「再說秦王稱帝之後，必定更換諸侯大臣，罷黜他所謂的不肖臣子，把官位賜給他心目中的賢臣子，削奪他所憎恨的人的官職，任命他所喜歡的人為官，同時也一定會要他的女兒作諸侯的妃子住在魏宮，魏王又怎能耳根清靜，而將軍又怎能常享榮寵呢？」

辛垣衍聽完魯仲連這番話，立刻起身拜謝說：「我一直以為魯先生只是個平凡人，現在我才明白先生是天下奇人，我現在就回魏國，再也不談論尊秦王為帝的事。」

秦國將軍聽說這事後，下令秦軍後退五十里。

蘇軾說，魯仲連的辯才超過張儀、蘇秦，氣勢架凌於淳于髡、公孫衍之上，排除國境解救危難，達成使命卻不居功邀賞，在戰國謀士中才智操守無人可比。

穆文熙說，魯仲連把不能尊秦為帝的理由說得淋漓盡致，使得秦將退軍五十里，這就是《淮南子》所說的「廟戰」了。

　　魯仲連是平原君的食客，就是後來官僚的門生，以幫人排除困難為己任。在此次論辯中他大量引用歷史事實，從正、反兩個方面論證，以事實為依據、按照正常的推理，預測將來的後果，加上清晰的邏輯，說得人心服口服。

　　俗語說「事實勝於雄辯」，在辯論中適當引用事實，會起到空洞的理論所無法達到的效果。

虞卿駁侍秦詭辯

　　西元前二六〇年，趙國在長平戰敗投降的四十萬軍隊被秦軍活埋，都城邯鄲被圍。秦退兵並索要六座城池為議和條件。趙王派趙郝去議和，被虞卿聞訊制止。

　　虞卿說：「大王您看秦主動退兵是因為疲倦了，還是可憐大王呢？」

　　趙王回答：「秦竭力攻打，必是士兵疲倦才撤的。」

　　虞卿說：「如此一來，大王奉上秦搶奪未遂的東西不是助敵嗎？若明年秦再攻，大王怎麼辦？」

　　趙王將話轉述趙郝。趙郝說：「虞卿確定秦退兵的原因嗎？六座小城都吝惜，明年秦再攻趙時大王能不割地求和嗎？」

　　趙王忙說：「那麼割讓算了。但能保證秦明年不攻趙嗎？」

　　趙郝回答：「屬下不敢。韓、趙、魏一向與秦友好，秦單攻趙，定是您侍奉秦國不如韓、魏。現臣替您向秦求和以保持像韓、魏一樣的關係。明年秦再攻，定是大王侍奉秦國仍落後於韓、魏，臣這就不敢擔保了。」

趙王將這話轉述給虞卿，虞卿便說：「現在割地求和不能保證秦明年不攻趙。若秦得城而明年再攻，大王又割讓秦搶奪未遂的土地來求和，是自取滅亡啊！秦兵善戰也不能一次奪取六城，趙國不能堅守也未必六城盡失。現秦軍疲憊得不堪一擊，若拿六座城給他國來聯合攻秦，失去的六城可從秦國得到補償。為何要割地損己利人呢？趙郝的割地奉秦的意見，是要大王年年割地不戰而亡。若明年秦再要地，趙不給則前功盡棄遭攻打；若給，哪裡有那麼多地？俗話說：『強者善攻，弱者不能守。』大王割地是損己利秦啊！秦以強欺弱藉口很多。再說以有限的國土應付秦無饜的胃口，是要亡國的。」

　　趙王猶豫不決，便徵詢剛從秦國來的樓緩說：「給秦土地好是不好？」

　　樓緩客氣地答：「這不是臣所能知道的。」

　　趙王說：「姑且談談你的意見吧！」

　　樓緩說：「大王聽說過嗎？魯國官員公甫文伯病死，妻妾自殺，他母親卻不哭。僕人就說：『怎麼兒子死了母親不哭呢？』公甫文伯的母親說：『賢人孔子被魯國驅逐，公甫文伯不去跟隨，現在他妻妾卻為他而死。他這是對長者薄，對妻妾厚啊！』母親這樣說，人們說是賢母；若妻妾這樣說，人們會說是妒婦。所以身分不同而話相同，人們的看法就不一樣。我剛從秦國來，若說不給，下人們會說主意不好；若說給又怕大王以為我幫秦國，所以不好回答。我個人意見是不如給秦國。」

　　趙王聽後說：「好，就照你的意見辦。」

　　虞卿聞訊趕來說：「大王千萬不能聽信讒言啊！」

　　樓緩也來求見：「虞卿只知其一不知其二。秦趙相爭，天下諸侯都高興地想：『我將倚強欺弱，坐收漁人之利。』現在諸侯都在祝賀秦攻趙。因此儘快割地求和既能混淆諸侯的耳目，又能安撫秦王。不然諸侯會趁秦王憤怒、趙國衰弱瓜分趙國。請大王

快按臣的意見去辦以免誤國。」

虞卿連忙跪說道：「可怕啊！樓緩的意見是在幫秦國，只會增加諸侯的疑惑，並昭示趙衰弱的內情。割地牽涉複雜的因素，臣主張拿六座城給秦的大敵齊國，得到城池的齊國定會同趙國齊心協力攻秦，大王結交齊國吃的虧會從秦國得到補償，這樣齊、趙既能報仇，又能向天下表現大王的才能。不等諸侯到邊境窺探，秦的使者已帶厚禮反向大王求和了！韓、魏聞訊也會來趙。一舉加強與三國的友好關係，也改善了趙、秦對峙的情勢。」

趙王連連稱是，派虞卿出使齊國謀求聯合攻秦。果然虞卿沒回國，秦和談的使者就到了，樓緩聞訊出逃。趙王感激虞卿，把一座城邑封給了他。

 智囊

虞卿採用歸謬法來批駁趙郝的割地奉秦的詭辯，用亡國的後果說服了趙王。

在趙王徵詢意見時則使用了類比論證法：他為留後路引用公甫文伯母親的故事，說明由於身分不便發表意見。樓緩向趙王表明自己是冒著罪名說真話，便增加了自己意見的可信性。

虞卿正確分析了各國間的關係，建議用土地結交齊國來迫使秦送禮求和，從中可以看出他既有口才，又諳熟外交策略。他能精闢地分析形勢，知道如何利用各國間的微妙關係，採取正確的外交策略為趙國取得外交勝利。

蘇代妙語取高都

楚韓雍氏之戰時，韓國向周國徵集兵器和糧食。周國國君十分憂慮，將此事告訴了蘇秦的弟弟──縱橫家蘇代。蘇代說：「有什麼可憂慮的？我能讓韓國不向您徵集兵器和糧食，並且讓他們把高都送給您。」周國國君高興極了，說：「您如果能辦到，我將讓全國人民都聽從您。」

蘇代前往韓國，見到臣相公仲，他對公仲說：「您沒有得知楚國的計謀嗎？楚臣昭應對楚王說：『韓國疲於用兵，糧食都空了，無法守城。我們用餓他們的辦法攻擊他們，不需一個月的時間，必然攻克韓國。如今圍困了雍氏五個月還攻克不下，都是楚國的失策啊！』楚王目前還沒有相信昭應的計策，您今天向周國徵集兵器和糧食，是將韓國缺乏糧食的消息，公開告訴了楚國。昭應聽見了必然會勸楚王增加兵力攻打雍氏，雍氏馬上就要被攻克了。」

公仲說：「您說得很好，但我的使臣已經走了。」蘇代說：「您為什麼不把高都送給周國呢？」公仲憤怒地說：「我不向周國徵集兵器和糧食，給予他們的照顧就夠多了，為什麼還要把高都送給他呢？！」

蘇代說：「給了他們高都，周國一定會歸順韓國。秦國聽說後，必然大怒，他們會焚燒周國的符節，不與周國通使往來。這樣，您就以一個貧弱的高都，換來了一個完整的周國。」

公仲說：「好啊！」於是，韓國不再向周國徵集兵器和糧食，而將高都給了周國。楚國最後無法攻克雍氏，只好退兵離開了韓國。

魏國臣相田需死了。楚襄王的臣相昭魚對蘇代說：「田需死了，我害怕張儀、薛公、公孫衍三人中有一人會做魏國臣相。」蘇代問：「那麼讓誰做臣相對您更有利呢？」昭魚說：「我希望

魏太子自己做臣相。」蘇代說：「那我請求為您到北方去面見魏王，一定讓太子做臣相。」昭魚問：「您怎能達到目的呢？」蘇代說：「假如您是魏王，我來說服您。」昭魚說：「您怎麼說服呢？」

於是，蘇代把昭魚當成魏王，對他說：「蘇代從楚國來，昭魚很憂慮。我問他：『君有何憂？』他說：『田需死了，我怕張儀、薛公、公孫衍三人中有一人會做魏國的臣相。』我說：『您不要憂慮，魏王是個賢明的君主，必然不會讓張儀做臣相。張儀做了魏國的臣相，必然會將秦國的利益放在前，而把魏國放在後。同樣，薛公做了魏國臣相，必然會將齊國放在前，把魏國放在後。而公孫衍做了魏國臣相，又會把韓國放在前，把魏國放在後。魏王是個賢明的國君，必然不會用他們做臣相的。』魏王問：『那麼寡人用誰做臣相好呢？』我說：『不如用太子做臣相。太子做了臣相，這三個人必然都會認為這只是暫時的，都會為了他們自己國家的利益而盡力侍奉魏國，以便有朝一日掌握臣相的寶印。魏國這樣強大的國家，再抓住三個萬乘之國來輔佐自己，魏國一定會平安無事了。所以，不如讓太子做臣相啊！』」昭魚聽了，認為言之成理。於是蘇代去見魏王，將這些話告訴了他，魏太子果然做了臣相。

 智囊

抓住問題的突破口，就能夠更好地解決問題。蘇代妙語取高都，就是因為他善於站在對方的立場上思考問題，以高都本身為突破口，指出如果韓國讓出高都，周國一定會歸順韓國。秦國聽說後，必然大怒，他們會焚燒周國的符節，不與周國通使往來。這樣，韓國就以一個貧弱的高都，換來了一個完整的周國。這樣

直陳利弊，緊緊抓住了的對方的心理，令對方不知不覺地走進了自己的「圈套」。

同樣，在說服魏王的故事中，同樣也是採用了直陳利弊，突破問題的論辯技巧。

....

陳軫(ㄓㄣˇ)駁張儀謗己

陳軫離開楚國到秦國，做了秦王的臣子。張儀對秦王說：「陳軫做大王的臣子，常常把國家的情況透露給楚國，我不能與他共事，望大王將他驅逐出去。如果他又回楚國去，望大王將他殺掉。」

秦王說：「陳軫怎麼敢到楚國呢？」於是將陳軫召來，把張儀的話告訴了他，並說：「我尊重您的意見，您想到哪裡去？我將為您準備車馬。」陳軫回答：「我願意到楚國去。」秦王說：「張儀認為您將到楚國，我也自知您將到楚國，您不到楚國到哪裡去呢？」

陳軫說：「我離開秦國，必然故意去楚國。好順從大王和張儀的意思，以表明我是否到楚國。有個楚國人有兩個妻子，有人調戲其中年齡大點的那個妻子，這個妻子立即痛罵了那人一頓。那個人又去調戲年齡小點的那個妻子，那個妻子允許了，並以身相許。過了不久，有兩個妻子的人死了。有客人問那個調戲人妻的人：『你想娶那個年長的寡婦做妻子呢？還是娶那個小的？』這個人回答說：『娶年長的。』客人說：『年長的那個罵你，年少的與你私通，你為什麼娶那個年長的呢？』這人說：『她是別人的人，當然希望她能與我私通，如今要做我的妻子，當然就希望她能為我而痛罵別人了。』如今楚王是賢明的君主，楚將昭陽是賢明的臣相。我作為秦國的臣子，常常將秦國情報送往楚國，

楚王必定不會留我，昭陽也不會與我共事。從這裏難道還不清楚我是否到楚國去嗎？」

陳軫從宮中出來，張儀馬上進了宮，他問秦王：「陳軫果然到那裏去嗎？」

秦王說：「陳軫是天下的善辯之才，他看了我很久，然後說：『我必然到楚國。』我就沒有辦法了。我於是問他：『你真的要去楚國，那就果然被張儀所言中了。』陳軫說：『不只是張儀會這樣說，路上的行人都知道這一點。這和伍子胥忠於他的國君，天下各國都想用他做臣相；孝已愛他的父母，天下人都想要他做自己的兒子。所以，要賣的僕妾不出里巷就被人買走的，是良僕好妾。女子能嫁給鄉鄰的，是好女人。我不忠於大王，楚王又為什麼會把我當成忠臣呢？我忠誠於大王卻被大王您遺棄，我不到楚國又到哪裡去呢？』我認為他說得在理。」

從此後，秦王對陳軫十分信任，待遇優厚。

「君為臣綱」，這是封建社會政治的一個重要主題，也是封建社會政治的理想模式。然而，在實際的操作過程中，由於君主一般都對臣有戒備之心，缺乏信任，往往就干擾了這一理想模式的實現，因此，陳軫雖然以自己的雄辯口才、充分的論據暫時消除了秦惠王的疑慮，但是最終還是沒有受到秦惠王的重用。

「忠且見棄」，這是戰國時的策士陳軫在這裏所闡述的中心思想。的確，陳軫善於用淺顯生動的寓言故事，來表達抽象深奧的道理，使他人很容易地了解和接受他的思想方法。

在這段話裏，陳軫採用了以退為進的言辯謀略，表面上看來，陳軫處於守勢，言辭卑微，承認了張儀和秦惠王對他的猜疑

和推理；實際上，他是在用「楚人有兩妻者」的寓言故事，來說明「不忠將被拋棄」這樣一個人所共知的道理，便有力地駁斥了張儀對他的誣陷，進而得到了秦惠王的諒解，接下來對其百般厚愛和信任。

觸龍勸說趙太后

趙太后剛剛主持國政，秦國就加緊攻趙，趙國向齊國請求救援。齊國說：「必須讓長安君來做人質，我們才會出兵。」趙太后不肯，大臣們都極力勸諫。趙太后明確地告誡左右大臣們：「誰要是再提起叫長安君做人質的事，我一定吐他一臉唾沫。」

左師觸龍言說自己想拜見太后，太后怒氣沖沖地等待著他。觸龍進宮後慢慢走上前去，走到太后跟前就向她謝罪，說：「老臣的腳有毛病，一直無法正常行走，很久沒有拜見太后您了。雖然自己原諒自己，但仍然擔心太后您的身體欠安，所以希望能拜見一下太后。」趙太后說：「我只能靠車子行動了。」觸龍問：「每天飲食該不會減少吧？」太后說：「靠喝點粥維持。」觸龍說：「老臣最近很不想吃東西，就勉強散散步，每天走上三·四里，漸漸地喜歡吃東西了，身體也舒服了。」太后說：「我可做不到這點啊！」太后的臉色稍微緩和了些。

左師觸龍說：「老臣我有個兒子叫舒祺，年齡最小，沒什麼出息。我已經年老體衰了，私下裏很疼愛他。我希望他能充當一名王宮衛士，來保衛王宮，因此我冒死來向太后提出這一請求。」太后說：「好吧。他今年多大了？」觸龍答道：「十五歲了。雖然年紀尚小，老臣還是想趁著自己沒死之前把他託付給您。」太后說：「男子漢也疼愛自己的小兒子嗎？」觸龍答道：「比婦人家還厲害。」太后笑著說：「婦人家疼愛小兒子才特別

厲害呢！」觸龍說：「老臣私下裏還認為您疼愛燕后要超過長安君呢！」太后說：「你錯了，我疼愛燕后遠不如疼愛長安君厲害。」觸龍說：「為人父母的疼愛子女，就應該替他們做長遠打算。您送別燕后時，在車下握著她的腳後跟，為她掉淚，因為您想到她要離家遠嫁。這就是愛她啊！燕后走了以後，您並不是不想念她，祭禮時總是要替她禱告說：「千萬別叫她回來。」這難道不是替她做長遠打算，希望她的子孫世代為王嗎？」太后說：「正是這樣。」

　　左師觸龍問：「從現在起，上推到三代以前，甚至推到趙氏立國的時候，趙王子孫被封侯的，他們的後代還有在侯位的嗎？」太后答道：「沒有。」觸龍又問：「不只是趙國，就是其他諸侯的子孫，他們的後代還有在侯位的嗎？」太后答道：「沒有聽說過。」觸龍就說：「這些封君們，有些是自己取禍而亡；有些是禍患延及子孫而亡。難道說國君的子孫們都不會有好結果嗎？只是因為他們地位尊貴卻無功於國，俸祿豐厚但沒有為國出力，只是擁有大量的金玉珍玩罷了！現在您使長安君的地位很尊貴，又封給他肥沃的土地，給他很貴重的金玉珍玩，卻不讓他趁現在為國立功。有朝一日太后您不幸去世，長安君將倚仗什麼在趙國安身立命呢？老臣認為您替長安君打算得不夠長遠，所以說疼愛長安君不如疼愛燕后。」太后說：「好吧，那就任憑您怎樣安排他吧！」於是為長安君準備一百輛隨行的車輛，送他到齊國充當人質，齊國這才出兵援救趙國。

　　子義聽說了這件事，感歎道：「君主的兒子，是骨肉之親，尚且不能倚仗沒有功勳的高位，沒有勞績的俸祿，來長期守住金玉珍玩，更何況是做臣子呢！」

《鬼谷子》一書曾講「釣語」——「其釣語合事得人實也……常持其網驅之，其不言無比，乃為之變。以象動之，以報其心，見其情，隨而牧之。」

釣語是言談開始時的導引性、啟發性言語，以便引出對方的話頭，以及對方不願外露的思想情感。清人俞樾釋曰：「釣語謂人所隱藏不出之言，以術釣而出之。」就像釣魚投餌一般，用簡單而富有引誘力的話語引導、開啟對方，使得對方非得開口說話不可。

庸芮_{ㄖㄨㄟ}巧問救醜夫

秦宣太后在宮中守寡，與大臣魏醜夫明來暗往，十分情投意合。後來，太后忽然染上重病，臥床不起，眼看就要不久於人世。她越發感到離不開魏醜夫，想來想去，便下了一道命令，死後要魏醜夫為她陪葬。

聽到這消息，魏醜夫嚇得面無人色，畢竟感情再怎麼好，性命還是最重要的呀！於是，到處找人說情，請人幫忙說服太后饒他不死，但是誰也不知道該如何說服太后。大臣庸芮答應了他的請求，到宮中去見太后。

見到太后，庸芮行了大禮，然後莊重地問：「請問太后，人死了還會有知覺嗎？」

太后有點納悶，不知道庸芮問話的用意，只是想著自己死後要魏醜夫陪葬，到了陰間，還可以長相廝守，但願是有知覺的吧，便隨口說道：「我想是會有的。」

庸芮早料到太后會這麼說，聽了她的回答，便接著說：「如果人死了還會有知覺，那麼，在陰間的先王早知道你和魏醜夫的關係了，積怨一定很久很深了。而今假如你要魏醜夫一同陪您到陰間，難道先王不會責怪你嗎？到那時，你在先王面前請罪都來不及，還能有什麼空閒、有那份閒心與魏醜夫相好呢？」

　　這一席話，使太后振聾發聵，想到如此嚴重的後果，有些害怕了，於是連連揮手，說：「罷了，罷了！」撤回了自己的命令，魏醜夫由此得救。

　　庸芮簡單的幾句話，救了魏醜夫一條小命。庸芮先問太后一個「人死後有無知覺」的問題，等太后回答「有知覺」後，他假設太后的回答正確，然後按照你回答的觀點引出一個荒唐的結論，讓你還無法反駁。

　　有人說，倘若太后回答「人死後沒有知覺」呢？這也不要緊。如果太后承認人死後沒有知覺，庸芮又可以說，既然沒有知覺，太后你把先前所愛的人，活活地弄到墳墓裏同死人埋葬在一起，又有什麼道理呢？總之，無論太后如何回答，庸芮都是有說詞的。

　　在遊說活動中，有時被遊說對象，或由於情感的糾纏，或由於思想的混亂，或由於思維方法的錯誤，自覺不自覺地心存謬誤。在此種情況下，最好的方法是借矛陷盾，先假定他的觀點成立，以此推論，引出荒謬的結論，將其引入他自己設下的「死胡同」，然後加以剖析、糾正，使其醒悟，從而放棄他原來的錯誤觀點，這就是歸謬正誤的方法。

狄仁傑諫天后立侄

　　唐代的武則天臨朝當政時，他的侄子武三思，一心鑽營想當太子，武則天一時也拿不定主意。一天，她向大臣狄仁傑徵求意見，狄仁傑從容地對武則天說：「姑侄和母子哪一個更親呢？陛下如果立自己的兒子，那麼千秋萬代之後，也會被供奉在太廟之中；如果立侄子，我還從沒有聽說侄子做天子，而把姑姑供奉在宗廟裏的。」太后於是豁然醒悟。

　　別人的道理講得透徹酣暢，合情合理，雖然你不想聽從，大概也是不可能的事情了。盧陵王被武則天再次立為太子，表面上是因為武則天夢到鸚鵡折斷翅膀，數次玩雙陸的遊戲都沒有取勝，實際上是狄仁傑一針見血地端出了「姑侄母子之說」，句句在理，打動人心。凡是留戀生前的人，沒有不計較死後之事的。

　　當時王方慶做丞相，將他的兒子任命為眉州司士參軍。武則天問他：「君在相位，為什麼將兒子放在遙遠的地方呢？」王方慶回答：「盧陵王是陛下的愛子，現在尚在遠方，臣的兒子哪裡敢安置在近處呢？」這也可以說是很善於諷刺的。

　　因此，仁慈的皇帝可以用情去感動他；聖明的皇帝可以用理去說服他。武則天明白這些道理但不重感情，所以狄仁傑侮辱張昌宗她不發怒，提拔張柬之她不生疑，這都是因為她賢明，明白其中的道理，才能起用這批人。

智囊

　　古人大臣判斷一件事物的性質，決釋君主的疑惑，這當然是他們的重要職責之一，但是由於它關係到社會的撥亂反正，帝業的成敗得失，因此，臣子為君主下決斷是十分困難的事情。

《鬼谷子‧訣篇》說：「為人決疑，若有利於善者，隱托於惡，則不受矣，致疏遠。故其有使失利，其有使離害者，此事之失。」決疑之所以難，關鍵在於：所依據的客觀資料撲朔迷離，而主觀判斷又往往受到人主觀的愛憎以及對這些資料的取捨與否等。

人們行事在合理，既要合乎物理，又要合乎情理。行事遠失於理，是謂錯誤。既然理有兩種，因此就有兩種不同的錯誤。失於物理者，由於知識不足者居多，或者是因為粗心大意引起的，在所難免，情有可原。失於情理者，問題便嚴重得多，容易引起紛爭。人世間所有爭端，往往推廣而為慘劇戰禍，不在前一錯而在後一錯誤，二者固然不可的等量齊觀。

因此，大臣在進諫過程中常常會遇到理智判斷與情感判斷的問題。作為一個成功的進諫對君主濃郁的感情，而他的感情應包含著深邃的思想，他的決疑才能既合情又合理，情理交融，才會有震撼君主心靈的感召力和說服力。

朱建智救辟陽侯

平原君朱健，為人剛正敢言，不合世俗，住在長安。當時辟陽侯很得呂太后寵倖，呂太后想認識結交朱健，朱健不肯與她見面。後來朱健的母親死了，朱健家裏貧窮得實在沒有錢發喪，於是四處借貸辦喪事的服具。

他的老鄉陸賈一向與朱健十分要好，就讓朱健發喪，而他自己去拜見辟陽侯。一見面，他就向辟陽侯表示祝賀說：「平原君的母親死了。」

辟陽侯問：「平原君的母親死了，你為什麼要來向我恭賀？」

陸賈說：「從前你想結交平原君，平原君卻出於大義而不與您相見。這是因為他的母親的緣故。本來知音相交應當在對方有災難危險時幫助他，現在他的母親死了，你若能真誠地送厚禮為他母親發喪，那麼他將會為你獻出生命而在所不惜。」

辟陽侯就奉送一百金給平原君。其他的達官貴人也因為辟陽侯的原因，前往贈送喪禮，結果，平原君一下子得到了五百金，順利地為母親辦了喪事。

後來，有人揭發辟陽侯的隱私，漢孝惠帝大怒，罷了他的官，要誅殺他。呂太后內心羞慚卻無法為他求情，大臣們大多受過辟陽侯的傷害，巴不得馬上就誅殺他。辟陽侯萬分危急，派人告訴朱健說想見他。

朱健推辭說：「辟陽侯犯了死罪，案子正在緊要關頭，我不敢與他見面。」然而朱健實際上立即就去求見孝惠帝的寵臣閎孺，向他遊說：「你得到皇帝寵倖的原因，天下沒有不知。現在辟陽侯被罷官，街談巷議都認為是因為你進了讒言，想殺害他。如果辟陽侯被誅殺，日後呂太后含怒也會殺了你的。你何不脫去上衣，裸露肢體去為辟陽侯向皇帝求情。皇帝聽從你的意見放辟陽侯出獄，太后一定非常喜歡，你就會得到兩位主子的寵倖，你的富貴也增加一倍啊！」

閎孺聽後十分惶恐，擔心得罪皇上，就聽從朱健的計策向皇帝進言，皇帝果然釋放了辟陽侯。辟陽侯起初以為朱健忘恩負義，十分憤怒。等到他出獄，知道了事情的經過，又驚又喜。呂太后死後，大臣們誅殺呂太后的黨羽，辟陽侯雖然與呂氏交往密切，最後卻免於被誅殺，都是因為陸賈和平原君為他出謀劃策的結果。說起來，聰明的不只是陸賈、朱建而已，其實辟陽侯也是有眼光的人。

漢朝時梁孝王殺袁盎的事被人舉發，害怕因罪被殺，就請鄒陽帶著黃金千兩尋訪謀士謀求對策。

鄒陽早就聽說齊人王先生，雖已八十多歲但足智多謀，就前去拜訪他。王先生說：「君臣間有私怨，臣下多半會遭到誅殺的命運，實在難以化解，你準備怎麼辦呢？」鄒陽說：「我打算往東走。鄒、魯等國不乏飽學之士，齊、楚以辯士多而聞名，韓、魏也常有奇能異才之人，我將一一地拜訪他們。」

王先生說：「那你就去吧，回來時再到我這兒一趟。」

鄒陽尋訪了一個多月毫無所獲。於是，又去見王先生，說：「我找不到能出奇計的人，看來只有回國了。」

王先生說：「你回去後一定要去見王長君。」

鄒陽突然領悟，立刻告辭，不回梁國直接來到長安見王長君。王長君有一個美若天仙的妹妹。鄒陽對王長君說：「我很早就想來拜訪你，聽說你妹妹甚得皇上的寵倖，而你做事也喜歡率性而為。今天皇上追究梁王殺袁盎的事，梁王怕獲死罪，太后心也難安，必會遷怒寵臣，先生的處境就危險了。」

王長君睜大眼睛說：「我該怎麼做？」

鄒陽說：「假如你的妹妹能夠在皇上面前開口說話，使得皇上不再追究梁孝王殺袁盎的事，那麼太后必然會記住您的功德，對您感恩不盡，您的地位就固若金湯了。」長君依他的計行事。梁孝王的事就平息了。

這件事是把朱健的那篇舊文章，抄得恰到好處，不但王先生聰明，鄒陽也是個有智慧的人。

智囊

人們大約都會有這個體會：遊說是一件十分不容易的事情，因為人們大都是很自信的，所謂「當局者迷，旁觀者清」，就是這個意思。

平原君「為人剛正而有口」，幸而呂太后的辟陽侯竟不恥卑下地結交他。可是，這個傲慢的平原君，給他面子他竟不要面子，堅決不肯見面，給對方吃了一頓閉門羹，亦是奇也。「素善建」的陸賈深知此二人和秉，因此當處於窘況的時候，便來勸審食其抓住這一天賜良機，「奉百金說」以聯絡感情，他那句賀平原母死的開首語，不僅辟陽侯感到奇怪，其他君主也感到奇怪。待到山迴路轉辟陽侯方才見到「無限風光在險峰」，此時的審食其，全都籠罩在這一片溫情脈之中。受人滴水之恩，當以湧泉相報，這是平原君這類高潔名士的風範之一。

勤雜兵迎歸趙王

趙王派韓廣到燕國，沒想到燕人卻擁立了韓廣為燕王。

於是，趙王和張耳、陳餘侵犯燕國邊境。

一日，趙王私出營地被燕軍俘獲，燕人威脅趙國，要趙割讓一半國土交換趙王。燕人態度強硬，先後將趙國派來的十多名使者給殺了，張耳、陳餘為了這件事煩惱不已！

有個砍柴做飯的小兵來到營房說：「我可為諸公說服燕人釋放趙王。」在場的軍官都嘲諷他不自量力。

養卒由小道潛入燕將營地，對燕將軍說：「你可知我來的目的麼？」

燕將說：「你來無非是希望趙王回國。」

養卒說：「將軍可知張耳、陳餘的為人？」

燕將說：「他們兩人盡忠盡職，是趙國的賢人。」

養卒說：「將軍可知他們的想法嗎？」

燕將說：「他們希望趙王平安回國。」

小兵大笑說：「將軍實在不了解他二人的真正意圖。張耳、

陳餘是武將，一聲令下就可擁有趙國數十城池，他們早就想自立為王，哪會以當個宰相為滿足呢？誰都知道，當君王和當宰相是天淵之別，當初天下的形勢，陳、張二人不敢有稱王的念頭；現在趙國國勢安定，這兩人早就想平分趙國共同為王，只是時機尚未成熟。現在燕人囚禁趙王，這兩人表面上希望燕人釋放趙王，實際上希望燕人將趙王殺了，剖明使者急於求王之意。好讓兩人瓜分趙國，自立為王，以一個趙王就能輕易打敗燕國，何況有兩位賢明的君王相互合作，若以責怪燕國殺趙王的名義出兵攻燕，燕國豈能存活？所以不如放了趙王，讓張、陳二人的野心無法得逞。」

　　燕將認為這個小兵說得很有道理，於是就放了趙王。這位小兵為趙王駕著車，一同返回了趙國。

智囊

　　小兵不動一刀一槍，就順利地迎回了趙王，是因為他敢於動腦筋，大膽自薦，巧妙論辯，抓住問題的癥結，直陳利弊，令燕將認識到殺害趙王將會得到更大的災難，等於是咎由自取，引火自焚。如果能夠仔細度量利弊得失，就應該釋放趙王，讓他回國，換取燕國的和平與發展。在這裏，勤雜兵短短的幾句話，抓住了燕將的恐懼心理，令他不敢輕易出兵殺害趙王，只好乖乖地放走了趙王。

　　由此可見，語言的力量是無窮的，論辯的魅力是永恆的，思維的火花需要我們點燃，智慧的潛能需要我們激發。

楊善出使瓦剌部

明正統十四年，蒙古瓦剌部太師也先在土木堡大敗明軍，俘獲英宗，史稱「土木堡之變」。轉眼就過去一年了。明室雖屢次要求也先送回英宗，但也先態度反覆無常，讓人捉摸不透；想派大臣前往瓦剌探問也先的心意，但任務沉重，很難決定人選。左都御史楊善自願請求為使臣前往瓦剌。也先得知楊善將來，派一名聰明機靈的胡人田氏迎接楊善，並借機刺探明朝軍情。

二人見面後，田氏說：「我本也是中原人，自從被瓦剌人俘虜後一直留在此地。」接著問楊善當年土木堡之役，明朝軍隊怎會在雙方未交戰的情況下潰散。」

楊善回答：「很久不打仗了，將軍士兵都習慣了安穩的太平日子。何況當時只有扈從跟隨聖駕。起初並未發布號令做好迎敵的準備，被你們突然襲擊，哪能不敗逃？你們僥倖得勝，不見得就是福氣。你們擄走舊皇帝，如今新皇帝即位。他聰明英武，納諫如流。有人向他獻策說：『瓦剌人侵犯中國，是憑藉他們的好馬，才能翻山越嶺，闖過關口，侵犯邊境。要在邊關一帶釘上鐵橛子，上留小孔插尖錐，等瓦剌人馬闖關時，就會誤中鐵橛子的埋伏，一定傷亡慘重。』皇上當即聽從了他的計策。又有一個人向皇上獻策說：『現在用的大銅銃，每次只裝一個石炮，所以打的人少，如果每次裝上一斗雞蛋大的石頭打出去，石頭四面飛迸，可以達到好幾丈寬，人馬一碰上就會喪命。』皇上也聽從了他的計策。又有一個獻計說：『廣西、四川一帶獵殺老虎都用毒藥，若是塗在箭頭上，一觸到皮肉，不管是人是馬立即斃命。』皇上又聽從了他的計策。已經取了藥來，在全國選了三十萬膂力過人善於射箭的人演習，曾經用罪人做過試驗。還有一個人獻計說：『現在的火槍隊雖然有三四排，但每放一槍就要裝一次藥，這樣敵人就會乘機放馬衝殺過來。如果做成大型的兩頭銃，裝上

數枚鐵彈子，鐵彈上再擦上毒藥，火槍手排成四層，專門等到敵人放馬來衝時，一齊發射，全部能打穿敵人肚皮。」曾做過試驗，三百步之外的都是這樣的下場。凡是獻計獻策之人，都升官加賞。天下有智謀的人聽到後，沒有不前來投奔的。現在操練的軍馬又十分精銳，可惜沒有用處了。」

田氏說：「為什麼沒用呢？」楊善說：「如果兩家講和了，不打仗了，還有什麼用處？」田氏聽到這些話，偷偷地潛回去報告了也先。

第二天，楊善到了瓦剌部軍營，見到也先。

也先問：「你是什麼官？」楊善回答：「都御史。」也先說：「我們兩家和平友好了許多年，現在你們為什麼要拘留我的使臣？壓低我的馬價？你們給我們的綢緞，為什麼要一匹剪成兩匹？把我的使臣關在驛館中，不放他出來，這是打的什麼算盤？」

楊善說：「您父親那一代時到中國進貢馬匹，所派的使者不過三十多人，得到賞賜的也不過十有二、三人，從來不加計較，兩國情誼友好深厚。今天您派往中國的使臣多達三千多人，見了皇上每人都賞得一件織金衣服，即使十幾歲的孩童，也和成人般同樣賞賜，至於皇上豐盛的賜宴更不用說。為了使您有面子，使臣回瓦剌前又再賜宴。更派特使護送，哪裡拘留過使臣？或許是有些使臣帶來的小廝，到中國為奸為盜，害怕使臣知道，因而從小路逃回去，或者遇到虎狼，或者投奔了別處，中國留著這樣的人有什麼用處呢？再如壓低馬價這件事，其中也有原因。先前太師你寫了一封信，派使臣王喜送給我國某人，恰好王喜不在，錯給吳良收了，吳良將信進奉朝廷。後來那人怕朝廷生疑，就巴結權貴，說這次進貢的馬匹，不是正宗好馬，為什麼要像平常一樣賞賜他們？因此削減了馬價。等到那人送使臣走時，又反說是吳良用了詭計減了馬價，意思是想讓你們殺害吳良，沒想到你們果

然中了計。」

　　也先說：「原來如此！」

　　「再說到買鍋，這種鍋只有廣東才有，廣東距京師有一萬多里路，所以一隻鍋定價兩匹絹，貴國使者買鍋，只肯出一匹絹，雙方討價還價，賣鍋的人索性關門不做生意，這種事皇上又怎麼會知道？就好比中國人向貴國使者買馬，出價太低使者當然不肯賣，難道能說是您的授意不成？」

　　也先笑著說：「是！」

　　「又拿剪開緞匹的事來說吧，是壞人所幹的，他將一匹緞剪成兩匹，如果不信，去搜查他們的行李，東西都好好的在那裏。」

　　「是！都御史說的都是事實，如今事情已經過去了，都是小人在那裏使壞。」

　　楊善看他已有和好之意，就說：「太師你是北方的大統帥，統領軍馬，卻聽信小人讒言，忘了大明皇帝的厚恩，南來殺擄人民。上天愛的是生靈，而你愛的是殺人。有想念父母妻子逃脫的，被你們抓住就剜心摘膽，被殺的人痛苦萬狀，高聲慘叫，上天怎能會聽不見呢？」

　　也先說：「我並不曾讓他們殺人，是下面人自己去殺的。」

　　楊善說：「今天我們兩家和好如初，可以早點發出號令，收回你的軍馬，免得上天發怒了會給你們降下災難。」

　　也先笑著說：「是！」又問：「你們皇帝這次回去還當皇帝嗎？」

　　楊善說：「天位已經定了，誰敢再去更換呢？堯讓位於舜，今日是兄讓位於弟，正與堯舜的禪讓是一樣的道理。」

　　瓦剌的平章昂克問楊善：「你來見皇帝，帶了些什麼財物來？」

　　楊善說：「若攜帶禮物，後世的人會嘲笑您貪財；若空手前

來迎奉皇上，表現您的仁義之心，能順應天道，自有歷史來從沒有這樣頂天立地的男子漢，臣一定監督史官修史時詳細記載，讓後世萬代人人稱頌您的作為。」

也先笑著說：「都御史若能這樣，那真是寫得好啊！」

第二天，就讓楊善見了皇上。

第三天，也先就設宴為英宗送行。

本來派遣楊善去，只是探問消息，並沒有奉迎上皇歸來的打算。楊善的一席好話，把也先說得又明白又歡喜，當即就派人隨同楊善奉送上皇歸來。這真是奇蹟啊！

當年孝懷帝和孝湣帝被俘虜後，群臣考慮到必然得不到所以也不敢去求取。宋朝的徽宗、欽宗，朝廷是求之不得。難道是連趙國那個砍柴燒水的小兵那樣的人都沒有嗎？不過對於楊善來說，有三方面的可乘之機：第一，朝廷上下都想讓皇上歸來；第二，兩家和好，使者往來無數；第三，紛爭之際，容易以利害關係打動人心。瓦剌拘泥於晉、宋兩朝的舊事，正以為奇貨可居，而朝廷中諸大臣，一則害怕受瓦剌的欺侮，二則害怕違背了繼位者的心意，左顧右盼，互相推諉，沒有敢擔當此任的。

楊善一腔義勇激盪於心，堅決請求前往，沒有花費一尺絹帛半貫錢，單靠言辭即完璧歸趙。這又哪裡是勤雜兵敢望其項背的呢？土木之役是一時誤入陷阱，與晉、宋時的國家積弱不振不同；也先愛好名聲，又不是匈奴女真的殘暴無忌可以相比；瓦剌的勢力也遠不如當初，所以楊善的話容易入耳。若是處在宋朝，即使有一百個楊善，也說不上一句話。然而在當時權高位尊的大臣中，能自願出任使臣前往瓦剌的也只有楊善一人，至於其他相互推諉的大臣，即使沒有楊善的口才，難道也沒有楊善的正義之心嗎？

　　楊善出使瓦剌部，先試探對方的意圖，然後堅持真誠，以和為貴的原則處事。在處理事情的過程中，要善於站在對方的立場上考慮問題，設身處地地為對方著想。

　　和，是相對的一致性，是多中有一，一中有多，是各種相互不同、相互對立的因素，通過相互調節而達到的一種統一態和平衡態。因此，它既不是相互抵消，溶解，也不是簡單地排列組合，而是融合不同因素的積極方面結成和諧統一的新整體。它保留了各個因素的特點，又不讓它們彼此抵消，因而是一個具有內在活力、生命力和再生力的整體。

　　和的觀念被付諸實踐，就形成了中國人獨特的行為方式。國家興盛的理想狀態是和諧；文學藝術的最高境界是和諧；人們處理人際關係也崇尚和諧，堅持「以和為貴」，用自我克制來消除矛盾和分歧，用相互切磋來揚長避短，通過尋找利益的一致性，把各方的不同之處加以協調。另外，「和」的最終目的，是人的心靈和諧。

富弼精誠懾契丹

　　宋仁宗康定、慶曆年間，西夏屢次侵擾宋朝，多次發動大規模軍事進攻。契丹國主乘機派遣使者，前來談判索取關南土地。這些土地是後晉割給契丹的，再後來則是被周世宗收復。

　　富弼奉命前往契丹，見契丹主開門見山地說：「貴國與我朝友好相處已有四十年，為什麼今天突然有割地的要求？」

　　契丹國主說：「是你們南朝先違背了盟約，派兵防守雁門

關，增闢水塘，整修城牆，徵調民兵，這是要做什麼呢？我的大臣們請求本王立即出兵南下，本王對他們說：『先派使者要求割地，若宋不答應，再出兵也不遲。』」

富弼說：「北朝難道忘了真宗皇帝的大恩大德嗎？當年澶淵之役，若真宗皇帝採納將軍們的意見，北朝士兵誰能活著回去？再說北朝與我朝修好，君王可獨享所有的好處，而臣下沒有絲毫的利益。一旦雙方交戰，如果勝利，功勞歸大臣所有；如果失敗，君王卻要承擔戰爭中所有的責任。所以那些鼓勵您用兵的臣子，都是為自身的利益打算。我朝疆域遼闊，精兵百萬，北朝想要用兵，能保證一定會獲勝嗎？就算僥倖獲勝，陣亡的士兵，損失的戰馬，這責任由群臣承擔，還是由君王您承擔呢？若是兩國修好，每年君王都可享有金銀，絲絹的贈予，您的大臣能分到什麼好處呢？」契丹國主大悟，連連點頭稱是。

富弼又說：「填塞雁門關，是為了防備西夏的元昊；建造陵塘，開始於何承矩，發生在兩國通好之前；其他諸如修城牆、戰壕，登記百姓、徵集士兵等，都是修補毀漏，並不是違背盟約的事。」

契丹國主說：「事情雖然如此，但我們祖宗留下來的土地，應當還給我們。」

富弼說：「後晉曾把盧龍割給契丹，周世宗又收復關南之地，這都是前朝的事了。如果雙方都要求收回自己的地盤，難道會對北朝的發展有什麼好處嗎？」

富弼從契丹國主那裏退出後，劉六符對富弼說：「如果我們國主恥於接受錢帛，堅持要割十縣又怎麼辦呢？」富弼說：「我朝皇帝說為祖宗守衛國土，怎敢把土地給與別人？北朝所需要的，不過是賦稅罷了。皇上不忍心使兩國的百姓死於戰爭，所以雖然不給契丹土地，卻以增加錢帛來代替。如果契丹一定堅持要關南之地，這便是誠心要毀壞兩朝通好的盟約，只是以此為藉口

罷了！」

第二天，契丹國主召請富弼一同去打獵，又對富弼說：「我如果得到關南之地，兩朝便可永享歡樂和好。」富弼回答說：「北朝既然以得到土地為榮耀，南朝必然會以失去土地為恥辱。兄弟之國，怎麼能夠使一榮一辱呢？」

打獵歸來，劉六符對富弼說：「我們國主聽到您關於榮與辱的談話，感悟頗深，現在可以商量一下兩國聯姻的事情了。」富弼說：「婚姻之事，以後容易發生嫌隙。我朝長公主出嫁時，陪嫁不過十萬緡錢，哪裡比得上每年贈送給你們歲幣所永遠享受不完的好處呢？」

富弼回到朝廷，把這件事報告了仁宗皇帝，皇帝同意增加歲幣。富弼又再次出使契丹。契丹國主說：「南朝既然增加了給我們的歲幣，措詞應當用『獻』字。」富弼對他說：「南朝是兄長，哪裡有哥哥向弟弟獻幣的說法呢？」契丹國主說：「那麼應當用『納』字。」富弼也不同意。契丹國主說：「南朝既然同意用重金贈我，就是懼怕我們，用這兩個字有什麼不可以呢？如果我們舉兵南下，你們不後悔嗎？」

富弼義正辭言地說：「我朝皇帝同時愛憐南北兩方的百姓，所以不惜改變過去的盟約，怎麼會是懼怕呢？假如不得已，到了非用兵不可的地步，那麼肯定會以是非曲直分勝負，那就不是本使臣所能知道的了。」契丹國主說：「你不要固執，這種事是古已有之的。」富弼說：「自古以來，只有唐高祖時因為要向突厥借兵，當時增加的贈金有時稱為『獻』、『納』。後來突厥首領頡利被唐太宗擒獲，哪裡還有這樣的事呢？」契丹國主知道富弼的決心不可改變，就親自派人去北宋朝廷商議。仁宗聽眾晏殊的建議，最後同意用了「納」字。

富弼與契丹國主唇槍舌劍，往復再三，富弼句句占上風，而語氣又極和婉，柔中有剛，使人容易接受。這件事情可以和李鄴

侯互相參看，富弼可以稱得上是最善於言辭的人了。富弼第一次受命北上，聽說家裏有個女兒死了；第二次前往，得知夫人生一男孩，他都不顧。凡得到家書，沒有拆開，就將它焚燒，並且說：「這些只是擾亂人心。」有這樣一片精誠之志，自然不會辱沒君命。

智囊

外交談判是一種施展口才的語言藝術，歷史上那些優秀的外交家常常能夠透過辭令來解決軍事上難以處理的問題。宋使富弼面對著貪得無厭、不斷勒索的契丹王，一方面把歷史和現實進行對比，有意誇大北宋的兵力，進而從心理上打擊契丹主那不可一世的銳氣；另一方面，為其分析假設用兵後契丹主和群臣各自的利害得失，不動聲色地離間契丹內部的君臣關係。

人所共知，外交談判常常帶有鮮明的功利色彩，如果直露無遺地向對方表明己方的立場，態度強硬，往往會受到對方的逆反心理的影響，談判難以成功；而有意搞點迂迴戰術，似乎是站在對方的立場上考慮，為對方著想，有意引起其趨利弊害的動機，相反有助於達到自己的目的。

王守仁致安貴榮書

貴州土官安貴榮，歷來驕橫傲慢。因為隨同征討香爐山，被加封貴州布政司參政。對此他還快快不樂，嫌皇上給的官小了。於是安貴榮向皇帝上了奏章，請求朝廷削減龍場等驛站，用以獎賞他的功勞。

朝廷將此事交由督府審議，這時兵部主事王守仁為上書營救戴銑，被貶為龍場驛丞。安貴榮一向敬重王守仁，王守仁知道安貴榮上奏撤減龍場驛丞的事後，就寫了一封信給他，信中說：

　　「大凡朝廷法制都由祖先制定，後世子孫嚴守禮制，不敢擅自更改。如果皇上親自更改，尚稱之為變亂，更何況是大臣呢？縱使皇上不降罪，有關的律法機關也應該按律法定罪；即使很幸運的當時沒有追究，但五、六年之後，或者八、九年之後，甚至二、三十年後，仍能拿著狀紙追溯前罪。若真有這麼一天，對你有什麼好處呢？

　　「再說了，你的先祖，自漢、唐以來千百年擁有這片土地及人民，從沒有變動過，原因就在於世世代代能遵守天子禮法，竭盡忠誠，不敢有絲豪的違越。所以即使身為天子也不能隨便加封臣子，否則你的土地肥沃，人民眾多，皇上也能任意奪過來仿效內地立為郡縣，到時候誰又敢說不行？驛丞可撤減，當然也可以增員，如果驛丞的員額可增減，宣慰司也同樣可以，由此看來，減少驛丞員額就連宣慰司也後患無窮，你難道沒有深一層分析過嗎？

　　「你奏本上所說，立下汗馬軍功，要求晉升官職，也是同樣道理。剿滅盜匪，安撫百姓本來就是土官分內職責，現在你多次以建功上書邀賞，那麼平日所領的朝廷俸祿又是為的什麼呢？再說你已被任命為參政，這已超越了常規，你還上奏邀功，這樣貪得無厭，其他大臣一定會覺得難以忍受。

　　「再說，朝廷為宣慰土官，律法規定官位世襲，子孫萬代能永遠保有土地人民；而參政官是流官，官吏受朝廷任命隨時調動。東西南北，全憑皇上一句話。朝廷下達一紙公文，任命你一個官職，或是福建，或是四川，你就得馬上去。不履新職，抗命殺頭的詔命立即就到；若是奉命履職，千百年來世襲的土地，人民就不再歸自己所有。從這個角度來看，你雖已任命為參政，應

該推辭都來不及，怎會再有其他的要求呢？」

安貴榮看完信後，再也不敢提撤減驛丞的事了。

全國所有的土官，都應該把王守仁這封信抄寫一遍，作為座右銘。

有些奇珍異寶，只有在特定的條件下，才會顯示出自己與凡物的區別。人也如此，有些人大智若愚，表面上看來，連普通人也不如，實際上則身懷絕技，所謂「人不可貌相」。同樣，人們做什麼事情都要適度，按規矩辦事，不要鋒芒畢露，否則容易過早地暴露自己的缺點，引起別人的嫉妒，引發不必要的爭端和矛盾。

張嘉言平息兵變

明朝人張嘉言治理廣州時，海防設有總兵、參將、遊擊等官職，各統領數千海防兵。每位士兵每日可領工作及餐費津貼三分銀子。每年參、遊屬下都要到外地服役，而總兵屬下都以鎮守海防為藉口，從不到外地服役。而每逢三、五年一次的修船期，參、遊兵都只能領半日津貼；即使不修船、不服役也要扣減三分之一津貼，作為修船的公積金。但總兵屬下卻是一分錢都不扣，每次修船，就向民間籌募款項。由於行之有年，已經約定俗成，無論參將、遊擊或總兵都已習慣。

有一天，巡道稟報軍門，想將總兵的士兵也比照參、遊所屬的官兵扣減津貼，作為修船的基金。正巧軍門和總兵間曾經有過

摩擦，所以軍門沒有仔細考慮，就批准了巡道的請求。總兵的轄下兵士聽到消息後群情激憤，認為張嘉言是朝廷命官，於是包圍張嘉言的公堂。

張嘉言意態從容，命士兵代表五、六人進公堂說明整個事件的經過。其他士兵也一擁而上，張嘉言立即大聲叱責說：「人多嘴雜，反而聽不清楚。」其他士兵這才退下。這時天下大雨，士兵們的衣服都已濕透，張嘉言也不管。

張嘉言說：「這事我也有耳聞。但你們從不服役，也難怪長官會有這樣的決定。你們想不扣減津貼也行，但是依我看你們未必能得到好處，因為上面有令，你們從現在開始和參遊兵一樣每年輪流服役，你們敢違令嗎？若是服役，那麼你們也和參遊兵一樣，津貼減半，你們極力所爭取的不扣減津貼，反而是參遊兵享受到了，所以為什麼不乖乖地聽命扣減津貼，而代以不外出服役，安安穩穩地做總官的部屬呢？你們自己仔細考慮一下吧！」

這六人低頭答不出話來，最後只有輕聲地說道：「請張公代為轉達長官，請長官體恤我們的處境。」

張嘉言說：「你們叫什麼名字？」六人你看我，我看你，都不願意報上姓名。

張嘉言罵道：「你們不肯留下姓名，上面長官問我是誰來陳情，我要怎麼回答？你們只管報上姓名，我自有主張。」六人這才留下名字。

張嘉言說：「你們回去後告訴底下那些人，這事我自有主張，要他們不要再鬧事。如果鬧事，你們這六人都留有名字，長官會下令砍頭的。」

六人聽了非常驚恐，點頭告退。

日後決議，每月每個總兵所轄士兵扣減津貼一錢，所有士兵竟毫無異議地接受了。

張嘉言一番話說得合情合理，利害分明，讓士兵們聽了心平

氣和而樂於接受。由此看來，歷史上有關扣減薪俸而引發的動亂，都是處理不當造成的。

 智囊

張嘉言成功地平息了這場邊海兵變，有許多可以稱讚的地方：首先，兵變的士卒相信他能秉公處置，而張公事先也曾調查了解了此事；其次，總兵管所轄的士卒這次兵變，實為一次無理取鬧，因此張公神態剛強，理直氣壯，簡單扼要，曉之以理，動之以情，便產生了巨大的震撼力和感召力，具有以正壓邪、力挽狂瀾的積極作用；最後，則是「擒賊先擒王」，此次鬧事，既屬無理，當好自為之，因此張公責其不得再譁變，如譁變，上司都可以將其斬首示眾。這樣，從此之後，士卒竟沒有再敢譁變的人。

以上例子告訴我們：剛言能扶正袪邪，那些私心過重的人，看上去氣勢洶洶，不可一世，實際上是色屬內荏，內心空虛。如果對他們好言相勸，過分地容忍、退讓、遷就，反而會助長其囂張的氣勢，不僅於事無補，反而會使其得寸進尺，如果你敢於硬碰，口氣硬邦邦，那些人自會退避三舍。

王維駁中官迷書

明孝宗弘治年間，有個想升官的人上奏章稱：山西的紫碧山出產石膽，服用石膽可以延年益壽。朝廷於是派宦官監督進行採石，但一直找不到石膽。而長年的挖掘也使百姓勞苦不堪，怨聲載道，紛紛向按察使王維訴苦。於是，王維下令百姓採集一升形狀類似石膽的小石子，呈交宦官。宦官見了，非常生氣，說：

「這簡直是敷衍搪塞，石膽在書籍中早有詳細的記載，怎會找不到呢？」

王維說：「鳳凰、麒麟在古書上也有記載，但是現在有誰真正見過？」

智囊

「盡信書不如無書」。對書本上的東西要認真思考，取其精華，去其糟粕，然後結合具體實踐，進行消化和吸收，而不是要拋開書本，放棄讀書。「書是智慧的源泉」，我們只有靠自己的大腦去挖掘，才能「喝」到最適合自己的「泉水」。

孔子說過：「學而不思則罔，思而不學則殆。」學生只有把讀書和思考結合起來，才是求學的正確態度。否則，只讀書不思考，就會使得自己困惑迷惘而無所得，人就會陷入精神疲憊、猶疑不安的困境。書是學習的工具，是用來完善自己思想的工具，不能一味地把書中的內容尊奉為聖旨，這不是我們人這高等動物應該做的事。當然有些書中的知識能被我們靈活運用到生活、學習中去，我們完全可以記住一些，如果一味地「吃」別人嚼過的饅饅，讓他人思想成為自己的思想，那人就失去了本來的個性。

大家都把教師比作蠟燭，總是燃燒自己，照亮別人，充滿著無私奉獻精神。其實教師更像是船長，他應擔當起對整艘船上乘客和水手的責任，教師是肩負著一種神聖使命感的職業，即使你將自己燃燒殆盡，或許還是未能讓人理解光明為何物，更無法萌生珍惜之情。「奉獻」是崇高的，然而單純的「奉獻」是否意味著無謂的「犧牲」？教師應該脫去「蠟燭」的光環，做一個引路人，引領學生自己去辨別真偽，並靠自身的努力找到幸福的彼岸。

秦宓答張溫問

三國時，東吳派遣張溫訪問蜀國。臨返國時蜀國的百官都彙集一堂，為張溫餞行。只有別駕中朗秦宓一個人後到。張溫側身向孔明詢問：「這人是誰？」孔明答：「學士秦宓。」

張溫於是便問秦宓：「你讀過書嗎？」

秦宓答：「蜀國五尺的孩童都念過書，我又怎能例外？」

張溫接著問：「天有頭嗎？」

秦宓答：「有。」

張溫問：「天的頭在哪個方向？」

秦宓答：「在西方。《詩經》中說：『天朝西方眷顧』。」

張溫問：「天有耳朵嗎？」

秦宓答：「有。天雖高，但即使再低深的地底，所發出的聲音天也聽得見。《詩經》中說：『水澤深處的鶴鳴聲傳達到天上。』」

張溫問：「天有腳嗎？」

秦宓答：「有。《詩經》中說：『天步艱難』，若沒有腳，怎麼走路？」

張溫又問：「天有姓氏嗎？」

秦宓答：「有。」

張溫問：「姓什麼？」

秦宓答：「姓劉。」

張溫問：「怎麼知道姓劉？」

秦宓答：「因為天子姓劉，所以知道天姓劉。」

張溫又問：「太陽是不是由東方升起？」

秦宓答：「太陽雖由東方升起，卻由西方落下。」

秦宓對答如流，在場百官無不佩服。

　　從邏輯學一般規則來說，論據真實是證據有說服力的重要條件，因此，論點要靠論據來證明，如果論據不真實，那就不能產生證明論點的作用。但在實際對話過程中，有的論題本身就是荒謬的，如果應答者還恪守原則，那麼，就有可能被誘上歧途而以失敗而告終。只有採取牽強附會、亂拉亂配的應變戰術，才能打亂提問者的方陣，攻破提問者的別有用心而穩操勝券。

　　在這場唇槍舌戰中，蜀國學士秦宓對答如流，始終佔上風，顯示出廣博的學問、非凡的外交才能和雄辯的口才，為蜀國人爭了光，這是值得後人所敬佩和學習的。不過，秦宓用來證明「天有頭、有耳、有腳、有姓」等結論的論據都是虛假的，不可反駁，儘管他披上了權威——引用《詩經》中的名句作為證據的外衣，似乎理直氣壯，不可反駁。然而，決定這場舌戰的勝負，顯示出哪一方口才高下的因素，不在於是否遵循了論據事實的邏輯規則，因為張溫本來就是故意提這些毫無意義的荒謬問題來刁難秦宓的，如果秦宓拒不回答，或者是用科學的道理去講清天為什麼有頭、有耳、有腳、有姓等問題，那反倒被吳人張溫所恥笑，傳到吳國去，勢必影響蜀國人的形象。況且，在當時的歷史條件下，這些問題也並沒有得到科學的解釋，即便是已經搞清楚了，但在那種咄咄逼人的氣氛中，也不允許秦宓用長篇大論來詳細解釋這些問題。

施仁望救周業

　　南唐的周業任金陵左御使，他是信州刺史周本的兒子，與禁

軍統帥劉某一直不和。烈祖升元年中，一天，金陵城中起了火，周業卻正偷偷地在一戶人家飲酒，喝得爛醉，昏睡不起。有人將此事告訴了烈祖，烈祖對親信施仁望說：「你領十個衛士趕到起火現場，看見周業已經跑去救火了，就放了他，不然就將他殺死在床上。」

施仁望出了宮門，立刻讓人將周業的家人召來告知此事。周業大驚，穿了一件女人的衣服，急忙奔來見施仁望，施仁望留下了他。火撲滅了，施仁望進宮去回稟烈祖。一到便殿門，看見劉某已經在那兒站著了。施仁望估計劉某絕不會包庇周業，又害怕與周業一起被治罪。

倉促之間，心生一計，推開劉某，搶先見了烈祖，稟告說：「火沒有造成災害，周業確實如皇上所說還睡在床上。」烈祖問：「你將他殺了嗎？」施仁望回答說：「周業的父親正在守邊，面臨著敵人的進攻，我沒有敢立即執行聖旨。」烈祖高興地指著茶几說：「差點誤了我的大事！」施仁望因此大受獎勵，得到重用，周業也被寬恕了。

智囊

做事情的過程中，當事人應該按章辦事，按令行事，但不可盲目聽從命令，屈從命令。相反地，面對諸多問題，孰輕孰重，孰大孰小，要做到心中有數，顧大局，識大體，具體分析。

施仁望奉命趕到救火現場，沒有草率行事，而是刀下留人。當向皇帝交差的時候，施仁望據理力爭，諫烈祖看在周業之父守邊的功勞上，不可輕易斬殺周業。結果，烈祖大悟，認為這樣做沒有耽誤「大事」。施仁望因此大受獎勵，得到重用，周業也被寬恕了。

第二十卷
熱嘲冷諷的智囊

孔子登諫陳侯，善言者的舌頭巧如轉軸，但須憑藉智慧去啟動。孟子不是說過這樣的話嗎？「語言很淺顯，含義卻很深刻。」語言是要靠智慧去組織的，話出口前則要嚴密慎微，不動一刀一槍，談笑間凱歌而還。因此，輯有《熱嘲冷諷的智囊》一卷。

凌_{カム}陽臺

凌_{ㄌㄥ}陽臺

陳侯修築凌陽臺，臺還未修起，被處死的就有好幾人。他又把三個監吏抓了起來，群臣中沒有敢進言勸阻的。孔子到了陳國，見過陳侯，與陳侯一起登上凌陽臺四下觀望。孔子上前祝賀說：「凌陽臺多麼美啊！陳王多麼賢德啊！從古至今，凡是聖人修築台，哪裡有不殺一個人而把臺修成這樣的！」

陳侯內心有愧，默然不語，派人放掉了被抓起來的三個監吏。

智囊

孔子明知陳侯濫殺無辜，卻不點破，而是從正面讚揚其賢明和功績，同時，從歷史上的暴君濫殺無辜而導致滅亡的教訓，提醒陳侯警覺自己的問題所在。既取悅於陳侯又能使其自悟反省；既給對方以臺階，又保全了自己個人的性命。

曲婉的諷刺以個人的荒唐言行表現，犀利的鋒芒也包孕在諷刺者的滑稽情態之中。因此，孔子勸諫陳侯，說了又不讓對方看出是在勸諫他，而陳侯聽從了孔子的意見並加以實行，做了又不讓人看出是自己做的。勸諫君主，恰到好處，精妙至極！

晏子巧諫齊景公

春秋時，齊國有個人得罪了齊景公，齊景公大怒，命人將他綁起來，置於殿下，召集左右武士來肢解他，並揚言道：「有敢於勸諫的，定斬不誤。」晏子左手抓著這人的頭，右手磨著刀，仰面向齊景公問道：「古代賢明的君主要肢解人，你知道是從哪裡開始下刀的？」齊景公離開他的座位，說：「把這人放了吧，過錯在寡人。」

當時齊景公頻繁用刑。市場上出現了賣踊（古代刑罰削去雙腳者所穿的鞋子）的人。齊景公問晏子：「你的家靠近市場，你知道哪一樣東西貴，哪一樣東西賤嗎？」晏子答道：「踊的價錢貴，鞋的價錢賤。」齊景公醒悟到刑法太重，從此很少使用酷刑。

晏子的勸諫，多為善諷，而很少直接去說，所以他大概算得上是滑稽的開山鼻祖。其他如出使荊國、出使吳國、出使楚國的事，也都是以遊戲而勝過對方，讓人覺得那些專門講道理的，反而難以入耳。晏子將出使荊國，荊王就與左右的人商量，想乘機侮辱他。荊王與晏子站著講話，有武士押著一個被綁的人從荊王身邊走過，荊王問：「他是什麼人？」回答說：「是個齊國人。」荊王問：「犯了什麼法？」回答說：「犯了偷盜罪。」荊王對晏子說：「齊國人本來就是盜賊嗎？」晏子說：「江南有一種桔樹，取來種在江北，就變成了桔。之所以如此，是江北的土地讓它變了樣。如今齊國人在齊國並不偷盜，來到荊國就偷盜，大概荊地本來就是這樣的吧？」荊王後來對人說：「對聖人說話，不能口出戲言，如果那樣，只有自取侮辱罷了！」

晏子出使吳國，吳王對那些負責外交事務的官員說：「我聽說晏子善於言辭，嫻熟禮儀，你們陪同我見客的時候，當著晏子的面，稱寡人為天子，看他怎麼說。」第二天，晏子來見吳王，

傳令官說：「天子請見。」晏子故意驚訝地說：「我受命於我的國君，出使吳王的國家，沒想到迷糊了，走進了天子的朝廷，請問吳王還在嗎？」聽了這話，吳王只好趕緊派人跑著出來說：「夫差請見。」晏子見了吳王夫差，只對他行諸侯之禮。

晏子出使楚國。晏子長得十分矮小，楚人就在大門的旁邊開了一個小門，請晏子由小門進入。晏子不願從那個門進去，他說：「出使狗國的人，才從狗門進入，我出使的是楚國，不應當從這個門進去。」接待他的人只好陪同他改從正門進入。晏子見了楚王，楚王說：「齊國沒有人了嗎？」晏子回答說：「齊國的臨淄有三百個居民點，一個居民點有二十五戶人家，這麼多人，張開衣袖就可以組成帷帳，每人揮一把汗，就像下了一場大雨，怎麼能說沒有人呢？」楚王說：「既然如此，為什麼派你來做使者？」晏子又回答說：「齊國受命出使的人都是根據出使國的情況來決定的。那些賢者，就派他到國君賢明的國家去；那些無能的人，就只能出使那些君主不賢明的國家。我想自己是無能的，所以才被派來出使楚國。」

智囊

晏子相齊時，既是靈、景欲有所為的時代，又是齊國殺君廢立事件頻頻發生的時期，這就使得他不得不在宮室與卿大夫錯綜複雜的矛盾和爭鬥之中力求平衡，有時甚至要避世自保。因此晏子在勸諫齊景公的時候，不是通過正面批評，而是採取委婉曲折的方式，用「踊貴履賤」來勸諫齊景公不要濫用酷刑，問景公：「古代賢君如何肢解人」，讓他省悟自己的過錯。

晏子勸諫，多諷刺少直言，以遊戲的方式，或是以比喻，或是以假疑的，或是以自嘲，針鋒相對地予以反擊，語言犀利，不

卑不亢，入木三分，既有效地捍衛了國家和個人的尊嚴，又較好地完成了使者的使命。這成了歷代聰明的臣子勸諫君主的慣用手法。晏子也被成為古代滑稽之祖。

現實中，運用委婉的方式批評別人，曉之以情，動之以理，可以緩和氣氛，使人容易接受，這是大家必須掌握的一個技巧。

口出戲言

齊景公有一匹馬，被他的馬夫殺掉了。景公大怒，操起戈就要親自擊殺馬夫。晏子對景公說：「你這樣做，使他連自己的罪過都不知道就死了，我請求為你歷數他的罪過，然後再殺不遲。」景公說：「好吧！」晏子舉著戈走近馬夫，對他說：「你為我的國君養馬，卻把馬殺掉，此罪當死。你使我的國君因為馬被殺而殺掉養馬人，此罪又當死。你使我的國君因為馬被殺而殺掉養馬人的事，傳遍四鄰諸侯，人人皆知，此罪又當死。」齊景公一聽，馬上說：「夫子放了他吧，不要讓我落個不仁的惡名。」

後唐莊宗在中牟狩獵，踐踏蹂躪了百姓田地裏的莊稼，中牟縣令攔住他的馬進行勸諫。莊宗大怒，喝令左右將他押下去斬首。

正在這時，戲子敬新磨率領眾伶人跑去追上了中牟縣令，將他抓到莊宗馬前，數落他說：「你這個當縣令的，難道偏偏沒有聽說天子喜歡田獵嗎？為什麼要放縱老百姓去種莊稼，為皇帝繳納賦稅呢？為什麼不暫且讓你的百姓挨饑受餓，把這些田地空起來，等待天子來馳馬射箭，追殺獵物呢？你真是罪該萬死！」說罷，馬上請求皇上行刑，眾伶人也在旁邊唱和著。於是莊宗大笑，赦免了中牟縣令。

反語是語言藝術中的迂迴術，是更為極端的迂迴術。正話反說便是以徹底的委婉，欲擒故縱，取得合適的發話角度，達到比直言陳說更為有效的說服效果。

我們發現：正話反說可以放大荒謬，讓人更為明白地見到了荒謬的真面目，從而達到了更好的勸諫效果。

總之，說反話的效果源於它的「顯微鏡」作用，荒謬之上再加上更荒謬，則荒謬就無處躲藏，顯而易見了。

鄭涉巧辯冤

唐德宗建中年間，劉玄佐因軍功升任汴宋節度使。一天，他因為聽信讒言，大發雷霆，要將軍中將領翟行恭殺掉，沒有人敢上前為翟行恭辯冤。處士鄭涉善於以詼諧來暗示，他求見劉玄佐，對他說：「聽說翟行恭將要被處以極刑，望能讓我看一看他的屍體。」劉玄佐很奇怪，問他為什麼想看死人。鄭涉回答說：「我曾聽說被冤枉處死的人面部都會有奇異之相，可我一輩子沒有見識過，所以想借此機會看一看。」劉玄佐聽後大悟。翟行恭免於一死。

「聲東擊西」之計，是說將帥要以假象造成敵人判斷上的錯

覺，進而偽裝攻擊的方向，出奇制勝。舌戰中的聲東擊西，是說以假象造成對方的錯覺，偽裝自己的舌戰意圖，然後出其不意地制伏對方。

運用「聲東擊西」的謀略成功的必要條件是：勸說者或進諫者不僅要做到意料之外，而且要做到情理之中，因為被勸說者或被進諫者，往往在盛怒之下，一時失去了理智，但待對方冷靜下來後，使他感到你不僅說得很巧妙，而且合情合理。如果對方感到你是在哄騙他，那麼，最後就很難達到理想的說服效果了。當然，對方也必須是個通情達理的人，因為，對方如果聽開出來，或者即便是聽出來了，但不願採納，勸說者或進諫者的這番苦口婆心也就會付諸東流了。

簡雍一言先主省刑

劉備在位時，有一年天大旱。先主下令嚴禁私自用糧食釀酒，官吏如果從老百姓家中搜出了釀酒的器具，就要罰款判刑。簡雍年少時即與先主要好，後拜昭德將軍，他性情簡傲跌宕，善於滑稽諷諫。一天，簡雍與先主一起出遊，看見男男女女在道路上行走，簡雍就對先主說：「他們想幹姦淫之事，為什麼不把他們綁起來？」先主問：「你何以知之？」簡雍回答：「他們不是都有幹姦淫之事的器具嗎？」先主放聲大笑，於是制止了以釀酒器具治罪的做法。

古代臣下向皇帝進諫委實是件十分困難的事情，因為說服別

人本身就不是一件容易的事情，而進諫尤需要極大的勇氣。這是由於即便是再英明的君主，他也知道臣下直諫是忠於自己的，但他那神聖不可冒犯的帝王之尊的傲慢心理，往往會使他情緒激動而失去理智，錯把忠言當讒言，誤將赤膽忠心視為狼心狗肺，一旦觸犯了帝王的「逆鱗」，諫臣就有「被賜死」的危險。所以，一些諛媚之臣就會以吹牛拍馬為能事以討好賣乖為職守，而另一些明哲保身的臣子，在進言時總是小心謹慎，或者，甚至根本就不開口說話。當然，另有一些善於進諫的賢臣，便大多採取了婉轉、含蓄的諷諫方式。

此例中的劉備，糧食歉收，政府嚴禁民間私自釀酒，或許是一時的權宜之計，但由此推理到毀掉一切釀酒器具，若搜出便要罰款，其法律就未免有點太荒唐和專橫了。若直言相諫，劉備未必能聽從，因為這一法律的批准實施者不會認為它是錯的，矯枉必須過正。但正過頭了，又必須進行矯枉，這是歷史的辯證法。簡雍看到了這點，採取了以謬攻謬的諷語方式，即「以其人之道，還治其人之身」。劉備畢竟是個聰明人，經他這麼一諷諫，頓時領悟到「禁私釀」的偏頗，於是大笑而止。

唐太宗望昭陵

文德皇后已經安葬，唐太宗在禁苑中修築了一個幾層的觀，好登高遠望昭陵，文德皇后安葬在此。一天，他帶著魏徵一同登上觀。魏徵看了很久，說：「臣老眼昏花看不見。」太宗用手指給他看。魏徵說：「這是昭陵吧？」太宗說：「是的。」魏徵說：「臣以為陛下是觀望獻陵呢，如果是看昭陵，那臣早就看見它了啊！」太宗一聽，深感內心有愧，痛哭流涕，立即下令毀掉了那座觀。

當唐太宗陷入失去皇后的痛苦之時，整日登昭陵，生活在過去的回憶之中，委靡不振，心中充滿了對皇后的思念，也表露了自己內心深處的孤獨和無望。一次兩次可以，如果長此以往，必將影響社稷和安危。魏徵敢於直言進諫，以巧妙的方式表達了臣子對皇帝的期望，希望皇太宗以大局為重，不望昭陵而望獻陵，不顧私情而胸懷社稷。最終，令唐太宗對自己的行為感到羞愧，立即毀掉了那座觀，表明了自己的決心和態度，繼承和發揚了唐高祖的豐功偉績，最終有了貞觀之治。

在這個故事裏，魏徵沒有直面勸諫太宗如何做事，沒有直奔主題，而是運用歸謬法，旁敲側擊地表達了臣子的想法，令太宗認識到自己的錯誤而慚愧不已！

歸謬法是人們經常使用的一種反駁方法。這種方法是「以退為進，引入荒謬」的方法。所謂「以退為進」，是因為這種方法通過假定對方的論點是真的這一手段，來達到反駁對方論點的目的。所謂「引入荒謬」，是因為這種方法可以從對方的論點合乎邏輯地引出荒謬的結論，使人一聽、一讀就會立刻感到對方的論點站不住腳，然後根據充分條件假言推理的否定後件式，證明對方的論點必然為假。這一步往往並不說出，因為不言而喻。

現實生活中，當我們勸說某人做某事的時候，可以採取委婉的手法，以常規的想法克制對方非常規的思路，引導其從內心深處認識到自己想法的荒謬和錯誤，真正地心服口服。

香草根

隋煬帝巡幸榆林，他的長孫楊晟隨從前往。楊晟看見突厥的都城中長滿了亂草，就想讓突厥的可汗染干親自去割草，以顯示天子的威儀。於是，他故意指著帳前的草對可汗說：「這種草的根特別香。」

染干立即割下草放到鼻子前嗅了嗅，說：「一點也不香啊！」

楊晟說：「天子出行巡幸，所到之處，諸侯應親自灑掃，除掉御路上的雜草，以表示崇高的敬意。現在你的都城中雜草叢生，我還以為是你們特意留下的香草呢！」

染干恍然大悟：說：「都是奴才的罪過。」於是拔出佩在身上的腰刀，親自割草。他手下各部的貴人也爭先恐後學著他的樣子割起草來。從榆林往東到薊縣，開出了一條長三千里，寬百步的御道。

 智囊

歸謬法主要用於駁論中。這種論證方法常和潑辣、犀利的語言相配合，產生辛辣、有力，而富有於幽默感的表達效果。

歸謬法是演繹反駁經常使用的邏輯推理方法，幫助人們正確地思維，增強認知能力，獲得新知識。其論證方法是：為了反駁某判斷（P），先假設其正確，並從這種假設中推出一個或一系列顯然荒謬的判斷（Q），從而必推出判斷（P）是荒謬的。

在新知識學習中，許多知識需要嚴謹的邏輯推理來驗證，把它恰當地應用到課堂教學中，可以使學生在更好、更快地掌握所學知識的同時，提高學生的推理能力、思辨能力和學習能力。

點到即止

賈詡說服張繡歸順曹操，被曹操任命為執金吾，封都亭侯。當時，曹操的次子臨淄侯曹植，才名遠播，正是興盛的時候。曹操想廢掉曹丕立曹植為太子。一天，曹操命左右退下，向賈詡詢問此事做得做不得。賈詡沉默不回答。

曹操問：「我與你說話，你不回答，是為什麼呢？」賈詡回答說：「因為我想起了一件事。」曹操問：「想起了什麼事？」賈詡說：「我想起了袁紹、劉表父子的事。」曹操大笑，於是正式立曹丕為太子。

晉朝的司空衛瓘也曾說過一番說，並不亞於賈詡，可惜晉武帝領悟了，但未遵從，以至於壞了事。

智囊

賈詡只簡單地說了一句話，曹操便明白了其中的意思，於是正式立曹丕為太子。在這裏，賈詡切中要旨，點到為止，言簡意賅，引人深思。這本身就是一種藝術和技巧。

現實生活中，一些聰明的人，一般不輕易在是非對錯上做出評價，相反，他們會迂迴曲折，或引經據典，或一兩句話，或一個動作，就讓對方明白了自己所要表達的意思。

人與人溝通的過程中，如果能夠巧妙地運用點到為止的方式，在某些場合顯得特別適合，同時，在點到為止的方式中，可能會增加一些比較經典的話語和典故，無形中就給溝通和對話增添了樂趣。但是，可歎的是，一些人曾經在對話的過程中點到為止，而他的接受者卻沒有心領神會，以至於貽誤了很多重要的資訊和資源。

裴度勸帝推遲巡幸

裴度做宰相的時候，唐憲宗將到東都巡幸，大臣們都竭力勸阻，憲宗就是不聽。這時裴度從容地對憲宗說：「國家建立別都，本來就是準備讓皇帝巡幸的時候住的。但是，自從吳元濟叛逆以來，宮闕、官衙及屯兵之處滿目荒涼，未加治理，需要一定的時間才能使它整修一新，然後才能去巡幸。倉促出行，毫無準備，有關的官員將會因此被治罪。」憲宗聽了，和顏悅色地說：「群臣來勸阻朕的時候，都沒有談到這一點，如果像你說的那樣，確實有所不便，那又何必非要去呢？」

因此，憲宗取消了巡幸東都的計畫。

 智囊

鬼谷子說：「別人有過錯時，而你要去幫助他糾正，這是一件困難的事。如果你的勸說他聽不進去，或者，你的獻策他不能接受，那是由於你沒有能夠充分地闡明你的觀點。如果已經充分說明了你的觀點，卻不能為對方所接受，那是由於你對自己的觀點堅持得不夠。如果已經固執地堅持了你的觀點，但仍然行不通，那是因為你的觀點與對方的內心愛好不盡一致。如果能夠清晰地闡明你的觀點，其道理充分且又有說服力，並且執著地堅持自己的論點，而又能順應被說明對象的內心愛好，那麼，你的勸辭就會變得神奇而美妙，清晰而分明，能夠打動對方的情感。像這樣的遊說還不成功的，天下未曾聽說過，這樣的遊說就叫做善說了。」

從前子產善於言辭，進而受到趙武王的尊敬；王孫滿講清道理，進而使楚莊王感到慚愧；蘇秦用機辯的辭令，使六國接受他

的連橫之策，進而使六國得到了一時的安定；蒯通也是因為被殺前善於強辭奪理，進而才使自己死裏逃生。由此可見，善於言辭，能夠使國君更加尊貴，使勸說者受到重視，使國家獲得安定，使人們生命得到保全。因此，言辭不能不講究，勸說不能不巧妙。

大臣們「切諫」，唐憲宗為什麼「不納」？就是因為話沒有說到點子上去。「國家建別都，本備巡幸」，裴度此話就說到皇帝的心坎上去了，再來個「但自……倉促無備，有司且得罪」，這種勸說就有力量了。難怪帝悅曰：「如卿所言，誠有未便，安用往耶？」結果，「止不行一便由別人的勸諫而變成了皇帝自覺的行動了。」裴度這種先順後逆、逆中有順的勸諫說法，對今人也無不有參考借鑒的價值。

李綱薦張所

唐高祖的禮部尚書李綱想重用張所，但張所曾經批評過宰相黃潛善，李綱十分為難。一天，李綱遇到了黃潛善，他緩緩地對黃潛善說：「如今正當艱苦創業的時候，我們肩負著天下的重任，而四方的士大夫們，都不願應召前來。前些時候我們曾商議要設置河北宣撫司，只有一個張所可以任用。但他又曾經因為狂妄，出言不遜，得罪了你。如果張所沒有這件事，誰會認為不合適呢？但如今為形勢所迫，不得不試用了。如果將他放在御使台、諫議處等機要的地方，那是不行的。讓他當個招撫官，冒死立功以便贖回他的罪過，似乎沒有什麼不妥當的。」黃潛善欣然允諾。

李綱欲起用張所，但張所又曾得罪過宰相黃潛善，故「綱頗難之」。於是，他面見潛善，直言相勸，陳敘得失利害，果然徵得黃的首肯，起用張所。在說服他人接受自己的主張和意見時，有時直話直說，坦誠相見，博得對方的理解和支持，進而較容易地達到自己的預期的目的。不少人有一種偏見，認為：曲言、諷刺較易為對方所接受，其實不然，兵以詭勝，但也並不排斥正取，一切都不能絕對化。

兵家曰：「兵無定法。」關鍵在於因時因地因人而宜；舌戰亦是如斯，關鍵在於因人而設，因情而用，不拘一術。況且正奇之術，相剋相生，聽慣了假話，真話更顯得珍貴。曲言轉彎抹角，有時不免口是心非，而直言旗幟鮮明，開門見山，直陳肺腑，發言而吐真心，出語而見肝膽，故更能為當事人所欣然採納。

李晟軟挫李懷光

節度使李懷光祕密與朱泚勾結，謀劃造反，事情的跡象已經十分明顯。將軍李晟屢次稟奏皇帝，害怕發生事變的時候，將他的軍隊也捲進去，請求將部隊往東移，屯兵在渭橋上。皇上還希望李懷光能收回反心，報效朝廷，因此將李晟的奏章壓下來沒有批覆。李懷光想延緩交戰日期，並且激怒各路官兵，就說各路官兵的糧草供應都十分菲薄，只有神策軍供應優厚，厚薄不均，難以迎敵打仗。皇上因為目前財力物力都十分窘迫，如果糧食供應都要與神策軍拉平，實在拿不出東西來滿足需要。如果不拉平，又違背了李懷光的意思，害怕各路官兵因為失望而怨恨。於是就

派遣陸贄到李懷光營帳代表皇上表示尉問，並召李晟一同前往，參與其事。

　　李懷光的意思是想讓李晟自己請求減少糧草，使他在士卒中失去人心，削弱他的戰鬥力。於是說：「各路將士一樣與敵人打仗，而糧草供應卻不相同，如何能使他們同心協力去作戰呢？」陸贄沒有說話，多次轉過頭看李晟。李晟就說：「你是元帥，可以發號施令。我只是率領一支部隊的將軍，不過受人指揮打仗而已。至於增減衣食的事情，應當由你自己來決定。」李懷光沒有話說，沉默不語。

智囊

　　曾記得現代有一哲人說過這樣一句名言：每個人都生活在社會這張巨形的大「網」中。自己既是「網」中的一隻眼，同時，又深深地被困在這張無形的「網」中動彈不得，一些平庸者常常感到自己身不由主地陷入了一種左右為難、進退維谷的窘況之中，只好得過且過，任其自然，自生自滅；而聰明者則不會被厄運所嚇倒，而會高瞻遠矚，洞察一切，千方百計地將他人置於「網」中，而自己則跳出「網」外，得到解脫。如這個故事中的唐德宗、李懷光、陸贄和李晟都各有自己左右為難之處，李懷光首先發難，他欲緩戰期，一方面，不得不暫時按兵不動，尋求時機，但另一方面，他又得加快叛亂的步伐，而以「諸軍糧賜薄」為藉口，將「球」踢到了唐德宗腳下，使得皇帝陷入一種左右為難、無法應付的窘況之中：「若糧賜皆比神策，則無以給之；不然，又逆懷光意，恐諸軍觸望。」於是，便將這一「球」傳給陸贄──詔令他並李晟「詣懷光兵營宜慰」；贄、晟入「虎穴」後，果然懷光將這一「球」徑直賜給了皇帝的使臣，使得陸贄

不得不面對李懷光的詰難；唯一可行的就只有神策委屈減少糧賜了，而這一點，搞得不好又會激起神策兵變的，這正好使得李懷光可以從中渾水摸魚，舉起反旗，聰明的陸贄怎不會明白其中的利害關係？

於是，又將此「球」拋給了神策軍的主帥——同去的李晟。這便使李晟也陷入了李懷光布下的陷阱之中，若是違心地同意消減部將的糧賜，又恐激起部下的兵變；若是公開地反對這樣做，又正好給李懷光留下以製造叛亂的口實。好在他也不是「木魚」腦袋一個，想到他這個節度使除了直接受高高在上的皇帝管以外，還要受到眼前居心叵測的李懷光的節制，於是，他靈機一動，計上心來，最後又將這個「球」踢給了李懷光，這下子，李懷光則陷入自己當初佈下的這個迷魂陣之中了。唉，自己釀造的苦果自己吞食吧！到此為止，李懷光不得不默然了。大家看，這篇短短的文字中竟蘊含了這麼多內容！

李晟言難李懷光，關鍵在於他能從這無數的「網眼」中，看到人和人互相制約的關係，所謂「路線是個網，綱舉目張」。李晟最後那番話無疑是個「網」，欲削弱神策軍的衣食，你李元帥有權裁決；但李晟深知，李懷光早就有這個賊心當皇帝，暫時還沒有這個賊膽即繞過皇帝直接給神策軍下令，於是，巧妙地抓住了這個「網」，李懷光當然也就沒轍了。

以禮兩挫契丹

契丹派遣使者到北宋朝廷，說中國書上講什麼大宋大契丹，好像並不是兄弟之國，而今應當立即改稱甫朝北朝。皇上下詔令中書省、樞密院眾臣都來商議。臣子們大多說：「如果不依從他們，將生出事端。」梁莊肅說：「這樣改換稱謂，我們就屈了。

只需給他們回答說，宋是本朝受命之土，契丹也是北朝的國號，無緣無故改變稱謂，絕對不是個好兆頭。」於是，第二年，契丹派來祝賀新年的使者，還是像過去一樣，稱朝廷為大宋。

宋仁宗皇佑六年，契丹使者請求觀賞太廟的音樂。仁宗就此事詢問宰相，宰相回答說：「恐怕他們並不是為了奉獻、祭祀，不能答應他們。」樞密副使孫沔說：「應當以禮挫敗他們，就說演奏廟樂，是本朝用來歌頌祖宗功德的，別國的人怎麼可以觀賞呢？如果使者能夠與我們共同祭祀祖宗，那就來觀賞吧！」仁宗聽從了建議，如此這般答覆了使者，使者再也不敢提出這種請求了。

智囊

外交場合是一個很講究原則性和靈活性高度統一的領域，在這個領域裏，稍有不慎，小問題就會引起大矛盾，小退讓就會引起大侮辱，但對於某些小問題，如針鋒相對、毫不妥協退讓，那也會為對方抓住把柄，作為日後進攻的口實，又反為不利。此文中的宋臣兩折契丹使，前一例中的梁莊肅用「非佳兆」為脫辭，是利用了對方的迷信心理，使其像過去一樣稱朝廷為大宋。後一例中的孫沔堅持以禮挫敗契丹，指出演奏廟樂，是本朝用來歌頌祖宗功德的，如果使者能夠與我們共同祭祀祖宗，那就來觀賞。於是，使者由於害怕拜別人的祖先，降低自己的身分而不再提出這種請求。

韓億借題發揮

宋仁宗時，尚書左丞韓億奉命出使契丹。當時任副使的是章

獻太后的外親。這位副使在契丹假傳聖旨，說太后告諭契丹，南北兩朝應子子孫孫永遠和好言歡等等。韓億起初不知道這件事，契丹國主詢問韓億說：「皇太后既然有旨，大使為什麼不告訴我們呢？」韓億回答說：「本朝每次派遣使者外出，皇太后都要用這樣的話告誡約束我們，並不一定要我們轉達到北朝。」

契丹國主大喜，說：「這真是南北兩朝百姓的福氣啊！」

這時，副使正為失言而擔憂，而韓億卻反借用他的話宣揚了章獻太后的仁德。他的善於應答，很受當時人們的推崇。

 智囊

鬼谷子遊說技巧中有「抵巇」一術，所謂「巇」就是「隙」的意思，也是「澗」的意思。「澗」，即是夾在兩座山之間的小溪。山上的小溪如果不疏導，水流不下來，久而久之，就會釀成山洪暴發、山崩地裂的局勢。因此，小縫隙開始出現時，那便是大裂縫的徵兆，此時堵塞，大都能見成效。若是由自身造成的「縫隙」，則可以從裏面將它堵塞住；若是由外部而引起的「縫隙」，則可以從外邊將它堵塞住；若是由下面造成的「縫隙」，則可以從上面將它堵塞住；若是剛出現的「裂縫」，就要設法使它及早地銷聲匿跡。

副使妄傳失言，大使不知未言，契丹主故有此詰，「縫隙」由此產生。好在韓億因勢而導，就驢下坡，及時地堵塞住了縫隙，契丹主才由疑而大喜。外交場合，這種失言是常常有的，聰明的外交官如能及時地將「縫隙」堵塞住，就不會導致兩國緊張的大裂縫。一句機智的語言，消除彼此之間的不和諧，消除了由於生活在不同的文化背景下，而對同一行為的理解往往有很大的差異，並由此產生的「疑隙」，使雙方的情感達到了理解和溝

通。這種「抵幟」之術真是妙極了！

邵康節提醒富弼

　　有一天，尚書左僕射司馬光見到了邵康節，就對他說：「明天高僧要開堂說法，富弼公和呂公著公想一起前往聽講。呂晦叔貪愛佛教，已無法勸阻。富弼假如果然去了，有點不合情理。我是後進學生，不敢直言，請先生勸阻他。」邵康節點頭同意了。

　　第二天，邵康節到富弼家中見他，對富弼說：「聽說皇上想用唐代起用裴度裴晉公的禮節起用您。」富弼笑著說：「先生，您看我這個衰老多病的樣子能夠發揮作用嗎？」邵康節說：「確實也是啊！但如果有人說，皇上要授命於您，您卻不願出山；和尚開堂講法，您卻馬上就去了，這難道沒有不合適的地方嗎？」富弼一聽大驚，說：「我倒沒有考慮到這一點。」當時富弼正請求告老還鄉。

智囊

　　邵康節阻止富弼去聽高僧說法的主要依據，便是「反駁論據」。富弼不願出來當官，真正的原因或許並不在於衰老多病，而在於有難言之隱。但以衰老多病為藉口，或許也能搪塞一下皇帝的聖意及君臣的輿論，不過，稍有不留意，很有可能成為他人攻擊他不出山的口實。由此可以見得，富弼以「衰老」當做理由是多麼的蒼白無力。顯然，邵康節主要目的並不是勸說富弼出山，而是勸說他不去聽高僧說法，因此，僅用了寥寥數語，便一針見血地刺中了富弼的要害，達到了邵康節勸說的目的。

邵康節的智慧啟示我們：在論辯時，要想駁倒對方的觀點，最好是先駁倒對方用以支持他的觀點的論據。如能設法證明對方所持的論據是錯誤的或虛假的，就能使對方的論點土崩瓦解。小孩子常愛犯的毛病之一，便是不會說謊，如碰到自己不喜歡吃的東西，他常常不會說是不喜歡吃，而會說肚子不餓；但碰到自己喜歡吃的東西，馬上口水就流出來了，表現出強烈的食欲。

裴楷解「一」

晉武帝初登基時，抽到籤數「一」。古人卜算王朝傳位的世數，都以所抽中數字論多寡，所以武帝非常不高興，眾臣們也不敢多話。侍中裴楷奏道：「微臣聽說天得一就沖和清平，地得一就四方安寧，王侯得一則天下誠信。」武帝聽了轉怒為喜，眾臣們見龍顏大悅，也不得不嘆服裴楷的機智。

有一天梁武帝問王份說：「朕是『有』呢，還是『無』呢？」王份說：「陛下順應萬物是『有』，但以本體來看是『無』。」

宋文帝有一次到天泉池釣魚，釣了許久都不見魚兒上鉤，覺得非常懊惱，王景文說：「聖王一出天下清澈，所以魚兒不敢貪吃餌食。」

元魏高祖為皇子們分別取名恂、愉、悅、懌，崔光則分別為兒子們取名劭、勖、勉。高祖說：「我兒的名旁都有心，賢卿的兒名旁都有力。」崔光說：「這就是所謂君子勞心，小人勞力。」

王弇州說：「諸位雖然取捷徑當了官，然而語言不妨雅致一些。像桓玄篡位，剛剛登上御床就發生地陷，殷仲文卻說：『這是因為聖德深厚，大地無法負載。』」

梁武帝的宮門發生火災，武帝對群臣說：「我正想重新修一座。」何敬容就說：「這正是所謂皇上以天下為先，所以天也不違皇上之意。」梁武帝即位時，有猛虎闖入建康城，大象進入江陵。武帝不悅，就這事詢問群臣，沒有敢答言的。王瑩說：「過去有『擊石柑石，百獸率舞』，陛下受命登基，老虎大象都來慶賀。」竭盡阿諛逢迎之辭，不能不令人作嘔。

智囊

裴楷在這裏使用的是借花獻佛術，這在修辭學上稱為「稽古」，或稱為「引用」，也就是把前人的話直接引用到自己的語言中來，以闡述自己對新問題、新道理的見解，齒、增加對別人的說服力。引用分為明引和暗引，裴楷這裏用的是暗引。

自古以來，天得一才能清明，地得一才能寧靜，神得一才能靈妙，穀得一才能充盈，萬物得一才能化生，侯王得一才能使天下安定。晉武帝司馬炎本來是以篡位才得以登上皇帝的寶座的，曹氏天下到他這裏才算是劃上了個句號。他在高興得意之餘，追溯到曹氏王朝的興衰短暫，不免兔死狐悲，自然也聯想到他司馬王朝的未來命運。

占卦得到「一」字，如僅從數字上來著，顯然為不祥之兆，因此，晉武帝才滿臉愁容，群臣也才大驚失色，而裴楷的這句話意思是說司馬王朝天祚久遠，萬代流傳。這麼一來，「一」就是吉祥之兆了，「清」、「寧」、「貞」就是帝王夢寐以求的了。

所以，晉武帝聽了他的這番解釋，頓時便轉憂為喜，怪不得裴楷後來深得晉武帝的信任了。下文王份、王景文、崔光對答所使用的手法，亦是如此。

官顧鼎臣

明世宗嘉靖初年，講官顧鼎臣為皇上講《孟子·咸丘蒙章》，說到「放勳殂落」（「放勳」是讚美堯勳業四達，「殂落」是死的意思），侍臣們都大吃一驚。顧鼎臣緩緩說道：「當時堯已經一百二十歲了。」眾人方才安心。

明世宗忌諱頗多。當時科舉考場出題，必須選擇佳話。比如曾以《論語》「無為而治」一節和《孟子》「我非堯舜之道」兩句為題，出題官員都遭到譴責。世宗懷疑「無為」是說皇上不是有為之君。「我非堯舜」四字，像是誹謗之言。有一天，世宗命內侍讀鄉試錄，題目是「仁以為己任，不亦重乎？」世宗忽然問：「下文說的什麼？」內侍回答說：「下文是『興於詩』等等。」

這個內侍也頗聰明。

智囊

封建社會禮制極其嚴格而又極為繁瑣，其中之一就是所謂「避諱」，在言語或文字中遇到君主和長輩的名字，不能直接說出或寫出，要用相近的字來代替或者把字的筆劃加以省簡。在古代，如果「犯諱」，就是「不敬」，不僅被認為失禮，甚至會構成犯罪。這種陋習到了明清兩代更為嚴重，它成了封建皇帝肆意專權，草菅人命的一個重要藉口。因此，明清文人犯「諱」的一個直接後果，就是出現了文字獄。

第二十一卷
不戰而勝的智囊

在兵法的運用上，訴諸形體不如訴諸聲音，善用智慧者勝過拙用力者；能運籌帷幄之中的，就不必決戰於疆場；萬一要在戰場上決一勝負，也並不是全靠弓箭槍戰；只有憑藉著智慧，才能打遍天下無敵手！因此，輯有《不戰而勝的智囊》一卷。

晉、吳破楚

春秋時代魯襄公時，晉楚爭奪鄭國。襄公九年，晉悼公聯合其他諸侯的軍隊圍攻鄭國，鄭人恐懼之餘，遣使求和。荀偃說：「繼續圍攻鄭國，等楚救鄭時，就可以迎戰楚軍；如果與鄭議和，就得不到實際的利益。」

荀罃卻說：「不可以，應該與鄭結盟引兵而歸，如此楚國就會出兵討鄭。我們要先使楚軍疲憊不堪，辦法是把軍隊分成三路，聯合其他諸侯軍隊分路迎戰楚軍。那麼我軍在未疲憊前，楚軍早已疲累得不能作戰了，遠比現在就跟楚國交戰要好得多。假如現在就跟楚國交戰，必然傷亡慘重，所以應以不戰為上策。所謂聰明的人以智慧取勝，愚笨的人以蠻力克敵，這正是先王克敵致勝之道。」

群臣都表示贊成，於是接受鄭國的求和。後來楚國果然三度出兵討鄭，但是由於長途行軍而精疲力竭，根本無法作戰。最後晉國終於取得了鄭國。

吳王闔閭即位後，曾問伍子胥說：「賢卿曾建議伐楚，寡人也有伐楚之心，寡人想親自率軍伐楚，賢卿以為如何？」

伍員答：「楚國政治紛亂，沒有真正的執政者，假如大王動員三軍，徒然勞民傷財，所以不如先發一軍，誘楚出兵迎戰。楚國出兵，大王立即退兵；楚國退兵，大王再出兵。楚軍往來跋

涉，必會疲於奔命，而想放棄交戰的念頭。這時大王再運用各種手段，使楚國的軍事政治更混亂，徹底瓦解楚人的鬥志，然後大王再動員三軍，一定能徹底摧毀楚國。」

闔閭欣然採納伍員的建議，從此楚軍就陷入疲於奔命的苦境。

晉、吳破楚，如出一轍，然而吳國能夠破楚國，晉國卻未能破楚，就因為少了柏舉一戰。宋代的儒生因為城濮之戰指責文公不是王者之師。唉！有這樣的議論，所以才造成南宋一代成為不戰之朝，以至於亡國，可悲啊！

智囊

《百戰奇法·近戰》曰：「多設疑兵，上下遠渡，敵必分兵來應，我可以潛師近襲之，其軍可破。」這就是說，將帥在戰鬥中，要利用虛實，真假變化，以虛掩實，以假蓋真，隱蔽我近襲之意圖，並製造敵方為我可乘的空隙，然後，出其不意，攻其不備。知瑤、伍子胥的克敵制勝，均展現了這一作戰思想。

兩軍相逢，智者勝。智者就是能審時度勢，運籌帷幄，使自己的弱勢變成強勢，牢牢掌握主動權，採用攻心之術，取得主動權。在現實生活中，善於抓住對方的心理，處理複雜的問題，是一種很好的策略。

高熲定計滅陳國

隋文帝開皇初年，文帝曾向尚書左僕射高熲詢問滅取陳國的戰略。高熲說：「江北土地寒冷，收穫的時間較晚。江南土地溫

熱，水田稻穀早熟。我們估計到他們收穫的時候，稍微徵集兵馬，卻造出風聲要出奇不意襲擊他們。他們必然屯兵防禦，這就可以使他們荒廢農時，等到他們聚集起部隊，我們又解散部隊。反覆多次後，陳國士兵再看到我軍集結，一定會習以為常，不再相信我軍會真的進攻。就在陳國鬆懈之時，我軍出其不意地發兵進攻，一定能破陳國。另外，江南土層薄，房屋大多是竹子和茅草蓋的。所有儲備和積蓄，都藏在屋裏，而不是地窖中。我們可以秘祕密派遣一些人，順著風勢放火，將他們的房屋財產燒毀，等到他們重新修建，又再給他們燒掉。不出幾年，自然可以使他們的財產和人力都困乏不堪。」

文帝採用了高熲的計策，終於滅掉了陳國。

 智囊

隋文帝楊堅矯詔受禪即位之初，對南陳十分友好，每次抓獲了南陳的間諜，都客氣地予以遣返，但南陳宣帝還是屢次派兵侵擾隋朝的邊境。因此，在陳宣帝太建末年，隋朝便向南陳發動了一次進攻，適逢陳宣帝駕崩，隋文帝下令班師，還派遣使者前去弔唁。陳後主回信卻越發狂妄自大，有小覷隋文帝之意。

隋文帝看了回信後很不高興，遂有了滅掉南陳的心思。高熲所獻的這一攻滅南陳的戰略，已超出了單純的軍事佈置，而將政治、軍事、經濟、農業等各個方面綜合起來考察，統一部署，環環相扣。

首先，是根據南陳的自然氣候等情況，提出「微徵士馬，聲言掩襲」，既能「廢其農時」，又能收迷惑敵人之效，這是以權宜之計與深謀遠慮相結合；其次，是根據南陳人的居住條件，因風縱火，且反覆多次，這樣，可使其財力俱困，這是從破壞敵方

糧食儲備而從根本上動搖其命脈。南陳既無財力，而又喪失警惕性，此時用兵，定獲全勝。高頻此計是符合孫子的「謀攻之法」的。

《孫子兵法‧謀攻篇》曰：「善用兵者，屈人之兵，而非戰也；拔人之城，而非攻也；毀人之國，而非久也。必以全爭於天下，故兵不頓，而利可全，此謀攻之法也。」後來，隋文帝採納了高頻的計策，果然較為順利地平定了陳朝。所以，杜牧評論道：「抓住敵人出現的可乘之機，不失時機地乘勢攻擊，就會像摧枯拉朽那樣迅速地獲得勝利。像劉邦進據關中、魏晉降服孫皓、隋文帝滅掉南朝，都沒花多長時間。」

老將知兵

五代十國時，晉王李存勖大敗梁兵後，梁暫時退兵。周德威（字鎮遠，勇略多智）知道晉王想乘勝追擊，於是對晉王說：「敵人氣勢盛，我軍應該先按兵不動，等梁兵疲憊後再進攻。」

晉王說：「我率軍遠征，急如救人，再說我軍是倉促成軍，適合速戰，現在將軍卻建議孤王按兵不動，這是什麼原因？」

周德威說：「梁兵善於守城，不善於野地作戰；我軍仗恃的是騎兵，對騎兵而言，平原曠野是最有利的地形，可以馳騁突襲，但現在面對城門堡壘，騎兵根本無法施展，再說敵眾我寡，假使讓敵人摸清了我軍的兵力，對我軍實在大大不利。」

晉王十分不高興，回到帳中躺在床上，眾將領都不敢說話。周德威去見張承業，對他說：「大王因偶然取得了幾次勝利而輕敵，不量力而行，只想速戰速決。如今我們離敵人近在咫尺，只隔著一條河。敵人如果造橋迫近我們，我們就會馬上全軍覆沒。不如率領部隊退回高邑，誘使敵人離開營門，彼出我歸，彼歸我

出。另外再用輕騎搶掠他們的糧餉，這樣不超過一個月，必然會
破了梁國。」

張承業聽後，來到晉王帳前，掀簾而入，拍著晉王說：「這
哪裡是大王安臥的時候啊！周德威老將深知用兵之道，他的話不
可忽視啊！」

晉王突然從床上坐起來，說：「我正在考慮這件事。」

當時梁王閉門不出，有個守兵過來投降，經審問得知：梁王
正在造許多浮橋。

晉王對周德威說：「果然像你所說得那樣。」

智囊

有這樣一則故事——一個個子很高的、力氣很大的人，和一
個小個子比賽誰的力氣大。比什麼呢？比扔稻草。小個子對大個
子說：我讓你吧，你扔一根稻草，我扔一把稻草。大個子一想，
我的個子很大，我的力氣也比你大，你扔一把，我扔一根，你死
定了，你會輸慘了。好，我同意。比賽開始了，小個子扔一把稻
草，大個子扔一根稻草，結果是什麼，大家都不難想像。這就是
神奇的智商之花開出的果實，這就是要以智取勝。

中外古今運用智慧取勝的案例太多太多。比如在戰爭中，
《孫子兵法》的三十六計，計計都是用兵的神智。我國歷史上的
圍魏救趙、欲擒故縱、明修棧道，暗渡陳倉、空城計等等，都是
以智取勝。《水滸傳》裏面的智取生辰綱、沙家濱裏邊的智鬥等
等，既用了力敵，也用了智勝、智取。特別是《三國演義》，處
處寫的是以智謀來取勝。

在商場中做生意，也要以智取勝。商場如戰場，在商場中做
生意怎麼以智取勝呢？或者標新立異發明新產品，或者另闢蹊徑

開拓新的市場，或者不拘一格地使用新的人才，或者出奇兵策劃新的方案。面對激烈的競爭和激化的矛盾，要巧妙應對，不可操之過急，盲目蠻幹。在全面了解對方詳情，摸清對方虛實的基礎上，有針對性地制定應對策略。

諸葛恪征服丹陽

　　諸葛恪從小就以才幹而出眾。吳王孫權想讓他做點事情，試一試他的才幹。就任命他做軍中節度，專門掌管軍中錢糧、文書等，十分繁瑣，這並不是諸葛恪的特長。諸葛亮聽說後，寫信給陸遜，陸遜將此情況告訴了孫權，孫權立即傳命，讓諸葛恪領兵。

　　諸葛恪稟奏孫權說：「丹陽一帶山勢險峻，老百姓果敢勇猛。先前雖然派兵去圍剿，但捕獲的都是山外的平民而已，那些隱藏在山裏的百姓都沒有獲得。請派我到那裏去駐守三年，可以為大王組成一支四萬壯士的軍隊。」

　　群臣聽後，議論紛紛，都認為丹陽地勢險阻，方圓數千里，重巒疊嶂，深不可測，那裏的老百姓未曾進入過城邑，更沒有受過官吏的管轄，都是些逃兵、野人、隱逸之士，大多老死於林莽之中，還有些被追捕的要犯，一起逃竄到那裏，占地為王，訓練兵士，歷來好武，善於征戰，崇尚氣節武力。他們登山赴險，衝殺於叢林，就如魚在深淵中遊戲，猿猴在樹上攀躍一般。一旦看到有可乘之機，就下鄉搶劫騷擾。每次派兵征剿討伐，尋找他們的藏身之處，一交鋒，他們就蜂擁而來，一打敗，又如鳥獸四散，從前朝以來，就無法駕馭、管轄他們。

　　諸葛恪卻保證一定能平服丹陽，孫權於是正式任命諸葛恪為丹陽太守。諸葛恪上任後立即下令，整編軍伍，嚴密防守。對已歸

順的山民，要他們集中耕作，集體生活，又命屬下修建圍籬，不可與山民衝突，等到稻穀快成熟時，就命士兵搶先收割，不留一粒穀糧，山民們在積糧吃盡又無糧可搶的情形下，只有下山投降。

諸葛恪又下令：「凡山民自願歸化我朝者，都應妥善照顧，進入縣城不可因懷疑他們意圖，而隨意扣押逮捕。」

之後，長史胡伉抓了一個叫周遺的山民，周遺曾經是令官府頭疼的人物，現在因缺糧而投降，但內心卻仍然想伺機作亂。胡伉把周遺抓到諸葛恪的面前，以為立了一功，諸葛恪卻以胡伉違抗軍令而下令斬首。

山民聽說胡伉因觸法而斬頭，知道諸葛恪只希望他們能下山投降而已，於是扶老攜幼紛紛出山，一年後，招降的人數正如諸葛恪所保證的。

智囊

兩軍對壘，防守森嚴，要想從敵國那裏獲取絕密情報，又談何容易？然而，古今中外的典型戰例又證明了這種成功的可能性。《孫子兵法·用間篇》裏關於「鄉間」（即誘使敵方的鄉人加以利用的論述），頗為實用。收買、利用敵方同鄉里的熟人、同事、朋友等特殊關係的人充當間諜，可收到事半功倍的效果：一方面，這些人與敵方的關係沾親帶故，不易被敵方所懷疑；另一方面，他們又熟悉敵方的山川地形、關隘險阻、軍馬糧草、武器兵種。透過鄉間獲得情報，真可謂做到百分之百的「知彼」。

上述諸葛恪則採用俘虜的敵兵、投降的民眾作為「鄉間」，充分利用了敵軍顧念家人的心理，爭取了對方的民心，瓦解了敵軍的士氣和鬥志，使敵軍不戰而各自散歸。實現了古代優秀的軍事家「攻心為上」的戰略目標。

教育工作，只可智取，不能硬攻。攻城為下，攻心為上。

攻心，首先要能控制自己的心靈。有一些老師，自己情緒失去控制，當眾與學生發生衝突。為師者絕不可如此，否則必敗無疑。教師要提高自己的修養，使自己的心靈像天空一樣開闊。

攻心，還得了解學生心理。不了解學生心理，你如何去攻呢？所以教師要研究學生，要知道學生的真實想法，知己知彼，百戰不殆。切忌想當然，以己之心，度人之腹，目標不明，方向不清，就開火進攻，到頭來，一無所獲還是好的，學生離心離德害莫大焉。

攻心，一定要善於隨機應變。學生的心理是千變萬化的，在一些具體場景中，常會有突發情況發生，當學生的心理發生變化時，教師一定要隨機應變，及時調整策略，方可牢牢鎖定目標。青少年的心靈是敏感而脆弱的，同時，也十分多變。學生在成長的過程中，在不同的年齡階段有不同的心理特點。影響學生心理狀態的因素也有很多。教師不是聖人，也不一定能夠洞悉一切，計畫沒有變化快，根據實際情況及時做出調整，就更加顯得重要了。

楊侃智取蕭寶寅

北魏雍州刺史蕭寶寅興兵叛亂攻打馮翊郡。當尚書僕射長孫稚前往征討時，左丞楊侃建議說：「以前魏武帝曹操曾多次與據守潼關的韓遂、馬超交戰。韓遂、馬超的才智比不上曹操，但曹操始終不能一舉擊敗他們，原因就是韓遂據守要塞的緣故。如今賊兵守備堅強，不如先由北方的蒲阪渡河而西，進攻敵人的腹地，若士兵們人人抱置死地而後生的意念，不僅可解華州之圍，又可坐取長安。」

長孫稚說：「你的計策雖然很好，但如今薛修義圍困河東，薛鳳賢佔據了安邑，宗正珍孫守衛著虞阪，我們無法進軍。怎麼辦呢？」

楊侃說：「珍孫打仗只有一夫之勇，靠機緣做了將領，他只能被人指使，哪能指揮別人？河東治所在蒲阪，西邊靠近河岸，土地大多在郡東。薛修義驅使士兵和百姓，到西邊去包圍郡城，他們的父母妻子都留在家中，一旦聽說官軍到了，誰都有後顧之憂，勢必望風而自潰。」

長孫稚於是派他的兒子長孫彥與楊侃率領騎兵從恒農北渡，佔據了右椎壁。楊侃聲言在這裏停留，以等待步兵到來，同時看一看民心的向背。他命令將那些前來投降的村民送回各自的村莊，讓他們告訴村民，等到烽火臺點燃三堆烽火時，各村就點燃烽火相呼應，沒有點燃烽火的，就是叛逆的同夥，我們就派兵出擊，屠殺全村，用所繳獲的東西犒賞軍士。於是村民們互相轉告。

等到楊侃點燃烽火時，那些其實並未投降的，也點起了烽火，一夜之間，火光遍佈數百里。圍城的敵軍不知究竟，各自四散逃跑。薛修義也逃回來，與薛鳳賢一起前來投降。長孫稚攻克潼關，進入河東，蕭寶寅奔逃而去。

智囊

避實擊虛，避強擊弱，是戰爭中常用的一種策略。孫子曾經做過形象的比喻，他稱用兵的法則就像流水一樣，水流動起來是避開高處而流向低處，那麼用兵應是避開敵人防守堅實的地方而攻擊其空虛薄弱的部位。所以，用兵作戰沒有固定的模式，沒有固定的形態，能根據敵情變化而取勝的，就可以稱之為用兵如神。

善於避實擊虛是一門藝術。在現實生活中，我們也要善於抓住問題的要害，儘量避開對方的長處，以自己的優勢擊敗對方的劣勢，也就是「以實擊虛」。

岳飛破楊么

南宋時楊么盤踞洞庭湖為亂，擅長水戰。岳飛所屬的部隊多半是西北人，不習慣水戰。岳飛於是派人招降楊么手下大將黃佐，說：「英雄不論出身，只要你願意歸降，本帥願意重用你。」

黃佐暗想：「岳帥號令如山，若是與岳帥為敵，最後一定命喪岳軍之手，不如投靠岳帥，他必會善待重用我。」於是答應歸降。

岳飛單身騎馬來到黃佐營地探視黃佐，並且輕撫黃佐的肩膀說：「你能識時務必能立大功，日後何止是封侯拜爵，本帥想派你再回洞庭湖，所有那些賊眾頭目，如果有機可乘就活捉，或者勸他歸降，如何？」黃佐被岳飛的信任與重用感動得流淚，發誓要以死報答岳飛。

這時張浚以都督軍事來到此地，參政席益對張浚表示懷疑岳飛有輕敵之心。張浚說：「岳帥為人忠信誠正，再說軍事機密，豈能輕易洩漏？」席益聽了，不禁為自己的魯莽感到慚愧。

黃佐襲擊了周倫的營寨，殺死周倫，擒拿了他的統制陳貴等人。恰逢朝廷召張浚回朝商議秋季防務的事，岳飛從袖中取出軍事地圖展示給張浚，張浚想等來年再商議。岳飛說：「王四廂用王師攻打水寇很難，而我用水寇攻打水寇則容易。水戰，是我們的短處，敵人的長處，以我之短攻敵之長，所以難以取勝。如果利用敵人的將領，指揮敵人的兵卒，削去敵人的手足，離間敵人

的心腹，使他孤立無援，然後用王師乘機出擊，八天之內，肯定會將敵人首領全部俘獲。」張浚同意了他的計畫。

於是，岳飛到了鼎州。黃佐已經說服楊欽棄暗投明，他們一起來見岳飛。岳飛大喜，說：「楊欽驍勇強悍，他既然來投降，賊寇的核心就崩潰了。」岳飛上表，朝廷授給楊欽武義大夫之名，待遇十分優厚。岳飛又派楊欽回洞庭湖，兩天之後，楊欽又說服全琮、劉銳等人來投降。岳飛假裝生氣，罵他們道：「寇賊沒有全部來投降，你們來做什麼？」說罷令人用杖痛打他們一頓，又令他們返回湖中。

當天夜裏岳飛突然襲擊楊么的營盤，降服楊么的士卒達數萬人。楊么恃強不服，他乘坐的大船，靠輪子激水，航行如飛。船旁設有撞竿，官軍的船一碰就被撞得粉碎。岳飛派人從君山上砍下大樹，做成巨大的木筏，堵塞住港汉，又用朽木亂草從上游漂流而下。選擇水淺的地方，派遣那些善於叫罵的人去罵陣，邊走邊罵。楊么的士兵怒不可遏，乘船來追，朽木亂草一下就把船堵塞住了，船隻動彈不得。岳飛馬上派兵進攻，敵人倉皇逃奔港中，又被巨筏擋住去路。官軍乘著木筏，張著牛皮盾牌擋住弓箭彈丸，舉起大木頭撞擊楊么的船隻，船全被撞壞。楊么跳進水中，被牛皋擒拿斬首。

岳飛突然闖入楊么的營壘，營中其餘的頭領大驚，說：「這是什麼神啊！」馬上全部投降。岳飛親自到各個營寨撫慰楊么的士卒，放老弱病殘回原籍，招年輕力壯的當兵，果然八天就蕩平了楊么。張浚感歎道：「岳侯，真是神機妙算啊！」

楊么佔據洞庭，在陸上耕種，水中作戰，樓船長達十餘丈，官軍只有仰視，無法靠近。岳飛也想造大船，湖南運判薛弼對岳飛說：「如果那樣做，沒有相當長的時間無法取勝。況且彼之所長，只可避開而不可以硬鬥。今年大旱，河水低落，如果出重金買楊么的頭顱，不與他交戰，然後截斷江路，枯乾河流，使他的

長處無法發揮。然後再派精銳騎兵直搗他的營壘。那麼，他的失敗就在眼前了。」

岳飛採納了此計，於是掃平了楊么。人們只知岳侯神機妙算，於八天之間，掃平楊么，而不知道此計出自薛弼。從來的名將名相沒有不借助別人而成功的。

岳飛善於以少勝多，曾經以八百人擊敗群盜王善等五十萬人於南熏門，又曾在桂嶺以八千人擊敗曹成十萬餘人。他與金兀朮在穎昌交戰，只用了親兵八百，在朱仙鎮，只用了親兵五百，都是打敗敵人十餘萬。凡是有所舉動，他都召集所有的統制共同商議，定下計謀後再戰，所以有戰無敗，每戰必勝。如果突然遭遇敵人，他的部隊能巍然不動，敵人對此評論道：「撼山易，撼岳家軍難。」

岳飛統帥軍隊，既嚴厲也寬仁。士兵中有拿了老百姓一捆麻來捆馬草的，立即斬首示眾。士卒夜宿，老百姓自願打開門，讓他們進屋住，也沒有敢入民室的。軍中的號令是：「凍死不折屋，餓死不擄掠。」如果士兵生了病，岳飛親自為他們調藥；眾將遠征，就派妻子慰勞他們的家屬；凡是有將士戰死，岳飛都為之痛哭，並養育他們的遺孤；凡是皇上頒賞，總是分給軍中眾官員，不私吞秋毫；每有功勞，必然歸之於將士。啊！這就是他致勝的根本。現在的將官事事與岳飛相反，還想建功立業，可能嗎？

智囊

岳飛攻破楊么最主要的一點，就是善待降將黃佐、楊欽等。這種招降納叛、以敵克敵的計策，無疑是符合孫子「上兵伐謀」，即以最小的代價去獲取最大的勝利的原則。

《孫子兵法・謀攻篇》在談到決策時指出：「是故百戰百勝，非善之善都也；不戰而屈人之兵，善之善都也。故上兵伐謀，其次伐兵，其下攻城。攻城之法為不得已！」這就是說，要論百戰百勝還不算高明的，不戰而使敵人屈服，才是最高明的。所以用兵的上策是用謀略致勝，其次是通過外交手段取勝，再次是使用武力戰勝敵人，最下策是攻城，攻城的辦法是不得已而行之的。

現代商戰，已不僅僅是實力的競爭，同時也是智力和智慧的競爭。一個企業從無到有，從小到大，其中的關鍵是一個字：「謀」，「用兵之道，以計為首」，現代商戰，同樣如此。

李愬ㄙㄨˋ雪夜下蔡州

元和九年八月，淮西節度使吳少陽去世，他的兒子吳元濟接替了軍務，並四處發兵，大肆掠奪魯山和襄陽，甚至擴展到關東地區，整個關東地區都震驚了。在如何對待反叛的吳元濟問題上，當時大多數朝臣是主和派，主張赦免吳元濟之罪，並加委他做淮西節度使。而裴度等主戰派則認為，淮西是「不得不除」的「心腹之患」。由於憲宗支持主戰派的意見，十月，開始了討伐淮西的行動。

唐憲宗發兵征討淮西，但是派去的統帥，不是腐朽的官僚，就是自己另有企圖。結果，花了整整三年工夫，費了大量財力，都失敗了，元和十二年七月，討伐淮西的戰爭進入第四個年頭。前方戰爭屢屢失利，兵餉運輸又發生了嚴重困難。後來朝廷派李愬擔任唐州等三州節度使，要他進剿吳元濟的老巢蔡州。

唐州的將士打了幾年仗，都不願再打，聽到李愬一來，有點擔心。李愬到了唐州，就向官員宣布說：「我是個懦弱無能的

人，朝廷派我來，是為了安頓地方秩序。至於打吳元濟，不關我的事。」

這個消息傳到吳元濟那裏。吳元濟打了幾次勝仗，本來就有點驕傲，聽到李愬不懂得打仗，更不把防備放在心上了。

這期間李愬打下了淮西的兩個據點收服了兩個降將，一個叫李佑，一個叫李忠義。李愬知道這兩人都是有勇有謀的人，就推心置腹地信任他們，跟兩人祕密討論攻蔡州的計畫，有時討論到深更半夜。

李佑向李愬獻計說：「吳元濟的精兵都駐紮在洄曲和四面邊境上，守蔡州的不過是一些老弱殘兵。我們抓住他的空隙，直攻蔡州，活捉吳元濟是沒問題的。」

李愬命令李佑、李忠義帶領精兵三千充當先鋒，自己親率中軍、後衛陸續出發。除了李忠義、李佑幾個人，誰也不知道到哪裡去。有人偷偷問李愬，李愬說：「只管朝東前進！」

趕了六十里地，到了張柴村。李愬佔領了張柴村，命令將士休息一會，再留下一批兵士守住張柴村，截斷通往洄曲的路。一切安排妥當，就下令連夜繼續進發。

將領們又向李愬請示往哪裡去，李愬這才宣布：「到蔡州去，捉拿吳元濟！」

這個時候，天色黑洞洞的，北風越颳越緊，鵝毛般的大雪越下越密。從張柴村通往蔡州的路，是唐軍從來沒走過的小道。大家暗暗叫苦，但是，李愬平日治軍很嚴，誰也不敢違抗軍令。

半夜裏，兵士們踏著厚厚的積雪，趕了七十里，才到了蔡州城邊。李佑、李忠義吩咐兵士在城牆上挖了一個個坎兒，他們帶頭踏著坎兒爬上城，兵士們也跟著爬上去。守城的淮西兵正在呼呼睡大覺，唐軍把他們殺了，接著，打開城門，讓李愬大軍進城。

大軍到了內城，也照這個辦法順利地打進了城，內城裏的淮

西軍一點也沒有發覺。

雞叫頭遍的時候，天矇矇亮了，雪也止了。唐軍已經佔領了吳元濟的外院，吳元濟還在裏屋睡大覺呢！有個淮西兵士發現了唐軍，急忙闖進裏屋報告吳元濟說：「不好了，官軍到了。」

吳元濟懶洋洋地躺在床上不想起來，笑著說：「這一定是犯人們在鬧事，等天亮了看我收拾他們。」

剛說完，又有兵士氣急敗壞地衝進來說：「城門已經被官軍打開了。」

吳元濟奇怪起來，說：「大概是洄曲那邊派人來找我們討寒衣的吧！」

吳元濟起了床，只聽見院子裏一陣陣喝傳令聲，接著，又是成千上萬的兵士的應聲。吳元濟這才害怕起來，帶了幾個親信兵士爬上院牆抵抗。

李愬對將士說：「吳元濟敢於頑抗，乃是因為他在洄曲還有一萬名的精兵，等待那邊來援救。」

駐洄曲的淮西將領董重質，家在蔡州。李愬派人慰撫董重質的家屬，派董重質的兒子到洄曲勸降。董重質一看大勢已去，就親自趕到蔡州向李愬投降了。

李愬命令將士繼續攻打院牆，砸爛了外門。吳元濟還想憑著院牆頑抗。李愬又放火燒了院牆的南門。蔡州的百姓們受夠了吳元濟的苦，都扛著柴草來說明唐軍，唐軍兵士射到內院裏的箭，密集得像刺蝟毛一樣。

到太陽下山的時候，內院終於被攻破，吳元濟沒有辦法，只好哀求投降。

李愬討伐淮西的勝利，大大震懾了河北、山東的割據者，他們紛紛表示服從朝廷。唐代藩鎮叛亂的局面總算暫時安定了下來。

智囊

　　李愬之所以取得最後的勝利，是因為他戰前準備充分，麻痺了敵人，戰爭中出奇制勝，利用奇兵擒賊先擒王，深入虎穴一舉成功。他的成功並不僅僅是利用奇兵，而是做了大量的準備工作後的結果，是一種靜如處子、動如脫兔的表現。

　　在我們的日常生活中，如果缺乏沒有精心的準備和對對手的充分了解，也許你的「奇兵」就成為送入虎口中的「羔羊」。只有奇正相生才能夠達到你心中的目標。

王德用不戰而勝

　　宋代名將王德用任定州路總管時，日夜訓練士卒，不久，士卒們都成為了可用之才。正好有個契丹間諜來偷偷偵察，有人說將他抓起來殺掉。王德用說：「百戰百勝，不如不戰而勝。暫且讓他去吧，我正想讓他將我們的實情帶回去報告呢！」

　　第二天，王德用故意舉行盛大閱兵，戰士們都生龍活虎，精神振奮。王德用故意公開下令：「準備好乾糧，聽我的旗鼓行動。」間諜回去報告，說漢兵將大舉進攻，契丹於是趕忙前來議和。

智囊

　　《孫子‧謀攻篇》說：「百戰百勝，非善之善者也，不戰而屈人之兵，善之善者也。」王德用不愧為良將，深知兵法上「不戰而屈人之兵」的謀略，借用間諜的口，以咄咄逼人的氣

勢，先打破敵人的侵略意圖，還沒等兩軍接觸，交兵接刀，便使敵人產生畏懼之心，前來議和。

「不戰而屈人之兵」是以心理學上的威懾，使敵人在心理上產生畏懼作為基礎的。我們要避免無謂的戰鬥，但如果戰鬥不可避免，那就要積極迎戰。給敵人以迎頭痛擊，使其不敢再進犯，那這樣就能起到威懾作用，對周圍其他蠢蠢欲動勢力起到「不戰而屈人之兵」的目的。

讓對手緊張、望而生畏，從而不攻自破，其實就是「不戰而屈人之兵」的具體表現，它同樣也適用於現代商業競爭。管理最高境界是不戰而勝。

程昱拒增兵

三國時，魏國的都督兗州事程昱在鄄城據守，手下的兵只有七百人。曹操聽說袁紹在黎陽，將要南渡，便想再給程昱補充兩千名士兵。程昱不肯接受，說：「袁紹擁有十萬大軍，自認為所向無敵，現在他看我的兵這麼少，必然不會來攻我。如果給我補充兵員，袁紹必然會來攻我，那麼我就必敗無疑了。」袁紹果然因為程昱兵少，不肯來攻。曹操對賈詡說：「程昱的膽量，勝過古代勇士孟賁夏育。」

七百與三千，都不是十萬的對手，而增兵之名，足以招致敵寇。程昱的見解遠遠勝過曹公啊！

凡行兵之道，應當謀而後動，以智取勝，不可意氣用事。同

樣，看待事物，要透過現象看本質，不要浮在表面上；前思後想，瞻前顧後，不能只圖一時得意，不思嚴重後果。

　　人們在進行決策的過程中，需要瞻前顧後，該想的要想到，該做的也要做到，這樣的決策才具有堅強的後盾和長遠的發展。放眼望去，有的領導很忙，但是他是什麼忙？他是這種「忙」是很忙；很盲目的「盲」；很茫然的「茫」──「忙、盲、茫」。他不知道為什麼忙，他不知道忙些什麼，嚴格說來，這是一種因小失大的表現。領導者的大智體現在哪裡？表現在抓大事，抓全局，抓方向，抓戰略，抓重點，抓執行，抓人民的切身利益，而不是忙些沒有價值的事情。

陸遜智退兵

　　嘉禾五年，孫權北征，派右都督陸遜與中司馬諸葛瑾攻襄陽。陸遜派親戚韓扁懷揣奏疏上報朝廷，返回途中，在沔中遇到敵人，敵人抓獲了韓扁。諸葛瑾聽後，十分恐慌，寫信給陸遜說：「大駕已還，敵人得到了韓扁，將我們的虛實全部打聽清楚了，而且河水快乾了，最好是趕快離去。」陸遜未做答覆，仍催促人種葑豆，與眾將領下棋射箭遊戲，一如平常。

　　諸葛瑾說：「伯言為人聰明多智謀，他一定有辦法解決困境，我這就去見他。」

　　陸遜說：「賊人已知吳王班師，不會擔心吳王來攻，現在只需專心對付我們。加上他們據守險要，我軍士兵軍心已見動搖，現在只有力持鎮靜，才能穩定軍心，再計劃突圍；如果現在驟然下令退兵，賊人就會知道我們害怕而加緊進攻，那麼我軍一定潰敗。」於是與諸葛瑾密商大計，諸葛瑾率軍走水路，陸遜率軍走陸路，同時朝襄陽方向推進。

敵人一向敬重陸遜的威名，見陸遜軍朝襄陽方向來，立即嚴守襄陽，諸葛瑾率船隊由水路出發，陸遜慢慢率軍一面虛張聲勢，一面向船隊靠近，一一登船，敵人不敢進逼，於是全軍安然而返。

智囊

　　《孫子‧行軍篇》裏說：「辭詭而強進驅者，退也。」這是以進為退的指導方針。

　　不過，晉王的「利於速戰」也並非沒有一點道理，況且也是孫子所言。只是作為一個優秀的將帥，在看到它的利的同時，也要看到它的害。利和害是相依相生，也是相制相剋的，重要的是創造條件，變害為利，變敵之長為其短，變我之短為其長，然後乘機戰勝之。

高仁厚恩威鎮逃兵

　　高仁厚攻打東川楊師立。夜晚二更時分，敵將鄭君雄等出動精兵突擊，城北副使楊茂言見敵勢太盛無法抵禦，於是棄城逃逸，其他營寨見副使逃走，也紛紛丟下武器逃命。賊人直攻中軍。高仁厚命人大開寨門，並且點燃火炬，親自領軍埋伏兩側，賊人見寨門大開，反而不敢入寨，正準備離去時，高仁厚立即命埋伏的士兵圍攻，賊人大敗。

　　賊退後，高仁厚顧念如果按律處置棄城逃走的軍士，勢必誅殺太多，於是密召張詔，對他說：「你趕快派探子數十人，分頭追趕逃走的士兵。就用你的話說：『元帥那晚不在營寨，所以根

本不知道你們潰逃的事，你們趕緊回營，明天照常守衛，不要擔心。』」張詔一向是寬厚長者，眾人都相信他的話，認為元帥真的離營外出，於是四更時分，潰逃的士兵都已回營，只有楊茂言一直追到張把這地方才攔下他。

高仁厚聽到各營寨的更鼓聲如平常，很高興地說：「他們都回來了。」

第二天早上，眾將領都集中到高仁厚寨中，拜見仁厚。還以為高仁厚真的不知道實情。坐了很久，高仁厚才對楊茂言說：「昨天晚上聽說副使身先士卒，跑到張把，有這事嗎？」楊茂言回答說：「我聽說敵人攻打中軍寨，左右說僕射已經離開了，就策馬駕車跟隨，後來看出是假的，就又回來了。」

高仁厚說：「我與你都受命於天子，領兵討伐逆賊。如果我先逃跑了，副使應當喝斥我下馬，執行軍法，代理總指揮，然後上報朝廷，如今副使先逃跑了，還說謊欺騙，按理該怎麼辦呢？」楊茂言拱手說：「應當處死。」高仁厚說：「是的。」命左右將楊茂言拉下去斬首，眾將領都嚇得兩腿打顫。高仁厚又召來昨夜的俘虜數十人，給他們鬆了綁，放他們回去。鄭君雄聽這些人一談，恐懼地說：「他的軍法如此嚴明，還可以侵犯嗎？」從此後再未出兵。

孫武在陣前殺了吳王闔閭的寵姬，以殉軍規，司馬穰苴斬了齊景公的幸臣莊賈、以立軍法。嚴明法紀，將領就有尊嚴，將領尊嚴，士卒就願意為他賣命，士卒有了不怕死的氣概，敵人就必敗無疑了。高仁厚固然善於用法，但最妙之處在派遣張詔這一著。不將逃兵全部殺掉，他的威嚴反而勝過將他們全部殺死，再驅使指揮他們，逃兵就全都會成為不怕死的人。

孫武是齊國人，帶著他的《兵法》去見吳王闔閭，闔閭說：「你的這十三篇兵法我都看過了。可以試試訓練隊伍嗎？」孫武回答說：「可以。」吳王問：「可以用婦人來試試嗎？」孫武回

答：「沒有問題。」於是命令宮中一百八十個美女全部出來接受訓練。孫子將她們分為兩隊，用吳王的兩個寵姬分別做兩隊隊長，命她們都各持一把戟。孫武又對她們說：「你們知道你們的心、左手、右手、背嗎？」宮女們說：「知道。」孫武又說：「向前，就是看心；向左，就是看左手邊；向右，就是看右手邊；向後，就是看背。」宮女們說：「是。」佈置完畢，於是擺好了鐵鉞，將規矩三令五申，然後擊鼓發令：向右！宮女們大笑。孫武說：「規矩不明，號令不熟，是將領的罪過。」又再將規矩三令五申。然後又擊鼓發令：「向左！」宮女們又大笑。

孫武說：「規矩不明，號令不熟，是將領的罪過。既然已經講明而不按軍令操練，就是官吏和士卒的罪過了。」馬上就要斬左右兩隊的隊長。吳王從臺上看見要斬他的愛姬，大驚，派人下來說：「寡人知道將軍善於用兵了，寡人要是沒有這兩個愛姬，就食不甘味，請不要斬她們。」孫子說：「臣既然已經受命做了大將，將在軍中，君命有所不受。」便斬了兩個隊長，以殉軍規，又將副隊長任命為隊長，於是再擊鼓發令，宮女們前、後、左、右、跪、起都符合規矩要求，沒有一個敢於出聲的。

孫武派人去報告吳王說：「兵已經訓練好了，大王可以下來觀陣了。只要大王要用她們，就是赴湯蹈火，她們也絕不會退縮。」吳王說：「將軍停止演練，進屋休息吧，寡人不想下來觀陣了。」孫武說：「吳王只是喜歡我的兵書，並不願意用它來實踐。」於是闔閭知道孫子善於帶兵，就任命他為將軍。後來吳國向西攻破強大的楚國，進入郢都，北面威脅齊國、晉國，顯名於諸侯，孫武做出了重大貢獻。

齊景公的時候，齊國的軍隊被燕國和晉國打敗。晏嬰就向景公推薦了田穰苴。景公命他統率軍隊。司馬穰苴說：「我素來卑賤，人微權輕，希望國君派你的寵臣來監軍。」齊景公就派心腹莊賈前往。那天，司馬穰苴與莊賈約定：明日太陽當頂的時候在

軍門碰面。司馬穰苴先乘車到軍門，立下竹竿測日影，設好刻漏以知時辰，等待莊賈。傍晚時分，莊賈才到。

司馬穰苴問：「你為什麼晚了？」莊賈說：「親戚來送我，所以滯留了一下。」司馬穰苴說：「大將軍受命之日，就忘了自己的家；到軍中有了約束，就忘了自己的親戚；手持鼓槌，就忘了自身的安危。說什麼親戚相送呢？」召來軍正詢問：「按照軍法，不按約定時間到達，該如何處置？」回答說：「該斬！」莊賈這才開始害怕，讓人飛馬弛報齊景公，請他來救命。沒有等到那人返回，司馬穰苴就斬了莊賈以儆戒三軍。

一會兒，齊景公派使者持著信符來赦免莊賈，使者縱車馳入軍中，司馬穰苴說：「將在軍中，君命有所不受！」又向軍正詢問：「軍中不許馳車傳令，如今使者違紀，該如何處置？」軍正回答說：「該斬！」司馬穰苴說：「國君的使者，不能斬。」於是就斬了使者的僕人，砍斷了使者車箱外左邊的立木，殺死了在左邊拉車的馬，向三軍顯示法紀的威嚴。

司馬穰苴檢閱了士卒，又依次檢查士兵的水井、灶具、飲食，詢問病員，安排醫藥，親自到軍營中慰問士卒，把將軍的薪餉糧食拿來分給士卒，而自己卻只和那些身體瘦弱的人領得一樣多。三天後集合部隊，準備出征，連那些有病的戰士也都爭先恐後要求參戰，結果打敗了晉國軍隊。

智囊

高仁厚陣前依法誅殺楊茂言，嚴整軍法，震撼叛軍，取得了戰鬥的勝利。自古以來，紀律嚴明一直是兵家決勝的關鍵。

在現代社會，要想成就事業，必須先學做人，再學做事。首先要高標準，嚴要求，自覺遵守紀律，努力提高思想和道德覺

悟，這是做人的準則。在學會做人的基礎上，努力學會做事。

李光弼收二將

唐朝時史思明在河清屯兵，想阻斷官軍李光弼的糧食供應。李光弼得悉敵情，陳兵野水渡，以備應變。

夜晚，李光弼回到河陽，只命雍希顥率領一千多名士兵防守野水渡，交代他們說：「賊將高延暉、李日越雖都是力敵萬人的勇將，一定堅守營寨，不要同他們作戰，但若他們來投降，可以一起來見我。」眾將官不理解李光弼的意思，暗自竊笑。

不久，史思明果真對李日越說：「李光弼善於城市防守作戰，今天他移師郊野，正是生擒他的大好機會。你帶五百騎兵，替我把他抓來，抓不到不准回來見我。」

第二天，李日越帶了五百騎兵來到野水渡，大叫說：「司空在嗎？」

雍希顥說：「元帥昨晚已離營回城去了。」

李日越暗自忖道：「用雍希顥代李光弼，回去史思明一定會殺了我，我看我還是投降算了。」

於是與雍希顥一同去見李光弼，李光弼待他如心腹，非常禮遇他。高延暉聽說李日越受到李光弼的重用之後，也主動投降。

有人問李光弼，用什麼方法，這麼容易就讓兩名賊將投降，李光弼說：「史思明曾怨恨沒有野戰的機會，聽說我出兵在外，以為一定可以勝我。李日越沒有抓獲我，不敢回去，只好投降。高延暉的才幹勝過李日越，聽說李日越在我這裏受寵被信任，必定想到我這裏來爭寵。」

　　尹賓商藉用了《鬼谷子》「揣闔」一詞，來作為一個戰爭的將帥審定敵人虛實的一種策略，即要善於發現敵情變化的兆頭，摸清敵人的思維活動規律，以便揣測和推算敵人的活動脈搏和動向，做到未卜而先知，這樣得出來的結論，才能正中矢的，無往而不勝。

　　李光弼對部將的解答，正說明了他運用了「揣闔」的謀略，既知己方，又知敵方，進而將計就計，明裏迎合敵人的需要，暗中卻穩操勝券，巧妙地設下了連環計，不戰而屈人之兵，智降叛逆史思明手下的兩員驍將。

趙充國平羌

　　西元前六三年，宣帝派光祿大夫義渠安國巡視羌族部落。先零羌首領楊玉請求朝廷允許他們渡過湟水遊牧。義渠安國便奏請朝廷答應其所求。趙充國分析羌人有詐，便向皇帝上書說安國「奉使不敬，引寇生心。」

　　於是，宣帝召回了義渠安國，拒絕羌人的要求，但是先零羌不肯甘休，聯合本族各部落，強渡湟水，佔據了漢朝邊郡地區，郡縣無力禁止。二百多位羌族部落酋長會盟，消除冤仇，交換人質，訂立攻守同盟條約。不久，羌族一酋長狼何，派使者向匈奴借兵，企圖進攻鄯善、敦煌，切斷漢朝通往西域的交通線。

　　宣帝聽到這一消息後，因為知道趙充國原籍隴西，又曾多次出征邊地，熟悉情況，便召見趙充國。趙充國分析了羌族的內部情況，以及與匈奴的往來關係，指出一旦他們「解仇交質」，並

與匈奴勾結在一起可能會發動動亂，因此建議立即派人檢閱邊防部隊，做好戰備工作，同時派人去離間羌族各部落。宣帝採納了趙充國的建議，又派騎都尉義渠安國出使羌族。

義渠安國到隴西後，召集了三十多位羌族酋長，譴責他們圖謀不軌，一齊處斬，同時縱兵殺掠羌族一千多人。結果，激化了羌人與漢朝的矛盾，加速了羌族叛亂的爆發。

於是，皇上詢問各位大臣：「誰可以領兵去制伏他們呢？」趙充國回答說：「沒有比老臣更合適的人了。」趙充國當時已經七十餘歲。皇上問他：「將軍到了羌地，如何行動，要用多少人？」趙充國說：「百聞不如一見，用兵打仗的事，遠離現場很難設想，我願意立即趕到金城，策劃最恰當的方略。」

趙充國到了金城，一直等到兵員超過萬騎，才南渡黃河。為了避免被羌人攔截，以防出聲，他在夜裏派三校人馬率先銜枚渡河。一過河馬上佈置好陣營，到天明時，全部人馬再依次過河。這時有近百名羌人騎兵從東邊奔馳到軍營附近，趙充國料知這些驍勇的騎兵，是故意來引誘我軍與之交戰的，就告誡全軍不要出擊。並說：「我們的戰士和馬匹剛到，十分疲憊，不要幻想馬上出擊去消滅他們。這點小利不值得去貪圖。」

他派騎兵去偵察四望，發現中並無羌人，於是當晚趙充國就引兵到了洛都。他對各校司馬說：「我知道羌人無能了，他如果派數千人守著四望我還能進得了洛都嗎？」於是再往西到了西部都尉府，每日拿好飯菜犒賞軍士，軍士們都樂於為他而戰。但是羌人數次來挑戰，趙充國都堅守不動。

當初罕曾派他的弟弟雕庫來報告都尉，說先零將要造反。幾天後先零果然反叛了。雕庫手下的人有不少在先零叛軍中，都尉就留下雕庫做人質。趙充國認為雕庫沒有罪，就將他釋放了，派他回去告訴部落中的豪強，大軍是來誅殺有罪之人的，並不是要把大家都消滅掉，能協助大軍抓捕罪人的免罪。凡斬殺一個有

罪的大豪強，賞錢四十萬；斬殺一個有罪的中豪強，賞錢十五萬；斬殺一個有罪的小豪強，賞錢三萬。斬殺他們的大男孩賞錢三千，斬殺他們的女子和老人、小孩賞錢一千，並且將罪人的妻子和財物一併賞賜給立功者。趙充國想以自己的威嚴與誠信來招降羌人。罕和其他劫掠者的隊伍就這樣被瓦解了。酒泉太守辛武賢上書說：「如今羌人朝夕侵擾，土地貧瘠，人民生活極苦，漢人的馬匹無法在此過冬。可以補充草料，在七月上旬，攜帶三十天的糧草，分別從張掖、酒泉出兵，合擊罕。」皇上將他的意見轉發下來。

趙充國認為，背負三十天的糧草，加上服裝兵器，難以追逐羌人；而不帶糧草，羌人所佔據的地方前後又十分險要，假如被他們斷絕了糧道，那就太危險了。況且先零首先起事叛亂，最好是對罕以禮相待，私下裏曉喻他的過失。首先誅殺先零，以使罕受到震動，而朝廷中的官員們卻認為，先零兵力強盛，又有罕的幫助，不先消滅罕不可能消滅先零，於是皇上就下令趙充國出兵打擊罕。

趙充國上書請罪，並向皇上陳述利害關係說：「臣聽說《孫子兵法》上說過，『兵力不足以進攻者就防守』，又說，『善於作戰的人，能掌握敵人，卻不會被敵人所掌握』。現在羌人入寇，我們便應該整飭兵馬，訓練戰士，以逸待勞，才是致勝之道；如今放棄制敵先機，落入敵人的戰術，愚臣以為千萬不可。先零想要反叛大漢，所以才和罕化解過去的仇恨，訂立盟約；但是他們心裏也擔心漢兵一來，罕或許會背叛他們，所以先零希望漢軍先攻打罕，他們好出兵救助罕，表示堅守彼此的盟約。現在羌馬肥壯，糧食充足，我們出兵攻擊，恐怕討不到好處，只是正好讓先零有機會有恩於罕，更堅定他們之間的盟約，先零的勢力就會日漸壯大，歸附的羌人也會日漸增多。老臣擔心那時候，先零會成為我朝的大患，將不只是二、三年前的外患而已。依老臣

之見，如果能先誅滅先零，即使不討伐罕，罕也自然會歸順；萬一先零已被誅滅，而罕仍然不服，那麼，到正月時再進攻也不遲。」皇上採納了趙充國的意見。

趙充國領兵到了先零佔據的地方。先零的軍隊久駐一地，紀律鬆弛，軍無鬥志。望見大軍來了，扔掉輜重就想渡過湟水逃命。道路狹窄，趙充國就帶著隊伍在後面慢慢追趕。有人說：「逐利應當及時。」趙充國說：「窮寇不可急追。緩一點他們就只管一個勁逃跑而不回頭；追急了他們就會回過頭來以死相拼。」眾軍校都佩服他的高見。結果，羌人在水中淹死數百人，投降和斬首的五百餘人。

大軍進了罕的地盤，趙充國下令不許放火燒部落，餵牲口的草都聚集到田裏。罕聽到後高興地說：「漢人果然不打我！」豪強自己前來歸順，趙充國賜給他飲食，放他回去向自己部落的人做宣傳。當時來投降的羌人有萬餘人，趙充國為防止羌人以後作亂，請求朝廷，將一萬騎兵解甲屯田，長留在羌區。

 智囊

自古兵家都把鎮定持重、處變不驚作為將帥修養的要則。只有以自己的嚴整來對待敵人的混亂，以自己的鎮靜來對待敵人的嘩恐，這才是掌握軍心的方法，因此，以沉著的心態安撫自己，乘機進攻浮躁不安的敵人，或以冷靜態度控制動盪不安的局面，那麼勝利就有十足的把握了。

「以靜待譁」的策略，在人們日常工作和生活中也被廣泛地運用著。它能使人們有效控制自我情緒，理性思考問題，從容克服困難，做情緒的主人，做事業的開拓者和創造者。

第二十二卷
因宜制敵的智囊

兵事變化無常，因時因地因勢；狡點可令敵恐懼，冷靜可勝燥熱；攻擊時由天而降；防守時入地所藏；呼風喚雨由我，方能百戰百勝。因此，輯有《因宜制敵的智囊》一卷。

田忌賽馬

　　孫臏隨齊國使者一起到了齊國，在齊國的宗室大臣田忌家裏做客。田忌常常同齊國宗室中的公子們下賭注舉行賽車。孫臏看到他們的馬足力相差不遠，都有上中下三等，於是就對田忌說：「您只管卜很大的賭注去打賭，我保證能讓您贏。」

　　田忌相信了他的話，在同齊王和公子們舉行車賽時，下了千金的賭注。到臨近比賽，孫臏對田忌說：「現在用您跑得最慢的馬車，去對付對方的跑得最快的馬車，用您的跑得最快的馬車，去對付對方中等馬車，用您的中等的馬車，去對付對方跑得最慢的馬車。」等到三場比賽都進行完畢之後，田忌有一場沒取勝，其餘兩場都勝了，終於得到了五千金。

　　唐太宗曾說：「我從年輕時就籌畫天下大事，頗懂得用兵的關鍵，每次觀察敵人的戰陣，就可以得知對方力量的強處與弱處。我常用我方的弱兵，去對付對方的強兵，用我方的強兵去對付對方的弱兵。對方在戰勝了我方的弱兵之後，以為我方不堪一擊，往往追逐不到幾百步就止兵不前，因此我方的弱兵並未全軍崩潰；而我方的強兵在戰勝了對方的弱兵之後，必定要衝到對方戰陣的背後，然後轉過身來攻打對方，敵人沒有不因此而全軍崩潰的。」這就是用了孫臏的戰術。

　　宋高宗向吳璘請教戰勝敵人的方法。吳璘說：「讓弱的軍隊

先出去挑戰，然後讓強的軍隊緊跟著去迎戰。」宋高宗說：「這是孫臏賽馬的方法。」魏國攻打趙國，以重兵包圍了趙國國都邯鄲，趙國的情勢危急，就向齊國請求援助。齊威王想讓孫臏擔任統率齊軍的將帥，孫臏以自己是受過刑的人，不便於指揮別人為理由，推辭了。於是齊國就讓田忌擔任主帥，孫臏擔任軍師，他身處在帷蓋的車中，坐著為田忌出主意。

田忌想率領軍隊直接去救趙國，孫臏說：「想解亂絲只能慢慢用手去解開，不能把亂絲整團地握在拳頭裏使勁拉拽，解勸鬥毆的只能好好為雙方分解，不能往相持很緊的雙方身上使勁打，要避開敵人力量充實的地方，衝擊他們勢力虛弱之處，在形勢上控制住他們，這樣做，敵人的包圍自然就解開了。現在魏國和趙國互相攻戰，魏國的精銳部隊必定全都在國外打仗，留下無戰鬥力的老弱殘兵在國內防守。您不如帶兵迅速趕到魏國國都大梁（今開封），衝擊它力量虛弱之處，那魏國就必定會放下趙國，回來解救本國的圍困，這樣我們一下子為趙國解了圍，又可以拖垮魏國。」田忌聽從了他的意見，魏軍果然離開了趙國的國都邯鄲，同齊軍在桂陵打了一仗，齊軍大敗魏軍。

智囊

孫臏教田忌賽馬，取得成功，是他到齊國後開始顯示自己的才能。在三場比賽中，以一場失敗為代價，贏得後兩場比賽的勝利，也就是以犧牲局部為代價，取得總體上的成功。這一策略思想為歷代許多兵家所採用，在今天的各種競爭中，常有人運用它來戰勝自己的對手。在「三十六計」中，被稱為「李代桃僵」，意思是說桃樹的根被蟲咬，桃旁的李樹代替桃樹仆倒死去。應用到人事、戰爭中，是借助某種的手段犧牲一個人去拯救另一個

人，犧牲局部以換取全局的勝利。

穩紮穩打的李牧

李牧是趙國北部邊境上的良將，他曾在雁門任太守，防範匈奴。他因地制宜地設置官吏，從集市上收得的稅收都交給將軍府署，作為部隊的經費。每天殺牛來犒勞士兵，讓部隊練習騎馬射箭，對報警的鋒火台也管理得井然有序，還派了許多密探去探聽匈奴的情況，對待士兵很厚重。

李牧做出規定說：「匈奴要是進犯，我們馬上收兵進入城堡，有誰敢不聽軍令去抓敵人的，就處斬。」

像這樣過了幾年，匈奴認為李牧膽小怯懦，連趙國的部隊也認為自己的將軍膽小怯懦。趙王責備李牧，李牧依然如故，趙王生氣了，把李牧召回，派別人來代替他帶兵。

一年多後，匈奴兩次來侵犯邊境，新來的將領領兵出戰，但屢次失利，損失了很多士兵、百姓和牛羊，攪得邊境上的百姓也不能種田和放牧。

趙王又請李牧出來守邊。李牧在家裏關起門來不外出，堅決推託說自己有病，不能擔任這一職務。趙王強迫他出來帶兵。李牧說：「您要是一定要起用我的話，我得採取同先前一樣的辦法，這樣我才敢奉命。」

趙王答應了他的要求。李牧又按照過去的規定辦事，整整一年匈奴一無所得，然而終究還是認為李牧膽子小。邊境上的將士由於每天得到李牧的賞賜，卻一直沒有機會為他出力，心裏都感到著急，都願意與匈奴決一死戰。於是李牧就選出了一千三百輛戰車，選出了一萬三千匹戰馬，能破敵擒將的五萬戰士，善射箭的十萬士兵，指揮他們全部投入作戰演習。李牧讓百姓把牲口都

放到城堡之外去放牧，滿野地都是百姓和牛羊。匈奴有小股敵人入侵，李牧的軍隊假裝被打敗，讓匈奴士兵搶掠了不少百姓和牛羊。

匈奴單于聽說此消息後，帶領大隊人馬來侵犯邊境。李牧多次布下了奇特的戰陣，張開左右兩翼的軍隊來攻打敵人，大敗匈奴人，殺傷了十幾萬匈奴騎兵，單于逃跑了。在這以後，有十幾年的光景，匈奴不敢靠近趙國的邊境。

李牧對待士兵厚重，所以士兵對他的報答也很厚重，他長期培育蓄養了軍隊的士氣，所以這股士氣一旦迸發出來就十分猛烈。古代名將在發揮敢死之士的作用時，往往只使用一次，而不再使用第二次，這也是因為他使用一次就能取得成功，而沒有必要用第二次。現在被稱為士兵的人，除了一兩個可以充當家丁外，大多是乞丐披上了軍裝，孱弱的人站著充數罷了！嗚呼！我們軍隊中孱弱者之流、乞丐之流又是那麼多啊！

智囊

卡羅爾·海厄特說：「逃避失敗也就是逃避成功。」我們要用一種新的思維方式去看待成敗，那就是達到成功的目標是需要有一個過程的，不要忽視每一次失敗所提供的經驗，從失敗中積蓄力量，這是邁向成功的重要因素。積蓄力量的意義不僅在於保存已有力量，而且還須增加新的力量。

有一個寓言故事：一個人看到一隻蝴蝶正奮力地從繭子裏掙脫出來，由於繭子的口太小，牠努力了很久，還是進展甚微，這人以為牠是被卡住了，就拿剪刀把口弄大了些，蝴蝶終於破繭而出，但是牠的翅膀又乾又小，軀體也是乾癟的，事實上蝴蝶從繭中掙扎時會分泌體液使翅膀豐滿，若無這個過程，牠就不能飛。

這個人的善心卻幫了倒忙，他破壞了自然規律，蝴蝶再也飛不起來了，只能顫顫巍巍地爬行。

我們的生命中有很多挫折，就像蝴蝶破繭中遭遇的困難一樣，戰勝挫折能讓我們獲得學習和個人發展的機會，掌握某種技能，增強勇氣、耐心和注意力，同時能得到很多難能可貴的啟示。如果我們學不會在失敗面前為成功積蓄力量的話，就永遠無法做一個真正的成功者，挫折給我們與困難鬥爭的機會，讓我們從中汲取營養，向成功展翅高飛。

預見與決策

吳楚七國謀反，漢景帝任命周亞夫擔任太尉去攻打反叛部隊。周亞夫的軍隊從京師長安出發後，到了霸上，他的部下趙涉遮向他進言說：「吳王搜羅敢死之士已經很久了。這次他知道您將要去，必定會在您所要經過的崤澠之間地形險要的地方設下伏兵。再說軍事活動看重的是神奇機密，您何不從這裏往右走，經過藍田，通過武關，從這條路到洛陽，時間晚不了一兩天，您直接進入國家的武器倉庫，然後敲響戰鼓。這樣，叛亂的諸侯聽到後，會認為您是從天而降似的。」太尉周亞夫聽從了他的計策，到了洛陽後，他派人在崤澠之間搜查，果然發現了對方設下的伏兵。

太尉周亞夫在滎陽集合了各路軍隊後，堅守在壁壘中不出來迎戰。當時吳王正在攻打梁國，梁國情勢很緊急，梁王請求周亞夫出兵援助。周亞夫堅守有利地形不出兵，想把梁國捨棄給吳國，不肯前去援救。梁王上書親自向景帝提出請求援助，景帝派使者帶來詔書，命令周亞夫援助梁王，太尉周亞夫還是不接受援梁的詔命，而是派輕騎兵斷了吳楚軍隊的後路，絕了他們的糧

道。吳國軍隊求戰不成，糧食又運不到，被餓跑了，這時周亞夫派精兵出擊，大敗吳軍。

吳王劉濞剛出兵時，他手下的大將田祿伯說：「您的軍隊要是集中起來往西進發，就沒有什麼別的出奇的進軍路線可供選擇，這樣就難以成就功業。我希望您能撥給我五萬軍隊，另外沿著江淮北上，攻佔淮南、長沙，進入武關，與大王您會合，這可以說是一條奇道。」吳國太子勸吳王說：「您已經有了背叛的名聲，如果把軍隊交給別人，恐怕別人也將背叛您。」於是吳王沒有同意。

青年將領恒將軍勸吳王說：「吳國大多是步兵，在地形險要的地區作戰時有利；漢軍大多是戰車和騎兵，在平地作戰時有利。希望您不要去攻佔所經過的城池，而是直接、迅速地在西走，去佔領洛陽城中的武器倉庫，並把國家的糧倉占為己有，憑藉山河之險，來號令諸侯，這樣做，雖然您沒有佔領長安，但實際上已經平定天下了。假如大王您慢慢行軍，一路上逗留下來攻打城邑，那麼漢軍的戰車和騎兵就到了，他們會很快地來到梁國、楚國的郊野，那時，您想建立的統治中原的大業就失敗了。」

吳國的老將們都說：「這種年輕人衝鋒陷陣還可以，哪裡懂得這種重大決策！」

吳王於是也沒有接受他的意見，如果這兩條計策得以實行，周亞夫就不能很快得其所欲了。周亞夫的功勞，有一半與吳王的失算有關，因此應當分一半給吳王，而後代的人只講周亞夫的功勞，竟沒有人理會田祿伯和桓將軍兩位將軍的建議，多麼可悲啊！

李牧和周亞夫都是不到有十分把握不出戰的人，所以他們能一戰而功成；趙括卻因輕率，首戰而失敗，而吳王夫差則因為屢次戰勝而最後失敗。國君明知這仗不能打，卻不加以禁止，楚國子玉的失敗就因為這一點；將領明知這仗不能打，但朝廷卻迫使

他去打，楊無敵的失敗就是由於此。

一個人成功的關鍵往往在於超人的判斷力，能夠在別人之前首先認識到什麼是最重要的東西，和未來世界的可能發展趨勢，這樣的人常常能獲得讓人吃驚的收穫。客觀世界裏充滿了矛盾，我們只有掌握了科學的思維方法，才能在錯綜複雜的矛盾面前立於不敗之地。作為領導者，只有具備靈活的思維和準確的分析判斷能力，才能夠避免被蒙蔽，做出正確的決定，贏得別人的敬佩。

凡事預則立。孫子說：「故知戰之地，知戰之日，則可千里而會戰。」意思是說只要事先能預知與敵人交戰的時間，那麼即使是長途跋涉，也可以與敵人決戰。在股票市場中，如果投資者能運用基本分析和技術分析的各種方法，先預測股價的上升和下跌的幅度，再根據自己的經濟實力制定投資操作策略，這樣，買賣股票的成功機率就會高很多。

父子英雄

三國時，劉備率兵攻打吳國，從巫峽到夷陵，在七百多里長的地帶建立了四十多個連營。然後，劉備先派吳班率領一千人，在平地上建立起營壘，向東吳軍隊挑戰。吳國將領都想進攻吳班的營地，但東吳將領陸遜不同意。他說：「這裏面一定有詐。」吳軍久久地堅守壁壘不出戰，劉備知道自己的計謀行不通了，就帶領伏兵從山谷中走了出來，總共有八千人。陸遜對將領們說：

「我不讓你們和吳班交戰的原因，正在這裏。現在我有了打敗蜀漢的辦法。」

於是他就下令部隊：在深夜時每人各拿一把茅草，對蜀漢的七百里連營隔營而攻，同時放火燒營，使各營之間首尾不能相救。於是蜀漢的四十多個軍營一下子攻破了。

魏文帝聽說劉備建立連營的情況後，對群臣說：「劉備不懂得怎麼打仗，這次一定要打敗仗了，哪裡聽說過能仗著連營七百里來拒敵的？要是有人把地形不同的平原、低濕地帶和險要地區，都包容在一起來建立軍營，他就必定要被敵人打敗，這是用兵上的大忌。」七天以後，孫權果然送來了捷報。

劉備本來十分熟悉軍事，但在此問題上見識不如曹丕高明，這是為什麼呢？難道是所謂衰老將到來時糊塗也跟著到來了嗎？

劉備攻打東吳，苻堅侵略東晉，都出動了全國的軍隊。然而劉備的謀略狡猾，所以適合用平靜的等待來對付他；苻堅的氣勢驕慢，所以適合於用急速的進攻來挫敗他。狡猾的計謀得不到施展，對方就會陷入困境；驕慢的氣勢受到挫折，對方就會轉為士氣衰弱。這就是對方的軍隊雖然人數眾多，卻沒有用武之地的原因。

淝水之戰時，苻堅攻打硤石，他把大軍留在項城，自己帶領輕裝的騎兵八千人，前去攻打東晉的軍隊，苻堅派到謝石那裏去的勸降使者朱序，同謝石有私交，對他說：「如果前秦軍隊全部到來，你們確實難於同他們抗衡，現在乘他的各路軍隊還沒有來得及集合起來之際，應當馬上攻打他。如果打敗了他的前鋒部隊，那麼前秦軍隊的士氣就會起變化，這樣就可以打敗他們了。」謝石聽從了他的意見。

東吳的原西陵都督步闡帶著西陵城投降了晉朝，東吳大將陸抗聽說後，日夜兼程，率軍前往西陵，他在西陵的周邊另外修築了一道嚴密的防禦工事，使它對內能包圍步闡，對外能抵禦外敵，卻不去攻打西陵城郭。

將領們想不通，都勸他說：「乘著我方軍隊士氣正盛，我們應當馬上進攻，在晉軍的援軍到來之前，就必定能攻下步闡所佔據的西陵。為什麼要修建這道防禦工事，來消耗我軍的力量呢？」陸抗說：「這座城非常堅固，城內糧食又充足，凡是守衛防禦的一切措施和武器，都是我親自規劃的。現在倉促進攻，一定難以克敵，等晉軍一到，我們又無法防備，內外受敵，怎麼約束全軍呢？」

將領們還是不同意他的看法，陸抗為了使大家服氣，就聽取了他們的意見，下令做一次進攻，攻城之戰果然進行得不順利。到此時，吳軍將士才努力去修築防禦工事。

不久，晉朝將領楊肇率領軍隊前來救援，吳軍都督俞贊偷溜出軍營，投降了楊肇。陸抗說：「俞贊是我軍中的老官員，了解我方的虛實。我最擔心軍隊中的少數民族軍隊平素缺乏訓練，他們防守的地帶，是我方陣地中的薄弱環節，俞贊向敵人報告了我方的底細之後，敵人如果要發動進攻，必定會先從此處下手。」當天晚上，陸抗撤換了這支軍隊，全部換上了由有經驗的將領率領的精兵。

第二天，楊肇果然攻打原來由少數民族部隊防守的地區，陸抗下令痛擊敵人，箭石如雨，漫天飛舞。楊肇連夜逃跑了，陸抗不分兵去追擊，只是命令部下擊鼓叫喊，好像在追趕似的，楊肇全軍潰敗，不得不撤軍。於是陸抗攻下西陵，殺了步闡。

陸遜、陸抗是這樣的父親、這樣的兒子，正是「虎父無犬子」啊！

智囊

孫子說：「高陵勿向，背丘勿逆。佯北勿從，銳卒勿攻，餌

兵勿食，窮寇勿追，此用兵之法也。」意思是敵人從高地衝下來，不可以正面迎擊，以避擊鋒銳；敵人偽裝退卻，不要去跟蹤追趕，以免中了埋伏；當敵人士氣正旺的時候不要進攻；當敵人用小部隊引誘的時候，不要去理睬；對正在揮師回國的軍隊，不要去阻擋，包圍敵軍時要留下缺口，以免敵人全力死戰；對陷入絕境的敵人，不要過分迫近，以免其拼死反撲，這些都是用兵應當把握的原則。

在市場經濟中，投資者如果能夠順勢操作則會事半功倍，逆勢操作則會自取滅亡。賺錢的時候，只吃八分就行，不要太追求圓滿，留點好處給別人，實際上就是為了避免最大的風險。

鄧艾滅蜀

魏景元四年，司馬昭主持魏國朝政，準備大舉討伐蜀。當時，蜀國國勢日漸衰微，朝廷小人弄權，內政昏暗。蜀後主劉禪懦弱無能，宦官黃皓專擅朝政，唯一能抵禦外敵的大將姜維，恐怕被他所害，也不敢住在成都，長期駐兵遝中。蜀國的周邊兵力不足五萬，蜀國就依仗這微薄的兵力防守各險要關隘；守衛成都及其他各地的兵力也只有四萬左右。

蜀國所憑倚守衛的是劍閣天險，姜維在此地駐守。司馬昭原想突破劍閣，直取成都，但姜維英武過人，深知用兵之道，正面強攻恐難奏效。司馬昭便打算派兵拖住姜維，同時截斷其歸路，使他無法回救成都。計策既定，司馬昭派三路大軍伐蜀；一路由鄧艾率三萬餘人從狄道進攻甘松、遝中，鉗制姜維部隊；一路由諸葛緒領三萬人從祁山出發進至武街橋頭，斷姜維的退路；一路由鍾會統率十萬人，分別從斜谷、子午谷等地進攻漢中。農曆八月，魏軍從洛陽誓師出發。

由鄧艾率軍牽制姜維，姜維知道鍾會進軍漢中一定回師救援，諸葛緒則在半路截攻姜維，鄧艾此時也追擊姜維。姜維部隊腹背受敵，就算不大敗潰散，也會狼狽不堪。鍾會則取漢中，進軍劍閣，直逼成都。只要鄧艾諸葛緒合力牽制住姜維，鍾會軍隊就能勢如破竹，大舉入侵，成都唾手可得。這是司馬昭的理想戰略。

但後來的事實是：鄧艾到達遝中，姜維驚聞漢中已失，果然回師救漢中，退向陰平，但又遭到魏軍大將諸葛緒的截擊，諸葛緒截不住蜀國智謀雙全的名將姜維，被矇騙過關。

交戰以後，姜維看到魏軍來勢兇猛，有奪取成都的企圖，便與成都趕來支援的張翼、廖化併為一軍，固守劍閣。鍾會指揮軍隊猛攻劍閣，姜維據守險要，鍾會兵團不能前進，糧食缺乏，運輸線又太長，鍾會與姜維竟一時相持不下。

鄧艾說：「敵軍已經遭受挫折，應該乘勢進軍。如果從陰平小道經漢中德陽亭到涪城，出劍閣西一百里，去成都三百餘里，奇兵衝擊腹心，出其不意，攻其不守，防守劍閣的部隊，必然回來援救涪城，這樣鍾會就可以率戰車並列前進；如果劍閣的部隊不去增援涪城，則救援的兵力就很少了。」

於是，鄧艾悄悄率一隊精兵，從陰平出發，跨越蜀道天險，神不知鬼不覺地向綿竹進軍。蜀軍對此毫不知情，魏軍則日夜兼程。這天，鄧艾率軍遇到一處懸崖，大家看著峭壁，不知所措。鄧艾用氈毯裹著身子從山上滾了下去。將士們都抓著樹枝藤條，沿著懸崖峭壁，一個接一個地前進。鄧艾整頓隊伍，直趨江油。江油城的守將措手不及，只得投降，鄧艾很快進攻涪城。尚書郎黃崇多次勸諸葛瞻應迅速前進，佔據險要地勢進行防守，不要讓敵人到達平原地區，諸葛瞻猶豫不從；黃崇再三勸說，甚至痛哭流涕，諸葛瞻堅持不聽。鄧艾長驅直入，擊敗蜀軍前衛，諸葛瞻退守綿竹。鄧艾寫信勸誘諸葛瞻，諸葛瞻大怒，斬殺鄧艾使者，

鄧艾率軍與蜀軍大戰，斬殺了諸葛瞻和黃崇。

綿竹一失，成都已無險可守。蜀軍料想不到魏軍突然到達，陷於混亂不聽指揮；老百姓聽說鄧艾大軍已進入平原地區，驚惶失措，紛紛向山澤逃去，一片混亂。蜀漢群臣紛紛議論，劉禪最後採納譙周的建議，向鄧艾投降，並派人傳令堅守在劍閣的姜維等一併投降。姜維得知諸葛瞻戰死，急撤軍援救，後來又接到劉禪的降書，只好投降鍾會。蜀國宣告滅亡。

智囊

魏軍能夠三個月滅蜀，鄧艾這支奇兵功不可沒。「蜀道難，難於上青天。」姜維那麼會用兵，但沒有料到魏軍正面拖住他，後面用奇兵踏上蜀道。蜀軍主力重兵駐守劍閣，以為守住劍閣天險即萬事大吉。沒有料到鄧艾偏不顧險阻，「攻其不守」，奇襲姜維身後，本來腐朽不堪的蜀國對於鄧艾這支如從天而降的奇兵，也就無能為力了。

「攻其不守」的策略在政治、經濟和日常生活中，都運用十分廣泛。在與人辯論中，也可以運用這一策略，出其不意地攻擊對手，獲得勝利。

李靖破江陵

蕭銑佔據著江陵，唐高祖下詔書讓李靖同河間王李孝恭乘船到夔州閱兵，準備攻打蕭銑。當時正是秋天，潦水集中，江水猛漲，水勢險惡，蕭銑認為李靖等不可能沿江而下，因此沒有做防備。

李靖手下的從位將領也請求等江流平靜後才進發。李靖說：

「兵貴神速。現在我們的軍隊剛剛集中起來，蕭銑還來不及得知消息，如果我們乘著水勢洶險時進軍，這樣就能形成迅雷不及掩耳之勢，蕭銑在倉促之間召集起來的軍隊，是沒有力量來抵禦我們的，這樣我們就一定能抓住他。」李孝恭同意了他的意見。

當時蕭銑的渙散的士兵們正回家務農去了，只留下幾千名宿衛部隊，他們聽說唐朝軍隊到了，十分害怕，匆匆忙忙徵兵，然而士兵們都在江嶺之外，道路險阻又遠，不能馬上集合起來，只好把現有的士兵全部調動起來，進行抵抗。

李孝恭打算攻打他們，李靖阻止他說：「那是一支臨時湊成的挽救敗亡的軍隊，他們所採用的對策也並非早就確立了的，勢必不能持久。我們不如暫且駐守在南岸，放鬆他們一天，他們必定會分兵，有的留下來抵禦我們，有的退回去自守，他們的兵力分散後勢力就會減弱，我們可以乘他們懈怠之機向他們進攻，就必定會取得勝利。現在如果惹急了他們，他們就會齊心協力拼死戰鬥，楚地軍隊慓悍勇猛，不容易對付。」

李孝恭不聽李靖的意見，他留下李靖守營，親自統帥精銳部隊出戰，果真大敗逃回，直奔南岸。蕭銑的士兵們放棄了所乘坐的船，來掠取唐軍中的財物，每人都背著很重的戰利品。李靖見到蕭銑的士兵如此混亂，就放手讓自己的士兵去痛擊敵人，大敗敵軍，乘勝直達江陵，進入江陵城的外城郭，還繳獲了敵人的許多艦船。

李靖讓孝恭把這些艦船都散放在江中，將領們都說：「這是打敗了敵人後繳獲的，應當發揮它們的作用，為什麼都扔了去資助敵人呢？」

李靖說：「蕭銑所統治的地區，南邊超出了嶺表，東邊到達洞庭，我們孤軍深入，如果敵人的城池沒有攻下來，而敵人的援軍從四方彙集起來的話，我們勢必裹外受敵，進退不成，即便有船，又有什麼用呢？現在我們扔下這些船艦，讓它們堵在長江

中，沿江而下，前來援助蕭銑的軍隊見了這些船艦，一定會認為江陵已經被攻破，於是便不敢貿然進軍，而是會派人來回探聽情況，這一來，他們就會停留十天半月才發兵，我們就必定能攻佔江陵了。」

蕭銑的援軍見到了船艦，果然猶豫起來，不敢前進。

智囊

李靖是唐太宗時傑出的出將入相的軍事家，歷來講究出奇制勝，是一位具有實戰經驗和軍事理論豐富的名將，著名的《武經七書》之一《唐太宗李衛公問對》就是他三十餘年戎馬生涯的寶貴經典。此次「李靖巧計破江陵」可以說是他一生中指揮打得最漂亮的一仗。事實證明，李靖的決策是很英明的。

兵貴神速，出其不意，攻其不備，俟機而戰，兵不厭詐，這就是李靖攻破江陵的全部祕訣。在我們的生活中，也要學習「兵貴神速」的精神，做什麼事情都要講求效率，善於抓住機會，主動爭取，才能贏得成功。

朱攜智勝黃巾賊

韓忠率領黃巾軍十萬人佔據著宛城。皇帝下詔書讓朱攜帶領八千人去討伐韓忠。朱攜建立了防禦工事，堆起了土山，從山上察看城內的情況，然後擊鼓攻打城的西南方向。韓忠的全部兵力趕往城西南，朱攜親自帶領五千名精兵，乘其不備襲擊了城的東北，登上城牆進入外城。韓忠只好退守內城，並驚惶恐懼地要求投降。當時司馬張超等人商量，想同意讓韓忠投降。朱攜說：

「不行！現在天下統一，只有黃巾謀反，接受了其中的投降者只會助長反叛的事發生，這不是久長之計。」他們又進攻得很急，但不能戰勝韓忠。朱儁就登上土山，遠望內城，回頭對張超說：「我知道原因了，我們在城外修築的周邊工事周密而堅固，敵人求降不成，欲出不得，所以就拼命死守。我們不如把周邊工事撤除，軍隊全部進入外城，韓忠軍隊見周邊工事撤除之後，勢必自己從內城中跑出來，想奪路而逃。一旦他們出了內城，鬥志就會渙散。這是一種比較容易打敗敵人的方法。」朱儁軍隊撤除了周邊之後，韓忠的軍隊果然從內城中出來了，朱儁乘機出擊，大敗韓忠軍隊。

智囊

朱儁先急攻宛城的黃巾賊韓忠，但不克。後來分析韓忠守軍的周邊情況，後果不出他所料。朱儁此招無疑是《孫子兵法》「圍師必闕」的最好詮釋，強調包圍敵人時要虛留缺口。為什麼勝利唾手可得了，還要給敵人留下逃生之路呢？按常規來說，這是不可思議的。然而，如果仔細想一想，便不難理解孫子這一主張的奧妙之所在。

通常，無論在野戰陣地還是在城寨防守作戰中，面臨被圍境地的敵人，很可能出現三種想法，一是投降，二是死戰，大多數則是第三種：觀望，聽命於指揮官。在這種情況下，如果四面合圍敵人，就可能促使敵軍指揮官下定拼個魚死網破的決心。相反，如果故意留一個缺口，就可能使敵軍指揮官在逃跑還是死戰之間搖擺不定，同時也使得敵軍士兵鬥志渙散。

更重要的是，虛留缺口並非放任不管，而是要在敵人逃跑的必經之地預設埋伏，使敵人在倉促逃跑過程中陷入埋伏圈中。特

別是圍困堅守城堡的敵人，一旦敵人棄城而逃，便可免去攻城之苦，在野戰戰場上徹底消滅敵軍。相比之下，與逃竄之敵作戰的難度，顯然要比與死戰之敵作戰要小得多，代價也會少得多。稍微有頭腦的將領都能算過這個賬來，所以「圍師必闕」是歷代戰將常用的一個戰法。

實際上，「圍師必闕」既是一種戰法，更是一種思維方法。其核心是要求人們處理事情時要掌握分寸，留有餘地，話不要說得太滿，事不要做得太絕，給對方或矛盾產生變化的空間和時間，如果超過了一定的限度，往往就會適得其反。

耿弇^{ㄍㄨ}聲東擊西

漢光武帝建武五年，張步的弟弟張藍率領精兵兩萬人，駐守西安，張步手下的各郡太守集合了一萬人駐守臨淄，兩地相距四十里。

東漢大將耿弇把自己的軍隊駐紮在這兩城之間。他看到西安城郭雖小然而堅固，臨淄城郭雖大，實際上卻容易攻下。耿弇就下令五天之後攻打西安，張藍聽說後，日夜防備。很快到了約定的日期，那天半夜裏，耿弇下令將領們：讓士兵們不起床就在寢席之間進食，等到天剛亮，軍隊直奔臨淄，半天之內就攻下了臨淄城。

張藍大驚，扔下了西安城逃跑了。

將領們問耿弇：「您下令攻打西安，卻又先攻臨淄，還竟然把西安也一齊攻下了，這是為什麼呢？」

耿弇說：「西安的敵軍聽說我們要攻打他們，必定嚴密防守，因此不好攻打；而對於沒有戰鬥準備的臨淄守敵來說，我們的進攻是出其不意的打擊，他們必定會驚懼慌亂起來，因此我們

攻打臨淄，就必定能很快攻下此城。攻下了臨淄，西安就孤立了，這樣做是所謂『擊一而得二』。如果我們先攻打西安，由於敵人的城防很堅固，必定會使我軍困頓，我方將勢必定會有很大傷亡。即便是佔領了西安。張藍必定會退守臨淄，加強臨淄的防衛力量。我方是深入到敵人所在之地來作戰的，後邊缺少糧草武器等供應，這樣，過了十天半個月，還不是把自己置於困境嗎？」將領們都服了。

智囊

「聲東擊西」之計，也是製造假象迷惑敵人的計謀和策略。通常用靈活機動的行動，忽東忽西，不攻而示之攻，欲攻而示不攻，形似必然而不然，形似不然而必然，似可為而不為，似不可為而為之。對方順情推理，我恰同勢而用計，以達到出敵不意地奪取勝利的目的。

棋戰中的佯攻、牽制、頓挫戰術，在實戰中應用較廣，其實就是「聲東擊西」之計的應用。當制定一個具體的組合戰術攻擊對方薄弱環節時，往往採用迂迴戰術，從乙處發起佯攻，牽制住對方一部分子力，然後再全力猛攻甲處，使對方措手不及，已處於力無法救援，最終陷於混亂而失利。

韋睿力克北魏軍

　　南朝梁武帝天監四年，梁武帝的軍隊北伐，梁武帝命令豫州刺史韋睿監督軍隊攻打小峴城堡。不久城堡裏忽然出來了幾百人，在城堡外佈陣。韋睿說：「這城中有兩千多敵軍，他們關起

門來堅守的話，完全能保衛自己，現在卻無緣無故地派軍隊到城外來挑釁，這些人必定是敵軍中的英勇善戰的敵旅。我們要是能先打敗這些勁敵，這座城一下子就攻下來了。」將領們還遲疑不決，不肯前去，韋睿指著皇帝授予他的符節說：「朝廷授予我這符節，不是讓我當裝飾品用的，軍法可不能冒犯。」軍隊就衝上前去，與敵人進行了殊死搏鬥，北魏軍隊大敗，梁軍急忙攻打敵人的小峴城，城堡終於被攻下了。

韋睿進攻合肥，首先察看了當地的山川地形，他說：「我聽說當年有人說過：汾水可以淹沒韓國的國都平陽，絳水可以淹沒魏國的國都安邑，用水攻可以打敗敵人。」於是在肥水上修築了一道攔河壩，壩修成了，北魏的大批援軍到了。將領們害怕自己無力對付這麼眾多的敵人，要求韋睿向朝廷上表請求派增援部隊，韋睿說：「敵軍已經到了跟前，才去請求增援，這怎麼來得及救急！馬鞭再長，又怎能掃及馬腹？」

戰鬥開始時，梁軍出戰不利，將領們商量想退守巢湖，又商量想離開這裏去保衛三叉，韋睿生氣了，說：「軍法規定率領軍隊的人臨陣退卻就要處以死刑，你們只有前進不能後退，輕舉妄動者處斬！」他派人取來了傘、扇、指揮作戰的將旗，和儀仗用的旗幟，將旗幟豎立在堤壩下，表示自己沒有後退之意，並且在堤壩上另外修築了壁壘來加固自己的所在之處。時間久了後，攔河壩中的水滿了，開始向合肥城裏灌，北魏的援軍也無法發揮作用，合肥城終於被攻破了。

北魏中山王元英，帶領百萬之眾進犯徐州，把徐州刺史昌義之包圍在鍾離。梁武帝派將軍曹景宗統帥大軍前往救援，又下令韋睿統帥所屬部隊，前去與曹景宗軍會合，韋睿從合肥取直道向前挺進。當時北魏軍隊聲勢浩大，韋睿手下的將領們很害怕，請求慢點走。韋睿說：「鍾離城中急切地盼望我們前去解救，我們的戰車和將士即便是飛奔而去，尚且還怕到晚了，怎麼能慢點走

呢？北魏軍隊深入我方，等於是已經落到了我們的肚子裏，將會被我方消化掉，你們不必擔心。」

不到十天，他們就來到了鍾離附近，韋睿指揮部下馬上在梁將曹景宗的軍營前二十里處挖溝塹，一夜之間就挖成了一道長塹，溝塹中埋上了削尖的樹枝，還砍樹建立了城堡，等到拂曉時，軍營已經建立起來了。北魏的中山王元英對他們建營速度之快感到驚訝。元英先前在邵陽洲兩岸建立了兩座橋，樹立起幾百步遠的柵欄，作為跨越淮河的通道。韋睿就裝備好了大船，趁著淮河水流暴漲之際，將士們乘船進發，來到了敵人的營壘下。他另外命令小船裝上葦子，澆上油脂，乘風勢放火，煙火蔽天，轉眼之間，把敵人的橋和柵欄全都燒掉了。

梁軍乘勢奮勇殺敵，殺聲震天動地，沒有一個不是以一當百地進行奮戰的，北魏軍隊大敗，中山王元英隻身逃脫。被圍困在鍾離城中的徐州刺史昌義之得到城圍被解、敵軍潰敗的報告後，悲喜交加，顧不得說別的，只是喊道：「又活了，又活了！」當時北魏人唱道：「不畏蕭娘和呂姥，但畏合肥有韋虎。」韋，指韋睿；呂，指呂僧珍；蕭，指臨川王蕭宏。

智囊

《孫子兵法・計篇》曰：「將者，智、信、仁、勇、嚴也。」梁武帝時的韋睿堪稱是此五才俱全的將領了。

史書記載道：韋睿的體質向來羸弱，從來沒有騎過馬，每次戰鬥，都乘坐在板車上監督激勵將士們，勇氣十足，所向無敵。他白天接待賓客來訪者，夜半起來，謀算軍書，直到清晨，沒有倦意。他對部下愛護備至，常恐不及，所以投奔他的人士爭相前來。

馬燧攻其必救

唐德宗建中二年，唐朝時馬燧打敗了田悅，但因為有敵人的援兵到來，所以田悅勢力再次興起。馬燧隨之將部隊推進到鄴城，並報請朝廷增兵支援。朝廷詔令河陽守李芃率兵救援，與馬燧在漳水會師。田悅派部將王光進分兵守漳水邊的長橋，修築半月型的土牆，以扼制官軍的進路。馬燧派出數百兵卒，牽引鐵鏈連接河中，沿著鐵鏈裝載土袋，截斷河水，讓兵士可以涉水渡河。

田悅知道馬燧的軍隊軍糧不足，就挖濠溝，堅守在營地不出戰。馬燧讓士兵攜帶十天口糧，進兵駐屯倉口，與田悅的部隊在洹水兩岸對峙，另外派兵搭建三座橋道，天天渡越洹水，到田悅營前挑戰。田悅不出戰，卻暗中埋伏一萬人想突襲馬燧。

馬燧半夜裏下令士兵起床吃飯，天剛破曉，鼓角齊鳴，佯作進攻，卻偷偷地將主力渡越洹水移師魏州，下令說：「賊兵到後，停止行軍，立即佈陣！」同時留下一百名騎兵，拿著火把藏匿在橋旁，等田悅的兵士全部渡河後，燒毀了橋道。

馬燧率軍走了大約十里路，田悅果然率眾渡河追來，乘著風勢縱火，並且高聲叫囂著前進。馬燧按兵不動，先清除陣前百步內的草叢，命勇士五千人為先鋒，設陣待敵。等田悅的部眾到跟前時，因火勢已熄，所以士氣也跟著衰竭。

馬燧這時發兵攻擊，田悅大敗後退，但因三橋被毀，田悅軍隊大亂，因逃命跳水淹死的，難以計數。

智囊

在這次唐軍與藩鎮亂軍的戰鬥中，馬燧鑒於自己利於速決、

不利於持久的情況，採取了《孫子兵法》上所說的「攻其必救」的戰術。正確地選擇了攻擊目標，向既是敵人要害、又空虛的魏州進軍，調動敵人離開了原來固守的陣地，迫使其在匆忙回救魏州時與我決戰，結果陷入了被動挨打、全軍覆沒的境地。

「攻其必救」是古代軍事家所採用的調動敵人、殲滅敵人的正確作戰原則。它要求進攻敵人必然要求救援的地方，以便調動敵人，乘機殲滅。在實際操作時要注意的是：這種敵人「必救」之地，往往是敵人要害和敏感點，又是敵兵力量空虛的地方。如果不是「必救」之地，攻之不足以動搖敵人全局，攻取它也不會從根本爭取主動，也不會吸引敵人。或者，雖然我進攻之處是敵方的要害，但敵人有強兵固守，攻之難克，同樣也不會為敵「必救」。

攻敵中堅

唐德宗時吐蕃的尚結贊領兵越過隴岐。李晟挑選了三千名士兵，派王佖率領著埋伏在汧陽城旁，告訴他說：「吐蕃的軍隊經過城下時，你不要攻打隊伍的頭和尾——頭尾即使打敗了，中軍的力量還是完整的。你只要等他們的前軍過去後，見到五方旗杆上套著武豹套子的，這就是他們的中軍，你出其不意地進攻他們，就可以建立奇功。」王佖按李晟部署的去做，遇到了尚結贊，馬上出兵奮力進擊，敵人大敗。

智囊

現實社會中，我們應該增強思危奮進的憂患意識。要敢於正

視發展中的困難和問題，善於抓住主要矛盾和矛盾的主要方面，真抓實幹，攻堅克難，不斷開創工作新局面。創造性的事業要靠創新來推動。出現問題並不可怕，關鍵是要勇於正視問題，努力解決問題。我們要認真研究和把握新形勢下事物發展的規律，按照現代組織制度的目標和要求，自覺培育創新意識，著力提高謀劃創新的能力，突出工作重點，抓住主要矛盾，敢於碰硬，善於攻堅，用發展和創新的方法解決好問題。

劉錡智鬥強敵

宋高宗紹興十年，劉錡奉命到東京赴任。途中經過渦口，正在吃飯時，忽然颳起一陣狂風，把坐帳連根拔起。劉錡說：「這是賊兵興亂的凶兆，一定有敵人入侵。」於是下令日夜不停地趕往東京。

不久，果然接到金人背盟南侵的消息，已經攻陷東京。劉錡就和副將棄船走陸路，連夜急行趕到順昌城。知府陳規見到劉錡，就急問該如何禦敵，劉錡得知城中尚有萬斛存糧，於是決定率兵入城，再計議如何集中兵力全力防守的事宜。諸將都說金兵難以抵禦，請求先派兵護送城內的老弱婦孺前往江南。劉錡說：「東京雖已失陷，但幸虧仍有完整的軍隊據守此地，為什麼要棄城逃逸，誰再敢說棄城，軍法處斬！」

於是他就把家屬安排在廟裏，在廟門堆放許多柴草，交代守衛：「萬一形勢危急，就點火燒毀我家。」另外分別派將領把守各城門，嚴格檢查往來行人，並且由當地人士中招募密探，派出斥候，如此軍心大為振奮。

當時順昌府沒有隱蔽工事，劉錡就命人取來車輪排列在城牆上，又命人拆去民房的門框和門板，圍在城牆的四周。過了六

週，工事才大致部署完畢，這時金兵也來到城下。最初，劉錡即在守城周圍修築「羊馬垣」，再在垣上挖洞為門。此時，結合了許多「羊馬垣」，加上遮蓋作為防禦陣地。

金人以箭陣進攻，所射出的箭如果不是越過垣端射到城牆，就只射到垣壁，絲毫發揮不了殺敵的作用。劉錡挑選神箭手，以強弩在城上或垣門反擊，百發百中，傷敵無數，敵人稍一退兵，劉錡就出動步兵追擊，金兵逃命落水而死的不計其數。

金兵撤退二十里後紮營，劉錡派閻充召募五百壯士，乘夜殺入金營，這夜雷電交加，宋軍見到綁辮子的即予撲殺。金人再退敗十五里，劉錡命一百名勇士組成敢死隊，以竹子為武器，就像一副市井百姓嬉戲追逐的樣子，每人拿一根竹子為暗號進攻金兵的營地，天空雷光一閃，每人就奮勇前衝，電光一閃就四處走來，天空　暗就伏住不動，於是敵營大亂。而一百名敢死隊員聞號角聲，便齊聚進攻，金人更覺草木皆兵，兵心惶恐，竟整夜自相混戰，堆屍盈野。

金兀朮在汴京接到戰敗的消息，率十萬人軍救援。諸將認為：「趁著金人退敗，應趕緊備船，全軍而退，不要與金兀朮正面交手。」劉錡說：「敵營離我軍很近，而金兀朮的援軍將到，如果我軍一退，金兵一定出兵緊隨追擊，所有的戰果都將前功盡棄。」

於是又招募曹成等二人，對他們說：「現在我派你們當密探，事成之後必有重賞，只要你們照著我的話去做，金人就絕對不會殺你們。現在你們騎馬去閒逛，看到金兵就故意墜馬，金人俘虜你們後，一定會偵訊你們想知道我是怎樣一個人。這時你們就答說：『他身在太平盛世，平日愛好聽歌玩妓，朝廷希望兩國修好，所以派他鎮守東京，好安享逸樂。』」當曹成等二人照劉錡之計行事後，金兀朮非常高興，就放棄鵝車、大炮等攻城器械。第二天，劉錡登城，看見曹成二人回來，立刻用繩索吊他們上來，發現兩人都上了刑具，還附了一封信，劉錡深恐動搖軍

心，立刻把信件燒毀。

　　兀朮來到順昌城下後，責怪各位將領，全軍將領們都說：「南朝軍隊打仗已不像從前，元帥可以自己到城下看看。」正好劉錡派耿訓來請戰，兀朮生氣地說：「你劉錡怎麼敢跟我打仗，憑我的力量來攻打你，只要用靴尖就可以把城踢倒了。」耿訓說：「太尉不但請求跟太子您打仗，而且說您必定不敢渡河，我們願意獻上五座浮橋，讓您渡河來作戰。」

　　黎明時，劉錡果真在河中架起了五座浮橋，讓敵人渡河。劉錡派人在穎水上游的水中和草裏放毒，然後下令將士們不要喝河裏的水，誰喝水就殺死全族。當時正是大暑天，敵人從遠處來，晝夜都無法脫下盔甲，人困馬乏。劉錡的軍隊輪流休息，在羊馬垣後邊輪流吃飯，而敵人人馬饑渴，見河水就喝，只要是飲用河水、吃了草的敵軍人馬，都中毒躺倒。

　　早晨天氣涼爽時，劉錡按兵不動，等到下午一點到五點之間，天氣正大熱，敵人的士氣正衰落時，他忽然派遣幾百人出城西門和敵人交戰，不久又率領幾千人出南門挑戰，他讓大家不要喊，只是用銳利的斧子短兵相接地攻擊敵人。敵人大敗，兀朮終於拔營北去。這次戰役中，劉錡的軍隊不滿一萬人，出戰的只有五千人。金兵幾十萬人，在西北部紮營，連綿十五里，每天天黑時，鼓聲震盪山谷，軍營中吵吵鬧鬧，終夜有聲響，而我方城中肅然無聲，連雞犬之聲也聽不見。由於能以逸待勞，所以劉錡能大勝。

　　朱熹曾說，順昌這一仗，正好趕上在暑天，劉錡把所屬的軍隊五千人分成五隊，先準備好解暑藥和酒肉。他讓人把一副盔甲曬在太陽下，特地派人用手摸，等到盔甲熱得像火不能沾手時，就換一隊士兵來到他跟前，讓他們吃飯喝酒，於是從西門出兵突襲，接著再派一隊由南門出擊，只見全軍從各城門出出入入，結果金兵大敗而逃。

再說金兵因人數過多，擁擠在一堆，幾乎無立錐之地，僅僅只能手持矛槍站立，完全動彈不得，反之宋軍卻手持大斧衝入敵陣，殺金兵，砍馬腳，一騎倒，數騎也隨之傾倒，結果敵人傷亡慘重。由於順昌一戰，金人這才知道宋人戰力不可忽視，萌生怯意，於是同意與宋議和。

 智囊

劉錡率領將士同心協力，堅決抵抗，採取了正確的戰略策略，這就是先發制敵，挫敵銳氣；麻痺敵軍，製造戰機；以逸待勞，乘其不備。加之城內居民的廣泛支持，終於以少勝多，以弱勝強，大減了金軍的囂張氣焰，擋住了金軍自兩淮南侵的鋒芒。

所謂以逸待勞，意思是說迫使敵人處於困難的局面，不一定採取直接進攻的手段，可以根據剛柔相互轉化的原理，實行積極防禦，逐漸地消耗、疲憊敵人，使它由強變弱，我就自然會變被動為主動。進攻者銳氣方剛，處於優勢主動地位，但易疲憊，難持久，優勢主動中隱藏著劣勢被動的因素；防守者準備強敵來攻，處於劣勢被動地位，但只要能不斷地消耗疲憊敵人，減殺敵人的銳氣，就能從被動中爭取主動，變劣勢為優勢。

這就像一天一夜二十四小時，白天長了，夜晚就自然短；夜晚長了，白天自然就短。在敵我總的力量不變時，敵人由優變劣，由主動變被動，我方自然也就由劣變優，由被動變主動了。

曹瑋用兵

北宋的曹瑋十九歲時就擔任渭州知州。

有一次，他率軍與吐蕃軍隊作戰，初戰告勝，敵軍潰逃。曹瑋打聽到他們已走遠，就慢慢地驅趕著從敵人那裏繳獲得的牛馬輜重等回營。牛羊走得很慢，落在了大部隊後面。有人向曹瑋建議，「牛羊用處不大，又會影響行軍速度，不如將它們扔下，我們能安全、迅速趕回營地。」曹瑋不接受這一建議，也不做任何解釋，只是不斷派人去偵察吐蕃軍隊的動靜。吐蕃軍隊狼狽逃竄了幾十里，聽探子報告說，曹瑋的部隊貪圖財利，捨不得扔下牛羊，致使部隊亂烘烘地不成隊形。於是，吐蕃軍隊就又回師前來偷襲。

　　曹瑋得到這一情報，便讓隊伍走得更慢，到達一個有利地形時，便整頓人馬，列陣迎敵。當吐蕃軍隊趕到的時候，曹瑋派人傳話給對方統帥，說：「你們從遠處奔來，一定十分疲勞了，本帥不乘人之危，請你們讓大隊人馬稍微休息休息，稍過一會兒，咱們再決一死戰。」

　　吐蕃將士正苦於跑得太累，很樂意地接受了曹瑋的建議。等吐蕃軍隊歇了一會兒，曹瑋又派人對其統帥說：「現在你們休息得差不多了吧？咱們可以交戰了！」於是雙方列隊開戰，只一個回合，吐蕃軍隊就已經亂成一團，狼狽逃跑。

　　這時曹瑋才告訴部下：「我扔下牛羊，吐蕃軍隊就不會殺回馬槍而消耗體力，這一去一來的，畢竟有百里之遙啊！我如果下令與遠道殺來的吐蕃軍隊立刻交戰，他們會挾奔襲而來的一股銳氣拼死一戰，雙方勝負難定；只有讓他們在長途行軍疲勞後稍微休息，腿腳麻痺、銳氣盡失之後再開戰，才能一舉將其消滅。」

　　曹瑋在軍隊中能得到部下的拼死效力，他平時很優閒的樣子，等到打仗時，卻有神機妙算。有一天，軍隊中正舉行宴會，又奏樂又飲酒，可在同僚中找不到曹瑋，第二天，他從容地出來處理政事，而敵人的頭顱已扔在庭下了。

　　賈同拜訪曹瑋，曹瑋想巡邊，邀請他同往，賈同問：「跟隨

您巡邊的士兵們在哪裡？」曹瑋說：「已經準備好了。」等他們出門走向坐騎時，見武裝好了的三千名士兵環列在周圍，可在這之前，沒有聽見人馬的聲響。

只要看城中肅然，聽不到雞犬之聲，就知道劉錡必定能戰勝敵人。只要看三千名武裝起來的士兵環列，開始卻聽不到人馬的聲音，便可知敵人必定不能侵犯曹瑋。

智囊

曹瑋用兵，靈活而機智，能夠根據不同情況，採取不同的對策，也正是憑藉著他卓越的軍事才智才打敗吐蕃軍隊。看來一名有頭腦的將才對於控制整個局勢起到至關重要的作用。

會把握市場的領導者是優秀的領導者，但能夠創造機會的領導者更是傑出的人才。競爭對手強大時，不急於攻取，需要用恭維的言辭和豐厚的禮品來示弱，使對方驕傲，待暴露缺點，有機可乘時再擊破它。最重要的一件工作就是蒐集競爭對手的商業情報，這對於做出明確的判斷非常重要。

祕密信號及其他

北宋名將狄青戍守涇原時，常能以寡擊眾。他密令全軍士卒，聽到第一聲鉦音就全軍肅立，兩聲鉦音就假裝退卻，鉦聲停止，則立即大喊，向前奔馳突擊，士兵們都牢記在心。

有一次剛和敵人相遇，雙方尚未交手，一聲鉦音響起，全軍也隨著止步不前，接著又是兩聲鉦音響起，只見士卒們往後退，敵人大笑說：「誰說狄青勇威，雙方還沒交手，就下令部隊退

兵。」話才說完，只聽鉦音停止，宋兵突然衝向敵陣，敵人陣勢大亂，相互踐踏，死傷慘重。宋兵乘勝追擊了數里後，前面遇到了一條深溝，敵人都擠在了山崖下。狄青立即鳴鉦而止，傳令收兵，敵人得以逃脫。

事後，副將們都後悔當時沒有繼續追擊落敗的敵人，狄青說：「亡命奔逃的敵人，突然止步而有心與我軍對抗，很難料定這其中沒有別的詐謀？反正我軍已大獲全勝，這些殘兵敗寇也不必再貪功計較了。」

又有一次，儂智高在邕州謀叛，仁宗命令狄青為宣撫使出兵討伐。有人認為儂智高的標牌兵銳不可當。狄青說：「標牌是儂智高的步兵，步兵碰到騎兵就無法充分發揮戰力，我將徵調西邊的蕃民編為部伍。」

又有人說：「南方的地形不適宜騎兵作戰。」狄青說：「蕃人善於射箭，能吃苦耐勞，上山下山就像走平地。只要趁著當地瘴氣未起時，快馬加鞭，奮力馳衝，就一定能夠破敵。」

但大軍出發後，每天行軍的路程不超過一個驛站，每到一州，狄青就下令士卒休整一天，未戰先養力。

來到潭州後，狄青重新整編部伍，明定軍紀。有一士兵搶了百姓一把青菜，狄青當場下令處斬，於是全軍無人再敢違抗軍令。

當時儂智高據守邕州，狄青因昆侖關位居險要，害怕被儂智高所佔據，於是先按兵不動，一面命賓州準備全軍五日的軍糧，並讓士卒們就地休養。

當時正趕上上元節，狄青命人張燈結綵，宣布第一天晚上宴請副將，第二天晚上宴請各營軍官，第三天晚上宴請各營軍吏。第一天晚上鼓樂喧天，通宵達旦。第二天晚上，颱風下雨，大約二鼓時分，狄青突然聲稱有病，暫時離座入內室。過了一陣子，命人告訴孫沔，請他暫代主人招待賓客，等服過藥休息一會兒就出來。

席中，又多次派人出來飲酒，一直到天亮，客人都不敢離席

告辭。這時忽然有人騎著馬前來稟報說：「昨夜三更時分，元帥已攻佔昆侖關了。」狄青既已成功地奪取昆侖關，很高興地說：「昆侖險要，賊人不知據守，日後想必也沒有多大作為了。」

　　狄青率軍逼近邕州時，賊人才有所驚覺，兩軍交戰於歸仁鋪，狄青站在高地觀看兩方交戰的情形。賊人據守土坡，宋軍進逼，狄青命步兵為前鋒，騎兵隱藏在後。賊人派出善戰者在陣前手執長槍抵禦，前鋒孫節不幸捐軀，將士們畏於狄青的軍紀嚴明，不敢退卻。狄青站在高地上，手執五色旗，指揮騎兵分別從左、右、後三方將賊人隊伍截成三段，輪番攻擊，右軍攻左，左軍攻右，不久又交替攻擊，賊人根本弄不清楚宋軍從哪個方向進攻，而標牌軍也被宋軍騎兵衝散，根本無法發揮戰力。賊人的長槍排列如林，宋軍在馬匹上加裝鐵鏈衝擊，於是賊兵潰散，儂智高只有焚城逃逸。

　　在這一戰役中，諫官韓絳曾說：「狄青是個武將，不能獨當一面，請皇上任命侍從或文官做他的副手。」當時龐籍任宰相，龐籍答道：「從前朝廷派出的軍隊屢次失敗，都是因為大將的權力小，偏將剛愎自用，大將無法控制的緣故。現在狄青是從行伍出身的，如果任命侍從之臣做他的副手，那麼他對軍隊的號令就再也不能施行。狄青從前在鄜延，是我的部下，沉著勇敢有智謀，如果把消滅儂智高的事單獨交給他，他一定能懲罰敵人。」

　　於是，皇帝下詔書，嶺南地區掌軍權的人都接受狄青的調度和管束。狄青臨走時，對皇上說：「古代俘虜敵人，凱旋而歸時，有時割下敵人的耳朵和鼻子，但沒有聽說過砍腦袋的事。秦漢以來，砍一個腦袋就賜爵一級，於是稱之為『首級』。因此將士們為了爭奪敵人的腦袋而互相殘殺。還有將士用敵人的腦袋做買賣，把敵人的腦袋賣給那些沒有參加戰鬥的無功人員。希望能把這一些習慣都廢除掉。」龐籍和狄青說的這兩條都是名言，可以說是大將成功之法。

此外，狄青出發時，有人通過顯貴近臣請求跟他一起去，狄青對他說：「您想跟我一起去，很好。然而對儂智高這樣的敵人，朝廷到了要派我去的程度，可想而知戰事已經很緊急了。跟從我的人，要是打擊敵人有功，當然有厚賞。但如果不是這樣的話，軍隊中軍法很嚴，不能偏私。您自己要想妥當了，願意走的話，我就上奏疏，讓朝廷錄用您。」從此以後沒有人再敢提出要求跟他走了。

就從這件事中，可以看出狄青能按軍法辦事，必定能建立功業。另外，狄青進入邕州後，在收殮的積屍內，有一個人穿著繡金龍的衣服，在這屍體的身旁又找到了一個刻有金龍的盾牌。有人說，這就是儂智高的屍體，應當馬上向皇上啟奏。狄青說：「你怎麼能判斷這不是敵人在欺騙我們呢？寧可上報的殺敵名單上漏掉儂智高，怎麼敢欺騙朝廷呢？」把這兩件事合起來看，狄青這個人不僅不讓別人冒功領賞，即便是對自己，他也不敢冒領不能確定的功勞。

智囊

狄青成名，其實也沒有什麼訣竅，不外乎是臨陣時身先士卒，所向披靡，當然，除了衝鋒陷陣以外，他還精通兵法，常能以寡擊眾，出奇制勝。兩軍對壘，最高明的計謀莫過於敵方暫時想像不到的計謀，最高明的行動莫過於敵方意料不到的行動。有意避開敵人自然期待的進攻路線和突擊目標，故意選擇在敵人失去戒備的時間、地點和方向上實施突然襲擊，往往能使敵人的將領在心理上失去平衡，在思想上麻痹大意，在行動上由於判斷的錯誤而採取錯誤的對策。因此，狄青才能以攻其無備、出其不意來打敗敵人。

作戰中的首次行動必須出敵意料，快速突然，迅雷不及掩耳。狄青之所以能夠出奇制勝，最主要的是他的行動搶在了儂智高的前面。在戰爭中，敵方的不意和己方的突然行動是相互依存的。沒有突然的行動，就難以捕捉到敵方的「思想空隙」；如果行動全在於敵手的意料之中，也就難以出其不意、攻其不備了。

但戰爭的另一特點是，出其不意必須隱於祕密，巧妙偽裝。但一切隱蔽的偽裝，同時又是暴露企圖的表現。從某種程度上來說，並不是避開敵人的「視線」，而是給敵人以錯誤的資訊。因此，兵不厭詐，出奇制勝，常常為軍事行動之必需。

同樣，真正地尊重傳統加上努力創新，其結果是產生一種完全新奇的生活藝術。其表現是在物質和地域的生產中，將嚴謹與奇思相結合，優雅與發明相結合，細緻與力量相結合。

王越恩結下屬

明英宗天順年間，王越任大同巡撫，一天，大雪紛飛，他正坐在火爐旁，歌伎們抱著琵琶奏樂，又伺候他喝酒。正好一個千戶從敵人那裏偵察回來，王越馬上召他進府，仔細地同他談論敵人的情況，那千戶談論得很有條理，王越十分高興，說：「天氣寒冷，你受累了。」親自拿金杯斟酒給他喝。

兩人越談越高興，王越就讓歌伎們彈琵琶來勸飲，並立即把他喝酒的金杯也一起賞給他。接著兩人又天南地北地話家常，談完後王越指著歌伎中最漂亮的一位對千戶說：「喜歡她嗎？把她賜給你了。」從此千戶對王越竭盡忠誠地效死力，屢立戰功，最後被提升為指揮。

一天晚上，王越帶兵突襲敵人營地，快到達營地的時候，忽然狂風大作，刮起的塵沙遮蔽了將士們的眼睛，眾人都分辨不清

目標，覺得時機不對想回營。有一名老兵上前說：「這是上天幫助我們啊！我們偷襲營地時天颳大風，守營的敵人才不容易發覺我們。等到我們偷襲完回來時，如果突然遇到入城搶掠的敵軍，而我們處於順風，敵人處於逆風，打起仗來我們據有利地位，這都是因為有這狂風。」王越聽了，不覺下馬對那老兵下拜，偷襲成功後，他保舉那老兵的功勞，封為千戶。

在夜裏，李愬平定蔡州趁下雪，狄青破昆侖關趁下雨，王越攻佔大同趁颶風，這些都是所謂的「出其不意」。威寧伯王越用恩來結交千戶一類的下級軍官，這是大手段；至於他把恩惠推及老兵這件事，即使是同淮陰侯韓信把被俘的廣武君李左車尊為老師的事相比，也不相上下。文官中哪能有這樣豪爽的事？他的雄才大略又在韓雍、楊一清之上了。

一百個陳鉞也哪能與他相比？善於詼諧的宦官阿醜，把王越和陳鉞放在一起開玩笑，把他們都說成是大宦官汪直的黨羽，這不是公正的評價。

智囊

人非草本，孰能無情，更何況是朝夕相處的同事呢！中國有句俗語：同船過渡是三百年的緣分，能在一個公司工作也是今生的緣分。

當與下屬出現溝通障礙時，要做到主動、主動、再主動，消除下屬敬畏的心理障礙。要主動關心他們的生活，主動聽取他們不同的意見，做到暢所欲言，並主動地去做一些事情，用自己的行動影響他們，帶動他們。滴水之恩當以湧泉相報。

越是在困難的時候，下屬越會記住曾經幫助過他的人，哪怕是僅僅給過他們一碗水、一個微笑的人。只要我們能夠做到易位

思考，擁有一顆愛心和感恩之心，用真誠換來真誠，有效地做到溝通和協作，就能夠塑造同心協力、蓬勃向上的團隊精神。

陶魯善用精兵

明英宗天順初年，韓雍出兵征討廣東峒族的叛亂，因為那裏的形勢險阻，一時之間難以攻下。

一天，韓雍正吃著飯，又為此事傷腦筋。正好新會縣丞陶魯在旁邊值班伺候他吃飯，韓公回頭看他，問道：「縣丞可知本帥在想什麼嗎？」陶魯說：「無非是破蠻敗峒的對策。」韓雍說：「是的，你能替我打敵人嗎？」陶魯說：「小丞不但能為元帥平蠻，而且輕而易舉。」韓公生氣了，說：「我統率下的文武官員成百上千，我仔細想了半天，沒有一個稱我心的，你這樣胡說，該用鞭子打你。」陶魯不肯認錯下拜，反而申辯說：「敵人難以攻下，不是因為敵人難攻，而是因為我方難以找到攻打敵人的人，您只是不了解我的才能罷了！」

韓公對他的言行感到驚奇，改變了對他的態度，問他：「縣丞平蠻需要多少兵馬？」陶魯說：「三百人就夠了。」韓公說：「怎麼那麼少？」陶魯說：「兵在精，不在多。」韓公說：「任你挑選。」

於是陶魯公告比試錄取的兩個標準：能徒手舉重百鈞，射箭能遠達二百步。韓雍部眾有十五萬人，經過比試合格者才二百五十人。陶魯說：「人數不夠。」於是再下令招募，經過幾天，才募足所需的人數。

陶魯就任將領，每天領著這三百人操練陣法，用牛肉和好酒犒勞他們，與他們同甘共苦。士兵們樂意為他拼死出力，打仗時都搶先登上城樓，於是大敗敵軍，砍下敵人的首級無法計算。打

仗中所繳獲的敵人巢穴中的金銀布帛，陶魯全都分給這三百人，他自己一點不要。敵人聽說「陶家軍」到，不是逃走就是投降，沒有人敢抵抗。

諺語說：「一個人要是下了決心拼命，就是一萬人也得躲避。」何況陶魯有三百人呢！現在塞下徵兵，動輒幾十萬，其中難道沒有像這三百人那樣的勇士嗎？但是誰又能當統率他們的陶魯呢？即便有陶魯那樣的人，又有誰敢起用他呢？

王弇州說：「陶魯足智多謀，但外表卻看不出來，治理縣政常荒廢政務，與眾官列隊晉見長官時，常打瞌睡，即使提醒他，他也毫不在意。韓雍治軍號令嚴明，本人更是具有王者威儀，一般官員見了他，總是跪著向他報告，一副手足無措的樣子。但陶魯卻仍漫不經心，實在是怪人！假使陶魯生在今天，早就因為荒廢政務、不敬長官而被免職了，誰會知道這樣的縣丞有如此的才能呢？」

智囊

陶魯成功的關鍵在於他善用精兵。俗話說：「人多力量大。」但是，事情成敗的關鍵往往不在於人的多少，而在於人是否是精英和強將，是否萬眾一心，眾志成城，是否真正稱得上是人才。

當今資訊社會、網路時代，你若想橫行天下，完全不用憑藉百萬大軍，因為單槍匹馬就可以擁有千軍萬馬的戰鬥力，因為一個人就可以成為百萬精兵，只要運用才智，找到正確的方法，懂得優化資源，善於突破障礙，參悟人生的真諦，發揮個人的潛能，你便會無往不利。

韓雍識敵和用將

明英宗天順初年，兩廣作亂，韓雍前去討伐。軍隊在大藤峽暫停，那裏道路很狹窄，兩旁是水田。有幾百名儒生和鄉里中的老人，跪下持香迎接說：「我們這些人受敵人的苦已經很久了，現在有幸天朝的軍隊到來，我們能夠做良民了，我們願意給你們當嚮導。」韓雍立即叱責說：「這些人都是敵人，給我綁起來斬了！」

他的手下人起初對他的話也有點懷疑，把這些人綁起來後，在他們袖中搜出了利刃，才知道他們果真是敵人。於是就把這些人殺了，肢體、內臟分別掛在樹上，到處可見，這使敵人十分驚慌和沮喪。

韓雍曾發兵，命令五更時擊鼓進軍，但有個將領聽說敵人已經發覺我軍要進攻，他怕出擊晚了要耽誤大事，於是在二更天就出發了，結果大破敵軍。韓雍獎賞了他的功勞，又對他的違背將令、提前出發進行了處罰。按照軍法這種情況應當處以斬刑，但韓雍在向朝廷報告軍情時，陳述了詳情，請求免除對這軍官的處分，他說：「萬一他不這樣做，而是按命令行事，結果失敗了，怎麼辦？」人們都說韓雍在對待將領的處理上很恰如其分。

馬謖在街亭、任福在好水川打敗仗，都是因為違反軍令造成的。一定不要貪功，然後才能功成於萬全。韓公的謀慮很深遠。

智囊

孫子說：「將在外，君命有所不受。」這是說由於軍情瞬息萬變，想取得戰鬥的勝利，不能囿於已成的命令，而應該隨著軍情的變化而改變對策，這也是取得勝利的萬全之策。在戰鬥中，

將帥如果不主動、缺乏果斷、坐失戰機，就可能招致令人痛心的後果。由於失掉通信聯絡或其他原因而沒有得到命令，某些部隊曾出現了無所作為的現象。因此，在戰鬥結束後，應當受指責的往往不是那些力圖消滅敵人而沒有達到目的的將帥，而是那些由於擔負責任而無所作為、不利用有利戰機取得戰鬥勝利的人。

毫無疑問，將帥的主動精神和有所作為應當大力提倡和獎勵。而害怕處分，對於上級的指令不敢越雷池一步，在最緊急的關頭表現不堅決，無疑是一個平庸的將帥。至於那些對於部屬管束過嚴，對於部屬在戰鬥中獨自做出的決定和行動加以指責和處罰的，則都是不懂得指揮官執行命令時必須發揮主動精神的結果。

平定兵變與民變

浙江一帶原來有將軍行署，共有親兵四千五百人，分成九個營。每年派七個營去防海汛，汛期過去就撤回，這些兵的軍餉很豐厚。明神宗萬曆十年，御史中丞吳善言奉行新法，減去了三分之一的軍餉，而且發的軍餉有一半是新錢，而這些新錢又不能通用。士兵們為此事上訴，上級不予聽取，於是士兵們就開始作亂了。兵變的首領是馬文英，實際起作用的是楊廷用。他們把吳善言拉到軍營中，百般羞辱和刁難。吳善言被迫寫出自己扣了軍餉的文書，拿出庫裏的兩千兩銀子作為士兵的酒食錢，這才暫時逃了出來。

第二天，兩個領頭鬧事的人假裝自首，找御史中丞吳善言和兩台衙門，說：「我們確實是挑頭鬧事的，請求接受軍法處分，此事與別人無關。」所有的士兵都拔刀準備動手，眾位官員害怕亂子鬧大了，暫且好言勸慰，讓他們走了，然後把這件事情及時向上稟報。

當時少司馬張肖甫巡撫浙江和江蘇，他還沒有到浙江，百姓的變亂又發生了，原因是杭州城裏每個寨都設有役夫，負責巡夜打更，應役的都自己出錢招募遊手好閒的無業人員來代替自己。近兩年這項規定嚴格起來，應役的人必須本人親自去，害怕服這項徭役的人相繼投靠有勢力的豪門大戶，以逃避這項徭役，而遊手好閒的人因此失去了代人打更所得到的好處，也產生了怨恨。

上虞人丁仕卿客居在杭州，此人一向喜歡舞文弄墨，在此時，他同市鎮上的地痞惡霸們互相勾結，想借此鬧事佔便宜。官員們跟他講這是監司守令的命令，他全不聽從，一副忿忿不平的樣子，還說官府對亂兵都沒辦法，又能把我們怎麼樣，用這些話來挑動地痞惡霸們。正巧丁仕卿在其他事情上犯了法，被套上枷鎖，地痞惡霸們就煽動眾人到監獄去劫他，回應的人多到上千人。於是這些人就焚燒和搶劫各個有勢力的豪門貴族來洩憤，一直到打破御史衙門的門，監司以下的官員全都逃散躲避起來。

張肖甫到了嘉禾，聽說發生了變亂，他詢問在道路上迎送賓客的官員說：「防海汛的軍隊現在出發了沒有？」官員說：「調出去了。」他又問：「所留下的兩個人平安無事嗎？」那官員說：「是的。」張肖甫說：「馬上放他們走。這樣做還能把軍隊的變亂和民眾的變亂分開，使它們成為兩件事。」他的手下人都感到恐懼，但他卻談笑自如。

他到衙門處理完政事之後，那群為非作歹之徒聚集得越來越多，約有兩千多人，用竹竿撐起旗幟，拿著刀向衙門走來，打算打破了院牆衝進來。張肖甫就帶著幾個兵，乘轎出衙門，迎上前去對他們說：「你們這班人不要謀反，否則等天子抽調大軍到來，就要滅你們的族了。再說你們必定是有感到痛苦的地方，與其你們在心裏感到不平，還如不報告我呢？」

眾人就把承擔夜役不公平的事告訴了他。張肖甫說：「這件事容易解決，你們怎麼能因為一件事產生的憤怒就鬧事，去做會

導致滅一族的事呢？」他立即下令廢除了兩年前的這項規定，眾人才散去。

然而他們的氣焰越發囂張，夜裏又搶掠了其他大戶人家，燒得火光沖天。張肖甫連夜起草聲討這種舉動的檄文，對他們講明了這種行動的後果。天剛亮的時候，就把檄文張貼在大道邊，那些人把檄文揭下來撕了。張肖甫生氣了，說：「我是奉朝廷之命來約束蠻橫不聽話的士兵的，看來應當從約束蠻橫不聽話的百姓下手。」不久他就確定了對策，說：「犯過錯誤的士兵，可以使用；烏合之眾，可以剿除。」

他命令遊擊徐景新帶領兩個營的兵進來，召集伍長撫慰他們說：「先前將軍行署的官員確實有不對之處，讓你們出死力，卻不給你們吃飽，你們難道不快快不樂嗎？」他又說：「市井上的無賴們作亂已經形成了，他們沒有其他功勞，跟你們不一樣，你們如果能為我盡力討伐抓捕他們，我將會因為你們有功而讓你們吃飽飯。但你們不要多殺人，多殺人就不給你們記功。」軍士們踴躍聽命。

他又召來馬文英、楊廷用，祕密對他們說：「過去把自己綁起來，來請求處分的是你們吧？」那兩個挑頭鬧事的向張肖甫道歉，說自己犯了死罪。張肖甫說：「壯士本來不怕死，即便如此，要是觸犯法律而死，不能留下好的名聲。你們要為我帶領大家逮捕鬧亂子的人，這樣做不僅贖罪，還將獲得獎賞。即便是不幸被打死，不也是為義而死嗎？」這兩個帶頭鬧事的人，也積極地聽從命令。

張肖甫就召見遊擊徐景新，派遣跟隨他前來的英勇善戰的士兵當中軍，讓本地的營兵跟隨他們，讓當地地方上的武裝再跟隨在營兵後邊，整齊了隊伍，嚴明了紀律。於是向前迫近亂民，接連打敗了他們，活捉了一百五十人，其中有丁仕卿。張肖甫通過審訊，查清了其中那些帶頭鬧事、又持刀搶金銀財物的，總共

五十多人，在轅門把他們都斬了，其餘的都釋放了，於是那群為非作歹的人都散去了。

張肖甫考慮到這些蠻橫不聽話士兵還沒有按法律制裁，要是馬上處理，也許會產生變亂，但是要是借其他事來處罰他們，或者暗底下為他們掩蓋過去，這樣做又都是不合法的，於是表面上獎賞了馬文英、楊廷用在平亂民上的功勞，給他們官做，在軍營中張榜公布，還按當初那樣恢復了軍隊的餉銀，一切都處理得很妥貼。當初馬文英、楊廷用在把自己綁起來去自首時，曾與大家約定：「我們用死來保護你們這些人，你們姑且給我們喪葬費，給我們老婆孩子生活費。」

當時大家為他們蒐集了幾百兩銀子，這兩個人在被免罪之後，沒有把這筆錢還給大家，所以軍人們很恨他們。此外，除這兩人之外，當時各營中還有幾十個人挑頭鬧事。這些，張肖甫都查訪清楚了。等到第二年春汛時，七個營的士兵又要出發去防海汛，張肖甫在誓師時，祕密下令遊擊徐景新按事先掌握的名單，在各營抓起一個人來，列舉他們帶頭鬧事的罪過，然後把他們斬了。

完事之後，又把楊廷用、馬文英兩個帶頭鬧事的抓來，說：「你們過去自己要求過把你們處死，現在已經晚處理了，再說，你們不僅帶頭鬧事，還欺騙大家，竊取了他們的錢財，雖然我想寬恕你們，但怎麼處置大家對你們的憤怒呢？」又把這兩個人也斬了。總共砍了九個人的頭顱，懸掛在轅門上示眾，同時派使者飛馬告知鬧事的將士說：「天子不忍心把你們都殺了，可是你們自己估計一下自己所做的事該不該殺？從今以後應當盡力為國效力啊！」將士們都感激地流下了眼淚。

軍隊變亂，沒有一件不是因為上級剋扣軍餉激起的；百姓變亂，沒有一件不是因為有勢力的豪戶欺壓造成的。到了軍隊和民眾同時變亂，這就太危險了。幸虧那群為非作歹的人，是倉促之間集合起來的烏合之眾，本來就沒有大的志向，而軍隊中那兩個

帶頭鬧事的仗著有張肖甫的好言撫慰才放他們回去，自己慶幸免去一死，所以軍隊和民眾的變亂不致合二為一，在這裏就有題目可做了。張肖甫這一行動，十分合乎機宜，處理得十分有次序，尤其妙在他主張不多殺人。如果遇到貪功的大臣去處理此事，我不知道他會怎樣辦了。

智囊

在企業具體而實際的管理運作中，人際衝突問題是一個普遍存在的問題，它幾乎存在於人與人的一切關係之中。工作關係中人際衝突的影響是多方面的，對企業來說，人際衝突往往會產生兩方面的效應——

一方面，如果企業員工之間關係緊張、互不信任、互不團結、內耗現象嚴重、缺乏溝通、各自心靈閉鎖、拉幫結派等不良人際關係，會造成企業生產效率低下，凝聚力下降，一旦企業出現困難或危難之時，員工不能同舟共濟共渡難關，最終可能會導致企業的倒閉或破產。

另外一方面，如果人際衝突作為個人或企業競爭的動力，那麼它的消極影響就可能會壓縮到最小。從而，企業的生產效率提高，競爭力增強。這樣，人際衝突對企業的經營會帶來積極的影響。

在企業的運作過程中，人際衝突是作為積極的因素、還是作為消極的因素，關鍵在於企業對人際衝突的管理。隨著現代企業制度的建立，企業經營者和所有者已逐步分離，企業家要素已成為企業生產經營管理中十分積極和活躍的要素，企業家處理內外部衝突的好壞，將對企業的改革發展穩定，以及全面提升市場資訊和經濟效益，產生十分直接和深遠的影響。

第二十三卷
兵不厭詐的智囊

世上處事為人，貴在誠實忠厚；戰場兩軍相爭，貴在兵不厭詐；真實佐以虛假，虛假裝作真實；使敵疑神疑鬼，而我勝券在握；敵人不明就裏，而我胸有成竹；我們獲得新生，置敵人於死地；如此出奇變幻，使敵不知所以。因此，輯有《兵不厭詐的智囊》一卷。

鄭公子知敵致勝

春秋時北戎侵略鄭國，鄭莊公親自率兵抵禦。他對北戎的武力極為憂心，對大臣說：「北戎以步兵為主，我軍使用戰車，笨重而不靈活，寡人擔心他們會偷襲我軍。」公子突說：「我們可先派一批勇敢但不盲目好戰的士兵為先鋒引誘戎軍，當戎軍入侵後就迅速撤退，這時大王可埋伏三批伏兵，以逸待勞，等候戎軍深入。由於戎人性情浮躁，軍紀又不嚴整，對財物的貪婪心極強，在利益關頭六親不認，戰勝時為求戰功互不相讓，戰敗時為求活命又互不相救。假使戎軍見到我先鋒軍敗北，一定會拼命往前猛攻，假如發覺我有伏兵，也一定會倉皇奔逃，而後面的戎軍又不肯救援，這就等於沒有援軍，我軍就可一戰而大獲全勝。」

鄭莊公採納公子突的戰術，戎人的前鋒遇到伏兵果然狼狽而逃，鄭大夫祝聃率兵隨後追擊，把戎軍從中間截成兩段，再前後夾襲，終於把戎人全部消滅。殘餘的戎軍也都抱頭鼠竄。

茅元儀評論說：「自古以來抵抗北戎軍的入侵，不出前面所說的幾句話。如今相反，把正確的戰略戰術置諸腦後，北戎怎能不猖狂呢？」

戰爭的勝負是諸多因素作用的結果。作為敵對的雙方,各有其利弊優劣,避敵之長而擊敵之短和避我之短而行我之長,然後制定具體的戰略戰術,為戰爭過程中一個基本原則。這一原則的實施,具體來說,必須知彼知己,了解敵我雙方的實力和長短利弊之所在。鄭莊公所患的在於只看到了敵人的長處,而公子突則全面分析,指出了敵人的弱點。

知己和知彼是互相聯繫的。不能正確地認識自己,也就不能正確地對待他人;不能正確地認識他人,也就不能正確地對待自己。人與自然的關係也是這樣的,如果我們不能在更高意義上理解對自然的「征服」,一味地破壞生態平衡,最終危及的是自己的生存。

匿壯顯弱以誘敵

春秋時代,楚武王想發兵攻打隋國,一面派使者去隋國求和,自己卻率軍駐紮在邊境等候消息。隋國派少師董成全權處理議和的事務。

楚大夫鬥伯比對楚王說:「我們在漢東一帶很不得志,完全是由於我國對外政策不當的關係。我們出動三軍,大軍壓其境,用武力征服他們,他們就會因懼怕而聯合起來對付楚,所以不容易離間他們。漢東之中,隋國最大,隋國要強大,就必然拋棄小國。小國分離對我們楚國也有利。少帥因得寵於隋王,很驕傲。請允許我們以贏弱的士兵來進攻這些小國。」

董成從楚營歸來,請求派軍追擊楚軍。季梁進諫言:「楚軍

故意顯示他的羸弱，是為了誘惑我們上鉤。」於是隋軍沒有行動。

當時隋國若是沒有賢臣季梁識破楚人的奸計，隋人可真是要上大當了！

楚子反說：「兵臨敵人城下，無不是以展示壯盛的軍容來威震敵人，因此，若是部隊軍紀不整，故意示弱，這都是誘敵之計。」

過去漢兵乘勝追匈奴，漢高帝聽說冒頓駐紮在上谷，就命令人去偵察，冒頓隱藏起壯士和肥牛馬，只讓看到老弱的士兵和羸瘦的牲畜。去了十幾個人，回來都說匈奴人軍力薄弱，可以被擊敗。

皇上又派劉敬去核實，劉敬回來上報說：「兩國作戰，按理應當各顯示自己的實力，如今我去偵察，只見一些老弱病殘的散兵，這一定是冒頓故意示弱，使我們麻痺大意，掉以輕心，然後他埋伏精兵，出奇制勝。我認為現在不能打匈奴人。」漢高帝不聽，結果被匈奴困於白登山。古來作戰的計謀常常如此。

武則天時，契丹人李盡忠、孫萬榮起兵造反，攻陷榮州，俘獲好幾百名漢兵，把他們關在地牢，聽說麻仁節的部隊快來了，要看守地牢的官吏騙囚犯說：「我們的家人正因遭逢饑荒而難以保命，等朝廷大軍一到，只有投降一條路了。」又故意釋放囚犯，給他們喝米粥，對他們說：「我們正面臨缺糧，無法提供食物，又不忍心殺你們，只好放你們回去。」被釋放的唐兵回到幽州，將所聽到的話一五一十報告將領，士兵聽說契丹缺糧，都想進攻好建戰功。

到了黃麞峪，契丹又派老弱的士卒來投降，並且故意留下幾頭老牛瘦馬在路邊，麻仁節等人就留下步兵，只率領少數的騎兵進攻。契丹由兩側埋伏攻擊，生擒麻仁節等人，全軍覆沒。

這兩件事，都是敵人故示殘弱來引誘對方進攻的典型例子。

春秋時代楚之侵隨，無疑是以大凌小，以強欺弱，因此，楚之舉師時就喪失了輿論和道義上的主動。然而，它首先派使者前去向隨勸降，這在某種意義上來說，爭取到了道義上一定的主動和輿論的支持。然後，楚國的謀臣鬥伯比又對楚在漢水以東一帶的政治地位、周邊小國的心理狀態做了較為客觀的分析，他認為侵隨之舉，不得志於漢中之小國，一定會形成被動的局面，這樣，楚武王欲稱霸於世之志便難圖了。

因此，詐敗誘敵，表象為「敗」，關鍵在「詐」。詐要「詐」得巧妙，詐不「漏底」，「敗」才能敗得合理，敗得真實。因此，運用此謀略的基本要求是：無論用何種形式「詐敗」，都要「假戲」真演，使敵人不疑於己，不備於己，出敵不意，攻敵不備，方能誘敵殲敵，戰而勝之。

此外，還要注意兩點：一是在「詐敗」時，要讓敵人以為真敗而非「詐敗」，但不要讓自己的部下也認為是真敗而非詐敗，倘若不然，那將會是搞亂了自己而幫助了敵人；二是要掌握奸反擊的時機，這是運用此謀略最精彩的一步。

現代戰爭，敵我雙方機動能力大大提高，而且戰場偵察、情報分析能力也並非冷兵器時代可同日而語，但無論部隊的裝備如何發展，戰場偵察能力怎樣先進，最終還是要靠人來掌握操縱，因此，謀略的運用仍然不失其作用，只不過依新的條件而有所變化罷了！

敵驕我怒而後勝

楚國發生嚴重饑荒，庸人率領地方部落叛離楚國，麋人也率百濮準備乘機討伐楚國。於是楚國關閉北城門。這時，楚國人心惶惶地商議要搬遷到阪高。

楚國的大夫蒍賈說：「不能遷都！如果我們能去，敵人也能去。不如發兵攻打庸國，庸國和百濮都認為我國發生饑荒，一定無法出兵抗敵，所以才派兵攻打我國，如果我國能出兵攻庸國，他們一定會心生恐懼而退兵。百濮本就散居各地，更會分別逃回自己的城邑，以後沒有人會再來攻打我們了！」於是楚國便出兵攻打庸人。

到了庸的方城，庸兵出兵驅趕，將楚兵圍困起來，過了三個晚上才解圍。蒍賈說：「庸人的軍隊很多，眾叛者又都聚集在一起，我們寡不敵眾，不如返回大營，調動王師，匯合後再發動進攻。」師叔說：「不行。應當再與他們交鋒，並使他們得利驕傲。這樣，他們越來越驕傲，而我軍越來越憤怒。彼驕我怒，而後就能戰勝它。這是先王蚡冒用以收復陘隰的方法。」

於是，楚軍在與庸兵交戰時，七次都佯裝失敗逃回。庸人說：「楚國兵原來如此不堪一擊！」於是就不再防備。這時，楚國軍隊乘車馬偷偷在臨品會師，又兵分兩路迅速撲向庸軍，許多叛楚的部落又重新與楚國結盟，庸國終於被滅。

楚人打消遷都的念頭，上下齊心，終於滅庸國；南宋渡江遷都臨安，國勢卻日漸衰弱，終至滅亡。明朝土木之變後，徐武功大言鼓吹遷都，幸賴肅滽等諸公，不為其言所惑。否則，實在無法想像今天國家的情勢會演變成什麼樣的狀況！

老子說：「禍莫大於輕敵，輕敵幾喪吾寶。」驕兵必敗，這已是中外軍事史上一條重要的經驗教訓。想當年，曹操「橫塑賦詩」，自以為人多勢眾，卻在赤壁遭到慘敗；符堅近百萬大軍，驕狂輕敵，自稱「投鞭於江，阻斷槳流」，卻被東晉八萬人馬擊退。故兵家有「驕戰」一說，意謂——「凡敵人強盛，未能必取，須當卑詞厚禮，以驕其志，候其有隙可乘，一舉可破。法曰：『卑而驕之。』」

許多人，成功時很驕傲，失敗時很後悔，這都是我們努力前進的絆腳石。成功就是成功，當然有自己努力的因素在內，但還有賴於天時、地利、人和等社會因素，與自然因素的配合。遭遇失敗其情況亦同，往往不是個人的力量可以決定的。因此，樹立積極的人生觀，希望世上的人，成功不要驕傲，失敗不要灰心。

田單反間火牛陣

燕昭王死後，惠王即位。惠王與大將軍樂毅有矛盾。齊田單聽說了，就派人去燕搞離間活動。到處散播：「齊王已經死了，還有兩座城沒有收復，樂毅害怕被殺不敢回來，以討伐齊國為名，其實是要聯絡兵力，到南面齊國去稱王。齊人沒有依附他，所以才延緩對即墨的進攻以便等待時機，齊人害怕的，就是樂毅前來攻打，這樣即墨就毀了。」

燕王以為樂毅真的很有野心，於是就派騎劫為將而罷免了樂毅。樂毅無奈何只得投奔趙國。

這時田單就命令即墨城中的居民，每餐吃飯必須先在庭院中

祭祀祖宗，祭時飛鳥都飛落下來覓食，燕國人感到很奇怪。田單因此宣稱：「是神仙要來教導我了。」於是就在城中散佈：「一定會有人來做我的老師。」有一個士兵說：「我可以做老師嗎？」說完返身就跑。田單立即起身把他請回，並請他面東而坐，把他當做老師對待。這個士兵說：「我是騙你的，實際上並沒有什麼能耐。」

田單說：「你不要說出來。」還繼續拜他為師，以後田單每發布命令，都假稱是神師的主意。田單還故意宣揚：「我最害怕的是燕軍隊中割鼻的刑罰，抓到齊國士兵割掉鼻子，放在他們隊伍最前列來同我們作戰，如果是這樣，即墨就要失守了。」燕國人聽到這個風聲，不知是計，就照他的話去做。

城中人見到齊國投降到燕國的人都被割掉鼻子，因此都堅守陣地，拼死戰鬥，惟恐被俘也被割掉鼻子。田單又散佈謠言：「我們即墨人就怕燕人掘我們城外的祖墳，殘害和羞辱祖先，叫人心寒。」燕國軍人聽說後，就立即挖掉城外所有的墳墓，並燒毀了屍骨。

即墨人從城頭望見，都痛哭流涕，憤怒地全要出來作戰。田單知道眾怒已點燃起來，士卒可以使用了，就手操武器同士兵一起分擔任務，將自己的妻妾也編到隊伍中，把家中全部的糧菜都拿來慰勞將士。田單命令穿著盔甲的最強的武裝隊伍埋伏起來，要老弱病殘和女子登上城樓，同時，派使者去燕答應投降，燕國人聽到後高呼萬歲。

田單於是集民間黃金兩萬兩，派即墨富豪送給燕國將領說：「即墨馬上就投降，希望你們不要擄掠我們家族的妻妾。」燕軍將領大為高興，一口答應。燕軍從此越來越鬆懈，再沒有攻打即墨的想法了。

田單便蒐集城中牛一千多頭，讓牛披上深紅色絲織品做外衣，並在上面畫上五彩龍紋，把利刃、尖刀捆在牛角上，又在蘆

葦莖中灌滿油脂捆在牛尾上，在城牆上打了數十個大洞。趁著黑夜，點燃牛尾部的蘆葦，把牛從洞中放出，派五千壯士跟隨在後。牛群憤怒奔跑，燕軍夜間大驚。牛尾後的火炬照亮牛身，燕軍一看，都是亮閃的龍紋。奔牛所至，燕軍非死即傷。這時，齊的五千壯士又口含竹片，悄悄不語地襲擊燕兵。即墨城中人吶喊著擊鼓配合，老弱病殘都敲打各種銅器，響聲驚天動地。燕軍官兵十分驚恐，紛紛敗逃，最後，齊軍殺死了騎劫。

陳勝與吳廣起義，借神術在士兵和民眾中提高成信，唐初王世充借鬼神託夢讓軍隊宣誓打李密，這些都是受到田單拜神師的啟示。王德曾派人去秀州征服叛軍邵青。他的諜報人員告訴說，邵青要用火牛的計策，王德說：「這是古老的方法，只能用一次，不能用二次，邵青不懂靈活多變，只有被我捉拿了。」於是王德先命令軍隊合攏陣勢，拉開弓箭，等到雙方開始交戰時，萬箭齊發，火牛紛紛掉頭狂奔。王德軍隊乘勢追擊，全殲叛軍。這個故事可給那些紙上談兵者作為借鑒。陳濤的車戰也是這個方法。

鬥伯比用羸弱的士兵來張揚，賈以累次敗北來誘敵，而田單則直接去求降。欺詐的方法相當高明，手段也夠狠毒的了。勾踐用投降吳國的方法滅掉吳國，伯約用投降會的方法謀攻會，真的投降還不能令人相信，何況是有詐呢？漢王劉邦騙楚，黃蓋破曹都以假投降誘敵成功。岑彭、費禕都死在投降人之手中啊！投降真假難道能不細察嗎？必須認真考察！度量自己使別人投降的條件是什麼，同時參照人之常情，觀察分析軍事形勢，根據事情的客觀規律進行審慎推理判斷，得出對方已到了不能不投降的地步，那麼這樣的投降才是真的。

智囊

火牛陣是中國古代戰爭史上的創舉，在後來的戰爭中，又被多次仿效，但效果均沒有田單來得好。這是因為田單使用火牛陣的時候，出人意料，使敵方毫無防備。

出人意料，常常因其神奇之處而取得出人意料的效果。一九四五年四月至五月的柏林戰役，是第二次世界大戰中戰勝德國的最後一次大規模戰役。在這次戰役中，元帥朱可夫的用兵天才得到了很好的發揮，他用探照燈輔助進攻，一舉突破了敵人防線的戰法被傳為佳話。戰場上普普通通的探照燈，竟然成為了一種神奇的武器，嚇得德軍暈頭轉向，惶惶然而不知所措，從而為蘇軍突破德軍防線起到了重要作用。

由此可見，在日常工作和生活中，善於運用意想不到的計謀，可以收到意想不到的效果。

朱元璋破敵

元朝末年，陳友諒攻陷太平後，佔領整個長江上游，於是派人邀約張士誠一同攻打建康，即今南京。

有人建議明太祖親自率兵迎戰，太祖說：「敵人知道我率兵迎戰，如果只用一部分兵力來牽制我，而主力部隊順著長江而下，只需半天的時間，就可抵達建康。我若是率兵急急趕回建康，讓士兵奔波百里再與敵人交手，這是犯了兵家大忌。」

於是召見康茂才，對他說：「陳友諒與張士誠如果真的聯合起來對付我，對我軍情勢將會相當不利；如果能先擊敗陳友諒，那麼張士誠就會聞風喪膽。你可有辦法能引誘陳友諒先進攻此地

嗎？」

康茂才說：「我府裏有個老門房，他以前曾跟隨過陳友諒，派他去作反間，陳友諒一定不會起疑。」於是命老門房擔任信差，乘小船來到偽漢的營地送信給陳友諒，老門房見了陳友諒，告訴他康茂才願做內應的事，陳友諒果然大喜過望，深信不疑。

陳友諒問門房說：「康公如今在哪裡？」門房回答：「鎮守江東橋。」又問：「江東橋結構如何？」門房說：「是座木造的橋。」於是陳友諒命人準備豐盛的酒食招待老門房，再送他回去，臨行前還特別叮囑說道：「我的大軍隨後就會到來，屆時，我們以『老康』為暗號。」門房返回之後，把經過情形一一詳報，明太祖說：「陳友諒已落入我的圈套了。」

立即命人拆除木造的江東橋，在一夜之間趕搭一座鐵石造的江東橋。馮勝、常遇春率三萬人埋伏在石灰山側，徐達等人鎮守南門，楊璟率軍駐守大勝港，張德勝、朱虎率軍搭戰艦巡防龍江關。太祖親自坐鎮盧龍山指揮三軍，並且命手持黃旗者埋伏在山的右側，持紅旗者埋伏在山的左側，告誡三軍：「敵軍來犯時就揮動紅旗，聽到戰鼓聲就高舉黃旗，這時所有埋伏的軍隊全面出擊。」

這天，陳友諒率軍艦順江東下，進入大勝港後，因江面狹窄，與楊璟軍隊接觸後，立即退出港口，想直接用船艦撞擊江東橋，等發覺江東橋並非是想像中的木造橋而是鐵石橋時，不由心驚起疑，再連喊「老康」沒有回應，才知上當了。陳友諒立刻兵分兩路，一路率千艘戰艦直駛龍江，一路帶領一萬士兵上岸構築柵欄，氣勢銳不可當。

這時正值暑天，酷熱難耐，太祖預測將有大雨，下令士兵先吃飯，這期間，天空萬里無雨，絲毫沒有下雨的跡象。沒想到突然颳起一陣西北風，頃刻間大雨滂沱，太祖立刻下令揮動紅旗，軍士拔取陳友諒營前的柵欄，陳友諒的軍隊奔來搶奪。兩軍相

遇，血戰正酣，大雨忽然停止，太祖立刻命人擊鼓，剎那間鼓聲震天，黃旗高舉，伏兵全面出擊，徐達也率軍前來會合，於是水陸聯合，內外夾擊，大敗陳友諒，太祖乘勝追擊，收復了太平。

智囊

朱元璋使詐，使木橋變成了石橋，這一小小的細節，是戰爭勝敗的關鍵之一。

「泰山不拒細壤，故能成其高；江海不擇細流，故能就其深。」所以，大禮不辭小讓，細節決定成敗。現代社會，想做大事的人很多，但願意把小事做細的人很少；我們不缺少雄韜偉略的戰略家，缺少的是精益求精的執行者；絕不缺少各類管理規章制度，缺少的是規章條款不折不扣的執行。我們必須改變心浮氣躁、淺嘗輒止的毛病，提倡注重細節，把小事做細。

生命的意義在於過程，成功的祕訣在於細節。愛過程的人是快樂的，愛細節的人是智慧的。人生固然要有大模樣的遠景構思，但人生更富價值和意義的卻在於生活的平淡細節中，這就需要從微小處做起，要有承受生命重負的耐心和勇氣。

所謂幸福，全由小小的細節積累而來。如果你用慶幸的目光回顧這種積累時，就會產生富翁的感受。如果你對當下的處境不滿，則說明心已離開了腳步，棲居於遠遠的目標之上，不管它是地位、金錢或房子，這時腳下怎樣疾走都覺得慢，煩惱由此而生。

世界是多麼的可愛。只要我們真心愛它，這世上任何一種細微的事物，都不是一種虛設。當我們的心境因一種失去而遭到破壞的時候，隨處都有其他的事物來補償我們的心境啊！在緊張、混亂或疲倦的時候，人們很容易出錯。當大家都精神渙散時，做

布疑雲虎口逃生

飛將軍李廣帶一百多名騎兵單獨行動，路上望見匈奴騎兵幾千人。匈奴看見李廣等只有一百多騎兵，以為是誘兵之計，都很驚疑，於是奔馳到山地擺好陣勢。李廣的部下毫無準備，遇見多於自己幾十倍的敵人都很恐懼，想要馳馬逃回。李廣說：「我們離開自己的大隊人馬已數十里了，如果現在這樣逃走，匈奴人必然追射我們，那就會被他們消滅。如果我們留在此地，匈奴人就會認為我們是大軍的誘餌，不敢出擊。」於是命令所有騎兵：「向前進！」

一直行進到離匈奴陣地二里的地方才停下來。李廣又命令說：「都解下馬鞍，原地休息。」手下的騎兵焦慮地問：「敵人眾於我，而且離得很近，萬一有事，我們怎麼辦？」李廣答：「那些匈奴人是預計我們往回走，然後好來追殺，現在我們偏要解下馬鞍表示不走。」果然匈奴騎兵未敢出擊。

這時，胡人方面走出一個騎白馬的將領，試圖監視李軍。李廣立即上馬，與十幾個騎兵，馳馬奔射，殺死了白馬將，然後又回到原處解下馬鞍，命令士兵都縱馬而臥，等到天快黑了，胡兵始終感到很奇怪，不敢出擊。半夜時分，匈奴人擔心埋伏的軍隊要夜襲他們，於是悄悄全部撤離。第二天清早，李廣帶領百餘人，平安地返回了陣地。

威寧伯王越和保國公朱永二人率千名兵士巡視邊防，遇到突然來臨的敵兵。兩方面兵力懸殊，寡不敵眾，朱永想逃走，王越制止他，把千人排好陣列，原地固守。敵人見此情景，心中疑惑，不知其意圖，未敢上前。傍晚，王越命令騎兵全部下馬，口

銜竹片魚貫而行，不得回頭，他自己則率少數驍勇精兵，在最後押陣。他們從山後小路走了五十里，到達城中，敵人始終沒有察覺。第二天，干越對朱永解釋說：「當時我們如果一撤走，敵人必然追殺過來，那我們便無一個能活著回來。排好陣勢，是用假象迷惑他們。然後趁夜色掩護，人人下馬，依次撤退，沒有聲音，敵人就不會發覺了。」

智囊

兩軍相逢，智者勝。智者就是能夠審時度勢，運籌帷幄，使自己的弱勢變成強勢，牢牢掌握主動權，李廣看出了這一點，因此他用疑惑的戰術，取得了主動權。

李廣不僅驍勇善戰，且又足智多謀。在敵眾我寡的情況下，臨陣不亂，使出詐術，令匈奴軍難測虛實，最後退去。這就是兵家常說的「兵不厭詐」，運用成功，便可化險為夷，有驚無險！

虛虛實實，兵無常勢，變化無窮。善於抓住對方的心理，處理棘手和複雜的問題，是一種很好的策略。在敵強我虛之時，適合展開心理戰。但一定要充分掌握對方的心理和性格特徵。況且，此計多數情況下，只能當作緩兵之計，還得防止敵人捲土重來。所以還必須有實力與敵方對抗，要挽救危局，還是要憑真正實力的。

孫臏退兵減灶

西元前三四一年，魏國國君魏惠王見魏軍兵力日漸強盛，因韓國被判，沒有參加逢澤會盟，派遣龐涓率兵攻打韓國。韓國向

齊國求救，齊宣王派田忌、孫臏帶兵救韓國。

龐涓得到本國的告急文書，只好退兵趕回去。這時齊國的兵馬已經進魏國了，孫臏獲悉龐涓回師魏國的情報，並不主動迎擊魏軍，而是利用魏軍自恃驕勇，輕視齊軍，急於與齊軍決戰的心理，建議田忌採用「退兵減灶、馬陵設伏」的軍事謀略，引誘魏軍，利用險要地帶，伏擊魏軍。

孫臏對田忌說：「魏軍強悍勇猛，一向輕視齊軍，齊軍被稱為膽小怕事，善於用兵的人就要利用這種形式，使其有利於自己。我們可以裝出膽小怯陣的樣子來引誘魏軍。」田忌問孫臏說：「如何引誘魏軍呢？」孫臏答道：「可以用退兵減灶的辦法，命令齊軍在魏境先築十萬人煮飯用的灶，第二天築五萬人煮飯用的灶，第三天築三萬人煮飯用的灶，龐涓見到齊軍鍋灶頓減，就會認為齊軍膽怯，士兵逃亡眾多，就會趾高氣揚，盲目自傲，拼命地追擊齊軍，我們可以趁勢伏擊魏軍。」

龐涓統帥大軍回魏，本想與齊軍決一雌雄，不料齊軍掉頭就撤，便命令全軍緊緊追趕。第一天龐涓察看一下齊軍紮過營的地方，發現齊軍的營盤占了很大的地方。他叫人數了數做飯的爐灶，足夠十萬人吃飯用的。龐涓嚇得說不出話來。

第二天，龐涓帶領大軍趕到齊國軍隊第二回紮營的地方，數了數爐灶，只有能夠供五萬人用的了。

第三天，他們追到齊國軍隊第三回紮營的地方，仔細數了數爐灶，只剩了兩萬人用的了。龐涓這才放了心，笑著說：「我早知道齊軍都是膽小鬼。十萬大軍到了魏國，才三天工夫，就逃散了一大半。」

他吩咐魏軍放棄步兵，丟下輜重，只率領輕車銳騎，將兩天的路併做一天走，馬不停蹄地按著齊國軍隊走過的路線追上去。一直追到馬陵，正是天快黑的時候。馬陵道十分狹窄，地勢險要，兩旁是山，路旁邊都是障礙物。龐涓恨不得一步趕上齊軍，

就吩咐大軍摸黑往前趕去。忽然前面的兵士回來報告說：「前面的路給木頭堵住了！」

龐涓上前一看，果然見道旁的樹全砍倒了，只留下一棵最大的沒砍，細細瞧去，那棵樹的一面還刮去了樹皮，露出裏面的白木來，上面隱隱約約還寫著幾個大字，因為天色昏暗，看不清楚。

龐涓叫兵士拿火來照。有幾個兵士點起火把來。趁著火光一瞧，那樹上面寫的是：「龐涓死於此樹下。」

龐涓大吃一驚，連忙吩咐將士撤退，但已經來不及了。四周不知道有多少箭，它們像飛蝗似的衝魏軍射來。一時間，馬陵道兩旁殺聲震天，到處是齊國的兵士。魏軍頓時大亂，四散奔逃。龐涓身負重傷，走投無路，自知智窮兵敗，只得拔劍自殺。齊軍乘勝大破魏軍，把魏國的太子申也俘虜了。

原來這是孫臏設下的計策，他算準了魏兵在這時辰到達馬陵，預先埋伏著一批弓箭手，吩咐他們只等樹下有火光，就一齊放箭。

孫臏運籌帷幄，指揮齊軍，打敗了強大驕勇的魏軍，威鎮四方，名仰天下。從此，齊國日益強盛，成為獨霸一方的大國。趙、魏、韓三國君主也都來朝拜齊王，齊國得到了霸主地位。

李溫陵評論說：「世上哪有十萬大軍，三日之內減到兩萬人，而竟然還不知道這是個計謀呢？」

羌人進攻武都，恰好這時朝廷派虞詡來武都任太守，羌人頭領率千人馬在陳倉的崤谷堵住虞詡的去路。虞詡的軍隊只好停車不進，但宣揚說，已上書朝廷，請求派援兵，等到援兵來後，就立即發兵作戰。羌人聽到風聲，就分兵去進攻別的縣城。虞詡看到羌人兵力已經分散，就日夜兼程，每日快走一百多里，並命令軍中士兵各壘兩處灶，每天按倍增加。羌人以為增兵，嚇得不敢逼近。

有人問虞詡：「孫臏減灶，而您增之。並且兵法上說，日行軍不要超過三十里，而今，日夜加起來近二百里，為什麼這樣做？」虞詡說：「敵眾我寡，慢行易被追上，速進則使對方無法了解我軍。敵人見我灶日增，一定會認為是郡中地方的軍隊來迎接了。行軍人多，他們就會害怕追擊。孫臏減灶是為了故意向敵示弱，今我增灶，是故意向敵人顯示強大，因環境和條件不相同呀！」

到了郡中，虞詡的兵力不足三千，而羌軍有上萬人。羌軍攻打包圍赤亭幾十天，虞詡只是命令軍中將士，凡是使用強弩的一律不要發射而只暗發小箭。羌人以為虞詡軍中的弓箭力量太弱，射不到他們，於是就集合重兵，發起急攻。虞詡這時命令強弩手，每二十人共射一人，發發命中，羌人大為震驚，紛紛後退。虞詡立即率兵出城打擊敵人，使對方多所傷亡。

第二天，虞詡召集所有將士，命令他們列隊從東城門出，北城門進，如此反覆多次，羌人遠遠看望，不知這邊的兵力有多少，更加感到恐懼。虞詡預計羌人要撤退了，就派五百水性好的士兵在淺水中埋伏，等待羌人路過。果然羌的軍隊大步後撤，這時埋伏的五百人，從隱蔽處襲擊羌人，大破了羌軍。

智囊

「退兵減灶」是孫臏的使用的一種著名兵法。孫臏在敵強我弱的情況下，以「減灶」之計，麻痹敵人，智取了強大而驕橫的龐涓。孫臏的「示弱詐敗」的方法，正是利用了對方的求勝心理，從而取得了勝利。

兩軍相逢，智者勝。智者是能掌握戰爭的規律，審視度勢、運籌帷幄，使自己由弱勢變成強勢，牢牢掌握戰爭中的主動權。

在現實生活中，聰明的人往往深藏不露，懂得在適當的時候表現自己。尤其在與上級交往時候，善於抓住上級的心理，認認真真做人，踏踏實實做事，不隨意炫耀和誇大自己。在與同事交往的時候，不說長道短，口無遮攔，能夠恰當把握尺寸，妥善處理雙方之間的關係。

祖逖濟兵饑而裝飽

東晉元帝太興三年，陳留地方的豪強地主陳川投降後趙國主石勒，祖逖決定發兵進攻陳川。石勒派兵五萬援救，被祖逖打得大敗。第二年，後趙的將領桃豹和祖逖的部下韓潛又爭奪蓬陂城。

祖逖據守蓬關的東部，由東城出入；桃豹據守蓬關的西部，由南城出入。兩軍各不相讓，僵持了四十天之久，相持不下，雙方的軍糧都發生了困難。

祖逖覺察到在這個關頭，有了糧食，士氣就會高漲；缺了糧食，士氣就會低落，誰能堅持到最後，誰就能取得勝利。於是心生一計，他讓人把土用布袋裝得滿滿的，從表面看，就像米袋一樣；再派一千多人假裝運糧食，把這些裝著土的布袋從城外運到東城的高臺。同時又讓幾個人挑著真正裝著米的布袋，故意掉隊，好像很累的樣子，停在路上休息，引誘後趙的部隊來搶米。

桃豹手下的人，看到晉軍不斷地運糧，早就想劫持，苦於晉軍結隊出行，無法下手。後來瞧見有幾個掉隊的，就忽地衝了上去。掉隊的晉軍趕快扔下糧食逃命，讓他們把米袋搶走。趙營裏早已斷了糧，搶到了一點米，只能夠勉強維持幾天，但是大家遠遠看到晉軍堆在東城高臺上的布袋，以為裏面全是糧食，一想晉軍糧秣豐盛，再堅持幾個月他們都沒問題，而自己已經斷了糧

草，怎麼還能打仗呢？因此，上上下下情緒都很沮喪，軍心就動搖起來了。

　　為了繼續和晉軍相持下去，桃豹趕快派人向石勒求救。石勒立即派部將劉夜堂率領兵馬趕著一千頭驢給桃豹的守軍運糧。祖逖預料到桃豹以為晉軍糧草充足必定會向石勒求援，所以派韓潛、馮鐵兩位將領帶兵在汴水北岸狙擊，把劉夜堂的運糧隊全部俘獲。

　　桃豹聽到運糧隊被晉軍全部俘獲的消息，感到大勢已去，再也無法支持，只得連夜逃走。祖逖乘勝追擊，向北挺進。後趙的許多據點紛紛歸降祖逖，地盤越來越小。

　　祖逖領導晉兵艱苦鬥爭，收復了黃河以南的全部領土，後趙的兵士陸續向祖逖投降的也很多。晉元帝即位後，因為祖逖功勞大，封他為鎮西將軍。

　　孫臏兵強而示敵以弱，虞詡兵弱而示敵以強，祖逖和檀道濟兵饑而裝飽，岳飛飽食而示敵以饑，這些都是迷惑對方的機智手段。

智囊

　　我國古代總結的「三十六計」中有「無中生有」一計。祖逖這一仗是運用「無中生有」計的範例。他起先「無而示有」，明明軍中無糧，卻要詭騙敵軍有糧，打擊敵軍的士氣。然後又突襲敵軍的運糧隊，充實自己，便是無中生有，詭而成真了，所以他能大獲全勝。

　　「無中生有」之計，運用時要有一定的勇氣和膽略。在「空城計」中，諸葛亮以大智大勇的氣魄，用疑兵之計嚇退司馬懿後，立即調動兵馬來援新城。待司馬懿醒悟後，再回兵來攻新

城，新城的兵力已由無變有，由虛變實了。這也是諸葛亮對「無中生有」戰術的靈活運用。

「無中生有」之術，運用起來千變萬化，從實質上說，就是要不斷武裝自己，發展自己，使自己由弱變強，自強、自信，最終戰勝困難和挫折。

....

賀若弼的計謀

隋朝大將賀若弼準備攻取京口，先以老馬多不好使喚為藉口，暗中買了陳國的船若干艘藏起來，又買破船五、六十艘，公開放在港中。陳國人窺見到這些破船，就認為中原無好船。賀若弼又命令沿江巡防的軍隊交接班時，都必須集中到廣陵，並在廣陵大列旗幟，在曠野支帳設營。陳國人以為隋國的大軍開來了，立即派出軍隊，做好戰鬥準備。過後知道並無此事，原來是江防人員交接班，就不再戒備了。這時賀若弼又沿江打魚，人馬喧噪，聲勢不小，陳國人認為對方是在打魚，仍無動於衷。等到賀若弼的軍隊渡過了長江，陳國人還始終沒有察覺。

當時賀若弼進攻京口時，任忠對陳國君主說：「兵法講究客貴速戰，主貴持重。現在我國兵多糧足，應當固守台城，沿淮建立起柵欄，北軍雖來，也不與他們交戰，同時要派出兵力截斷長江水路，不讓對方軍隊之間有通訊聯繫。請給我一萬精兵，三百隻鐵船，下江後迅速襲取六合，敵軍必然會認為渡江的將士已被俘獲，氣勢自然大挫。淮南人與我是老相識，聽說我去了，必然隨從我。我再大造聲勢要去攻打徐州，斷敵軍的歸路，那麼對方的幾路軍隊就會不打自退，這是上策。」

結果，陳國君主沒有採納，以至於亡國。

智囊

　　西元五八九年，隋將賀若弼渡江滅陳的戰役，是中國古代史上透過麻痹敵人，然後突然襲擊的一次大規模的渡江作戰。這個戰例告訴人們：透過長期地、不斷地製造假象，就可以欺騙敵人，使敵人放鬆警惕，而不加戒備。到那時，就可以出其不意，攻其不備，一舉成功了。

　　賀若弼此役被《三十六計》一書作為第一計「瞞天過海」的典型戰例。此計的核心是利用了人們的慣性思維，即利用了人們「熟視無睹，常見不疑」的心理弱點，以偽裝的形式達到出其不意的目的。

　　社會心理學告訴我們：人們總是有意無意地習慣於用局部的資訊推斷全局，如果局部的資訊是真實的，則往往認為全局也是真實的。因此，當施行此計時，總是以局部的真實來掩蓋不便公開的祕密。

　　面對奇異的現象，人們見的次數多了，也會熟視無睹；再怎麼驚世駭俗的言談，人們聽得多了，也會習以為常，這是一個普遍的心理。

　　現實生活中，我們也可以利用這種方法。有時我們在面對強大的對手的時候，可以故意用假動作試探對方，在對方認為我們不可能有什麼舉動時，再突然出擊，定能取到很好的效果。當然，我們不能把這種方法用在搞歪門邪道上，那樣就會既欺騙了別人，也害了自己。

畢再遇懸羊擊鼓巧撤兵

宋朝開禧年間，金兵屢犯中原。宋將畢再遇與金軍對壘，打了幾次勝仗。金兵又調集數萬精銳騎兵，要與宋軍一決死戰。這個時候，宋軍只有幾千人馬，如果與金軍決戰，必敗無疑。畢再遇為了保存實力，準備暫時撤退。金軍已經兵臨城下，如果知道宋軍撤退，肯定會追殺。那樣，宋軍損失一定慘重。畢再遇苦苦思索如何蒙蔽金兵，轉移部隊。這時，只聽得帳外馬蹄聲響，畢再遇受到啟發，計上心來。

接連幾天晚上，畢再遇都安排士兵出去找羊。士兵們都非常納悶，說：「大丈夫應該領兵作戰，前線擊敵，為什麼半夜鬼鬼祟祟地去捉羊呢？」

畢再遇回答說：「大丈夫應該要能屈能伸。現在敵眾我寡，不是表現英勇殺敵的時候。拼命應戰，只會潰敗。我們應該保存實力，成功撤退，等待時機成熟，再殺回去，一決高低。」

士兵們覺得有道理，就連夜捉羊，籌備撤退計畫。

畢再遇暗中做好撤退部署。一天晚上，命令拔營撤退，但把旗幟都留在軍營中。士兵們將數十隻羊的後腿捆好綁在樹上，把牠的前腿放在鼓上，山羊受不了倒掛，前腿亂動，踢響了鼓，發出了聲響。

當天半夜時分，金軍聽見宋兵營裏鼓聲隆隆，以為宋軍趁夜劫營，急忙集合部隊，準備迎戰。哪知只聽見戰鼓隆隆，卻不見一個宋兵出城。宋軍連續不斷地擊鼓，攪得金兵整夜不得休息。金軍的頭領似有所悟，原來宋軍採用疲兵之計，用戰鼓攪得我們不得安寧。宋營的鼓聲連續響了兩天兩夜，金兵根本不予理會。

到了第三天，金兵發現，宋營的鼓聲逐漸微弱，金軍首領斷定宋軍已經疲憊，就派軍分幾路包抄，小心翼翼靠近宋營，見宋營毫無反應。金軍首領一聲令下，金兵蜂擁而上，衝進宋營，這

才發現宋兵的營地早已經是空的，直到幾天以後，才有所察覺，想要追，但畢再遇的部隊早就走遠了。

原來畢再遇使了「金蟬脫殼」之計。畢再遇用「懸羊擊鼓」的計策迷惑了敵軍，利用兩天的時間安全轉移了。金蟬脫殼的本意是：寒蟬在蛻變時，本體脫離皮殼而走，只留下蟬蛻還掛在枝頭。

本計的要點是：必須避開的時候，一定要避開。孫子曰：「小敵之堅，大敵之擒也。」當我方實力不如對方時，不要與之硬碰，銳者避其鋒，是明智的做法。一味地蠻幹，只有死路一條。

現實生活中，我們要善於認真分析形勢，準確做出判斷，巧妙地解決問題，化干戈為玉帛。而有些人高估自己，輕視對手，在追究責任的時候，逃得特別快，這是一個原則性的錯誤。因此，有的時候，特意把自己放低一點，很有好處。

侯淵以少勝多

魏國的爾朱榮派大部督侯淵討伐韓樓，配給他的兵力很少。有人對此不放心，提出異議。朱榮說：「侯淵能隨機應變，做事機靈，這是他的特長。如果給他大隊人馬，還未必能用得上。」

侯淵奉命後，就大肆聲張，增添許多攻城器械，率領數百騎兵出發。在離開薊地有一百多里的地方，遇上敵兵。侯淵先暗中埋伏，然後從敵人背後攻擊，大敗敵兵，俘虜了五千人。但是侯

淵卻下令發還他們的武器，任由他們入城回營，右左極力勸阻，侯淵說：「我軍兵力狀況薄弱，不能長時間與敵人拼死作戰，只有用奇計離間敵人，才能打贏這一仗。」

侯淵估計到那些俘虜已進入城中，就率領騎兵連夜進發，黎明就來到薊州，叩打著讓開城門。韓樓果然懷疑返回的俘虜做了內應，於是棄城逃走，侯淵乘勝追擊，活擒了韓樓。

智囊

「知己知彼，百戰不殆」。認清對手固然重要，有時候真正地分析了解自己卻更為要緊。

為了能擬定目標和方針，一個管理者必須對公司內部作業情況，以及外在市場環境相當了解才行。作為一個團隊的領路人，在自己處於不利地位的時候，採用瓦解對方士氣，破壞對手團結確實是一招妙棋。而作為一個在市場上領先的企業來說，眾多的競爭對手都對你虎視眈眈，特別是作為一個企業的管理者，人家可能正對你進行深入的剖析呢，研究你的愛好，然後有針對性地採取一些策略，如果不小心防範，可能就會有韓樓一樣的遭遇。

背水為陣

西元前二〇五年，漢將韓信偷襲魏王豹，滅掉魏國。十月，漢王又派他與張耳率幾萬軍隊向東繼續進攻趙國。趙王趙歇和趙軍統帥陳餘立刻在井陘口聚集二十萬重兵，嚴密防守。

趙國謀士李左車對陳餘說：「韓信這次出兵，一路上打了很多勝仗，真是一路威風，現在他又乘勝遠征企圖攻下趙國，其勢

銳不可當。不過，他們運送糧食須經過千里之遙，長途跋涉。現在我們井陘山路狹窄，車馬不能並進，漢軍的糧草隊必定落在後面。這樣你暫時給我三萬人，從小道出擊，攔截他們的武器糧草，斷絕他們的供給，漢軍不戰死也會餓得半死。你再在這裏堅守要塞，不與他們交戰，他們前不能戰，後不能退，用不了幾天我們就可活捉韓信。」

陳餘是個迂腐之人，又自以為是，他不聽李左車的話，還說：「韓信的兵力很少，長途千里趕到這裏又精疲力盡，像這樣的敵人我們都不敢打，別國會怎麼看我們，不是更瞧不起我們了嗎？」陳餘沒有採納李左車的意見。

韓信將軍隊安營紮寨在井陘口三十里的地方。韓信分析了兩邊的兵力，敵強我弱，硬拼攻城，恐怕不是對方的敵手，如果久拖不決，我軍經不起消耗，經過反覆思考，他定下了一條妙計。他召集將軍們在營中部署，命一將領率兩千精兵，每人拿一面漢軍紅旗，從小路爬上附近山頭，到樹林隱蔽之處埋伏起來，並命令等到與趙軍開戰後，韓信率軍佯敗逃跑，趙軍傾巢出動追擊漢軍的時候，這兩千精兵迅速殺入敵營，插上漢軍的軍旗。韓信又命令張耳率軍一萬，在綿延河東岸，擺下背水一戰的陣式，而自己親率八千人馬正面佯攻。

背水歷來是兵家絕地，一旦背水，非死不可。陳餘得知消息，大笑韓信不懂兵法，不留退路，自取滅亡。第二天天剛亮，只聽見韓信營中的隆隆戰鼓聲，韓信親率大軍向井陘殺來：趙軍主帥陳餘，早有準備，立即下令出擊，兩軍殺得個昏天黑地。韓信早已部署好了，此時一聲令下，部隊立即假裝敗退，並且故意留下大量的武器及軍用物資。陳餘見韓信敗，大笑道：「區區韓信，怎是我的對手。」他下令追擊，一定要全殲韓信的部隊。

漢軍背水而戰，士兵們在沒有退路的情況下，表現得非常勇猛。這時韓信埋伏的二千輕騎兵，見趙軍傾巢出擊，立即飛馳進

入趙營，拔掉趙國的全部軍旗，換上漢軍的旗幟。

　　韓信帶著敗退的隊伍撤到綿延河邊，與張耳的部隊合為一股。韓信對士兵們進行動員：「前邊是滔滔河水，後面是幾十萬追擊的敵軍，我們已經沒有退路，只能背水一戰，擊潰追兵。」士兵們知道已無退路，個個奮勇爭先，要與趙軍拼個你死我活。

　　趙軍久戰不能取勝，也抓不住韓信，想收兵回營，回頭一看軍營裏已全部插起了漢軍的紅旗，以為趙王已被俘虜，頓時軍心動搖，紛紛逃跑。韓信、張耳突然率部殺了回來，陳餘完全沒有料到：他的部隊認為以多勝少，勝利在握，鬥志已不很旺盛，加上韓信故意在路上遺留了大量軍用物資，士兵們你爭我奪，一片混亂。銳不可當的漢軍奮勇衝進敵陣，殺得趙軍丟盔棄甲，一派狼藉。

　　正是「兵敗如山倒」，陳餘下令馬上收兵回營，準備修整之後，再與漢軍作戰。當他們退到自己大營前面的時候，只見大營那邊飛過無數箭來，射向趙軍。陳餘在慌亂中，才注意到營中已插遍漢軍軍旗。

　　趙軍驚魂未定，營中漢軍已經衝殺出來，與韓信、張耳從兩邊夾擊趙軍。張耳一刀將陳餘斬下馬，趙王歇也被漢軍生擒，趙軍二十萬人馬全軍覆沒。

　　秦姚丕鎮守渭橋抵禦晉軍來犯。王鎮惡率軍搭乘特製的小船，由渭水逆流而上，命士兵都躲在船艙內不准外出。秦軍只看見船往前行馳，卻不見船上有人操舟，都以為是神人。抵達渭橋後，王鎮惡命士兵先吃飯，然後每人手持木棒上岸，最後上岸的處斬。上岸後，又命人暗中解開船纜，渭水水勢湍急，一會兒工夫，船隻就被水流沖得不見蹤影了。

　　王鎮惡對士兵說：「這裏是長安北門，離家約有萬里，船艦、衣物都已隨流遠去，今天若是奮勇作戰，得勝後，不但能為國立功而且揚名鄉里；若是懦弱潰敗，恐怕只有橫屍異鄉了。」

於是身先士卒，奮勇出擊，士兵們個個鬥志昂揚，大破晉軍。

宋欽宗時，李復鬧兵亂，韓世忠受命追擊，率領部下不滿千人。韓世忠將其分為四隊，在走過的道路上佈滿鐵蒺藜，自己阻塞歸路，同時傳令各路人馬說：「進則勝，退則死，逃跑者一律由後隊斬首。」於是沒人敢回頭，一個個都拼死戰鬥，大敗敵軍，殺掉了李復。這都是背水戰智慧使之取勝的典型例子。

楊素進攻陳國時，要三百人守營，當時官兵們害怕強大的南軍，都紛紛要求留守。楊素聽到後，在大軍面前召集要求留下守營的三百官兵，全都殺掉，接著命令只留下少許守營人，這時沒有一個人自願留下。楊在與敵人對陣時，先命令一、二百人衝向敵人作戰，對不敢衝鋒陷陣而退回的士兵，一律斬首，接著再命令二、三百人進攻，對退下來的士兵如前一樣，一律殺掉。將士們對這樣嚴厲的軍法十分畏懼，人人抱有必死之心，因此戰無不勝。楊素用軍法看來過於嚴厲，但對那些積習很深的兵痞，不這樣做就不能振作士氣。如果使用軍法像上面所說的那樣嚴格，使士兵知道怯懦必死無疑，那麼，以後即使把他們放在容易逃散的地方作戰，其效果也同背水戰一樣。

韓信率漢軍攻下齊國臨淄後，又乘勝向東追擊齊王。楚國派龍且率兵援救齊王。有謀士向龍且說：「漢兵遠道奔襲，勇於拼死戰鬥，它的鋒芒銳不可當。而齊楚兩國是在本地應戰，士兵容易離散。不如深溝堅壁，不與漢兵交戰，告訴齊王要他派親信到所有失陷的城市去發動齊人。這些城市中的人聽到齊王仍在，楚國又來援救，必然群起而攻之。漢兵離家兩千里，住在齊地，又遭到齊國人的反對，必定得不到糧食，這樣漢軍就不戰自降了。」

龍且輕視韓信，認為容易對付，沒有聽從此計，決定與韓信交戰，兩軍隔濰水對陣。韓信夜間命令人趕裝一萬多個沙袋，偷偷搬到上流阻塞水流，然後率兵渡水。渡到一半時，襲擊龍且隊伍，又假裝力不勝敵，往回逃走。龍且果然大喜說：「我早知韓

信用兵怯懦。」於是率軍渡水追擊韓信。韓信這時命人在上流決開沙袋，濰水忽然洶湧而至，龍且軍的一大半人被水沖淹。韓信立即反擊，最終殺掉了龍且。

　　假使當時陳餘能採納李左車的建議，韓信一定無法打敗趙軍；假使龍且能考慮賓客的謀略，韓信一定無法戰勝龍且。難怪春秋時秦大夫繞朝要感歎：「不要認為秦國沒有人才，實在是我的謀略別人不採納。」唉，人的際遇的確有幸與不幸之分啊！

智囊

　　反向思維方法是一種創造性的思維方法。它利用了事物的可逆性，從反方向進行推斷，尋找常規的交叉道，並沿著交叉道繼續思考，運用邏輯推理來尋找新的方法，制定新的方案。韓信正是運用辯證的思維方法，抓住事物的內在聯繫，利用消滅敵人和保存自己的心理，背水為陣，以激發戰士的勇氣、獲得奇效為目的。

　　我們在學習這種方法的時候，不可不加分析，機械模仿。「置之死地而後生」，重要的是求得「生」的希望。只把自己置之死地而無生望，無疑是自殺行為。在我們的日常學習、工作和生活中難免遇到各種各樣的挫折，有時會陷入僵局，面對困難，需要我們冷靜思考，迎難而上，在絕境中捕捉新的生計，確定新的發展戰略。

張弘範智勝宋軍

　　張弘範，出身將門。他的父親張柔，在金末河北大亂之際，

聚集鄉鄰結寨自保，後來又歸降蒙古，參加滅金伐宋的戰爭，歷任行軍千戶、萬戶、都元帥。張弘範自幼習武，尤其嗜好兵書，深得用兵之道，往往出奇制勝。

南宋末年，他任行軍總管，被派到濟南去征伐宋將李璮。臨行前，他的父親張柔告誡他說：「你圍城時不要避開險要地方。只要你沒有怠惰之心，士兵們就會拼死殺敵。守城的人考慮到那地方危險，如果有來犯的敵人，必然會在遭到敵人進攻時予以援救，你可以乘機建立戰功，好好努力吧！」

到達濟南城下，張弘範主動駐紮在城西。李璮多次派出軍隊襲擊元軍大營，卻唯獨不去攻擊張弘範的營寨。

張弘範說：「我的大營地處險要，李璮故意向我表示兵力弱，他肯定會出奇兵前來襲擊我的營寨。」於是，就命令將士們修築長長的溝壘，裏面埋伏著身披鎧甲的士兵，而外面挖上濠溝，打開東門專門等待敵人前來進攻。半夜裏命令士兵們把濠溝再次挖深挖寬，增加其深度和寬度，而這些李璮是不知道的。

第二天，李璮的軍隊果然扛著飛橋前來進攻，但是還沒有等他們上岸，就紛紛陷入寬闊的濠溝之中。而那些跨過濠溝而登岸的，又都被伏兵殺死。敵軍大敗，元軍乘機攻破江南。

至元十六年，張弘範從軍南征，連下江南沿海的郡邑，逼近宋軍的最後據點──崖山。崖山海岸駐舶著宋軍一千多艘戰艦，艦上建有樓櫓，陣勢非常壯觀，儼然一道銅牆鐵壁。崖山東西對峙，北側的水淺，只有潮水上來的時候才能進攻，南側則不一樣，可以隨時進攻。張弘範率領戰艦繞過東岸，駛入南側的深水區，停泊下來，探測敵人的動靜，他派兵隔斷了敵軍上岸取水的道路，並派人率兩艘戰艦鎮守北側。

這個時候，有人建議用火炮攻擊宋軍。張弘範反對說：「大炮一打，宋軍的船隻就散開了，不如短兵交戰。」

第二天，張弘範將全軍分成四部分，分別駐紮在東、南、北

三面，他自己則率領一部分軍隊，與他們相距一里多路，然後下令說：「聽到我這裏樂器聲響起，便立即發起攻擊，違令者斬首。」他先指揮北面的軍隊，趁著潮水上漲發起攻擊，但沒有成功，李恒等將領率領軍隊順著潮水退了下來。

當樂聲大作時，宋將以為元軍將士要聚宴，鬆懈下來，此時，張弘範的水軍突然衝到宋軍前方，其他的水軍也跟隨在後。張弘範事先已經佈置在船尾造好戰樓，但用幕布遮蓋起來，敵人並沒有發現。他讓士兵們持著盾牌，潛伏在樓中，並命令道：「聽到鑼聲便立即起來交戰，鑼聲未響而隨便亂動者斬首。」

戰鬥打響之後，飛箭如同刺蝟身上的毛刺，嗖嗖地射在了樓上，而匍匐在盾牌下面的元兵一動也不動。等兩軍的船隻將要撞擊的時候，張弘範下令鳴鑼，鑼聲響起之後，隨即撤去了幕布，元軍的弓弩、火炮交相射擊，頃刻之間，元軍已經攻破了七條宋軍戰船，宋軍大敗潰退。宋少帝在慌亂之中，也被宋臣投入水中而溺亡。

崖山一戰，殲滅了宋軍的最後殘餘，宋幼主廣王投水自盡，印章也落到了元軍手中。元軍凱旋而歸，張弘範也受到了特殊慰勞。

智囊

張弘範率軍圍攻襄陽，南征渡江，水路並進，以靜制動，出其不意，攻其不備，一舉殲滅宋軍水師，滅宋統一全國，正是靈活運用了「出奇制勝，因時變化；靜如處子，動如脫兔」的用兵原則，才能夠使自己立於不敗之地。

運用這一謀略，必須先發制人，要沉著、冷靜，掌握好攻擊時機，使自己的反擊切中要害。

罪人勝如勇士、女子勝如強兵

春秋末期吳王闔閭發兵攻打越國，越王勾踐親自率兵抵抗。當時越軍在李嚴陣以待。勾踐對吳軍嚴整的軍容感到憂心，就派敢死隊一連發動兩次攻擊，但吳軍絲毫沒有動搖。

於是勾踐就想出一個計謀，他把越國的死囚排成三行，然後在每個人的脖子上掛一把劍，一起走向吳軍陣地說：「現在吳越兩國兵戎相見，我們觸犯軍令，但不敢逃避刑罰，現在只有死在陣前。」說完，拔劍自刎而死，吳軍看得目瞪口呆，於是越王勾踐乘機發動猛攻，把吳軍打得大敗。

唐朝時，吐谷渾侵犯洮、岷兩州，皇上派柴紹率軍去援救，結果被胡人團團圍困。胡兵借高處地勢，向下射箭，矢如雨柱。柴紹這時心生一計，命一藝人彈起胡人琵琶曲，又令兩位美女對舞。胡兵大為稀奇，相聚觀看。柴紹見胡人戒備已經鬆懈，就偷偷地派出精騎，繞到胡人的陣後進行襲擊，於是胡軍潰散。罪人勝如勇士，美女勝如強兵。這樣創奇設誘的計策，在歷史上還少有。

智囊

一個高明的將領，應當隨著戰況的變化而不斷地變換奇正戰術，猶如天地一樣變化無窮，江河一樣奔流不息。這樣，才能善出奇兵，打敗敵人。以上勾踐、柴紹都是先用正兵不克，然後用奇謀戰勝了敵人。

試想：三百人的集體自殺，可謂戰爭史上的奇觀了；漂亮的女子在陣前翩翩起舞，也足令敵軍的男士心醉魂迷的了。他們這一別出心裁、形式奇特的行動，迎合了人們心理上的好奇心和滿

足感，轉移了敵軍將士的注意力，進而減弱了敵人的戰鬥力和攻擊力，為己方反攻贏得了寶貴的時間，並創造了條件。

用兵之術，固然可用正法勝，亦可用奇計贏，但總體原則是要根據形勢而靈活變化，使對手難以揣度，無法捉摸。尤其是在己方處於劣勢的情況下，更要多在設奇上動腦筋，以便透過主觀能動性的發揮，來彌補自己兵力的不足。不過，奇一定要有正合，即不僅要有一定的實力作為基礎，而且，奇謀妙計本身也要符合客觀規律，否則，隨心所欲，一味求奇，把奇謀當作兒戲，拿戰爭當賭注，那麼，不僅不能戰勝對方，反而還會自取滅亡，導致「機關算盡太聰明，反算了卿卿性命」的悲慘結局。

宇文泰活用兵法擊敗竇泰

南北朝西魏文帝大統三年，東魏大丞相高歡統率東魏各路大軍去進攻西魏，令司徒高昂進攻商洛，竇泰向潼關逼近，高歡自己則率領大軍進駐蒲阪，並在蒲阪建造了三座浮橋，展開渡河的陣勢，咄咄逼人，局勢顯得異常緊張。

西魏大丞相宇文泰率領的軍隊則駐守在廣陽，他對部將們說：「敵人從三個方面來牽制我們，又建造浮橋來揚威，聲稱他們一定要渡過河來。其實他們的用意不過是想誘引我軍在此設防，以便竇泰的軍隊從西面進攻罷了！我們千萬不要被假象所蒙蔽啊！」

接著，宇文泰分析了敵我雙方的形勢，非常自信地說：「自從高歡起兵以來，竇泰常常做他的先鋒，手下多是精兵強將，打了不少的勝仗，因此他們非常驕傲。如果現在我們乘機去襲擊他，一定能夠取得勝利。戰勝了竇泰以後，高歡便會不戰而自退。」

有的部將還是很疑惑，建議說：「高歡近在眼前，現在放棄

了眼前的敵人而去進攻遠處的敵人，如果不能成功，那麼，就要貽誤戰機，後悔就遲了，不如分兵抵抗吧！」

宇文泰繼續說服部將們說：「高歡兩度攻打潼關，我軍都只在壩上防守而沒有出戰，現在他大規模地帶兵前來，也一定料定我軍會再堅守，這已經存有輕敵的心理，趁這機會偷襲怎會不勝呢？敵人雖造了浮橋，還不會這麼快渡河攻擊，不出五天，我一定活捉竇泰。」

於是，宇文泰揚言要保衛隴右地區，暗中卻悄悄地派軍隊向東出擊，到了小關。竇泰突然聽到宇文泰大軍到來，便急忙從風陵渡河。宇文泰揮師進攻，使得竇泰措手不及，果然全軍覆沒，竇泰本人也自殺身亡。

智囊

宇文泰活用兵法，智擊竇泰，充分運用了靈活戰術，抓住敵人的心理特徵，抓住敵人的思維定勢，於是出其不意，聲東擊西。

「聲東擊西」是一種故作姿態，忽東忽西，即打即離，製造假象，藉以迷惑對方，以求出奇制勝而打擊敵人的謀略。為使敵方的指揮發生混亂，必須採用靈活機動的行動，本不打算進攻甲地，卻佯裝進攻；本來決定進攻乙地，卻不顯出任何進攻的跡象。

我們往往可以在商業活動中運用「聲東擊西」的計謀。當人們在集中精力應付某一事情的時候，往往會對另外一件事情疏於防範，這就給聲東擊西之計留下可乘之機。因此，在處世的時候，要學會統籌全局，兼顧其他。

韓世忠巧設反間計

南宋初期，高宗害怕金兵，不敢抵抗，朝中投降派得勢。主戰的著名將領宗澤、岳飛、韓世忠等堅持抗擊金兵，使金兵不敢輕易南下。

西元一一三四年，韓世忠鎮守揚州。南宋朝廷派魏良臣、王繪等去金營議和。二人北上，經過揚州。韓世忠心裏極不高興，生怕二人為討好敵人，洩漏軍情。可他轉念一想，何不利用這兩個傢伙傳遞一些假情報。等二人經過揚州時，韓世忠故意派出一支部隊開出東門，二人忙問軍隊去向，回答說是開去防守江口的先頭部隊。二人進城，見到韓世忠，忽然一再有流星庚牌送到，韓世忠故意讓二人看，原來是朝廷催促韓世忠馬上移營守江。

第二天，二人離開揚州，前往金營，為了討好金軍大將聶呼貝勒，他們告訴他韓世忠接到朝廷命令，已率部移營守江。金將送二人往金兀朮處談判，自己立即調兵遣將，韓世忠移營守江，揚州城內空虛，正好奪取。於是，聶呼貝勒親自率領精銳騎兵向揚州挺進。

韓世忠送走二人，急令「先頭部隊」返回，在揚州北面大儀鎮的二十多處設下埋伏，形成包圍圈，等待金兵。金兵大軍一到，韓世忠率少數兵士迎戰，邊戰邊退，把金兵引入伏擊圈。只聽一聲炮響，宋軍伏兵從四面殺出，金兵亂了陣腳，一敗塗地，先鋒敲擒，主帥倉皇逃命。金兀朮大怒，將送假情報的兩個投降派囚禁了起來。

智囊

反間計，原文的大意是說：在疑陣中再布疑陣，使敵內部自

生矛盾，我方就可萬無一失。說得更通俗一些，就是巧妙地利用敵人的間諜反過來為我所用。採用反間計的關鍵是「以假亂真」，造假要造得巧妙，造得逼真，才能使敵人上當受騙，信以為真，做出錯誤的判斷，採取錯誤的行動。

在戰爭中，雙方使用間諜是十分常見的。《孫子兵法》就特別強調間諜的作用，認為將帥打仗必須事先了解敵方的情況。要準確掌握敵方的情況，不可靠鬼神，不可靠經驗，「必取於人，知敵之情者也。」這裏的「人」，就是間諜。

《孫子兵法》專門有一篇《用間篇》，指出有五種間諜，利用敵方鄉里的普通人作間諜，叫因間；收買敵方官吏作間諜，叫內間；收買或利用敵方派來的間諜為我所用，叫反間；故意製造和洩漏假情況給敵方間諜，叫死間；派人去敵方偵察，再回來報告情況，叫生間。唐代社收解釋反間計特別清楚，他說：「敵有間來窺我，我必先知之，或厚賂誘之，反為我用；或佯為不覺，示以偽情而縱之，則敵人之間，反為我用也。三國時期，赤壁大戰前夕，周瑜巧用反間計殺了精通水戰的叛將蔡瑁、張允，就是個著名的例子。

利用對方的心理弱點加以離間，定能收反間效果，誠然，團結是勝利的基礎，但智謀尤勝武人。當一個人感情空虛，情懷落寞的時候，很容易被別有用心人乘虛而入，誤入圈套。因此，在日常的學習、工作和生活中，我們要保持平靜的心態去看周圍的人和事，心胸開闊，不要因為小的矛盾或者誤會而耿耿於懷，在大是大非面前要有自己的主見，不要輕易聽信別人的一面之詞而顛倒是非。

疑軍之計能致勝

春秋時，宋大夫華氏叛變，宋元公派兵討伐。華登率領吳國的軍隊援救華氏。齊、宋的聯軍在鴻口擊敗吳軍，華登又率領殘餘的部隊奮勇擊敗宋軍。宋元公想逃走，廚人濮說：「我是個小人物，可以為賢君肝腦塗地，但是卻不能追隨您戰敗潰逃，請求您等一下。」接著高喊道：「士兵們，凡是高舉旗幟的，就是忠君愛國的好戰士。」

士兵們紛紛高舉旗幟，結果宋軍又再度出擊，華氏敗北。宋軍緊追，廚人濮用衣裳包裹著一個人頭，背在背上，到處奔喊：「華登的人頭已被砍下了。」華登部眾軍心大為動搖，終於在新里被宋軍擊敗。

廚人濮一激奮，眾人皆隨之揚幟；王孫賈一呼喊，市民都敢袒左臂。這是因為忠義在人心中沒有泯滅，但難就難在要有一個好的宣導者。

晉朝時，桓玄打了敗仗後，向西邊江陵撤軍，留下何澹之守衛溢口。何澹之在一隻船上空設羽儀旗，作為將帥的指揮船，而自己躲入另一船中。這時何無忌追來，要攻擊這艘羽儀船。諸將阻止說：「何澹之不在此船，攻下來沒有用。」何無忌說：「當然，他不在這條船上，船上守衛的兵力必然很弱。我們用勁兵強彎攻擊，一定能拿下來。我們拿下將帥之船後，他們的士兵就會以為失去了主帥，而我們就可以宣揚已經抓住了他們的主帥。那時，我軍的士氣更加旺盛，而對方則更加恐慌，這樣就會大大削弱他們的戰鬥力。徹底打敗他們，就很容易了。」

果然不出所料，何無忌的軍隊一次進攻就捕獲了這條船，於是眾將士大聲歡叫：「何澹之已經被殺了！」何澹之的士兵又驚又疑，以為這是真的，竟然立即瓦解了。

唐朝時，李密與王世充交戰。王世充先找一個長相酷似李密

的人，捆起來藏在軍中。當戰鬥到最激烈時，王世充命人牽來那個假李密從兩軍陣前拖過，一邊大聲嚷嚷：「抓到李密了，抓到李密了！」王世充的士兵們皆呼萬歲，士氣大振，李密的軍隊亂了方陣，於是大敗。

明朝時，王守仁與寧王朱宸濠對陣，因對方勢盛，又遇上風向不順，略有小挫。他於是急忙下令將不奮戰而逃跑者，立即處斬。知府伍文定等人站在火炮隊中，正指揮士兵奮勇應戰，賊兵突然看見一面大牌子，上面寫著──「寧王已經被擒，我軍不可濫殺。」一時間，賊兵驚駭不已，於是大敗。

第二天，賊兵士氣完全潰散，朱宸濠想暗中潛逃，看見蘆草中有一艘漁船停在那兒，連忙大叫：「渡河！」漁人划船靠岸請他上船，沒想到竟然押送至中軍，這時其他將領還不知道。王守仁用兵，每每如此神速。

智囊

既然是對手，為了達到目的無所不用其極，有的為了擊敗競爭對手，不惜大放煙霧彈，各種爭鬥多是在暗中進行，正所謂明箭易躲暗箭難防，其實兵不厭詐，要讓對方摸不清虛實，才能穩操勝券。

現實生活中，官場鬥爭針鋒相對，商家鬥法也往往千奇百怪。最可惡的是心狠手辣者往往可以旗開得勝。自古以來就有這麼個說法，那就是君子不與小人鬥，因為小人什麼手段都可以用，而君子就不行。鑒於此，君子就要多用智慧來想出一些既合法、又具有實效的手段和方法。

朱景移表溺梁兵，傅永燃火淹齊軍

五代時後梁軍隊渡河南下，在河道上標示水淺可渡河的地方。霍丘守將朱景命人把梁人所做的標記移往水深的地方。後來梁兵兵敗撤退時，都照所標示的記號渡河，結果大半士兵都被淹死了。

南北朝時齊國將領魯康祚率軍侵犯魏國，齊魏兩軍隔著淮河排開陣勢。魏國的長史傅永說：「南人善於夜間襲擊軍營，一定會在淮河中設一些火光，以標記可涉水的淺處。」於是魏兵在夜間分為兩部分，埋伏在營地周圍，又用瓠盛油繩，祕密派人將它浮在水深處，並告誡說：「見到對方火起，你們也立即點燃。」

這天夜裏，魯康祚等果然率兵來襲擊魏營，傅永命令埋伏的士兵從兩側夾擊。魯康祚等人慌忙撤退，齊兵紛紛跳入淮河中，想蹚水返回齊營。這時水中亮起許多火光，齊兵不辨深淺，循亮涉水，被淹死的人及被殺的不計其數。

智囊

《呂氏春秋·察今》裏說：楚國有個人過江，當船正在行駛時，他的劍從船邊掉入江裏，他立即在劍落水的船身上刻了個記號，說：「我的劍是從這裏掉下去的。」等船靠岸了，他就從刻記號的地方下水去找劍，結果自然是一無所獲。這就是著名的「刻舟求劍」的寓言故事。作者批評刻舟者道：「舟已行矣，而劍不行，求劍若此，不亦惑乎？」作者進而發揮道：「以此故法為其國與此同。時已徙矣，而法不徙，以此為治，豈不難哉？」同理可證，以此故法為其兵亦同此，後梁兵、南齊兵失敗正是拘泥於經驗，不應楚人前事之失，而重蹈覆轍。《察今》裏還說：

楚國人想去襲擊宋國，派人先在河道做了渡河的標記。河水猛漲，楚人不知道。夜晚仍然按照標記涉水過河，結果淹死了一千多人，士兵驚嚎之聲把岸邊的房舍都給震壞了。先前他們做標記時是可以渡河的，如今水已經漲了，楚人仍然還按照原來的標記走，這就是他們失敗的原因。

自然界尚且如此捉弄人，又何況是兩軍對壘的情況下呢？實在不可以掉以輕心啊！朱景、傅永均是以小小的詐術不戰而勝敵，這多多少少給現代指揮作戰的將領們以舉一反三、觸類旁通的啟示。

張巡大勝尹子奇

唐朝中後期，天寶十四年，被唐玄宗、楊貴妃收為乾兒子的節度使安祿山舉兵反唐。叛軍勢盛，潼關失守，玄宗也棄都西奔巴蜀避難。在此危亡之際，張巡起兵討賊，在寧陵、雍丘屢破敵軍，後來雍丘縣令令狐潮反叛投敵，協同叛軍圍攻縣城。張巡扼守六十多個晝夜，因城牆單薄，率眾至睢陽，與太守許遠會合共同抗敵。

至德二年，安祿山手下的一員大將尹子奇率領十三萬大軍兵臨城下，把睢陽城團團圍住。睢陽太守許遠知道張巡善於用兵，智勇雙全，就請張巡指揮守城。叛將尹子奇帶了十三萬人攻城，張巡、許遠的兵力合起來才六千多人，雙方兵力相差很大。

張巡帶兵堅守，和叛軍激戰十六天，俘獲敵將六千多人，殲滅敵軍二萬多人，使尹子奇不得不退兵。

過了兩個月，尹子奇得到了增援兵力，再次率軍來到睢陽，又把睢陽城緊緊圍住，千方百計進攻，打算一雪前恥，發誓一定要攻下睢陽。張巡雖然接連打了幾次勝仗，但是叛軍兵力遠勝於

己，而且不停地攻擊，形勢越來越緊急。

太守許遠召集張巡和南霽雲諸將商議對策。他說：「城中糧草、弓箭已經不多，只有火速殺退叛軍，才能解睢陽之圍。可是，敵人的兵力是我們的幾十倍，即使不出戰，我們也會被困死啊！」

張巡胸有成竹地對許遠說：「大人，俗話說『擒賊先擒王』，我們只要能設法殺死尹子奇，讓他們群龍無首，這就是最好的退兵解圍之計。」同時，他還請教得力的手下大將南霽雲，南霽雲善於射箭，在戰場上射敵大將，百發百中。

南霽雲就回答道：「只要我們接近敵營，認出尹子奇，就能射中他。但是尹子奇是個狡猾的傢伙，平時上陣，總讓幾個將領伴隨著。他們穿著一色的戰袍，騎著同樣的戰馬，叫唐軍沒法辨認出哪個是主將。」於是，張巡想出了一個辦法。

這天夜間，天色昏暗，星月無光。城外的叛軍在營地中剛剛準備休息，忽聽城頭戰鼓隆隆，喊聲震天，尹子奇急令部隊準備與衝出城來的唐軍激戰。而張巡方面「只打雷不下雨」，不時擂鼓，像要殺出城來，可是一直緊閉城門，沒有出戰。

到了凌晨，鼓聲在蒼茫的薄明中停止了，也沒見一將一卒出城叫戰。尹子奇的哨兵在搭起的飛樓上察看城中的動靜，可城樓上連個人影都沒有。尹子奇聽到彙報後，就命令軍士們脫下戰服休息起來。尹子奇的部隊被折騰了整夜，沒有得到休息，接到命令將士們疲乏至極，眼睛都快睜不開了，倒在地上就呼呼大睡。

就在這時，張巡和南霽雲等十幾個將領，每人帶領五十名騎兵，打開各城門殺出來，分路猛衝敵營。叛軍沒有防備，營中頓時大亂，許多士兵在混亂之中被殺死。

尹子奇和幾個部將在驚愕之中，慌忙帶領主帥營附近軍營中的一些士兵與張巡、南霽雲等廝殺起來。誰是尹子奇呢？南霽雲拉開弓箭，在搜索目標。旁邊的張巡已指揮其他將士射出一支支

「箭」，這是用青蒿削尖後做成的，輕飄飄的，射不遠，即使射到身上也傷不了人，只有射中臉部才有些作用。

尹子奇部下見對方射來的箭沒什麼殺傷力，拾起一看，原來是「青蒿箭」，忙跑到尹子奇跟前報告這一重要情況。尹子奇心想：哈，原來睢陽城裏沒有箭了。

正在狂喜之際，神箭手南霽雲已判斷出誰是尹子奇了，彎弓搭上真正的利箭，「嗖」地一聲射將過去，正中尹子奇左眼，只見尹子奇鮮血淋漓，抱頭鼠竄，倉皇逃命。敵軍一片混亂，大敗而逃。

智囊

擒賊先擒王，此計用於軍事，是指在戰爭中要抓住主要矛盾，抓住關鍵，打垮敵軍主力，擒拿敵軍首領，使敵軍徹底瓦解的謀略。此計中的「王」，指敵人的主力，敵軍的首領。只有擒住首領，摧毀主力，才是抓住了諸多矛盾中居於領導和支配地位的主要矛盾，才能瓦解對方的整體力量，使其他的矛盾迎刃而解。

張巡大勝尹子奇的戰術，就是運用此計的一個典型戰例。開禧年中，畢再遇被敵人圍困在六合地區，軍中的箭已用盡。畢再遇令人撐開他平時用的黑色蓋篷，高高舉起，在城堡上來回晃動。金兵以為是敵兵的主將登城視察，紛紛爭相射擊。一會兒工夫，城樓牆上箭矢密佈，好像刺蝟皮一樣。於是畢軍獲箭二十多萬支。這也是從祖先張巡那裏學來的智謀。

在現代社會中，領導者做出某種決策時，必須準確把握和妥善解決主要問題，這樣才能夠分清輕重，理清頭緒辦好事情。

李光弼屢破史思明

唐朝大將李光弼，本來是契丹人，自幼擅長騎射，參加軍旅後，迅速晉升。後來與郭子儀在一起，以謀用兵，屢建奇功，為掃平安史之亂做出了巨大貢獻。

史思明在鄴城殺了安慶緒，自立為大燕皇帝，整頓人馬，向洛陽方面進攻。李光弼奉命到了洛陽，洛陽的官員聽到史思明的兵勢兇猛，有點害怕，有人主張退到潼關。李光弼認為現在雙方勢均力敵，我們退了，敵人更加猖獗，不如把我軍轉移到河陽，進可以攻，退可以守。於是他下令把官員和老百姓全部撤出洛陽，帶兵去了河陽，等史思明進洛陽的時候，洛陽已成了一座空城。史思明要人沒人，要糧沒糧，又怕李光弼偷襲，只好帶兵出城，在河陽南面築好陣地，和李光弼的唐軍對峙。

李光弼是個久經沙場的老將。他知道眼前的兵力不如叛軍，只能智取，不易力攻。他聽說史思明從河北帶來一千多匹戰馬，每天放在河邊沙洲洗澡吃草，就命令部下把母馬集中起來，又把小馬拴在馬廄裏，等叛軍的戰馬一到沙洲，就把母馬放出來和敵人的戰馬混在一起。過了一會，母馬想起小馬，嘶叫著奔了回來，敵人的戰馬也跟著奔到唐軍陣地來了。

史思明一下子丟了上千匹戰馬，氣得要命，立刻命令部下集中幾百條戰船，從水路進攻。前面用一條火船開路，準備把唐軍的浮橋燒掉。

李光弼探聽到這個消息，準備好幾百支粗大的長竹竿，用鐵甲裹紮竿頭。等叛軍火船駛來，幾百名兵士站在浮橋上，用竹竿頂住火船。火船沒法前進，被燒得一塌糊塗。唐軍又在浮橋上發射炮彈攻擊敵人的戰船，一時間，船上的敵兵都倒在了血泊中。

史思明幾次三番派部將進攻河陽，都被李光弼用計打退。

最後，史思明發了狠心，集中了強大兵力，派叛將周摯進攻

河陽的北城，自己領了一支精兵攻打南城。

早上，李光弼帶領部將一起登上北城，觀察敵軍軍情，只見敵軍黑壓壓的一大片，正一隊一隊向北城逼近。唐軍將領嘴上不說，其實心裏早已經慌了。李光弼看出了大夥兒的心情，鎮靜地說：「別怕，叛軍雖然多，但是隊伍不整齊，看得出他們有點驕傲。你們放心，不到中午，保險能擊敗他們！」

接著，李光弼就命令將士分頭出擊。將士們雖然打得勇猛，但是敵人退了一陣，又來了後續部隊。太陽已經到了頭頂上，雙方還不分勝負。

李光弼又召集部將商量，和觀察敵軍的陣勢，斷定西北角和東南角方向的戰鬥力最強。於是，李光弼馬上撥出五百名騎兵，派兩名將領率領，分路攻打西北角和東南角。

李光弼把留下的將士都集中起來，嚴肅地宣布軍令，並拿了一把短刀插在靴子裏，說：「打仗本來是拼死活的事兒。我是國家的大臣，絕不死在敵人手裏。你們如果戰死在前線，我就在這兒自殺。」

將士們聽了李光弼一番話，倍受鼓舞，都英勇地殺上陣去。沒有多久，部將郝廷玉從陣前轉身奔回來，李光弼立刻派兵士帶著他的劍迎上去，要把郝廷玉就地斬首。

郝廷玉見傳令的兵士要殺他，大聲叫嚷起來：「我的馬中了箭，並不是退卻。」傳令的兵士報告李光弼，李光弼立刻命令給郝廷玉換上戰馬，重新上陣指揮作戰。

李光弼看到唐軍士氣旺盛，就急速揮動旗幟著地，下令總攻，各路將士看到城頭旗號，爭先恐後地衝進敵陣，喊殺聲震天動地。叛軍受到猛烈的攻擊，再也抵擋不住，紛紛潰退，被唐軍殺死、俘虜了一千多，還有一千多兵士被擠到水裏淹死，攻北城的叛將周摯逃走了。

史思明正在繼續進攻南城。李光弼把北城俘虜來的叛軍趕到

河邊，史思明知道周摯已經全軍崩潰，不敢再戰，連忙下令撤退，逃回了洛陽。

智囊

李光弼之所以能在和史思明的對抗中屢戰屢勝，占盡上風，究其原因，在於他善於思考，謀略得當。他能夠根據不同的形勢和情況，採取不同的策略和措施，從而讓形勢按照自己預料的方向發展。

領兵打仗必須用計用謀，計源於勢，謀出於情、勢與情，就是領兵者對客觀事物的了解與認識。其實在生活中也是一樣，必須培養對周圍客觀事物敏銳的感知和認識能力，這樣才能在處理各種事務中得心應手，制定出正確的策略。

識，指認識。從思維的深度來看，識是指人的遠見卓識，是對事物發展的預見和認識的深度。

虞翻智取南郡

三國時吳將呂蒙已誘使麋芳出城投降，軍隊還沒有開進城內，呂蒙就召集將領們舉行盛會，開宴作樂。

這時學者虞翻說：「今天一心一意來投降的，只是麋芳將軍，而城裏的人我們怎能盡信呢？為什麼不迅速進城，先把城門的鑰匙拿到手，把城市控制住？」

呂蒙採納了虞翻的意見，要立即行動。

虞翻又說：「不行，這樣急急忙忙進城，萬一城中有埋伏，你我性命都完了。」

於是虞翻又設計要糜芳重新進城，虞翻教糜芳說：「你回城中要這樣說：『我得以僥倖逃回，願與大家死守此城。有能破吳軍的人，我要低頭下拜。』」糜芳回城後說了這番話，果然預謀襲擊吳軍的人都向糜芳表示友好。喬裝進城的虞翻把這些人全都殺掉，之後，呂蒙大軍才開進城內。

　　有這樣善於計謀的人，蜀的南郡足以死守不陷。不敗而自降，糜芳真是個奴才！這都是劉玄德不肯在荊州定都的過錯。

　　關羽大意失荊州，敗走麥城後被孫權所殺。主要原因在於呂蒙在奪取荊州過程中，創造性地運用假象迷惑關羽，出奇不意進行攻擊，這是軍事上常用的戰術。

　　設謀惑敵，示之以假，目的是使對手在獲取假資訊後，疏於防備、掉以輕心，從而方便實施突襲，一舉得手。因此，競爭場上獲取情報的正確與否，往往關係到勝負。如何使對手相信己方設置的假情報，和如何獲取真實情報，也是頗令雙方統帥費心的問題，一旦失誤，接踵而來的便是失敗的命運了。

第二十四卷
學以致用的智囊

依靠書本行醫的醫生，要傷害人命；嘴上夸夸其談的將軍，要犧牲士兵。這不是說書本全無用處，而是說買書貴在求精。前車之覆，後車可鑒；學習前人的成功經驗，汲取他人的失敗教訓，使它們像青山綠水一樣清晰，如彩圖繪畫一般分明。因此，輯有《學以致用的智囊》一卷。

戰　車

李綱申請製造戰車，說：「外族以強大的騎兵戰勝中國，而我們不使用戰車就無法打敗他們。理由有三：第一，步兵不能抵擋騎兵的快速衝擊；第二，用戰車，則奔跑速度快，可以抵禦騎兵，騎兵不如戰車；第三，使用戰車，則騎兵在後，可以選擇對我們有利的時機出戰。現在士兵都很膽怯，見到敵人就潰逃，我們雖有優秀的指揮人才，也沒有施展的機會；用戰車，則士兵有所依靠，可以充分發揮他們的戰鬥力，隊伍也會有紀律的約束，不能隨便逃跑，所以戰車可以戰勝敵人的鐵騎的道理是明擺著的。」

宋欽宗靖康年間，獻策製造戰車的人很多，只有總制官張行中的方案可取。他造車的方法是：用兩根木竿連接雙輪，推木竿則車輪就向前轉動。兩竿之間用數條橫木連接，橫木上安裝可以運載巨弩的支架，支架上還備有可裝箭頭和石塊的皮網兜，另外還繪製了神獸模型，罩在戰車上，當向敵人射擊時，箭頭正好從神獸的口中射出，還可以從神獸的眼睛處觀望敵情。戰車的下部裝上盔甲般的圍裙，以保衛士兵的腿和腳，戰車的前部裝有兩排槍刀，每排各四支，上面是長槍，下面為短刀。長兵器是用來對付敵人的，短兵器是用來抵禦馬匹的。戰車的兩邊都裝有鐵索鉤，在駐營的時候，戰車的鐵索鉤連起來，就成了營房。

作戰的方法是：每車配備二十五個步兵，四人推車，一人在

車上向敵人發射弓箭，其餘二十人分別持盾牌、弓弩、長槍、斬馬刀等兵器，按照每邊兩行，每行五人的順序分列戰車兩旁。當遇到敵人的時候，持盾牌的在前邊，使用弓弩的在中間，持槍刀的在後邊。敵人在百步之內，則暫收盾牌，給弓弩手讓開地方，突然向敵人發射矢石。等到迫近敵人時，則弓弩手退後，槍刀手到最前面，用槍刺殺敵人，用刀砍馬腳。敵人退後，則戰車也開始移動，在戰鼓聲中向前追擊。遇到險要的地形時，戰車就停止。然後派騎兵從兩翼出擊，以取得戰爭的勝利。

佈陣的方法是：每軍兩千五百人，其中五分之一，即五百人是高級軍官、衛兵，以及負責軍需用品運輸工作的。其餘兩千人共使用八十輛戰車。如果想布方陣，則每邊用二十輛車，車身連接，步兵填充在車縫中。作戰的時候，若向前，則戰車行向敵人；向後，則戰車倒行；向左向右，戰車就順向而行。敵人進攻左右側，襲擊後方，戰車就隨著敵人進攻的方向而朝向他們，前後左右，變化無窮。而高級軍官、做保衛和運輸軍需物資的士兵，也都在佈陣之中。布方陣還是布圓陣，布曲陣還是布直陣，這要隨地形而變化。行軍打仗時戰車排成整齊的陣勢，駐紮的時候戰車鉤連起來成為兵營。不必開溝塹，修築營壘，最為簡便，且完備堅固。

已故大臣余子俊說：「大同、宣撫等地，地勢平坦廣闊，用兵車作戰最合適。武器軍械、乾糧都可隨車攜帶，不用馬馱運。兵車可組成城壘，又可代馬運輸。」為此，他獻出了自己設計的製造兵車的圖紙。後來兵部製造試用，耗資無數而車子笨拙難行，於是全部都作廢了。因此得了「鷦鴣車」的稱號，意思是「行不得」也！

古代人作戰，都用戰車，為什麼古人可用車作戰，而今人就不能用呢？就是因為考核研究不精細，製造工藝不完善，而當事人又缺乏毅力，僅僅試驗一次不成，就放棄了製造。秦始皇修築

長城，萬世為之受益；而現在修築的營堡和城牆，都好像建在沙灘上，很容易坍塌；漢代的趙充國實行屯田，也為後世留下了很多利益，而今天的屯田者，建造了很多房舍而沒有什麼成就。這都是因為沒有誠心辦事的人，去群策群力求得圓滿成果的緣故。空喊著效仿古人有什麼用呢？嗚呼！沒有誠心辦事的人，即使有完美無缺的聖祖神宗的法制，也都可以說是「行不得」啊！

 智囊

滴水可以穿石，犁頭可以磨針。恒心架起通天路，勇氣打開智慧門。竹子是一節一節長起來的，功夫是一天一天練出來的。不知疲倦的人，迎接他的是勝利。

管理學大師彼得杜拉克，每五年就會重讀一次莎士比亞全集，他認為從中所獲得的啟發，比許多企管論文和書籍更大。

葉石濤先生生於民國十四年，是台南望族出身，後來家道中落，坐了三年政治牢獄，經歷過富裕與貧窮、大起大落，這些都反映在小說中，是臺灣知名的文學評論家。受日本教育的葉石濤，當年為提升國語文能力，將《紅樓夢》一百二十個章回，從頭到尾抄了一遍，抄完之後，對紅學了解得更透徹了。

很多年輕作家都不相信葉石濤先生真的從頭到尾把紅樓夢抄完了，他們認為頂多是抄了一回或一節而已。他們是以己之心，度人之境。差了五十年，表面上看物質進步了，但人的決心、毅力和耐性也磨損了。

疊 陣

　　宋朝的吳玠每次作戰，都選用力量很強的弓弩，命令諸將輪番射擊，稱他們為發射隊。連續不斷地發射，箭矢多如雨下，使敵人無法抵擋。

　　吳璘模仿古代車戰的戰術，創立了疊陣法。每次打仗，長槍手排在最前邊，這些士兵只能坐在車上不能站起來。其後排列的是最強的弓箭手，再次是強弩手，弓弩手都跪立在車上等待戰機。在強弩手的後面，是發射得又遠又準的神臂弓手。與敵人肉搏，到了百步之內，則神臂手首先引弓射箭，到七十步以內，強弓勁弩一齊放箭。

　　排列陣勢也是如此。每一個迭陣的佈局，都以一種稱作「拒馬」的戰具，以木為架，橫木上置槍頭等兵器，構成障礙，各「拒馬」之間用鐵鉤相連，如有被敵破壞的，就立即更換；遇到更換時，就猛擂戰鼓，這時騎兵就從兩邊出來，掩護在前面，把陣勢布嚴整了，騎兵就撤回。這種佈陣法就稱為「疊陣」。戰士軍心穩定，就能拉滿弓弦，這樣敵人雖然兇猛，也不能抵擋。

　　吳璘著有兩篇《兵法》，大意是說金人有四項長處，我們有四項短處，應當迴避自己的短處，抑制對方的長處。金人的四項長處是：騎兵驍勇、士卒頑強、盔甲堅固、弓箭殺傷力強。我們要集中敵我雙方的長處，吸收敵力為我所用。用分隊的戰術，來制伏金人驍勇的騎兵；用輪換休息、輪換作戰的方法，制伏敵人的頑強意志；用射程遠力量大的弓箭，來制伏敵人堅固的盔甲；用遠戰去克服近戰，用絕對優勢的兵力來制伏金人殺傷力強的弓箭。佈陣的方法則是以步兵作為陣地的核心，以騎兵作為兩翼，排列在左右兩肋，兩肋之間布上阻擋敵人騎兵的障礙物「拒馬」。

智囊

在資訊化戰場上，奪取制資訊權是限制敵高技術優勢發揮的關鍵，是謀求戰場主動進而實現優劣轉化的重要途徑。戰場主動權首先是通過集中資訊優勢來達成的。因為無論是集中兵力還是集中火力，都高度依賴於資訊。制資訊權成為資訊化戰場上的第一「制高點」，成為轉化雙方優劣態勢的突破口。

「以長剋短」是改變作戰力量對比、轉換戰場形勢最基本的思路和途徑。長短是相對的，是發展變化的。每一支軍隊，都各有長短。即使是現代高新武器裝備，也並非完美無缺，也有弱點和短處。

最典型的是，未來資訊戰爭的基礎 ──電腦網路系統，也存在著節點眾多、易被攻擊等弱點，很難防範電腦病毒、「邏輯炸彈」等攻擊。因此，長短在任何時間和任何情況下都客觀存在。

「以長剋短」，就是要全面、辨證地認識敵我雙方的長處和短處，通過各種作戰要素的靈活組合，創造和形成有利於我而不利於敵的作戰態勢和條件，減少敵方依賴於高技術優勢的總體作戰效能，並為我方創造更多制資訊權的機會，以大量局部的以長擊短、揚長避短的作戰行動，積小勝為大勝，逐步實現作戰體系總體上的優劣轉化。

撒星陣

宋朝的張威從行伍被升為軍隊副將。他率領部隊行軍的時候，就像每個士兵嘴裏都含著東西似的，非常寂靜，聽不到一點聲音。每次打仗都能獲得勝利，金人很畏懼他。湖南湖北一帶地

勢平坦廣闊，多是原野，有利於騎兵戰鬥而不利於步兵。張威說：「金兵的鐵騎兵一衝鋒，我們就沒有辦法了。」

於是，就按照他的想法創造了「撒星陣」——軍隊時分時合，機動靈活。士兵聽到鼓聲就聚集在一起，聽到鼓聲就分散開去。

每次金人的騎兵到來時，就敲鼓，鼓聲一響，一個軍的士兵就分成數十個小分隊，金人也隨著分散兵力去應戰，這時又突然鳴鼓，兵力都聚集在一起去攻打分散之敵。在很短的時間內，時分時合變換不定，金人也不知道該怎麼辦了。就在金人束手無策時，集中兵力打擊敵人，用這種戰術常常獲得勝利。

張威勇敢善戰，每次打仗的時候，兩隻眼睛都紅了，所以當時他有個綽號，人人都叫他「張紅眼」。

 智囊

張威的「撒星陣」是弱兵對付強敵的一種行之有效的戰術，即使襲擊造成敵人的物質損失有限，甚至是一次失利的襲擊，然而就其動搖敵人的軍心，與挫敗其勝利意志而言，卻有很大的影響。在敵人沒有防備、相信自己安全的時候，他們卻突然出現；在敵人有了準備、小心謹慎、辛苦提防的時候，他們又偏偏不來。在這種出沒無常的活動與威脅之中，無論敵人有多少都會震恐。

這種戰術其實不僅在於擾惑、破壞敵人，而且也可以集中起來突然地消滅敵人。儘管每一次襲擊，或許只能消滅一部分敵人，敵人並沒有什麼大損失。然而，無數遊擊隊積極不斷地活躍，在無數次的埋伏和襲擊中，將使敵人的有生力量遭受到重大的損失。由此可見，這種戰術的威力，不是透過一戰一役或短時

間能夠看出來的，而是在戰爭的全過程裏逐漸地顯示出來的。

戚繼光創「鴛鴦陣」

　　明嘉靖年間的抗倭名將戚繼光，每每以「鴛鴦陣」取得戰鬥的勝利。「鴛鴦陣」的陣法是：手持兩個盾牌的七個兵並列地站在陣前，每個盾牌後面緊跟著若干名手持狼筅的士兵；每個盾牌兩側都各有一手持長戟的士兵保護，其後又有若干名手拿短刀的士兵緊跟著。遇到敵人時，伍長就拿著盾牌低著頭並列向前，如果聽到鼓聲還停滯不前的，就按軍法斬首；其餘的士兵都緊跟著盾牌上前與敵人交鋒。如果伍長遇到危險時，手持狼筅的士兵就上前救援伍長，此時，手持長戟的士兵掩護手持狼筅的士兵，手拿短刀的士兵則掩護手持長戟的士兵；如果手拿盾牌的伍長不幸犧牲了，那麼，這伍剩下的士兵就全都要斬首。

智囊

　　戚繼光的「鴛鴦陣」是中國古代克敵制勝最著名的小方陣之一，它主要是戚將軍根據當時抗倭鬥爭的具體條件而創造出來的。一是沿海地區多水網，道路狹小，不可能如平原一樣千軍萬馬大張旗鼓地排兵佈陣，戰車與騎兵均不能展開；二是倭寇從童稚時即懸刀而習之，對該法甚熟，因此擅長短兵器。而我們必須多用長以制短。

　　「鴛鴦陣」就是這種以一隊隊不大的戰鬥體而組成的若干小方陣，它以長兵器為主，幾種兵器配合使用，便於在河邊、港汊、田間小道上攻擊敵人。事實證明：由於鴛鴦陣充分考慮到了

東南沿海的地理條件，並對幾種兵器做了合理的安排，使每種兵器的作用都得到了最大程度的發揮，而且彼此之間又可以相互支持，因此殺賊必勝而屢次奏效。

趙遹 巧破火猿陣

宋徽宗政和年間，晏州土酋卜漏造反。卜漏佔據輪囤為盤據地，輪囤位在高數百仞的高山上，林木茂盛，他用山石圍成城牆，周邊再設置木柵，山道中除埋設陷阱外，另外更散置巨大的棕櫚木及鐵蒺藜，作為抵禦官軍圍剿的屏障。

官軍面對陡峭的山勢、重重的路障，全都束手無策。當時趙遹奉命招討。趙遹環看輪囤周圍的地形，發現輪囤有一面全是峭壁，陡峭的崖壁，使得賊兵恃險而不設防，又發現山中有許多猿猴，於是心生一計，命士兵捕捉好幾千頭猿猴，捆紮麻草、淋上油膏，綁在猿背上。

趙遹一方面親自率兵攻打賊人前寨，牽制賊兵注意，另外卻暗中派兵帶著猿猴由峭壁攀岩而上。等爬上囤頂後，就點燃猿背上的麻草，猿猴受不了火燒的疼痛，叫跳狂奔，賊人的屋舍多是茅、竹等建材所搭建，猿猴在屋舍間竄上跳下，於是引發多處著火。賊人為阻止猿猴的奔竄，就大聲驚嚇圍捕，猿猴卻更加慌亂，火勢也更迅速蔓延，官軍們乘機大聲叫喊衝殺。

趙遹見囤中發出陣陣火光，就命士兵攻擊營柵，前後夾攻，賊兵被火燒死，墜崖而死的不計其數。卜漏雖突圍逃逸，但不久後仍被官軍擒獲。

三國時鄧艾自陰平出發襲擊蜀國，通過七百里無人居住的地方，他鑿山開路，遇河搭橋，山高谷深，極其艱險。鄧艾用毛氈裹身，從山上往山下滑行，將士們都抓著懸崖上的樹木，一個跟著一個前進。結果他們勝利了，立下了奇功，但經歷也非常艱

險。七百里行程，不是一天能到達的；鑿山修築棧道，也不是一天所能夠建成的。即使蜀國平日沒有警備，難道臨時也沒有一點風聞嗎？就好像光明被蒙蔽，平庸的和尚主持高雅的廟堂一樣，他們大概是把緊急的書信壓在堂下沒有處理。不然的話，鄧艾必定沒有這麼幸運。

趙遹用猱出奇制勝，也是由於敵人不防備所造成的。所以說：「憑藉天險者，能固守陣地；只仗天險而不設防者，必定要失敗，自取滅亡。」李光弼治理軍隊，軍令嚴格，即使敵人不來侵犯，也加強警戒巡邏，沒有絲毫鬆懈，所以敵人不敢入侵。像這樣的話，就一定不會有陰平和輪囤那樣的失敗。

智囊

《孫子兵法・地形篇》曰：「夫地形者，兵之助也。料敵制勝，計險厄遠近，上將之道也。知此而用戰者必勝，不知此而用戰者必敗。」卜漏據輪囤而抵禦官軍，可謂得地利也，但卜漏有勇無謀，因此，便讓頗有智謀的趙遹有機可乘。

這也正如張預所說：「觀察、利用地形，是用兵的輔助條件，奪取戰爭勝利的次要因素。而主帥正確地判斷敵情，制定正確的戰術，才是用兵取勝的根本。」歷代少數民族的叛亂，縱然他們大都得天時、地利、人和，但最後均以失敗而告終，基本上就在於他們的領導人有勇而無謀，恃險而不備，最終被深謀老到的漢軍將領所算計。

宗澤空營退金兵

北宋的名將宗澤用計謀擊退了金兵後，他想：金兵人數要比我軍多上十倍，可是現在一戰就敗退了，他們一定不會甘心失敗，還會派全部騎兵乘夜再來襲擊我軍的，如果我們沒有準備，那就危險了。於是他在傍晚的時候便下令轉移。金兵果然在那天夜裏前來偷襲宋營，結果撲了個空，他們大為驚訝。從此以後，金兵便非常害怕宗澤，再也不敢與宗澤交戰了。

智囊

宗澤的「空營計」，使人們自然而然地就聯想到諸葛亮的那個「空城計」。「空營計」是一種高超膽大的心理戰術，因為，它不是透過實力來戰勝敵人，而是通過研究敵人主帥的心理活動，以謀勝敵的。這被列為《三十六計》中第三十二計，解語云：「虛者虛之，疑中生疑。剛柔之際，奇而復奇。」意思是：當我方兵力空虛時，再故意顯示出不加設防的樣子，這樣，反而會使敵人疑惑橫生。讓敵人摸不清你到底是剛強還是柔弱，這種用兵之法就顯得更為奇妙了。

使用「空城計」，只是在特殊情況下為解燃眉之急，而不得不採取的一種緩兵之計，它的作用僅僅是暫時嚇退敵人，而要最終戰勝敵人，還必須依靠自己的實力。《三十六計》中此計的按語中還說：「用兵虛虛實實，沒有一定的方式。空虛的顯示其實，自諸葛亮之後，運用此計的人，並不少見。」

凱口囤戰役

明世宗嘉靖十六年，阿向與地方官王仲武因為爭奪田地而互相廝殺起來，結果王仲武逃跑了，阿向就佔領了凱口囤，反叛了朝廷。凱口囤方圓十餘里，高有四十丈，四面懸崖絕壁，只有一條一尺多寬的小道，彎彎曲曲地通向凱口囤。山上有一泉水池，天再旱泉水也不枯竭，囤積的糧食可以支撐五年。

聽說阿向叛亂之後，朝廷派都御史陳克宅和都督企事楊仁，調集水西的軍隊去圍剿他們。宣慰使安萬銓，向來驕傲不守法紀，這次是答應給他重賞，他才前去圍剿叛軍。他帶領一萬多兵士駐紮在凱口囤山下，兩軍相持三個月，官軍只能仰視這懸崖絕壁，卻沒有什麼辦法攻打。

山的東北角有一棵大樹，斜立在懸崖峭壁上，離地面有二十多丈高，安萬銓對士兵們說：「誰能像猿猴那樣攀上絕壁，獎賞一千金。」有兩個壯士出來應命。於是他們製造了鐵鉤等攀緣工具，每人腰間帶上四捆繩索和一把劍刀。約好攀上大樹後稍稍休息一會兒，即把繩索垂下去，讓下邊的人帶著銃炮和長繩上攀。

這時正下著大雨，等到雨停了，天黑得伸手不見五指，兩名壯士立即攀緣而上。隱隱約約聽見刷拉拉的聲音，頃刻間如有石頭崩裂，原來一名壯士墜落下來，摔得粉身碎骨。又過了一會兒，有長繩從上面垂下來，才知道另一壯士已經爬到樹上了。於是就又派了四名士兵沿著繩子向上爬，蹲踞在樹間。原來上去的那個壯士，又從大樹處再往山頂上爬。爬到囤頂上時，正碰上敵人的巡邏兵敲著鑼走過來，壯士埋伏在草叢裏，等敵人的巡邏兵走近時，揮劍把他殺死，然後敲著鑼假裝成巡邏的敵兵，敵人竟然一點也沒有察覺。

上到囤頂的壯士把繩索垂到大樹處，牽引蹲在樹上的士兵，樹上的士兵又牽引樹下的人，一批批地上去，到達囤頂的人大約

有二、三十人時，他們就舉起火把，一齊向敵人開炮，大聲喊：
「天兵上囤了！」敵人從夢中驚醒，在黑暗中自相殘殺，死者數
千人。敵兵們都紛紛爭著往山下逃跑，失足掉崖摔死的又有一千
多人。

黎明時，水西軍發起全面進攻，士兵們攻上了囤頂，都御史
陳克宅向軍隊命令說：「凡是隨意亂殺不抵抗的敵兵，以及黎明
時還沒攻上山的人，都不記功。」這樣，士兵的戰鬥力就鬆懈
了，都紛紛給賊兵讓路，讓他們逃走。

阿向和他的黨羽二百人也乘機逃跑了，囤營一空。陳克宅等
焚燒了阿向營中積聚的物資，就班師回朝了，留下三百官兵看守
凱口囤。一個月之後，阿向又糾集當地的黑苗族人來襲擊凱口
囤，把三百官兵全部殺死了。

平凱口囤是出於奇計，只是環顧御史手下的士兵，難道找不
到一兩名勇士，非要借助水西兵不可？也難怪當地土官會恃功驕
橫，不斷生事作亂了。至於阿向的事件，在還沒有全部處理完畢
就草率班師，只留下三百名官兵戍守，缺乏完善的善後、守備措
施，果然在幾個月後，阿向又糾集餘黨襲擊囤寨，殺死所有戍守
的官兵。

過去曾敗於官軍之手，今天全還給官軍。

陳克宅又不把按察僉事田汝成的忠告放在心上，仍只率少數
官兵前去剿賊，終於自取敗辱，致使往日戰功，毀於一旦。

唉！不能和書生談論兵事，這已是長久以來的一個事實，又
何止是一個陳克宅呢？

田汝成曾上書陳克宅，談論討滅賊人所該注意的事，現在我
大略摘錄如下——

田汝成在聽說陳克宅又再調兵剿滅阿向，曾上書說：

「我私下想，今天賊人的形勢已異於往日，所以攻賊的策
略，也應該因應不同的形勢而改變。在過去，一兩名據守山窟草

穴的梟賊，他們敢聚眾為寇，除了有計畫地儲備糧草，勾結其他盜匪外，還要經過十多年的野心籌畫，才敢據寨稱王；然而今天的賊人都只是一群亡命之徒，他們敢冒萬死而稱王，並不是因為在外勾結其他匪盜，也不是因為能聚眾徒壯大聲勢，他們據守小小的一片土地，既沒有充足的糧草，也沒有肥碩的牛羊，像這種在外得不到其他盜匪資助，在內又沒有屯積糧畜的山賊，注定是刀下亡魂，不值得顧慮。

「然而，我卻聽說阿向舉臂一招，就有三、四百人背著糧食前去歸附他，如果每人以攜帶十天的糧食來計算，也就有三、四十石米糧，這種情勢不能不注意。再說阿向能幾個月都不缺糧，這無異說明有人暗中從密道偷偷地運送糧食，不然的話他們如何維持生計呢？

「在那偏僻的荒山上，跟在平原地區不同，好像在房間裏、小巷中打擊盜賊一樣，打起仗來都伸展不開手腳。所以，征服叛賊的策略，應該是把軍隊佈置在山下的廣闊地面上埋伏等候，守住四邊通往山上的要道，把敵人困在山上，即使是叛賊人少力單，也不要急於去攻打他們。重要的是佔據要害地勢，斷絕敵人的糧草來源。在建好自己營壘的同時，要勤於觀察敵人的動靜，嚴陣以侍，不要與敵人交火，使敵人進攻時沒有什麼漏洞好鑽，退卻時又無法休整，最多不過一個月，敵人就會虛弱疲乏得像死人一樣，慘敗在我們的旗幟之下。

「然而，我軍的防守越是嚴密，敵人就勢必越來越孤單，吃的東西沒有了，必定到處逃命。對要潰逃的敵人，不可不乘機大戰，把他們殲滅掉。如果兩軍相持的時間久了，彼此觀望，我軍或許會因時日的拖延而心生怠意，賊兵或許會因日益陷入困境而激發銳氣，這就要防備我軍在怠意中，只知早晚吃喝、不勤守備的同時，賊兵會發動劫營的攻擊。

「還有，面對我軍的嚴密防守，賊兵在無計可施的情況下，

或許會說盡好話，奉上珍寶，以求活命。當然，賊人也會安分一段時日，但不久後一定會再生變亂，所以歸降的提議，萬萬不能接受，小人詭計多，只有出其不意才能一戰成功。

「既然賊兵曾敗於偷襲的戰略下，我軍若有用同樣的手法襲擊，不僅白費工夫，更恐怕會損及您的威名，所以不能再有想用偷襲戰略攻打凱口囤的念頭，至於平定賊人之後，如何籌畫善後工作，這其中值得深思，費神的地方還多著呢！」

智囊

孫子曰：「凡戰者，以正合，以奇勝。」意思是說，大凡作戰都是以用兵的正常法則與敵方交戰，然後順應戰況的變化，用奇兵取勝。奇與正看起來是相反的兩方面，但其實正是符合事物本來的規律的。奇正相生相成，互相映襯，互相補充。對將軍來說，它是作戰的法寶，對於求職者來說，它同樣也是開啟成功之門的鑰匙。

當前，就業市場的競爭十分激烈，除了少數社會急需、特別緊缺的人才外，如果還採用大眾化的求職方法，有時很難獲勝。下定決心，以柔克剛，有時反而能出奇制勝。

求職，誰都想一次成功，但在大多數情況下並不能如此，因此，求職者就應有不怕失敗的韌性準備。松下電器創始人松下幸之助，年少時去一家大電器廠求職，請求安排一個工作最差、工資最低的活給他。人事部主管見他個頭瘦小又很骯髒，不便直說，隨便找了個理由：「現在不缺人，過一個月再來看看。」

人家原本是推託，沒想到一個月，松下真的來了。人事部主管推託有事，沒空見他。過了幾天，松下又來了。如此反覆多次，人事部負責人說：「你這樣髒兮兮的進不了廠。」

於是，松下回去借錢買了衣服，穿戴整齊地來了。

對方沒辦法，便告訴松下：「關於電器的知識你知道得太少。」兩個月後，松下又來了，說：「我已學了不少電器方面的知識，您看哪個方面還有差距，我一項項來彌補。」人事部主管看了他半天才說：「我幹這項工作幾十年了，今天頭一次見到你這樣來找工作的，真佩服你的耐心和韌性。」松下終於打動了人事主管，如願以償地進了工廠，並經過不懈努力，成為日本國的經營之神。

失掉戰機

南北朝時，北魏皇帝調集騎兵去襲擊柔然，兵分四路。北魏皇帝行軍至鹿渾谷，遇到柔然國的敕連可汗。魏太子晃說：「敵人沒料到我們的大軍突然到此，應該趁其沒有防備，迅速進兵襲擊他們。」尚書劉潔說：「敵人營地塵土飛揚，說明他們的人一定很多，不如等我們的大軍到了之後再攻打他們。」太子晃說：「塵土飛揚，說明敵軍士卒驚慌逃跑，不然敵人駐地上空怎麼會有塵土飛揚呢？」

北魏皇帝遲疑不決，沒有馬上出兵，柔然的軍隊乘機逃跑了，魏軍沒能追上他們。後來捉到探聽消息的柔然騎兵，他說：「柔然沒有料到北魏軍隊會突然到來，他措手不及，只好倉皇北逃。過了六、七天，知道魏軍沒有追趕，才開始慢行。」北魏皇帝得知這一情況後，非常後悔。

春秋時代，晉國與楚國城濮之戰時，晉將奕技在馬車後面拖著樹枝掩護自己撤退，又故意揚起塵土以誘惑敵人，這些經驗不可不知。

人生充滿了各種各樣寶貴的機會，在大學深造，赴企業實習，甚至工作、學習和生活中遭遇的困難都是機會。「機會是為那些有準備的人準備的」，不要讓機會從我們眼前悄悄溜走，抓住機會，鍛鍊自我，讓自己不斷進步！目前大學畢業生，找事很難，雖然每天都投遞了自傳、履歷表，但往往連個面試的機會都沒有，所以年輕人在選讀科系時，就應做好未來出路的評估。

韋孝寬迎戰高歡

魏晉南北朝時東魏韋孝寬鎮守玉璧。高歡率領山東全部的兵力來攻，營地綿延數十里，一直到玉璧城下。

高歡在城的南面堆起土山，想乘機進入城中，城上本來就有兩座樓臺，正對著土山，韋孝寬就在樓臺上再搭建木樑，保持比土山高的高度。

高歡於是又晝夜不停地在城南挖地道，同時在城北壘起土山以便攻城。針對這種情況，韋孝寬挖掘了長長的塹壕，命令少數的戰士把守塹壕，每當高歡的士兵挖到塹壕時，就把他們抓住殺死。又在塹壕外面堆積很多柴草，準備好火種，發現地道裏有敵人，便點著柴草，用皮排吹火，火煙沖進地道，地道裏的敵人個個被燒得皮焦肉爛。

高歡在城外又造戰車，戰車所到之處，沒有不被他們摧毀的東西，即使有盾牌，也抵擋不住。韋孝寬又叫人縫製布幃幔，隨著高歡的戰車進攻的方向，把幃幔懸在空中，結果高歡的戰車無法突破布幔。

城外軍隊又用長竿綁上松枝，浸油後點上火，想把幃幔點著以便把城樓燒毀。孝寬就製造長鉤利刀，高歡的火竿一來，就用鉤刀從城上把它割斷。

敵人又在城四面挖鑿二十一條地道，中間立有樑柱，再放火燒樑柱，讓城塌陷，韋孝寬在崩塌的地方架設木柵來抵禦，敵人始終沒能攻進城內。

高歡的計策和勇猛的進攻都失敗了。後來，高歡因患病而撤退，不久就病死了。

人際交往中，有時會因突發事件陷入被動尷尬的困境，此時若能隨機應變，拿出對策，就可以化被動為主動，巧妙解圍。某些場合由於臨時事變，給當事人設下難題，此時如能就地取材，巧借環境，即景生情，便能啟動氣氛，擺脫困境。

據說著名的相聲演員馬季和趙炎有一次在山東演出時，正表演相聲吹牛，臺上燈泡一下炸了，台下一片譁然，只見馬季隨機應變向觀眾說了一句：「我們吹牛的功夫真到家，燈泡都被我們吹破了。」說罷，台下立即報以熱烈的掌聲，氣氛頓時又活躍起來，可見馬季不僅是一位傑出的相聲藝術家，同時也是一名機智應變的高手。

張巡智退叛軍

唐代「安史之亂」期間，叛軍安慶緒的部將尹子奇奉命圍攻睢陽城，守城的張巡嚴陣以待，隨機應變，挫敗了敵人一次次的

進攻。

　　叛軍曾製造了一種攻城的雲梯，形狀像半個彩虹，梯上可以容納二百名兵卒。當攻城時，把雲梯推到城牆邊，梯上的士兵就可以直接跳上城頭，發起攻擊。張巡事先讓人在城牆內祕密地鑿好三個牆洞。後來叛軍攻城，他們的雲梯接近城邊時，張巡讓人從一個牆洞捅出一根頭上安著大鐵鉤的長木頭，鉤住雲梯使它不能後退；從第二個牆洞捅出一很大木頭，頂住雲梯，讓它前進不了；在這同時，又從第三個牆洞中，很快捅出一根頭上裝著鐵籠子的木頭，鐵籠裏盛著正在燃燒的火種，這火立刻就把雲梯燒著了。在騰起的烈焰中，敵兵只得慌忙跳下雲梯，狼狽而逃。

　　叛軍又用鉤車鉤住睢陽城上閣樓的柵欄，想藉以攀上城去。

　　張巡讓人用一根大木杆，頭上裝了連鎖大鐵環，用它套住敵人鉤車上的鉤子，把它拔掉，使鉤車也失去了作用。

　　叛軍還曾製造過木驢攻城。張巡指揮士兵將滾燙的鐵水從城頭倒下去，木驢頃刻燒毀，藏在木驢體內的敵兵都被燙死了。

　　叛軍一計不成，又生一計。他們用裝了砂土的大袋子和柴草，想壘起一條登城的坡道。張巡洞察了敵人的意圖，就讓手下的人趁敵兵不備時，每天偷偷地在修建中的坡道上扔一些松樹枝和乾草。

　　過了十多天，張巡看準風向，派人在坡道上放了一把火，坡道成了一條火龍，叛軍的計謀又失敗了。尹子奇不得不佩服張巡的智慧，不敢再發起進攻了。

智囊

　　《孫子・計篇》開宗明義地闡述道：「兵者，國之大事也。死生之地，存亡之道，不可不察也。」這裏的「察」，實質上主

要就是指對戰爭策略、戰爭環境的研究和度量。孫子主張，在戰事開端之始，必須對敵我雙方的實力以及相關情況瞭若指掌。這就是孫子兵法的靈魂——知己知彼，百戰不殆。

在戰爭中，制勝的關鍵在於尋找正確的突破口，以便為順利達成自己的目的奠定基礎。

....

王稟守城

北宋末年，金人黏沒喝進攻太原。太原周圍的各個縣全部被攻下了，只有張孝純、王稟固守的太原城攻打不下。金人攻城使用的武器包括炮石、洞子、鵝車、偏橋、雲梯、火梯等，共計數千件。每次攻城，都先排開三十門克列炮，統一指揮。一聲鼓響，三十門炮一齊發射，炮石像斗那麼大，如果城樓或盾牌被打中，肯定會被打壞的。幸虧總管王稟指揮部下事先設置了柵欄，又在城樓和盾牌上堆滿了裝滿糠的布袋，以緩解炮石的衝擊力。雖然布袋被打壞了，但能立即修好，所以城樓完好無損。

黏沒喝填壕的辦法是：在大桶的下面裝上車輪，上面釘上木板，做成屋形，再蒙上生牛皮，最外面鑲上一層鐵皮。人在桶裏推著車前進，一輛接一輛，共五十輛，向壕裏運送土木柴草。先把大的木板放在下面，然後放些短細的柴草，最後蓋上土，這樣就跟原來的地面一樣堅實了。

王稟每次見黏沒喝填壕，就先在壕壁上挖些洞，洞裏裝上吹火器，等敵人在壕內放柴草多了時候，就把一些燈從水面上飄過去，燈火遇到草木，即使濕的柴草也能點著，火逐漸燒起來，然後用吹火器吹火，火焰沖天，這樣黏沒喝就填不了壕了。

金兵又用鵝車，顧名思義，鵝車形狀像鵝，也是用車輪轉動，外包牛皮用鐵條固定，每輛鵝車都由數百名金兵推動，想利

用鵝車登城。王稟同樣在城內設立眺望台，形狀也類似鵝，命人在台內指揮作戰，每見金人鵝車逼進城牆，王稟就要宋兵在城下用鐵鉤套住鵝嘴，用繩拽鵝，使鵝車傾倒，不能前進。

金兵又用雲梯，火梯攻城，但王稟都能隨機應敵，金兵始終無法得逞。

智囊

事情的成敗，都有主客觀許多因素，只有把握住最有利的條件和機會，選擇最恰當的方式，才能成功。「相機而行」、「見機行事」這一謀略的實質還在於，事物在不斷的變化之中，主客觀條件也是不斷變換著的，只有能夠隨著時間、地點和機會的變化，而靈活地做出不同選擇的人，才能把握住成功的主線。

盛昶_{ㄔㄤˇ}引水為城池

明景泰進士盛昶任監察御史的時候，由於他有一次直諫得罪了執政者，而被貶為羅江縣縣令。盛昶為政清明廉潔，縣裏的一些貪官污吏都畏懼他，但老百姓非常擁戴他。當時本地的盜賊胡元昂聚眾叛亂，盛昶發布公文勸諭，胡元昂的同黨看見後都解散了。鄰近的德陽縣的盜賊趙鐸，自封為趙王，率領部下到處燒殺搶掠，還進攻成都城，結果連守城的官軍都被他們打敗了，等到成都城失陷後，他們又殺死了守城的汪都司。趙鐸的勢力越來越盛，形勢難以預料。

盛昶擔心盜賊前來進攻羅江，而羅江原來就沒有城池，於是，他便下令老百姓將河水環繞著引入縣裏周圍的農田，形成一

道天然的水城。又下令白天打開集市的大門，叫百姓們都關上門，把士兵藏在裏面，約定一聽到炮響，便馬上殺出。

他又在山坳裏埋伏了奇兵，然後叫一支尖兵前去誘敵，假裝成膽小怯弱的樣子，盜賊進入集市還不到一半時，盛昶就下令鳴炮，而那些埋伏在老百姓家裏的士兵，一聽到炮聲，紛紛地從家裏殺了出來，將盜賊攔腰斬成許多截。盜賊彼此不能互相救援，此時，山坳裏的伏兵也衝殺了出來，兩下夾擊，經過一陣激烈的戰鬥，盜賊大敗而去，殺死的盜賊和繳獲的財物，不計其數；被盜賊掠去的女子和財物，全都送給了當地的老百姓，羅江縣因此得以保存。當地的一些父老鄉親們哭著說：「這次如果沒有盛公，我們這些平民百姓將會全部死在盜賊的刀槍之下了。」

智囊

用兵的法則，防守或進攻的地位，沒有固定不變的態勢；進攻或防守的方法，沒有固定不變的形式；分散或集中兵力，沒有固定不變的原則；軍隊前進或後退，沒有固定不變的限度；軍隊行進或靜止，沒有固定不變的時間；兵勢伸張或收縮，沒有固定不變的趨勢。神出鬼沒，變化無常，使敵人無法判斷，這就叫做「兵機」。

羅江縣令盛昶抵禦趙鐸便深諳此道。他守中有攻，主客反常，兵民一體，分合伸縮，進退自如，出沒變化，敵不可測。倘若換成一個庸將，死守縣城，徨論取勝，恐怕早已被敵所攻破了。

「盛昶引水為城池」一文還告訴後人，對於守城者而言，城池不僅有堅硬的外殼可以禦敵，而且城內也是捕捉「熊羆」的陷阱。示之以虛形，把敵人引到城裏來，採取「甕中捉鱉」的戰術更為有利。在現代戰爭中，城市的守衛戰，固然不可忽視依託周

邊防護圍抗擊敵人，不能輕易地放敵人入城。但是，在一些特殊的條件下，利用城內的高樓大廈和敵人展開巷戰，或有準備地伏擊敵人，也不失為可行之策。更重要的是，隨著直升機用於戰場，古代那種層層剝皮的攻城之術將成為歷史，城防作戰有可能先從巷戰開始。這樣，城內設伏的方法對今天的守城者便更有借鑒的意義。

許逵擒盜

明朝的固始人許逵，在任樂陵知縣時，剛到任一個月，就做到有令則行，有禁則止。當時流寇盜賊勢力強大，許逵事先就下令修整了城牆，疏浚了護城河，樂陵的百姓不分貧富，都要出工修城，這樣不到一個月就修好了。他又叫百姓把自家的院牆都修起來，要高過屋簷，院牆上挖一個上尖下方的圭狀孔洞，洞只能容一人。每家留一個壯丁持刀守在孔洞內，其餘的人都組成隊伍。

許逵說：「大家都要聽從我的號令，看我的旗鼓行事，違者軍法處置。」他又在每個街巷裏設了埋伏，然後大開城門。沒多久，盜寇果然來了。盜寇還沒來得及殺人放火搶劫財物，許逵就指揮軍民，把盜寇全部擒獲斬首了。

凡是靠近城池的重要地方，都應該仿效許逵的做法，築牆防守，這樣就可以使寇賊不能侵犯城堡。

盛、許兩位縣令在強賊攻擊的面前，毫不示弱，採取的是

「全民皆兵」的戰略戰術，由於最大限度地發動了當地的人民群眾，因此，他們就能夠打退任何敢於來犯的敵人。這也正如古人所說的「動員了全國的老百姓，就造成了陷敵於滅頂之災的汪洋大海，造成了彌補武器等等缺陷的補救條件，造成了克服一切戰爭困難的前提。」「戰爭的偉力之最深厚的根源，存在於民眾之中。」在封建社會裏，封建地主階級的本質是反人民，與人民群眾的矛盾是根本對立的；但他們之中的個別有識之士，在某種特殊的條件下，如在盜賊侵犯、大敵當前時，亦可以在某些程度上，調動當地人民群眾的積極性，使得全民皆兵，齊心禦敵。

韓世忠鐵鉤沉敵船

　　西元一一二七年，北方女真族建立的金國在滅了北宋後，繼續南進，至江浙一帶，受到南宋將領韓世忠所率水軍的狙擊，在長江水面展開激戰。韓世忠曾與金兀朮相持於長江下游的黃天蕩一帶。韓世忠率戰艦進泊金山腳下，即準備破敵辦法。因金兀朮的戰船較小，不夠穩定，韓世忠就令部下用鐵纜穿上大鉤，又挑選出一批勇猛健壯的軍卒，訓練他們用鐵纜拽沉敵船的技術。

　　第三天黎明時分，金兵吶喊著，駕船向宋軍撲來。韓世忠指揮戰艦分兩路兵，迅速從兩翼插向敵船背後，命軍卒甩鉤掛住敵船，並用力猛拉鐵纜。每拉一次，就拽沉一艘敵船。一時江上敵船紛紛翻沉，陣勢大亂，金兀朮只得倉皇退兵。

　　明朝嘉靖年間，沿海一帶日本海盜猖獗，在黃天蕩這個地方，也曾發生過戰勝賊寇的戰鬥。當時，日本海盜搶奪了民船，耀武揚威地駛過黃天蕩江面，官兵卻不敢出來抗擊。當地的老百姓非常氣憤，他們集合了幾十隻運泥船去追趕賊寇。接近那些船隻以後，他們把稀軟的河泥甩到賊寇的船上。河泥很滑，弄得日

本盜寇站立不穩，而老百姓們穿的是草鞋，不怕滑。他們又用爾泥的長竹杆去捅那些盜寇，盜寇東倒西歪，好多都掉到江水裏去了。

　　人們常說：天才和愚蠢僅一步之差。這一步之別的主要原因與其說是智力不同，倒不如說是思維方式不同，以正確的方法進行思維，即使智力平平，也常常能夠順利地達到自己的目的。思維靈活並不一定表現在發明創造上，只要你肯動腦筋，隨時都可以享受靈活思維帶給你生活上的便利。

拐子馬鐵浮圖

　　金兀朮的鐵騎軍，每匹馬都身披鎧甲，三馬為一伍，用鐵索相連，取名「拐子馬」，又叫「長勝軍」。每次與宋軍交戰時，常能突破宋軍堅強的守備，使宋軍無招架之力。堰城之戰，金兀朮率一萬五千拐子馬來襲，岳飛命士兵用麻劄刀破敵陣，嚴令士兵不可抬頭，只須低頭砍金人騎兵馬腳。拐子馬是三馬相連，一馬倒，另外兩匹馬也失去戰鬥力。這時宋軍再奮勇衝殺，因而大敗金兵。

　　東魏的慕容紹宗曾奉東魏孝靜帝之命，率兵十萬去攻打侯景，戰旗盔甲在日光下閃爍，鳴著戰鼓長驅而進。侯景命令戰士全部披著盔甲，手持短刀，衝入東魏的軍隊裏，只低頭砍人的腿和馬的腳。岳飛如不是學習古人兵法，這難道是暗合嗎？

　　金兀朮手下又有一批掌旗的士兵，他們各個都穿著雙重鎧

甲，戴著鐵制頭盔，頭盔周圍也綴有鐵裙邊。每三個人為一伍，用皮繩串連在一起，名叫「鐵浮圖」。在順昌戰役中，正在激戰時，兀朮身披白袍，騎著披上鎧甲的馬匹，率領三千兵士來增援。宋將劉錡命令壯士投槍打掉敵人的鐵帽子，用大斧砍斷敵人的臂膀，砸碎敵人的腦袋。

智囊

《管子·制分》裏說：「凡用兵者，攻堅則韌，乘瑕則神。攻堅則瑕者堅，乘瑕則堅者瑕。故堅其堅者，瑕其瑕者。」這是一個進攻性的謀略，強調攻戰必須選擇敵人的弱點打。這是因為，打掉敵人的弱點，敵人的強點也就變成了弱點。使用這一謀略的關鍵是要發現敵人何處何時有間可乘，有瑕可擊。

金兀朮的「拐子馬」、「鐵浮圖」，都是他頗引以為自豪的戰無不勝的神器，宋軍剛開始由於不太了解他們的弱點，因此，在其強大的攻擊下，不知如何防禦。岳飛、劉錡都是南宋的抗金名將，在對金作戰中，他們逐步發現了「拐子馬」和「鐵浮圖」的致命弱點，一個以麻箚刀砍馬腳，另一個以槍驟其頭盔，斷臂碎首，終於將其制伏，並戰而勝之。這就說明：兩軍相爭，強軍並非一切都強，弱軍只要找到敵人致命的弱點，出其不意，乘隙而入，以弱勝強也是完全有可能的。

錢傳瓘﹙ㄍㄨㄢ﹚順風揚塵

五代後梁均王貞明五年，吳越王錢鏐派他的兒子錢傳瓘去攻打吳國，吳人抵抗，雙方在狼山大戰。吳國的戰船乘風而進，錢

傳瓘率船避開他們。等吳國的戰船過去之後，錢傳瓘就率船跟在吳船的後面。吳國的船隊回過頭來與錢傳瓘交戰，錢傳瓘便命令士兵利用順風揚起灰塵，使吳人睜不開眼睛。等到兩國的戰船相接的時候，錢傳瓘又命令士兵在自己的船上撒上一層沙子，而往敵人船上撒一層豆子。這些豆子沾上戰士們流的鮮血後變得特別滑，吳國的將士踩上這些沾滿血的豆子後都一個個滑倒了，錢傳瓘乘機放火焚燒了吳國的戰船，結果吳軍大敗。

　　連環計，指多計并用，計計相連，環環相扣，一計累敵，一計攻敵，任何強敵，無攻不破。如果敵方力量強大，就不要硬拼，要用計使其自相鉗制，藉以削弱敵方的戰鬥力。巧妙地運用謀略，就如有天神相助。例如，赤壁大戰時，周瑜巧用反間，讓曹操誤殺了熟悉水戰的蔡瑁、張允，又讓龐統向曹操獻上鎖船之計，又用苦肉計讓黃蓋詐降。三計連環，打得曹操大敗而逃。

　　此計的關鍵是要使敵人「自累」，就是指互相鉗制，背上包袱，使其行動不自由。這樣，就給圍殲敵人創造了良好的條件。

用虎用獅

　　春秋時期，魯莊公十年，齊國的軍隊和宋國的軍隊都駐紮在郎地，準備進攻魯國。公子偃說：「宋軍的軍容不整，軍紀渙散，潰不成師。宋軍一敗，齊國的軍隊也必然退回去。」於是公子偃從南門偷偷出擊，把馬蒙上老虎皮先攻宋軍，結果大敗宋軍，齊國的軍隊也撤回國了。

春秋時期晉楚城濮之戰時，晉國的司空胥臣把馬蒙上虎皮，先去攻打陳國和蔡國，就是仿效公子偃的做法。

魏主被南陽太守房伯玉打敗後，不甘心，就親自率兵襲擊宛城。房伯玉嚴守內城禦敵。宛城東南有座橋，房伯玉先命數名勇士穿著五彩斑斕的衣服，頭戴虎頭帽，埋伏在橋洞下。等魏主率兵經過時，突然現身攻擊，魏主人馬遂在驚懼中敗退。

南朝時，宋國的豫州太守檀和之等率軍攻打林邑，林邑的君王動員全國的人出來應戰，給大象也披上了鎧甲放了出來。象群聲勢很大，遠遠望去看不到邊。宋朝振武將軍宗慤說：「我聽說外國有獅子，牠的威力能制伏百獸。」於是他們製造很多獅子模型來與大象鬥。結果大象被嚇跑了，宋國於是攻下了林邑。

唐代朱滔圍攻深州時，背叛了朝廷的李惟岳依仗著田悅的援兵，就讓部將王武俊率領三千騎兵，排成方陣前來攻打朱滔。朱滔在布帛上畫了許多獅子，披在猛士身上，擂鼓吶喊著奮勇前跑，使敵方的戰馬受驚，大亂陣腳，因而朱滔乘機打敗了敵人，攻下了深州。

 智囊

抓住人們安其所常、詫其所異的心理特點，利用敵人的心理弱點，以奇術異技巧妙地打擊敵人。這是一種心理戰術。

人們常常習慣於自己所見到的事物，而對於平常極其少見的事物，總會感到驚奇。釣魚的人用手去捏造蚯蚓，養蠶的人用手去移植桑蠶，全然沒有一絲一毫的畏懼心理，這都是因為習以為常的緣故。假若突然碰到了牛鬼蛇神，能夠不心驚膽戰而狼狽逃走的，世上恐怕也不多見。

老馬識途　螞蟻為師

齊桓公討伐山戎時，取道孤竹國，行軍途中被水阻擋。水的深淺沒法測量，加之夜很黑，軍隊迷了路。管仲說：「老馬能認識道路。」於是放老馬在前面，軍隊在後面跟隨，果真找到了路。

軍隊走到山裏沒有水，隰朋說：「螞蟻冬天時在山南築窩，夏天在山北營巢，在螞蟻窩一寸遠的地方向下挖掘，就可掘出水源。」於是就在附近挖地，果然找到了水。

以管仲的賢能，隰朋的智慧，拜馬和螞蟻為師都不覺得難堪，而現在的人竟不知道以自己的愚昧之心去學習聖人的智慧，不是太過分了嗎？古代賢能的人，開天闢地創造生活，都是學習於萬物，哪裡只是為救一時之急呢！

古代聖人制定各種規章法制，無不以天地萬物為師，而不僅僅只是為了救一時的急難啊！

智囊

據英國的《金麥克動物生活百科全書》介紹，從前歐洲人利用馬車送鮮奶或送信件，拉車的馬由於每天要走同樣的路程，對所經過的環境十分熟悉，因此，懂得在要鮮奶人家的門口或在信箱旁邊停一下，這是國外對馬的記性好的一個實例。

在古代戰爭中，一些騎兵發現，他們的馬有非凡的認路本領，當他們迷路時，只要信馬由韁，馬便會把主人帶回部隊的營地裏去。管仲所說的「老馬識途」與歐洲的類似情況不謀而合，這說明了中國人早在兩千多年前對馬的特殊回歸能力的發現，是完全合乎科學的。

馬為什麼有這種記憶力呢？有些現代的動物學家經過研究認

為；馬主要是靠嗅覺來認路，視覺的作用似乎不大。他們觀察到：當年輕的馬第一次離開居住的地區，常常地會停下來嗅路旁的糞堆。墨西哥的牧民聲稱：一匹受過良好訓練的馬，能夠嗅出走失在一公里以外的牛羊，或者像獵犬一樣跟蹤野獸。其實，不僅是馬有記憶力，大凡動物或多或少都有記憶力。如果你是生活在農村，或去過那裏，你一定會記得吃飽牧草的牛，不用人牽引，便踏著慢條斯理的步伐，返回牛棚的情景。

至於下文隰朋說：「蟻壤一寸而仞有水。」於是，「掘地，遂得水」。這也是由於掌握了螞蟻的生活習慣，而解決了部隊將士所面臨的缺水的難題。據民間傳說，楚漢相爭的垓下一戰，項羽兵敗，當他逃至烏江邊，正要乘一隻小船渡江時，突然看見江邊由一群螞蟻組成的四個大字——「楚霸王死」。於是，這位叱吒風雲的蓋世英雄只得長歎一聲：「此乃天意，非戰之過也。」說完後，便拔劍自刎。

其實，群蟻組字原是韓信的計謀：韓信預先派人用蜂蜜寫下了這幾個大字，螞蟻只是見蜂蜜而來，卻使相信天命的項羽上當受騙。這一傳說雖不見諸正史，但韓信此謀也正是利用了螞蟻嗜甜的生活習慣，也可謂用得妙用得巧了吧！

范雎獻策

戰國時期，魏國人范雎遊說秦昭王道：「依據秦國領土這麼大，士卒這麼勇敢，去征服諸侯國，就好比用韓國有名的黑犬去抓瘸腿的兔子一樣容易。可是，秦國卻自己封閉了十五年，而不敢出征山東，這是穰侯魏丹對秦王的不忠，也是大王的計策有失誤的地方。」

秦昭襄王說：「寡人很願意聽一聽錯誤在哪裡？」

范雎說：「穰侯率軍越過韓、魏等國而去攻打齊國，這種做法是錯誤的。大王應該採取『遠交近攻』的策略，對距離遠的國家交朋友，而去進攻近處的國家，那麼能多擴張一寸土地，大王就多得一寸地；能多擴張一尺土地，大王就多擁有一尺地。今天韓、魏兩國位於中心地帶，是天下的樞紐，如果大王想稱霸諸侯，就必須敦睦位居中原樞紐的大國，進而威脅楚國和趙國。這樣楚國和趙國必然都來依附秦國。楚國和趙國依附了秦，那麼齊國必然非常害怕。這樣的話，韓國和魏國就更可以攻取了。」

　　秦王說：「好極了！」

智囊

　　「遠交近攻」是范雎為秦王獻上的一條滅絕六國、統一天下的戰略決策。所謂「遠交近攻」，即是結交遠邦，攻取鄰國。這樣，既無門前之禍，又無借道之難，且利於鞏固已奪得的地盤，到頭來就可以遠近皆得。後來秦國統一中原的成功，證明它是分化敵方，以便於各個擊破的行之有效且有深遠意義的戰略決策。

　　秦用范雎遠交近攻之策，先滅韓，次滅趙，次滅魏，次滅楚，次滅燕，並滅代，乃滅齊，因此，著名的《三十六計》將它列入第二十三計，是很有道理的。「遠交」，在此並非是要長久和好，而是一種外交權術，目的是孤立近鄰，「分而治之」，以實現其擴張的野心；一旦「近攻」得手，昔日「遠交」之「故友」，也就變為今日之「新敵」了。

　　第二次世界大戰中，法西斯德國用此策略，先後使不少歐洲國家「上當受騙」。當時，希特勒妄圖吞併歐洲，進而稱霸世界，卻又擔心歐洲各國聯合起來對付自己，便利用西方盟國的綏靖政策，開展一連串的政治外交偽裝誘騙的活動，實施遠交近攻

的策略。他甚至與東方的蘇聯，也簽訂了所謂的「蘇德互不侵犯條約」。

直到他入侵波蘭前夕，即一九三九年八月三十一日，還通過墨索里尼與英法搞外交活動，九月一日，德國法西斯便突然向波蘭發動「閃電戰」。不久，希特勒了解到西方盟國不會援助波蘭之後，更加明目張膽地向波蘭增兵。滅掉波蘭後，他又繼續揮師西進，先後攻佔了丹麥、挪威、荷蘭、比利時，以及盧森堡等國，並繞道攻入法國，直抵英吉利海峽……其後，魔爪復伸向東方，悍然撕毀了《蘇德互不侵犯條約》，向蘇聯發動突然襲擊。

王樸獻策

後周世宗時，拾遺王樸曾提出《平邊策》，內容大意是——

進攻佔領的方法，是從容易的地方開始。當今只有吳國容易攻取。東到大海，南至長江，可以進攻的地方多達二千里。我們可以從敵人防備薄弱的地方先攻打。吳國在東邊防備，我們攻打它的西邊；吳國在西邊防備，我們就攻打它的東邊。吳國必然奔走去挽救他們的薄弱之處，在他們奔走的過程中，我們可以探察到他們的虛實，避實擊虛，所向無敵。這樣吳國江北各州就可以奪取了。

奪取江北之後，可以利用那裏的民眾，來擴充壯大我們的兵力，那麼江南也不難攻下。攻下江南後，廣西、廣東、雲南、貴州、四川等地用書信就可以把他們招降了。吳、蜀兩地平定後，幽州的兵必然望風而歸，只有并州是拼死也不會歸附的匪寇，必須要出動強大的兵力來攻取，但也不足以構成我國的邊患。

周世宗認為王樸很有才幹，但沒來得及實行王樸的策略。後來宋朝興起，終於實現了王樸的策略。

那什麼是虛實呢？所謂虛實，一般來說，無為虛，有為實。表現在軍情上，怯、弱、亂、饑、勞、寡、不虞……為虛；勇、強、治、飽、逸、眾、有備……為實。孫武從軍情上的種種虛實表現中揭示出了一條規律，這就是避實擊虛。他把用兵規律比喻為流水，認為水流動的方式是避開高處而流向低處；用兵的規律是避開敵人堅實的地方，而攻擊敵人空虛的地方。所以說，「避實擊虛」的作戰原則，是《孫子兵法‧虛實》的核心和精髓。

怎樣才能做到避實擊虛呢？孫武把它貫穿到了戰爭的各個方面。他說：「出其所不趨，趨其所不意。行千里而不勞者，行於無人之地也。攻而必取者，攻其所不守也；守而必固者，守其所不攻也。」

意思是進軍向敵人不能急救的地方，急進向敵人料意不到的方向。行軍千里而不勞頓的，是因為走在沒有敵人的地區。進攻必然得手的，是因為進攻的是敵人不防守的地方；防守必然穩固的，是因為扼守的是敵人不易進攻的地方。

因此，在進攻作戰中，無論是調動敵人，還是行軍開進；無論是作戰方向的選擇，還是在攻擊目標的擬定上，都必須遵循「避實擊虛」的原則。

「避實擊虛」既是一條重要的戰術原則，也是一條重要的戰略指導思想，是「勝於易勝」、「勝已敗者」的具體體現。「勝於易勝」就是戰勝那些易於戰勝的敵人，也即攻擊那些好打之敵，如弱敵、亂敵、怯敵、餓敵、勞敵、寡敵、鬆敵等。「勝已敗者」就是戰勝那些已經處於失敗地位的敵人，或者說戰勝那些已露敗形之敵，比如以至強擊至弱，以累勝擊累敗，兵鋒所至，摧枯拉朽，立見勝敗。

在商界，如果「不戰而全勝」是你的戰略目標，那麼「避實擊虛」即是達到這個目標的關鍵。通過集中資源來攻擊競爭對手的致命弱點，你就會獲得成功。

抓住有利戰機

隋朝末年，李淵從晉陽發兵，入臨汾，在霍邑五十餘里處駐營。隋將宋老生率精兵兩萬人駐紮在霍邑，大將軍屈突通帶領剽悍的騎兵數萬駐紮在河東，以抗拒李淵。

李淵的部下請求去攻打河東的騎兵，任環勸李淵說：「關中的英雄豪傑們，都翹著腳尖盼望著我們這支正義之師，我在馮翊部下多年，深知他是個豪傑，請讓我去告訴他義軍的消息，他們必定會很快來追隨你的。然後我們的大軍從梁山渡河，直指韓城，進逼郃陽，蕭造、文吏必然望風請求歸降。然後乘勝前進，直接佔領永豐，到時即使攻不下長安，但關中的大局也就固定了。」

裴寂說：「屈突通有眾多的士兵盤踞著城堡，我軍不攻打他反而離他而去，如果攻不下長安，撤退後再被河東的屈突通追擊，將腹背受敵，這是個危險的計策。」

李世民說：「不然。兵貴神速，我軍憑著屢戰屢勝的銳氣，依靠歸順我們的民眾，軍隊乘勝西行，長安的敵人聞風喪膽，他們雖有智慧，可是來不及謀劃，雖勇敢但來不及決斷，我們就迅速攻取長安，如同秋風掃枯葉一樣。如果延誤時日，被困在堅固的敵城之下，他們就會有成熟的對策、修築堅固的設施來對付我們。另外，無故地浪費時間，士兵們就會沮喪和產生離心傾向。那樣的話，我們的大事就要毀掉了。況且關中紛紛揭竿而起的將領還在觀望，不可不早日收編他們，使之歸附於我們。屈突通已

經是守城待虜之人，不足為慮。」

這時，正逢連日下雨，李淵不能進兵，軍中缺乏糧餉；劉文靜去向始畢可汗請求援助，還沒返回；又傳說突厥與劉武周想乘虛攻打晉陽，李淵準備回師救晉陽。

李世民說：「現時莊稼豐收，何必憂愁缺乏軍糧？宋老生輕浮急躁，一戰就可以擒獲他。李密只注意倉庫的糧食，沒有宏遠的謀略。武周與突厥表面上雖然聯合，但內心裏卻互相猜疑。武周雖然遠征太原，但他哪能忘記馬邑呢？我們是正義之師，將士們奮不顧身，解救百姓的苦難，所以，我們應該先佔領咸陽城，號令天下。現在遇到一小股敵人，就急著班師回晉陽，恐怕跟隨我們的士卒很快就會散去。到那時，我們只能回去守著太原這一城之地，只能做一群流寇，還怎麼能保全自己的兵力呢？」

李淵不聽勸告。李世民再次去勸說，因這時李淵已經睡覺了，他無法進去，於是就在帳外嚎哭。哭聲傳進帳內，李淵把他叫進去，問他哭什麼。李世民說：「現在我們的大軍是為了正義而戰鬥的，向前進攻，就能攻克敵人，向後撤退就會潰散。士卒一散，敵人就會乘機攻打我們，死亡就在眼前了，我怎麼能不悲傷呢？」

李淵這才醒悟，說：「我已發兵回晉陽了，怎麼辦呢？」李世民說：「右軍在嚴陣以待，還沒有出發，左軍也剛走出不遠，請允許我親自去追他們回來。」於是他就和建成分道連夜追趕，把左軍追了回來。不久，去太原運糧的人也回來了。義軍引誘隋將宋老生出來交戰，把老生斬首。這時天已黃昏，又沒有攻城的器械，將士們就搭人梯強行攻城，於是攻下了霍邑。

其實任環的獻計與李密遊說楊玄感、魏思溫遊說徐敬業，都是同出一轍。然而只有李淵採納，因而取得天下，另外二人不用，所以敗亡。

楊玄感有謀反的野心，李密向他獻三計，說：「天子遠征遼

海，您若率軍直入薊縣，控制險要，天子因前有高麗國，歸路又被您阻斷，您一定可不戰而勝，這是上策；關中形勢險要，我們向西而行，沿途不攻城鎮，直取長安，安撫當地豪傑，招撫當地百姓，佔據要塞嚴加防守，天子即使回來，已失民心，我們就可從長計議了，這是中策；如果先就近攻打東都，以號令四方士民，只怕別人早已事先防備，如果百日之內無法取勝，等天子援軍一到，勝敗的結果，就不是我所能預料的了。」

楊玄感說：「不對，現在百官的家屬都在東都，如果先攻東都，那會觸動他們的心，況且我們路經的城堡不佔領，怎麼能顯示我的威風呢？你的下策才是上策啊！」

李密知道自己的計謀不能實現，退下來對人說：「楊玄感只知道反天子，而不知道如何獲得勝利，我們這些人都要成為天子的俘虜」。」沒有多久，楊玄感就失敗了。

唐朝徐敬業起兵，問計於軍師魏思溫，魏思溫說：「你既然因為太后控制天子而起兵，那就應該親自率兵直接攻打洛陽，這樣做，山東和韓魏等地的人知道你要幫助天子，擁護你的人必然很多，天下很快就會平定下來。」

徐敬業說：「不行，金陵靠著長江，有帝王之氣，應該先佔領常州、潤州等地，建立強大的基地，然後再向北挺進。」

思溫說：「鄭州、汴梁、徐州、亳州等地的英雄豪傑，都不願意武則天當皇帝，他們都蒸麥做飯，等待迎接我們的大軍，你為什麼要在金陵等死呢！」敬業不聽勸告。他叫敬猷帶兵在淮陽駐紮，韋超帶兵在梁山駐紮，而自己領兵去打下了潤州。思溫歎息著說：「兵忌分散，敬業不懂得北渡淮河，率領山東的士卒先攻打東都洛陽，我知道他是無所作為的。」

李密為楊玄感出的主意是多麼明智，楊玄感自己的主意又是多麼愚蠢！魏思溫的策略是好的，但徐敬業的本意又不是為了幫助天子，他怎麼不採納思溫的計策呢？

明朝李士實也勸反叛朝廷的朱宸濠直搗南京而不要去攻打安慶。這也是吸取李密、魏思溫的計策，而宸濠不聽勸告，結果失敗。隋煬帝的肆意暴虐，武則天篡奪唐朝的天下，李淵、李世民起兵反隋，都是有名的人物，而那個叛逆朱宸濠又算個什麼呢！老天不保佑叛賊，即使宸濠聽了勸告直逼南京，也未必就能取勝。

　　據說宸濠起兵的時候，曾揚言直取南京。道經安慶時，太守張文錦與守備楊銳等合謀，令軍士在城上鼓譟大罵，激怒宸濠，把他的兵馬阻止在城下，他們前進不了又攻不下城，大大挫傷了士兵的銳氣，為王守仁擒獲宸濠創造了條件。

智囊

　　歷史是一面鏡子。借鑒歷史的經驗會使人變得更聰明。

　　「戰爭」是一個怪物。翻開人類的文明史，戰爭就伴隨著人類的生存而連綿不斷，直至今天。隨著社會和科學技術的發展，戰爭的水準越來越高，從長矛大刀到火槍火炮、飛機戰艦，直至今天的火箭和導彈，以致軍用衛星、原子戰、電子戰、生化戰等。從戰爭中積累下來的經驗，穿越了時空的隧道，與人類文明的發展同步，懂得一些戰爭方面的知識，對於人們擴大知識領域，開闊視野，更好地學習、工作和生活，都是很有價值的。

　　這個故事告訴我們，戰爭取得成敗的關鍵在於是否抓住有利的戰機，一舉取得成功。現代社會，競爭激烈，機不可失，失不再來。有眼光的聰明人，之所以能夠成功，就在於他們能夠有準備地把握商機，不放過任何發展的好機會。在機會面前，人人平等，這些人能夠脫穎而出，根本原因在於他們善於觀察事物，分析事物，具有較強的洞察力、思辯力和長遠的戰略眼光。

第二十五卷
賢達明理的智囊

不是賢慧便是愚昧，唯有聰明才能仿效；可歎世上糊塗男兒，從巾幗中得到指教。因此，輯有《賢達明理的智囊》一卷。

馬皇后巧諫明太祖

　　明朝開國初，明大祖朱元璋曾多次下令統一貨幣，鑄造錢幣，卻屢屢未能成功。朱元璋因此非常憂慮。一天夜裏，他夢見有一個神仙教導他說：「要想鑄錢成功，須取秀才心肝。」朱元璋醒後嚇了一身冷汗，心想：這莫非是提醒我要殺一批秀才不成？於是，他便將這情況告知了結髮夫人馬皇后，聰明賢慧的馬皇后想了想，啟發他說：「以臣妾的愚見，秀才們所做的文章，就是他們的心肝寶貝了。」明大祖一聽，眼睛一亮，大為高興。隨即下令有關部門廣泛徵集秀才們的文章，從中選取一些最優秀的編輯出版。不久，錢幣也就鑄造成了。

智囊

　　朱元璋正處於困惑和猶豫之中。「須取秀才心肝」，這裏的「心肝」，既可以直接指秀才身體上最重要、最寶貴的一部分，又可以意指秀才精神上最看重、最得意的東西。夢中的神仙並沒有教導清楚，若是前一種理解，剜去秀才的心肝，國家一批有用之才將死於非命，朱元璋作為開明之君不情願看到，所以，朱元璋才感到困惑和猶豫。而夫人馬皇后按後一種思路去理解，既切

合情理，又不違背神仙的教導，朱元璋不得不佩服之至，「眼睛一亮，大為高興」。

國家一批才子得救了，且因廣泛徵集秀才文章，秀才們可以看到學問的價值，盛讚天子英明，更加發奮用功，為國效力。

趙威后的卓見

齊王派使者去問候趙威后。使者還沒有拿出書信，趙威后就問：「齊國今年的收成好嗎？老百姓平安無事吧？齊王身體健康嗎？」

使者一聽，很不高興地說：「我是奉齊王之命來看望威后的，現在您不先問候齊王，而先問起年成和百姓了，怎麼先問賤而後問尊貴呢？」

威后批評他說：「假如國家沒有收成，怎麼能養活百姓？假如沒有了老百姓，哪裡還有君王呢？所以，哪有捨了本，而先問枝節的道理呢？」

之後，威后又問使者說：「貴國有個叫鍾離子的隱士，有糧食吃的人他供養，沒糧食吃的人他也供養；有衣服穿的人他給穿的，沒衣服穿的人他也給穿的。這是個幫助君王養活老百姓的人，為什麼他至今還沒有被起用啊？業陽子，他同情鰥夫寡婦、體恤孤獨無依、救濟困難窮苦、補助貧乏不足。這是個幫助君王養育百姓的人，為什麼他至今也沒有被起用啊？北宮家的孝女還好嗎？這姑娘摘下了佩帶的美玉，到老也不願出嫁，以便奉養父母。這是為百姓做出表率，孝敬老人的好姑娘啊！為什麼至今沒得到表彰啊？賢德的人沒有受到任用，孝女沒有得到表彰，這樣，齊王還怎麼能統治國家、做萬民的父母啊？貴國子陵的子終，他上不以臣禮事奉君王，下不治理自己的家庭，中不求跟諸

侯交往。這是個引導百姓無所事事的人，為什麼至今還不殺了他呢？」

人心的向背關係到社稷的安危。人民安居樂業，國家才能繁榮昌盛，是否以民為本，能否得到人民的擁護，這關係到王朝的發展，國家的興亡，豈能「捨本而問末耶？」因此，表面上看，趙威后的答話與齊使的問話層層遞進，有程式的先後之分，但實際上反映出先秦時期兩種思想方法的區別。是否以民為本，任賢愛民，這已被歷代無數正反兩方面的經驗教訓證實了的，有關社稷安危、國家存亡的大是大非問題，又怎能是「先賤而後貴者乎？」

體察民情，深知民意，這歷來是古代賢君明臣治國治政的根本。戰國時期民本思想是統治階級一種普遍的思想，趙威后與齊使的對話，展現了這種任賢愛民，以民為本的進步思想。

劉娥勸君納忠言

十六國時期，漢烈宗劉聰的妻子劉娥，深受劉聰的寵愛。她被冊封為皇后以後，劉聰下詔建造鳳儀殿給劉娥居住。廷尉陳元達懇切陳詞，阻止這件事。劉聰大怒，要將陳元達斬首。

劉娥聽到這個消息之後，私自指示左右侍從去讓行刑的人停手，然後親筆上書劉聰，大意是說：「廷尉的話，關係到國家社稷安危，像他這樣的忠臣哪裡會是為了自己呢？但陛下不僅不採納忠言，反而還要殺他。陛下拒絕進諫，殺害忠良都是因為臣妾

的關係。自古以來國家的敗亡，往往是由於婦人所引起的，臣妾每見史冊所記，常常難過得吃不下飯。怎能料到，今天我自己就成了這種誤國的婦人了！後代人看我，也就像我看古代人一樣，我還有什麼面目做陛下的妻子？請讓我就死在這堂上，以補救陛下迷亂於女色的過錯。」

劉聰看完對大臣們說：「朕實在愧對元達啊！」後來，他把劉娥的手書拿給元達看，並感慨地說：「朕在外有你這樣的忠臣輔佐，在內有劉娥這樣的賢妻輔助，我還有什麼可憂慮的呢？」

周宣王的妻子姜后，楚莊王的夫人樊姬和唐太宗的妃子徐惠，都是這一類的賢妻。

智囊

「忠言逆耳利於行，良藥苦口利於病」。批評是一味良藥，大凡成大事者都善聽「諤諤之言」。唐太宗因善於納諫而成為一代明君，開創了大唐盛世。失去了批評就失去了鞭策和幫助，就會使我們把自身的懦弱誤作忠厚，把兇悍誤作豪放，把任性誤作自信，把圓滑誤作睿智……許多人因此而陷入孤芳自賞的泥潭，演繹出一幕幕人生悲劇。春秋時期，吳王夫差因聽不進伍子胥的批評意見，自以為是，驕傲自大，終為越國所滅。

批評是一種幫助。「難得是諍友，當面敢批評」，批評者往往會被人們一時所惱恨。所以，只有真正的良師益友才會拋棄「好人主義」、「明哲保身」的人生觀，置別人的怨恨於不顧而發出真誠的批評。不批評是老師對學生、上級對下級、父母對孩子錯誤的縱容；不願批評是對學生、對下級、對孩子徹頭徹尾的放棄！

批評不是打罵，批評不是懲罰，更不是假借公而泄私憤，批

評是心底無私、對人關懷和愛護的坦率表白。所以，缺少批評的社會是一種畸型病態的社會；缺乏批評和被批評的人生是一個不健全的人生。

讓我們多一份批評的責任，少一份好人主義的安道；多一種接受批評的勇氣，少一份面對批評的怨氣，在一個有批評和能被批評的健康環境中順利成長。

公主勸父王

唐肅宗李亨在宮中宴飲時，由女戲子們扮演假官戲。有一個穿綠衣的戲子手持簡牘扮演參軍的角色，這人是前朝唐玄宗末年番將阿布恩的妻子。阿布恩因犯法被處死刑後，他的妻子被分配到宮中妃嬪住的地方，因為她善於演戲，就把她編入樂工的班子，於是就讓她扮演參軍戲。公主向肅宗進諫說：「宮中歌舞的女藝人不少，為什麼一定要用這個人呢？假使阿布恩真的是個叛徒，他的妻子也和罪人一樣，是不應該接近皇上的寶座的；如果阿布恩是受了冤枉，又怎麼忍心讓他的妻子和戲子們混在一起，成為逗笑戲謔、眾人取樂的工具呢？我雖然淺陋無知，但也深感這樣做極不合適。」皇上聽了，也很憐憫同情那個女戲子，於是就讓停戲，而且赦免了阿布恩的妻子。為了這件事，宮中的人們都很敬重公主。這位公主就是後來唐德宗的親信大臣柳晟的母親。

智囊

縱觀人的一生，主要應該做好兩件事：一是做人，二是處

世。所以，人在孩提時代，一定要受教育，學會如何做人，同時學習各種處世本領。只有這樣，才能實現美好願望，享受幸福人生。在人際交往中，懂得通情達理是人格高尚的體現。要知道，在人生中，人格的力量是無價之寶，它會給人的一生帶來無窮的快樂和幸福。大凡人格高尚的人，想問題，辦事情，都懂得通情達理。

經驗告訴我們，沒有那個年齡應有的德行，就有那個年齡該有的一切痛苦。孩子們雖然對生命充滿了熱情，對未來充滿了嚮往，但是他們畢竟見少識寡，對生活的體驗也不深，因而懂得的人情事理是朦朧的、似是而非的。所以，長輩們要以一種朋友式的、充滿人情味的、寓理於情的言傳身教，去教育和感化他們，使他們及早學會如何通情達理地做人和處世。

婢女的志氣

唐朝僕射柳仲郢家裏有一個婢女失寵，柳家就把她在成都賣掉。成都的刺史蓋巨源，是西川的大將，曾多次掌管過其他州郡，家住苦竹溪。一個女販子把婢女領到蓋巨源家，巨源欣賞她有手藝，就把她買下來了。

有一天，蓋巨源從窗戶看見大街上有賣綾羅的人，就把他召到家裏來。蓋巨源拿起一捆細絹挑挑揀揀，把絹料的四邊翻來翻去，來回比較它們的厚薄，並跟賣家討價還價。這時，那婢女正好在他身邊，看到這情景，她不禁喊叫一聲，仆倒在地，好像中風一樣。蓋巨源讓人把她扶走，她始終不再說話，於是只好叫她回到那個女販子家裏。

第二天，婢女就痊癒了。那女人問她為什麼會急出病來，婢女說：「我雖然是個下賤的人，但曾經做過體面的高門世族家的

婢女，我死了也就罷了，怎麼能去伺候買賣綾絹的商人呢！」成都的人們聽說了這件事，都讚歎不已！

這個婢女胸中的志氣，幾乎不可量度。在她面前，王浚沖之流慚愧極了。

智囊

記得辛棄疾在《南鄉子》裏有這麼一句話：「天下英雄誰敵手？曹、劉，生子當如孫仲謀。」孫仲謀即孫權，他年未二十即繼承父兄基業爭雄江東，但他並不滿足佔有東南半壁江山，儘管他對陣的是擁有「臥龍」諸葛孔明的劉備，麾下猛將如雲，謀士如雨的曹操，他都不在乎，因為他始終牢記「須知少日拿雲志，曾許人間第一流」。終使一代梟雄曹操也不能不讚歎道：「生子當如孫仲謀！」

不同的人有不同的志氣，喜好田園志在平淡者，如陶淵明，志在報效祖國者，如陸遊，志在拯救人民者，如孫中山，志在金錢者，如巴爾扎克筆下的葛郎台老頭……不管他們的目標有何不同，但他們都有一個共同點：志氣是他們人生大廈的支柱。

蘇軾說過：「古之立大事者，不惟有超世之才，亦必有堅忍不拔之志。」讓我們牢記這句話，做一個有志氣的人。

樂羊子妻勉夫篤學

東漢時期，河南郡有位叫樂羊子的儒生，他的妻子雖然是普通人家的女子，但是她勤勞賢慧，深明大義，勉勵其夫修德篤學，勸導丈夫勤勞善良所表現出的美德和卓識，一直為人們所

樂道。她抗拒強暴從一而終，其事被《後漢書》撰入了《列女傳》。

有一天，樂羊子在路上拾到一塊金子，便興致勃勃的把金子拿回家對妻子誇耀，高興地說：「我今天發大財了，你看，我拾到的這塊金子成色多好啊！」妻子聽了羊子的話，不但不高興，還婉言地規勸道：「我雖然沒有讀多少書，可是我聽說過，有志氣的人不喝以『盜泉』命名的泉水；潔身自好的人不吃討來的食物，更何況是撿到了別人丟失的金子而不歸還呢！而你卻把撿到別人遺失的金子作為發財的捷徑，這是對自己美好德行的玷污啊！」妻子一席話，說得樂羊子羞慚不已。他立即把金子扔到野外，然後，就到遠方拜師求學去了。

樂羊子剛出去一年就跑回了家裏，妻子感到很納悶，問他道：「你外出求學，為什麼這麼快就回來了。」樂羊子說：「長期在外，我十分思念你，總是惦記著家裏的事，所以想回來看看你，並沒有其他的原因。你不用擔心。」聽完了樂羊子的話，妻子就拿起剪刀，走到織布機前，對樂羊子說：「你看到這塊布了吧？它是以蠶絲做原料，在織布機上織成的。這布從一根絲一根絲地積累起來，才織成一寸布；又一寸一寸地積累，才織成一丈，再由一丈一丈的累積才織成一匹。而現在如果我斬斷這塊布，半途而廢，那就會前功盡棄，一無所成。人如果向學，就必須每天反省自己，看還有哪些知識沒有學懂，然後採取措施加以彌補。這樣持之以恆地修煉自己的德行，提高自己的學識，才能學有所成。學業如果半途而廢的話，跟剪斷布匹又有什麼不同呢？」聽了妻子的話，樂羊子很受教育，立即背起行李，返回學堂繼續學習去了。從這之後，他專心求學，整整七年都沒有回過一次家，最後樂羊子成為了一位大儒。

樂羊子在外求學期間，他的妻子在家中辛苦勞作，侍奉婆婆，還要教養小姑子，按時給丈夫寄送學費。有一次，鄰居家的

一隻雞誤入樂羊子的園中，婆婆捉住雞把牠殺了，而且給煮了。樂羊子妻守著盛雞肉的碗連連咳聲歎氣，哭泣落淚，婆婆感到很奇怪，就問她其中的緣故。

樂羊子妻說：「孩兒並非不吃雞肉，而是非常傷心，我們家太貧窮，買不起雞肉吃，因此我不能為您老人家準備一頓豐盛的食物，致使得我們的碗裏盛的是別人家的肉食。我真是虧對您老人家和羊子啊！」聽到這話，她婆婆也就把雞肉扔到一邊不吃了。

後來，有個盜賊想凌辱羊子妻，就先把她的小姑子搶去做人質。羊子妻提著菜刀向盜賊奔去，逼迫盜賊放回小姑子。盜賊說：「你如果能放下菜刀，然後乖乖地順從我的話，就可以保全你們姑嫂二人的性命。如果不順從我，就先把你的小姑子殺掉。」

聞聽此言，羊子妻仰天而歎，無可奈何，最後舉刀刎頸而死。盜賊最後也沒有殺她的小姑子。樂羊子妻寧死也不受侮辱，顯示了其堅貞不屈，從一而終，也說明了她對丈夫的情深義重。河南郡太守聽到這件事後，捕殺了盜賊。太守稱讚羊子妻「貞義」，送去縑帛，禮葬了樂羊子妻。

智囊

對樂羊子來說，勸告他扔掉不義之財，這樣的妻子是益友；激勵他完成學業，這樣的妻子是嚴師；能給婆婆講明道理，能幫助丈夫成為有德行的人，這樣的妻子是個賢良孝順的媳婦。

夫妻之間的愛情，除了表現在兩人的相敬相愛外，還有重要的一面，就是要在事業上互勉互利。古人把妻子稱為「內助」，在本故事中樂羊子之妻就為我們樹立相夫教子的賢內助的典範。

家庭是社會的細胞，夫妻是家庭的和諧。強調「家」的作用，就要關心夫妻關係。我國是一個有著幾千年優良傳統的國家，向來提倡夫妻之間舉案齊眉，相敬如賓。感情是夫妻間互相支持、從善如流，是一個家庭幸福美滿的前提。聰明的人們全身心地去構築前提吧！

湛氏教子

　　晉代大將軍陶侃的母親湛氏，是豫章新淦人。早先，陶侃的父親陶丹娶她為妾，生下了陶侃。陶家很貧窮，湛氏總是用紡紗織麻線換來的錢資助他，讓他去和有聲望的人交往。

　　陶侃年輕時當過潯陽的小縣吏，曾經監管捕魚的事情，在那期間，他曾送給母親一瓦罐醃魚。湛氏把醃魚退還陶侃，並寫信責備他說：「你身為官吏，拿官家的東西送我，不但沒有好處，反而增加了我的憂慮。」

　　鄱陽人范逵一向很有名聲，被選薦為孝廉。有一次，范逵到陶侃家投宿，當時正值冬日，冰天雪地，寒風凜冽，陶侃家徒四壁，非常窮困，而范逵的隨從僕人和馬匹又很多。湛氏對陶侃說：「你只管留客，我自有辦法。」

　　湛氏把自己滿頭垂下來能及地的長髮，剪下來做成兩副假髮，賣得幾斛米。她又把屋裏用來撐房的柱子劈下一半當柴燒，剉碎了睡覺用的草席給馬匹當草料。終於，她備辦出一桌很精緻的酒飯招待客人，連隨從的僕人也都招待得很滿意。

　　後來，范逵聽說這些情況後，感歎道：「不是這樣的母親是生不出陶侃這樣出色的兒子！」范逵到洛陽後，極力宣揚了陶侃母子，陶侃因此得以身居高官，知名於世。

智囊

　　一個人一生中最早受到的教育來自家庭，來自母親對孩子的早期教育。美國一位著名心理學家為了研究母親對人一生的影響，在全美選出五十位成功人士，他們都在各自的行業中獲得了卓越的成就，同時又選出五十位原有犯罪紀錄的人，分別去信給他們，請他們談談母親對他們的影響。有兩封回信給他的印象最深。一封來自白宮一位著名人士，一封來自監獄一位服刑的犯人。

　　他們談的都是同一件事：小時候母親給他們分蘋果。

　　那位來自監獄的犯人在信中這樣寫道：小時候，有一天媽媽拿來幾個蘋果，紅紅的，大小各不同。我一眼就看見中間的一個又紅又大，十分喜歡，非常想要。這時，媽媽把蘋果放在桌上，問我和弟弟：你們想要哪個？我剛想說想要最大最紅的一個，這時弟弟搶先說出我想說的話。媽媽聽了，瞪了他一眼，責備他說：好孩子要學會把好東西讓給別人，不能總想著自己。於是，我靈機一動，改口說：「媽媽，我想要那個最小的，把大的留給弟弟吧！」媽媽聽了，非常高興，在我的臉上親了一下，並把那個又紅又大的蘋果獎勵給我。我得到了我想要的東西，從此，我學會了說謊。以後，我又學會了打架、偷、搶，為了得到想要得到的東西，我不擇手段。直到現在，我被送進監獄。

　　那位來自白宮的著名人士是這樣寫的：小時候，有一天媽媽拿來幾個蘋果，紅紅的，大小各不同。我和弟弟們都爭著要大的，媽媽把那個最大最紅的蘋果舉在手中，對我們說：「這個蘋果最大最紅最好吃，誰都想要得到它。很好，現在，讓我們來做個比賽，我把門前的草坪分成三塊，你們三人一人一塊，負責修剪好，誰幹得最快最好，誰就有權得到它！」我們三人比賽除

草，結果，我贏了那個最大的蘋果。我非常感謝母親，她讓我明白一個最簡單也最重要的道理：想要得到最好的，就必須努力爭第一。她一直都是這樣教育我們，也是這樣做的。在我們家裏，你想要什麼好東西要通過比賽來贏得，這很公平，你想要什麼，想要多少，就必須為此付出多少努力和代價！

推動搖籃的手，就是推動世界的手。

母親是孩子的第一任教師，你可以教他說第一句謊話，也可以教他做一個誠實的，永遠努力爭第一的人。

忠義母子

戰國時齊國淖齒叛亂，當初王孫賈追隨齊湣王，齊湣王去世後，他的母親說：「每當你朝出晚歸，我總是倚門盼望你回來，或者你晚出不歸，我也總是倚門盼望你回來。你口口聲聲要事奉君王，如今連君王在哪裡都不知道，你還能追隨誰呢？」

王孫賈聽了大感慚愧，就來到市街大聲叫喊：「淖齒叛亂，殺了君王，有誰願意和我一起去殺淖齒的，請捲起衣袖，露出你的左臂來！」經他大聲一呼，立刻有三百人願意跟隨他一起去殺了淖齒，並找到湣王的兒子，擁立他為齊王，最後終於復興了齊國。

王孫賈不率眾人殺淖齒，燕國樂毅的用兵形勢就不會顯得薄弱，如此一來齊國不僅無法報殺君之仇，而且復興齊國的事就難以進行，這樣就不只是有不共戴天的仇恨了。

張伯起著有《灌園記》傳奇，僅僅記載男女情愛，而對於像王孫賈母子這般忠義的事蹟卻不予記載，失去著書立論的輕重旨趣，我已加以改正了。

為人謀而忠,與朋友交而信,這是很重要的成功要素。比如說有些事情有政策,可支持可不支持,有中間路線,可做可不做。這些機會在有些主管人員手中就是舉手之勞。那麼他為什麼會幫你做?

為人謀而忠,就是應該在將來什麼時候你可以幫助他,對他個人來說可能有這種期待。雖然大家沒有用語言明確表達如何幫助,但是這是一種對你的忠、對你的信的一種報償。那他是憑什麼相信你,為你這麼做的呢?就是基於對你過去的認知和了解,這也是他對自己的未來做出的判斷。

知子莫如母

戰國的秦國派兵攻打趙國,兩國軍隊在長平對陣,趙王中了秦國的反間計,想派趙奢的兒子趙括代替廉頗為將。趙括平日將兵法等閒視之,善於紙上談兵,但父親趙奢總認為兒子趙括的本領還不到。聽說趙括即將率兵起程時,他的母親親自上書趙王,說不可派用趙括。

趙王問為什麼,趙母說:「當初趙括他父親在世為將時,屈身去親奉飲食的人就有十幾人,和他結交為友則有一百多位。國君及皇室所賞賜東西,先夫全都分給官兵。每當接受君命之日起,便不問家事專心投入作戰準備。現在趙括做了將軍,軍官無人敢抬頭看他,君王一有賞賜,就統統拿回家收藏起來,看到便宜、增值快的田宅,能買的便把它買下來。大王認為趙括像他父親,其實父子的心志不同,希望大王不要派他去。」

趙王說：「你不用再多說了，孤王已經決定。」

趙母說：「既然大王已經決定，如果今後趙括有不稱職的事情發生，請大王記得老婦有言在先，不要怪罪於我。」

趙王立即答應。

趙括代廉頗為將軍後，完全改變廉頗的作戰方式，最後果然兵敗身死，趙王因有言在先，所以趙母並未受到牽連。

趙括的母親不只是了解人，她對軍隊將領的見解也是很高明的。

智囊

有一個人，她永遠佔據在你心最柔軟的地方，她願用自己的一生去愛你；有一種愛，它讓你肆意索取和享用，卻不要你任何回報——這一個人，叫「母親」，這一種愛，叫「母愛」。一首《遊子吟》道出了千百年來母愛的偉大和無私。我們的生命都是母親給的，我們的血液裏永遠流淌著母愛，揮之不去。就算我們過著最平淡的生活，母愛也滲透在我們生活的點點滴滴。

但也許是太多的工作和生活瑣事充斥著我們的生活空間，也許是母親手中那風箏的線放得太長……與母親的愛雖然彼此潛伏，只是覺得犯不著，也沒空親熱肉麻地去表達。母親只是寄存在我們心中的一個小角落，只要她好好的就會忽略她的存在。知子莫若母，她在用自己的勤勞，節儉，平和的心態，低調地處事，她熱愛生活的態度默默地教育著我，激勵著我。

頭腦清醒的伯宗妻

春秋時晉國大夫伯宗早朝後很高興地回到家裏，他的妻子問他說：「有什麼喜事讓夫君這麼高興呢？」

伯宗說：「今天我在朝上奏事，其他大夫們都稱讚我，說我和陽處父一樣，是個有智慧的人。」

妻子說：「陽處父徒有外表，內心卻不實在。說話衝動但常不經深思，所以後來才會災禍臨身。說夫君像他有什麼好高興的呢？」

伯宗說：「我把在朝上所發生的事講給你聽，你就會明白了。」

說完後，他妻子說：「其他大夫和夫君不同，再說百姓對朝政的不滿已經很久了，我怕夫君會遭到殃及，何不招募侍衛保護州犁的安全呢？」伯宗於是找到畢陽。後來諸大夫想陷害伯宗，州犁遂在衛士畢陽的護衛下避難楚國。

其實當初伯宗每次上朝時，他的妻子就經常提醒他說：「盜匪憎惡有錢的富人，饑民怨恨不愛民的官吏。夫君平日喜歡疾言直諫，要提防因此而惹來災禍。」

智囊

在中國人的傳統觀念中，女子都是目光短淺，沒有主見，一切唯男人之命是從。其實，據科學家研究證明，女性在智力上並不比男性差，只不過大多數女子從小就被限制在一個很小的天地裏，其智力、潛力得不到正常的發揮罷了！

事實證明：她們的潛能一旦釋放出來，再加上某些優於男子的特點，如感情細膩、善解人意等，那麼，對於事物的分析判斷

能力並不比男子遜色，甚至要高於男性。特別是在一些重大的問題上，由於她們處在旁觀者的位置上，得以用局外人的眼光冷靜地、客觀地去觀察，因此，往往比作為當事人的男子看得更加透徹、更為深遠，也更有預見。

侯敏妻教夫免禍

　　武則天做皇帝時，司馬少卿來俊臣權重勢大，大臣們平時都不敢正眼看他。唯獨上林縣縣令侯敏偏偏追隨著他，侯敏妻董氏勸諫丈夫道：「來俊臣是國中大盜，勢力定不能長久下去的，將來有朝一日垮臺了，他的黨羽首先要遭受大禍，您還是對他敬而遠之吧！」於是，侯敏就稍稍地疏遠了來俊臣，來俊臣非常生氣，把侯敏貶到涪州任武隆縣縣令，侯敏想棄官不幹而歸隱家鄉。董氏對他說：「只管去，不要謀求留下來。」侯敏又聽了妻子的進言，於是走馬上任去了。

　　到達涪州後，侯敏遞上自己的名片去拜見涪州的守將，名片上又故意寫錯了格式，州將看見末尾有字，便大發脾氣，說：「你連自己的名字都寫不好，怎麼能當好縣令呢？」便不放他去上任。侯敏愁悶不樂，董氏又對他說：「只管住下，別要求離開。」住了五十天後，忠州的反賊攻破了武隆，原武隆的縣令全家被殺，家裏也被洗劫一空。侯敏由於未被允上任，因而得以保全。後來來俊臣被誅殺，他的黨羽全都被流放到嶺南，侯敏由於已脫離了來俊臣而獲得赦免。

古人云：「生死由命，富貴在天。」「天有不測風雲，人有旦夕禍福。」一個人來到世上，從生到死，平平安安地度過一生幾十年的，想來也的確不容易，尤其是在官場上的混更不容易。但像侯敏這樣兩次大難臨頭，又兩次化險為夷的，真叫後人疑心是說書人的虛構情節。

不過，如果我們在夜深人靜之時，看看自己或周圍的人和事，因禍得福的，或因福得禍的也並不少見，這並不是說什麼命運在捉弄人，而是生活的經驗所使然。

大概凡人有禍則警，警則慎世待人，故能得福；而有福則驕，驕則盛氣凌人，故招致禍。侯敏妻子董氏能權衡利害，看破禍福，不計眼前得失，遇到變故沉著冷靜，提醒、勸導、寬慰丈夫，動之以情，曉之以理，表現出了中國婦女賢慧、忠貞的傳統美德，而且也表現出其不同凡響的遠見卓識，的確是一位難得的女中豪傑。

識大義的王妃

明武宗時，寧王朱宸濠準備起兵謀反，婁妃曾經流淚予以勸阻，但寧王不聽。後來寧王事敗被捕，被關押在囚車中送往京城。途中他向監押官談起往事就痛哭起來，並說道：「從前商紂王因為聽了婦人的話喪失了天下，而我不聽婦人的話失去了國家，如今悔恨也來不及了！」

唐朝的武將僕固懷恩謀反時，他的母親曾勸阻他不要造反。謝綜等人被綁赴刑場時，唯獨他的母親不去看他。她們和婁妃三

人，都是能識大義的人。

智囊

善良者又可大致分為兩類。一類是識大義而又不惜小惠者，一類是婦人之仁者。兩者的區別在於，婦人之仁者徒勤小惠不知大義，他們認為他們點滴的善舉，就足以讓當今世人都過上「輕鬆感激的生活」，而識大義者，則知道更深層矛盾之所在，他們不會因為施捨了小惠，就盲目地「輕鬆」和「感激生活」。

那麼，什麼是大義呢？至少應是能超越自身的既得利益，敢於正視現實中的種種不公正、不合理。僅有大義不能直接解決問題，但是如果失去大義，那麼就連問題都看不到，更談何解決。

明理的妻子和女兒

漢朝的王章當年還是儒生時，在長安學習，單獨和妻子住在一起。一次王章生病，沒有被子，只好睡在為牛遮寒的麻草片中。他覺得自己活不成了，哭著和妻子訣別。他的妻子生氣地呵斥他說：「你在京師聲名之高，哪個顯貴人物能超過你？現在你有了重病，處境艱難，自己不振作精神，反而痛哭流涕，多麼淺薄無能啊！」

後來，王章被越級提拔，當了京兆尹。一次，王章想向成帝上一份密封的奏章，妻子又阻止他說：「你有今天的地位，應當知足了。難道你忘記躺在麻草片下面流眼淚的時候了嗎？」王章說：「這不是女人所懂得的。」於是，他還是把奏章遞上去了。果然，王章為此而獲罪，被關進監獄，妻子兒女也都被關了起來。

王章的小女兒只有十二歲，半夜忽然起來放聲大哭，她說：「平時獄卒喊囚犯，常常是叫到九個，今天叫到八個就停了。我父親一向剛直，先死的必定是我父親了。」第二天問起這事，果然是王章死了。

　　吳長卿說：「王章的妻子能預料他活下來，女兒能料到他先死。雖然他妻子做的事別人可以做到，但他女兒的聰明卻是學不到的。」

　　王章的妻子和女兒懂事理，明大義，能屈能伸，能勸說王章從不同的角度看待問題，不要鑽牛角尖，走死胡同，太顧及個人的臉面和尊嚴。因此，在解決問題的時候也常常比王章更鎮定，比王章看得更透徹，更有思想。但是，性格也是影響成敗的一個關鍵因素。王章的剛直和淺薄決定了他在處理事情的時候，缺乏迂迴曲折的應對技巧，以致走上了不歸路。

　　現實生活中，人們常常對自己即將失去的權、勢、財、錢等憂傷不已。殊不知，這些東西都不可能永遠佔有，一味地沉迷於這些東西之中，最終會把自己毀掉。要想開些，把功名利祿看作過眼雲煙，得而不喜，失而不憂，以超然的胸懷對待它們，你才會擺脫它們的束縛，真正做到不以物喜，不以己悲，則可以超然物外，做一個自由自在的人，快樂幸福的人。

勸夫不戀榮華富貴

　　楚王想聘陳子仲為相。陳子仲回家後，對妻子說：「今天我

成為相國，明天開始，我出門就有四匹駿馬拉乘的馬車可坐，每餐擺在我面前的都是山珍海味了。」

他的妻子說：「乘坐四匹駿馬拉乘的馬車，只不過是坐起來比較舒服；每餐的山珍海味，只不過是吃起來比較奢華。今天只是為坐得舒服、吃得奢華，就擔負楚國興亡的重責。目前世局紛擾，處境艱危，我擔心你會因此而喪命。」於是夫妻兩人埋名隱姓，為人澆灌果園了。

漢朝時黃霸和同鄉令狐子伯是好朋友。子伯為丞相，兒子是州郡的屬官。有一天令狐子伯要兒子送封信給黃霸，客人走後，黃霸一直賴在床上不肯起來。他的妻子覺得奇怪，問他原因。

黃霸說：「剛才看令狐子伯的兒子容光煥發，舉止優雅，想想自己的兒子不修邊幅，不懂禮儀，客人來了常不知所措，真有烏鴉鳳凰之別，父子情深，我覺得自己平日疏於教導兒子，感到十分愧疚。」

妻子說：「夫君節操清廉，不貪慕官祿榮華。今天令狐子伯的顯貴，與夫君的清廉，究竟是誰的氣節高呢？為什麼因為兒女而忘了自己以往所堅持的理念呢？」

黃霸由床上一躍而起，笑著說：「夫人說得好。」

於是夫妻二人決定從此隱居。後漢讀書人梁鴻的妻子孟光及鮑宣的妻子桓少君，都能夠一心為自己的丈夫，刪削浮華、追求樸素，以成全丈夫的清高；陳子仲和黃霸的妻子，也能夠開闊丈夫的心胸，使其追求名利的熱心頓時冷卻下來，變得悠然自得，無憂無慮。相比之下，丈夫們的思想境界，遠不及他們的妻子了。

唐傳奇小說《南柯太守傳》，寫淳于棼醉後夢入大槐安國，

官任南柯太守，二十年享盡榮華富貴，醒後發覺原是一夢。後人因此用「南柯一夢」借喻世間榮華富貴不過是一場空夢，現在常比喻為一場空歡喜。

洪應明先生在《菜根譚》中說：「富貴名譽，自道德來者，如山村中花，自是舒徐繁衍；自功業來者，如盆檻中花，便有遷徙興廢。若以權力得者，如瓶缽中花，其根不植，其萎可立而待矣！」

這些話的意思是：一個人的榮華富貴，如果是因為施行仁義道德而得來的，就會像生長在大自然中的花一樣，不斷繁衍生息，沒有絕期；如果是從建立的功業中得來的，就會像栽在花缽中的花一樣，因移動或環境變化而凋謝；若是靠權力霸佔或謀私所得，那這富貴榮華就會像插在花瓶中的花，因為缺乏生長的土壤，馬上就會枯萎。

這就告訴我們，沒有道德修養，僅靠功名、機遇或者是非法手段求得的福，千萬要警惕，它們不但不能長久，反會帶來災難，伴隨著毀滅。只有那些德性高尚的人，才能領悟個中道理，能夠一生平安。

屈原姊責弟矯世

戰國時，屈原被放逐江南以後，他的姊姊聽到消息也來到了他流放的地方。她責怪屈原不要違背世風人情，又開導他放寬心胸，因此，屈原被流放的地方也叫姊歸縣。屈原在《離騷》裏曾有詩句說：「阿姊關心我，再三地責罵我。」

唐代的狄仁傑待人隨和、處世圓滑，他的姊姊勸告他做人要正直不阿。武則天當朝時，狄仁傑曾經去問候盧姨，表示想為表弟去求官做。盧姨說：「姨只有一個兒子，不想讓他去侍奉女皇

帝！」狄仁傑聽了非常慚愧。屈原正直不阿，他的姊姊則讓他隨和一點。她們各有自己獨特的見解，姊姊的作用真是太大了！

　　明代的洪應明在《菜根譚》中說：「當政治清明天下太平的時候，待人接物應剛直嚴正；當政治黑暗天下紛亂時，待人接物就要剛直與圓滑並用。對待善良的君子要寬厚，對待邪惡的小人要嚴厲，對待一般平民則要寬嚴並用。」

　　處治世宜方，處亂世宜圓，處叔季之事當方圓並用，待善人宜寬，待惡人宜嚴，待庸人當寬嚴互存。這是因為太平盛世有明君相執政，他們大都虛心納諫，表彰善行。所以，一個人的言行即便是剛直嚴正，也不會受到任何殘酷的迫害；反之，如果是出於昏君奸臣當道的亂世，一言一行都必須要求儘量圓滑老練，否則，稍有不慎，就會遭來殺身之禍。屈原之姊、梁公之姊對其弟的勸告，固然有必要，但如果不看時代背景，一意孤行，也是要撞南牆的。

善於識人料事的妻子

　　春秋時代，晉國的公子重耳流亡到達曹國。國君曹共公聽說他的肋骨排得很密，幾乎連成一片，就讓他洗澡，以便偷偷觀看他的胸肋。曹國大夫僖負羈的妻子說：「我看晉公子的隨從們，都足以當宰相。如果用他們做輔助，晉公子必定能返回他的國家；他回到自己的國家後，一定會在諸侯中得志；得志於諸侯之後，他要懲罰對他無禮的國家，曹國就是頭一個。您何不早一點

向他致意呢！」僖負羈就贈送晉公子一盤食物，裏面暗藏著一塊貴重的玉璧。公子接受了食物，但退還了玉璧。

　　後來，當重耳攻入曹國時，為了報答僖負羈的好意，就下令軍隊不准進入他的家。僖負羈開始時不能像鄭國大夫叔詹那樣，勸諫自己的君主不要對重耳無禮，而是私下討好晉公子；到晉國報復曹國時，夫妻倆又不能站出來，袒露肢體為曹君謝罪。因為他只不過是個平庸的人之輩罷了！唯獨他的妻子有見識，能預見未來的事情，真是一個了不起的女人。

智囊

　　企業必須做到知人善任。「善任」就要「知人」。「知人」也叫「識人」，識人就是要善於發現人才，準確地識別人才。它是人才管理人員和管理機構的基本職能，是人才使用的第一步，也是關鍵的一環。發現和識別人才，是一個「剖石為玉，淘沙為金」的過程。

　　一個人是好是壞，是否德才兼備，不能只聽本人表白或別人反映，也不能只憑檔案，而是應看其一貫行為，觀其實踐表現：不僅要看辦公室的表現，還要看辦公室以外表現，看其全面；不能光靠某些考核人員閉門造車，而是應走群眾路線。各類人才思想業務素質究竟怎麼樣，同事間看得最清楚，也最有發言權。每個人才都有自己的性格和氣質，企業在選才時千萬不可只注意那些能說會道的「鐵嘴巴」，而輕視那些不吹不捧、多做少說的實幹型人才。

獨具慧眼的漂母

韓信還沒有顯達時，家裏貧賤，平日也沒有什麼善行。為了填飽肚子，常在熟人家吃閒飯，所以很多人都討厭他。

有一次韓信在南昌亭長家白吃白住了好幾個月，亭長的妻子非常討厭他，於是每天就早早做好了飯，躲在房間裏吃，等韓信來了之後，也不請他坐下吃飯。韓信察覺到他們不情願的表情，什麼話也沒說，調頭而去。

有一天，韓信在城下釣魚，有一些婦人在附近漂洗衣物，其中一個見韓信沒飯吃，就拿飯給他吃。一連幾十天都是這個老婦人供他吃飯。韓信高興地對老婦人說：「我有朝一日一定要重重地報答你老人家。」老婦人很生氣地說：「男子漢大丈夫養不活自己。我看你一表人才，可憐你才給你飯吃，誰指望你的報答！」

後來，韓信顯貴了，曾以千金酬報那位洗衣服的老婦人。

劉季、陳平當年在他們嫂嫂那裏都不受歡迎，亭長妻子對韓信的態度又何足為怪呢？像老婦人那樣的有厚德的人，世上是少有的，唯一可怪的是，楚漢眾多豪傑，卻沒有一個了解韓信的，即使是漢高祖劉邦也不了解，只有蕭相國，也是因為和他談了話才覺得他與眾不同。而那個老婦人卻獨獨能在偶然相遇時，賞識韓信，並在他窮困失意之時給他說明。這真是古今第一善於識別事物的眼力了。

後來淮陰所建的「漂母祠」裏有副對子，說的是——「世間不少奇男子，千古從無此婦人。」對聯很好，可惜祠建得狹窄簡陋，不能為那老婦人增加光彩。

劉道真少年時，曾經在荒野捕魚為生，他善於引吭高歌，凡聽見的人沒有不留連忘返的。有個老婆婆，知道他不是凡人，非常喜歡他唱歌，而且殺了隻小豬送給他吃。道真吃完豬肉，一點

也不表示感謝。老婆婆見他沒吃飽，又殺了一隻小豬送給他，他吃了一半就離開了。後來，劉道真當了吏部郎，老婆婆的兒子當時是個小令史，道真就越級任用他。這兒子不知道其中的原因，就問她母親，母親就把過去的事情告訴了他。

這個母親和那個洗衣物的老婦人相比，也是毫無愧色的，而道真的胸懷則要勝過韓信幾倍了。

智囊

韓信是千古名將，但是在他拜將之前，識其才者並不多。項羽不用，他投奔劉邦，劉邦也不器重他。若非蕭何月下追韓信，劉邦就可能失去這樣一員大將，建立漢朝基業的歷史恐怕就會改寫。像這樣一個人多不識的千古名將，一個漂婦竟然能在其貧賤之時就看出其才，其獨具慧眼怕蕭何也不及。

漂母的高明，就在於她能激起韓信的自尊，使其努力發憤。事實證明：再偉大的天才，也不一定能夠清楚地認識自己，同樣需要別人的指點和幫助。

非凡的見識

禮部侍郎潘炎，在唐德宗時任翰林學士，皇帝給他的恩惠深厚，極其特殊，他的妻子是大臣劉晏的女兒。一次，有個京兆尹因為想拜見潘炎而不得，就賄賂看門人三百匹細絹。夫人知道後，對潘炎說：「你作為一個臣下，而京兆尹想見你一次，就得給你的奴僕送三百匹絹，由此可見是多麼危險！」為這件事，她還勸潘炎趕快辭去了官職。

潘炎的兒子孟陽剛當上戶部侍郎時，夫人也十分擔憂。她對兒子說：「以你的才能而擔任丞郎的職務，我擔心會招來災禍。」兒子再三地向她分析說明了情況，夫人說：「你是否請你的同事們來聚會，讓我看看他們怎麼樣。」於是孟陽把所有同事都請來作客，夫人就在簾子後面觀察他們。聚會結束後，夫人高興地對兒子說：「他們的水準都跟你相同，這樣我就不必為你擔憂了！」夫人又問，坐在最邊上的、穿淺綠色衣服的青年是什麼人？孟陽回答說：「是補闕杜黃裳。」夫人說：「這個人和其他人完全不同，將來一定是有名的卿相。」後來的事實果然如此。

作為領導者，要真正識別人才，就要進行全方位的審察，看其是否具有相當的能力，是否有發展前途，是否可以委以重任。如果不注重一個人的學識、智慧、能力等方面的培養與使用，不注重其專長的發揮，僅憑一個人的相貌來判斷其能力的大小，甚至由此決定人才的取捨，那麼，必將導致人才被埋沒，事業遭受損失。

王佐妾罪子為生

明朝有個都指揮使王佐，掌管錦衣衛的官印，他的助手是陸松。陸松的兒子陸炳，不滿二十歲，有才貌，因此王佐很器重他，親自教他如何寫記錄囚犯口供的文書和其他一些公文，王佐告訴他：「錦衣衛的長官可不能不擅長寫作辦案的文書。」陸炳

非常感激王佐的栽培。後來王佐去世，陸炳也接替了他父親的職務，由於受到寵信，隨即負責掌管大印，勢力也日益擴張起來了。

王佐有個妾生的兒子，不成器，經常狂飲豪賭。他有三處別墅，有兩處已被陸炳設法佔有了，最後一處建築非常高大富麗，陸炳又想謀取它，但沒弄到手。於是陸炳就設計陷害他，以跟壞人結黨的罪名，逮捕了他的夥伴和一兩個品德不端的僕人，迫使他們證明他有罪，然後逮捕了他。

被捕的人當中，已有好幾個被活活打死了，王佐的兒子處境非常困難。恰巧他的母親，即王佐原來的妾，也在被捕之列。她來到審訊的地方準備回答訊問，只見陸炳和他的同僚正經排坐在上面，手下的人用刑具在逼迫她兒子招供。她兒子開始時固執地反抗不從，這母親就用雙膝跪地走到陸炳等人面前，詳細地數落他兒子的罪過。她兒子憤怒地向母親喊道：「我馬上就要死了，你怎麼忍心幫著他們來整我啊！」母親呵叱他：「死就死吧，還說什麼！」她又指著陸炳坐著的地方，回頭對兒子說：「你的父親坐在這裏不只一天兩天了，他幹這種事，也應該不是一兩次，所以就生了你這麼個不成器的兒子。這是天意啊！還有什麼可說的呢？」陸炳聽了，臉發紅，裝著往兩旁看什麼，汗也直往下流，他趕快讓受審的人退出去了。於是，這件事就這樣平息了下來。

智囊

生活中，這是一種高超的語義雙關技巧，它既可以痛快淋漓地發洩自己的憤怒，又能使對方不便於直接還擊而處於尷尬的境地。因為如果你與她計較，她說她是在罵別人；你說她沒有罵你

吧，可你又明明感覺到她那綿裏藏針的逼人鋒芒。咱們如能好好地體會一下王佐之妾的言下之意，便會深以為然也。我們發現，類似王佐之妾這樣的指桑罵槐術，一般來說，女性用之較多，這大約是與她們是弱者，且又愛宣泄感情的性格相吻合。因為是弱者，故在受了欺凌、委屈之時又不得不發洩，於是，只好採取這種指桑罵槐術了。

另外，旁敲側擊，卻弦外有音。這種不動聲色的聲東擊西的說法，卻以有意味的境界更能打動人心。例如，有一段時間了，你曾經答應朋友要請客，可能是由於忙於工作，一直沒安排出時間兌現許諾，有一天你那位朋友故意裝作無意地對你說：「我有個好朋友，原來說好要請客，可一直沒動靜。」這是什麼？濟南話說：「敲缸聽。」敲缸聽，並不是真的拿個什麼缸敲給別人聽，這裏用的是它的比喻義，說的是有話不明說，而是旁敲側擊，讓聽話者感覺到話裏有話，弦外有音。

李夫人識透人情

李夫人是西漢武帝的愛妃，她在病重臥床之時，漢武帝曾親自臨床去探望她。但是李夫人卻用被子蒙住了頭辭謝道：「陛下，賤妾久病臥床不起，身態容貌都遭到了毀壞，請原諒不能面見皇上，只希望將咱們的兒子昌邑王和妾的兄弟託付給陛下，多謝關照了。」

武帝安慰她道：「夫人病得如此厲害，恐怕是不能起床了。但現在就囑託昌邑王和兄弟的事，是否太早了點？」夫人說：「女子的容貌不加修飾是不能面見丈夫和父親的，所以，妾不敢在儀容不整的情況下面見皇帝陛下。」武帝請求道：「夫人只要讓朕見一面，朕將加賜千金給你，而且封給你兄弟當高官。」夫

人答道：「陛下，是否能當高官全在於陛下的意思了，而不在於是否見這一面。」皇帝還是說一定要見夫人，李夫人就轉身朝裏，只是唏噓哭泣而不再說話了。於是，武帝很不高興地起身拂袖而去。

李夫人的姊妹見一時惹惱了皇帝，便不理解地責備她道：「你也未免做得太過分了，你算什麼貴人，怎麼就不能讓皇帝見上一面，卻又要囑託他照顧兄弟呢？為什麼使皇帝這樣生氣呢？」

李夫人歎口氣道：「這你們就有所不知了，凡是以色相去侍奉別人的女子，一旦容貌衰退，別人對她的愛情也就會自然地減退；愛情減退了，別人對她的恩義也便斷絕了。皇上之所以對我還依依不捨，是因為我原來漂亮的緣故。而現在我病得一定很難看了，皇上見了一定會由於厭惡而拋棄了我。那他還肯追念過去的恩愛而憐憫任用我們的兄弟嗎？我之所以不願見皇帝，就是希望能長久地把兄弟託付給他啊！」姊妹們這才感到李夫人考慮深遠，而自歎不如。果然李夫人不久死去後，漢武帝一直追念不已！

智囊

后妃得寵，主要是憑藉著自己的容貌。儘管不少的皇帝在選擇后妃時，表面上要求「德、言、工、容」四條標準，其中的「容」似乎是次要的，而實際上，在選妃時，它是最重要的，甚至是唯一的標準。只不過皇帝中絕大多數不敢像齊宣王那樣，公開地宣稱寡人好色罷了！正因為如此，所以，當昔日的寵妃年老色衰以後，皇帝便會恩絕情斷，別覓新歡。個中道理，那些受帝王寵倖的女子未必個個清楚；即便清楚，能夠像漢武帝李夫人那

樣深謀遠慮地為家人著想的，又有幾人？

　　李夫人的聰明之處，在於她能細心地揣摸皇帝的心思，掌握君主的內心世界，進而採取了有別於人情世故且又不為親屬理解的行動，既能使皇帝不忘舊日恩情，又能使自己的親屬免遭一損俱損的滅頂之災。李夫人體弱病篤，黃泉路近，仍能方寸不亂，進退有方，作為一個女子，實屬不易。

　　據傳，李夫人本是一個歌妓，她的哥哥李延年為當時著名的樂師，曾歌曰：「北方有佳人，絕世而獨立。一顧傾人城，再顧傾人國。寧不知，傾城與傾國，佳人難再得。」漢武帝聽說這首歌後，引起了對這位佳人的思念。平陽公主悄悄地告訴漢武帝，李延年的妹妹就是這位佳人。於是，漢武帝立即下令召見了她，愛其歌舞，遂封為夫人。

第二十六卷
雄才大略的智囊

世上有男似弱女，有的女子像強男；有的女子不出門，智勇雙全人人佩服；目睹她們如日中天，真叫弱男羞煞人。因此，輯有《雄才大略的智囊》一卷。

槌擊玉連環

　　秦王派人去齊國，給齊襄王田法章之後的太史氏獻上一個玉連環，並說：「齊國的人多智慧，能解開這個連環套嗎？」

　　君王后聽了，二話沒說，拿來槌子將玉連環砸碎，然後對使者說：「已經解開了！」君王后當年能在眾多的奴僕中，看中已改名換姓的齊潛王的兒子田法章，可以說是具有慧眼識英雄的眼力，她用槌敲碎玉連環，不受秦國人的戲侮，頗具大將風度，簡直是女子中的藺相如了。

　　漢惠帝時，匈奴人曾經寫信戲謔呂后，這真是莫大的恥辱啊！但漢室竟然過分自我抑制，善言好語地答覆他們。當時陳平、周勃這些漢室的重臣都在，但卻沒有一個人有君王后這樣的智慧，這是什麼原因呢？

 智囊

　　敢於衝破思維的定勢，勇敢地將玉連環砸碎，然後告訴使者說：「已經解開了！」這是需要多麼大的勇氣和智慧啊！

　　知識就是力量。一個人掌握的知識多少，往往意味著這個人水準的高低，能力的大小。但是知識與創新能力又不能簡單地劃

上等號。知識是對已知世界的了解，創新是對未知領域的探索。沒有一定的專業知識做基礎去創新，就像妄想在空中建樓閣一樣虛幻縹緲。然而，突破不了現有知識的規範束縛，無疑又開闢不出一個嶄新世界。一百多年前，當時科學界幾乎達成了共識，用金屬製作的機械飛不起來。而本身是工人的萊特兄弟偏不信已有的理論，硬是埋頭苦幹，結果造出了飛機，飛上了藍天。

經驗是成功的總結。應用自己的成功經驗，學習別人的成功經驗，從事自己新的工作，是聰明人的明智選擇，可以少走彎路，快速取得一定的成就。然而，經驗也是一種規範，一種慣性，往往指引著你按照這種模式直線前進，能有所進步，有所收穫。但是，創新有大的成就。

姜氏勸夫復國

春秋時期，晉國的公子重耳逃亡到齊國，齊桓公把宗室的女兒姜氏嫁給他，還給了他八十匹馬。公子安於齊國的生活，一住五年，沒有走的意思，跟隨他的趙衰、子犯等人感到這樣下去不行。

有一次，他們在桑樹下商量上路的事，養蠶的侍妾正好在樹上聽到，把這事告訴了夫人姜氏。姜氏殺了她，並去勸公子趕快離開齊國。

公子說：「人生只要有安樂，誰還去管其他的事。」

姜氏說：「您是一國的公子，因為走投無路才來到這裏。幾個隨行的大夫都把您看作晉國的命根子，您不趕緊回國，報答這些勞苦功高的臣子，反而在這裏迷戀女色耽於安逸，我心裏真為您感到羞愧。這時候不求復國，什麼時候才能成功？」公子仍然不聽她的話。

於是姜氏就找趙衰等人商量，把重耳灌醉，然後用車把他載

走了。

春秋時期的五霸，以齊桓公姜小白和晉文公姬重耳最為興盛。有他們這樣一個女兒，一個妻子，就足以名垂千古了。

智囊

「深謀遠慮」其實是領導決策力的深層表現，也是其決策力能正確運用的基礎。作為一名領導者只有具備深謀遠慮的能力，才能在很多重大事務上取勝。

任何事都要有備而行，有謀而做，如果平時做事不計過程，不計後果，定會造成許多遺憾。事實上，事前預謀，事中籌備，事後總結，是做事的基本原則。二號人物在帶領團隊工作的過程中，如果具備了像卡莉·費奧瑞納那樣深謀遠慮的決策力，在做任何事尤其是在一些重大問題的決策上，便會從容自如，得心應手。

劉太妃的智謀

劉太妃是晉王李克用的妻了。李克用在追殺並大敗黃巢的軍隊後，率軍經過汴州，朱溫假意盛宴招待李克用，暗中發動軍隊半夜圍攻，李克用逃回自己的營區後，想要帶兵攻打朱溫。劉氏勸阻說：「夫君本是為國征討賊寇，今天朱溫在汴州圍攻夫君的事，天下無人知曉，如果夫君擅自發動軍隊攻擊，那麼，天下有誰能分辨這是非曲直呢？不如率軍回營，另向朝廷申訴之後，再聲討朱溫的罪行。」李克用依劉氏的話去做，於是天下人都指責朱溫。

有一次，李克用被朱溫圍困在上源驛，李克用的親信曾脫逃

回來報告汴人發動軍變的消息。劉氏不動聲色，立刻把他殺了。暗中召集將領，部署士兵，策劃如何救援。這等智謀勇略，豈是李克用比得上的？

如果李克用不幸中朱溫埋伏身亡，那麼劉氏一定會像張茂的妻子一樣為夫報仇；如果李克用不死而只是被圍，劉氏也一定會像邵續的女兒一樣救夫突圍。

然而，不論是身為張茂的妻子或邵續的女兒，她們的處境都比劉太妃容易。為什麼呢？因為勇氣可以培養，智慧卻不容易養成。

晉元帝時，張茂任吳郡太守，被沈充所害。他的妻子陸氏帶領張茂的軍隊率先討伐沈充。沈充敗了，於是被陸氏殺掉。邵續的女兒嫁給劉遐。當劉遐被石季倫所圍困時，邵續的女兒帶上幾個騎兵攻進重圍，把劉遐從萬人的陣中救了出來。

當初太原被圍，李克用屢戰屢敗，正不知該如何進退時，大將李存信曾勸李克用暫到北方，日後再圖謀反攻。李克用把李存信的建議告訴劉氏，劉氏罵道：「李存信只是個北方牧羊人的小孩，哪能懂得事情成敗的關鍵呢？大王曾經譏笑王行瑜輕易放棄守城，以至於死在別人手中，今天大王為什麼要重蹈覆轍呢？況且大王以前也在轘轅待過，幾乎無法免於災難，幸好天下紛擾多事，才能重返南方。今天只要離開守城，就會有無法預料的災禍發生，戰敗的士兵，信心動搖，一旦離開，有誰會繼續追隨大王？北方又怎能走得到？」李克用聽從劉氏的話，於是打消了去北方的念頭。

 智囊

劉太妃是一個有勇有謀的女子。在是非面前，她有自己的思考和認識，而且總是能夠瞻前顧後，顧全大局，這種大局意識和

是非觀念是很難得的。

「季文子三思而後行。子聞知，曰：『再，斯可矣！』」意思是說魯國的大夫季文子，做什麼事情之前都要反覆考慮。孔子知道了，說：「想兩次就可以了。」這便是成語「三思而後行」的出處和來歷。在現實的生活中，當遇到問題的時候，要懂得深思熟慮，沉著應對，不要輕舉妄動。

鄭氏鞭兒息兵變

唐朝李景讓的母親鄭氏，為人處世深明大義。李景讓後來官位顯達，頭髮也已斑白了，有一點小錯，也難免母親的鞭打。李景讓任浙西觀察使時，一次手下的一個低級軍官不順從他的心意，就被刑杖給打死了。

軍中將士對此非常氣憤，傳聞要發生兵變。鄭氏聽說這些情況後，來到大堂上坐下，叫李景讓站在庭院中，責備他說：「天子把一方大事託付給你，你怎麼能把國家的刑法當成個人的工具，隨便使用，亂殺無辜呢？萬一造成地方的動亂，難道只是對上有負朝廷的信任嗎？你的行為會使我含羞而死，到那時，我有什麼面目去見你死去的父親呢？」說著，她便命左右的人脫去李景讓的衣服，要鞭打他的脊背。這時，李景讓手下的高級軍官們都出來為他求情，過了好久鄭氏才同意放了他。軍隊從此就安定下來了。

鄭氏年輕時就守寡，家境貧困，孩子幼小，她親自教育孩子。有一次，她家房子的後牆坍塌，從牆破處找到了許多錢。她祈禱說：「我聽說不勞而獲是自身的災禍。老天如果憐憫我貧窮，那就讓幾個孤兒的學問有長進吧，這些錢就不敢拿了。」說著就趕快把那些錢掩埋上，把牆修好砸實了。從上述言行看，鄭

氏真是女子中有大見識的人。

李景讓的弟弟李景莊，參加科學考試多年了，每次落選，鄭氏總是責怪李景讓，把他打一頓。這件事實在很可笑。然而李景讓始終不肯為弟弟的事，去託請主管考試的官員。他說：「朝廷選拔人才，錄取士子，自有公道，哪能像別人那樣，為了入選而去買通、託請主考官呢？」他受家教的影響是非常深的了！

智囊

李景讓鞭打小軍官致死，將士們怒氣沖沖且隨時都有發生兵變的可能，鄭氏則利用自己是其母的特殊身分，當眾嚴厲斥責並假裝鞭打他，這就引起了將士們對他的憐憫，反過來又為他求情。這樣，將士們胸中的怒火頓時就被化解掉了。

這正如有句名言所說：「再大的火，在它剛點燃的時候，如果能在適合的時間適合的地點而加以處理，就是一小杯水也能撲滅它。」

鄭氏的計謀其實就是「苦肉計」，是通過自我傷害取信敵人，以便麻痺對方或進行間諜活動的謀略。施用迷惑敵人的手法，若違背人們分析判斷事物的習慣時，敵人就不容易一下子看透它的本質；不按「人之常性」行事，就如同水中看倒影一樣，使對方得出與事物本質顛倒了的結論。這就是「苦肉計」成功的奧祕。

「苦肉計」的用法多種多樣，目的和形式也不盡相同。「周瑜打黃蓋，一個願打，一個願挨」，就是其中的一種。它的特點，在於利用「人不自害」的常理，做出必要的犧牲，達到欺騙敵人的目的。這種謀略，在近代和現代的間諜戰中仍不少見。

莒婦復仇

春秋時，莒國有個婦女，她的丈夫被莒公殺了，她便成了寡婦。一直到了老年，她都孤零零地一個人寄居在紀障城裏。她每天紡線搓成繩子，等到繩子與城牆的高度一樣長了，她就把繩子藏起來。有一天，齊國的軍隊來攻打紀障城，她就在夜裏偷偷地爬上紀障城牆，把繩子扔到城外，有人看見了這根繩子，隨即獻給了齊國的主帥子占。子占下令齊軍夜間攀繩登城，登上去的有六十人。這時，繩子突然斷了，城下的士兵就擊鼓吶喊助威，城上的人也一起隨之呼應。莒公聽了很害怕，打開西門逃跑了。

莒國這個婦女已經寡居而且上年紀了，但殺夫的血恨一直鬱積在心中，最後因這種仇恨而滅了一個國家。由此可見，人怎麼可以隨便殺了呢？國君尚且不能得到一個寡婦的諒解，一個寡婦尚且能夠報復她的國君，更何況其他的人呢？

智囊

得人心者得天下，失人心者失天下。得道多助，失道寡助，人心向背，決定成敗。在古代賢哲描繪的和諧社會藍圖中，人與人之間重誠信、講仁愛、求友善、修和睦、選賢能、富庶安康……我們應該擁有道德，擁有一顆愛心，時刻準備著幫助別人，讓道德與關愛共存。

但是，可憐的莒婦，丈夫被殺，自己成為寡婦，這一切使得她心中的道德天平失重，背負著極大的仇恨度日如年，最終，不惜戴「賣國賊」的帽子，也要報殺夫之仇的莒婦，恐怕很難為世上有理智的男子所接受，但至少說明了該女子敢愛敢恨，願意為愛情付出一切。敢愛敢恨，真性情。敢愛敢恨，也需要很大的勇氣。

鄧夫人善解人意

魯桓公十三年，楚大夫屈瑕率軍攻打羅國，大夫鬥伯比為他送行。回程時對車夫說：「屈瑕這次一定會吃敗仗。看他走路時腳抬得那麼高，證明他心神不寧。」於是去見楚王，請求增派援軍。楚王並沒有答應，回到寢宮把鬥伯比請求增派援軍的事告訴了夫人鄧曼。

鄧曼說：「鬥伯比並非真的請求大王增派援軍，他是暗示賢君治國，以信用來鎮撫普通百姓，以美德來訓誡官員們，而以刑法來使屈瑕有所畏懼。屈瑕常自恃蒲騷之役的戰功，自以為是，所以今天他率軍攻伐羅國，一定心存輕敵之意。如果大王不加約束，豈不等於是一支不設防的軍隊嗎？所以鬥伯比要大王訓誡官員，約束屈瑕，尤其要讓屈瑕明白天道是不容忽視的，如果不是這個意思，鬥伯比大夫難道不知道楚國軍隊已經全部出發了嗎？」楚王聽了，就派楚國人去追屈瑕莫敖，但沒追上。

後來，莫敖果然因輕敵而不設警戒，使楚軍大敗，莫敖自己也上吊自殺。

社會語言學告訴我們：人們在語言交際過程中，說話者的一方出於某方面的考慮，不便直截了當地道出自己的心聲，而是委婉曲折地說出來，此時，聽說者的另一方就應從他的言下之意，或意外之意中，細心地體會和揣摸對方的真實意圖。

屈瑕出征時趾高氣揚，明顯有輕視對方的表現，其失敗徵兆溢於言表。但他是楚武王的愛子，因此，鬥伯比不便直接說出，於是，以「必濟師」的進諫希望能引起楚武王的重視，避免楚師

敗績。楚武王並沒有聽出鬥伯比大夫的言外之意，多虧細心的鄧夫人提醒，楚武王才恍然大悟。這裏，主要展現了鄧夫人對國事的倍加關心，對大夫的瞭若指掌，以及對屈瑕的深切洞察。

據《左傳·莊公四年》所說：楚武王五十一年春天隨侯在周天子的壓力下，決定與楚國一刀兩斷。楚武王決定率軍前去攻伐隨國，但此時的楚武王已是七十上下的老人了，當他準備到宗廟裏去進行齋戒的時候，突然感到心跳得厲害，回宮後告訴鄧夫人。夫人歎息說：「看來大王的壽命將要終結了。此次出征，如果大王在路上萬一有個三長兩短，但只要軍隊沒有什麼虧損，那就是國家的福分了。」

這年三月，楚武王率師出發，走到現在的湖北鍾祥市時：心臟病發作，死在樠木山下，果然不幸為鄧曼所言中。看來，鄧夫人不僅善解臣意，而且能料君王死期，也算是古代楚國的一個奇女子。

冼（Ｔｉㄢˇ）夫人將計就計

南朝時，高涼的冼氏，世代是當地土著的首領，整個部落有十幾萬戶人家。冼氏有個女兒，聰明果敢，很有謀略，被羅州刺史馮融聘為兒子馮寶的夫人。馮融雖然當了一輩子的地方長官，但因為不是土著，當地的土人卻不聽他的指揮。冼氏夫人就給本家族定下規約，要求大家跟百姓一樣遵守禮節制度。她還參與處理訴訟案件，犯罪的即使是親戚也不寬恕。這樣一來，馮融才得以順利地行使他的行政權力。

有一次，高州刺史李遷仕派使者來請馮寶，馮寶打算前往，冼夫人制止他，說：「高州刺史被上面召去救援遭圍困的台城，他卻聲稱自己有病，實際上他已經鑄造了兵器，聚集了軍隊，然

後才來請你的。這一定是想扣住你做人質以調動你的軍隊去台城。你暫且不要前往，以便觀察事態的變化。」

幾天之後，李遷仕果然反叛，派遣主帥杜平虜率兵威逼南康郡。陳霸先就派周文育去打叛軍。馮寶一得知，便馬上告訴了洗夫人。洗夫人說：「杜平虜迎戰官兵，一時間不會回到高州，而李遷仕在高州也無法救援杜平虜。若是夫君率軍而去，李遷仕必會與夫君發生爭戰，夫君不如派人帶著厚禮，用謙卑的言辭對李遷仕說：『我不敢自己率兵，只好請妻子代我前往。』他聽後一定高興地鬆懈防備，這時我再率領一千多人裝做要挑貨去賣，等來到他營前再發動突擊，一定可擊敗他。」馮寶聽從了夫人的計策。

李遷仕聽說後果然大喜，看見洗夫人帶來的人都擔著貨物，便不加防備。洗夫人乘機突襲一舉攻破州府後，就奔向贛石和陳霸先會師。洗夫人回來後對馮寶說：「陳都督是不同尋常的人，很得人心，一定能夠平定叛軍的，應當大力資助他。」

到後來，馮寶去世，嶺南一度大亂。洗夫人出面召集百粵，使幾個州全部安定下來了。為此，嶺南人共同尊奉洗夫人為聖母。洗夫人稱得上智勇雙全，是女中的大將。

隋文帝的時候，番州總管趙訥貪婪暴虐，各地的屬官大多叛離官府。洗夫人派長史到朝廷上奏密封的奏章，論說朝廷安撫叛離人員的必要性，並且數說了趙訥的罪狀。隋文帝於是法辦了趙訥，並指令洗夫人勸說、慰問逃亡的地方官員。洗夫人就親自帶著皇帝的詔書，自稱是朝廷的使者，走遍十幾個州郡，宣傳講解皇帝招安的意思。所到之處，反叛的人員都來歸順朝廷。洗夫人去世的時候，封她的諡號是誠敬夫人。

　　「明修棧道，暗渡陳倉」一計的形式有很多種，其中一種便是「笑裏藏刀」、「綿裏藏針」。表面上與對手親善，暗地裏卻突施冷箭，令對手防不勝防。實質上是利用對方思維結果與我方的真實意圖之間的空隙，由一方人為製造的兩方思維的「錯位」。這種「錯位」的隱蔽性越強，越不容易被對手發現。洗夫人敗李遷仕，用的就是此計。

　　出其不意，攻其無備，知己知彼，才能百戰百勝。生活中有時用出其不意的方式，奇正相生，往往能夠達到出奇制勝的效果，但要掌握好「奇」、「正」的辯證關係，由奇變為正，而適時的正面強攻又可能轉化為奇。只要熟練掌握就能靈活應對了。

李侃婦助夫守城

　　唐德宗建中末年，李希烈反叛攻陷汴州，並準備襲擊陳州。當時項城守令李侃認為項城太小，城牆低矮，而賊兵精銳，無法抵禦，想要逃走。

　　他的妻子說：「叛賊來攻，理當據城死守。萬一城破，大不了一死而已，何必逃走呢？再說如果重金招賞勇士守城，一定能擊退叛賊。」

　　李侃召集全城的官吏百姓，對他們說：「我身為縣令，雖是一城之主，但任朝一滿就離開此地，不像你們土生土長在這個地方，祖先的墳墓也在這裏，因此今天我們應該同心盡力，拼死守城，與此城共存亡。你們總不願意失去大唐子民的身分而北面事奉賊寇吧？」

百姓都感動激憤，哭泣著，呼喊著，表示願意幫助縣令死守項城。李侃接著又說：「凡是自願用瓦石擊賊者賞一千錢，用刀箭殺賊者賞一萬錢。」李侃因此得到了數百名勇士，於是率眾登城守禦，妻子則親自做飯給眾人吃。李侃又派人告訴叛賊說：「項城父老決心抗戰守城，即使城破也不能威服百姓，只徒然失去民心，毫無益處。」

後來，在一次守城激戰中，李侃不幸中了敵人的亂箭，便走下城來，他的夫人看見了，生氣地對他說：「你不在城上了，那麼還有誰肯為此城賣命？戰死在城上不勝過死在床上嗎？」於是李侃趕快登城，重新投入戰鬥，恰好賊將被城上發出的箭射死了，於是圍城的士兵紛紛離去，項城遂保存了下來。

智囊

項城保衛戰，若論戰略戰術，李侃婦的計謀也許算不上上乘，但可貴的是，她以其女性的天賦與無所畏懼的精神，抓住了戰鬥中的一個重要因素：精神力量——士氣、民心，並竭盡所能地鼓舞民心與士氣，眾志成城，同仇敵愾。李侃婦雖然不能親自揮戈上陣，但她以自己特殊的身分、過人的膽略與見識，對身為縣令的李侃發生了深刻的影響，使他由欲棄城而逃，轉而與全體將士共同作戰保衛縣城；由動搖退卻轉而以死相守，終立大功。這也足以說明李侃婦人格的力量所在。

勇敢迎敵的晏氏

宋朝寧化人晏氏，年輕時嫁曾氏為妻，丈夫死後獨力撫育幼

兒，未曾再嫁。紹定年間賊寇作亂，晏氏依山建立山寨，召集田丁說：「你們都靠我曾家養家活口，念在過去主人情份，希望你們盡力禦賊，萬一賊人破寨，就殺了我，免得受賊人羞辱。」接著將家財全部分給田丁、奴僕，人人都心懷感激，無不奮力禦賊。晏氏親自擊鼓助戰，命其他女婢敲鑼，終於將賊人擊退。

賊人退去後，鄉人帶領家人前來投靠晏氏的非常多，晏氏又拿出家裏糧食周濟那些生活貧困的人，擴大山寨而成五寨，相互支援照應，賊人始終不能破寨。晏氏的舉動，救活不下數萬條老幼的人命。

皇帝聽說這項義舉後，封晏氏為恭人，並賜衣冠，晏氏的兒子也被任命為承信郎。

漢朝的天子曾說：「只可惜我沒有得到廉頗、李牧做將領，否則哪裡還用擔心匈奴呢！」即便這是實情，但何必非得廉頗、李牧不可呢！如果真能得到李侃的妻子和晏恭人作守衛，邵續的女兒和崔寧的妾當戰將，讓劉太妃做上將，平陽昭公主做副將，鄧曼、冼夫人做參軍，荀崧的女兒當「遊奕使」。那麼，即使橫行天下都沒問題了。

唐太宗大曆年間，楊子琳襲擊並佔據了成都，崔寧雖屢次征戰，但直至力量耗盡也沒能奪回城池。崔寧的妾任氏，身材魁偉，果決幹練。她拿出十萬家財招募勇士，隔夜間就招到一千人。任氏把這些人編成軍隊，設置了將校，然後親自指揮他們迫近楊子琳。楊子琳終於棄城潰逃。

晉朝荀崧的小女兒荀灌，具有不同尋常的節操，荀崧任襄城太守時，曾被叛將杜曾所圍困。因為兵力薄弱，糧食用盡，打算求救於過去的屬吏、平南將軍石覽。可是，卻無法出城。荀灌這時才十三歲，她就率領幾十名勇士，夜間翻過城牆，突出重圍，敵兵發現後，追得很急，荀灌邊戰邊走，終於擺脫了追兵。荀灌親自去面見石覽將軍，請求出兵；她又代荀崧寫信給南中郎將周

訪，請求支援。後來，圍城的敵人聽說外面的救兵來到，就立即逃散了。

智囊

勇敢，需要勇氣。人的一生會犯很多錯誤，只要在經歷錯誤時能夠意識到，並勇敢地去面對，才能使自己不斷成熟起來。也只有在犯了錯誤之後敢於承認，才能堅定自己的信念，追求奮鬥的目標。

英勇是一種力量，但不是腿部和臂部的力量，而是心靈和靈魂的力量。一個人面對正當之事物，從正當的時機出發，而且在這種相應條件下感到自信，他就是一個勇敢的人。

臨危不亂的妻子

五代後梁末年，襄州都軍務鄒景溫被調到徐州任職，還是總管軍務。鄒景溫有個強悍的僕人，仗著自己擅弄拳腳、有勇力，就和妻子兩人獨自騎著毛驢單獨行動。在走到芒山和碭山之間的水草地時，僕人得意地大聲說：「聽說這裏常有綠林好漢出沒，難道沒有人敢現身與我一較勝負嗎？」

話音剛落，有五、六個強盜從草木叢生的地方突然跳了出來，其中一個從僕人的身後用雙手把他抱住，經過搏鬥，把僕人壓倒在地，然後強盜抽出短刀，切斷了他的喉嚨。這是因為他沒有防備，而突然向他發動攻擊的結果。

僕人的妻子站在一旁，目睹這一切，卻一點也不驚慌害怕，只聽她假裝大聲地嚷道：「真痛快啊！今天各位總算為我報仇雪

恨了！我本是良家女子，遭這賊人綁架，才來到此地，今天各位壯士為我殺賊雪恨，誰說沒有神明保佑？」強盜們聽了，信以為真，沒有殺她，把他們的行李連同毛驢趕著朝南走去。

　　走了近五、六十里，他們來到毫城北界，在一個村莊南邊停下來歇息。這村莊門口放有弓箭、鎧甲等，看來巡視曹戒的戍卒就在近前了。這個妻子就徑直走進了屋子的中堂，強盜們都以為她是去找吃的東西而沒有懷疑。在堂上，僕人的妻子哭著拜見了戍卒的總首，向他報告了自己的丈夫遭到屠殺的情形。總首聽了，悄悄召集部下，一下子把強盜們抓住，捆綁起來，只有一個強盜逃走了。

　　這夥人被套上枷鎖，押送到毫城，全部處死，屍首在街市上示眾。後來，這僕人的妻子返回到襄陽，終其一生做了尼姑。

　　徐氏、申屠氏、鄒僕妻等，都是丈夫遭人陷害後，能為夫報仇的婦人。徐氏在外聯合昔日部將，在內與諸女婢合力，內外應合制伏偽覽，就如擊殺一隻病鼠般容易；申屠氏的為夫報仇就比較困難，但她在不顯露復仇的心意下，仍能從容地進行復仇計畫；鄒僕的妻子最是難得，災難突起，親眼目睹盜匪們手持利刃奪取丈夫性命，即使是秦舞陽在一旁看了，都不能做到不動聲色，但她卻一面在心中盤算如何復仇，一面美言誆騙盜匪，當天用計擒滅盜匪，不能不說她是位大智大勇的婦人。這位婦女出身低微，哪裡曾讀過書，知曉禮義呢？然而她面臨突變卻毫不慌亂，處置從容自如。世上那些自命讀書知禮義的人們，不知道他們是否也能有這種處事的本領呢？

 智囊

鎮定自若，臨危不懼，是一種勇氣和智慧。鎮定自若，指的

是遇到緊急情況不慌不忙，不變常態。面對更加複雜多變的情況，樹立「有備無患」的心理，牢牢掌握要領，才能鎮定自若地採取有效的處理措施，化險為夷，才能頭腦清醒地運用科學的應變方法去奪取勝利的果實，因而更能體會到馳騁戰場的無限樂趣，享受全新對戰帶來的強烈震撼。

同樣，在生活中，一些人平時注意體能訓練，貴在每日堅持，所以賽場上才能鎮定自若，輕鬆獲勝。這正如常言所道：「冰凍三尺，非一日之寒。」

難得的謝小娥

唐代謝小娥是豫章一個商人的女兒。八歲那年她母親去世，把她許給了歷陽的段家，所以謝、段兩家就經常乘一條船在江湖上進行貿易。小娥十四歲時，剛成婚，父親和丈夫就遭到強盜搶劫並被殺害，兩家的親族也同時都被殺盡。小娥的頭和腳受了傷，落入水中漂流沉浮，後來被別的船打撈上來，過了一夜才算活過來了。因為家破人亡，小娥就到處流浪要飯，來到上元縣後，投靠了妙果寺的尼姑淨悟。

當初，小娥的父親剛死的時候，她曾夢見父親對她說：「殺我的人，是車中猿，門東草。」隔幾天後，又曾夢見她丈夫對她說：「殺我的人，是禾中走，一日夫。」小娥自己不能解這些夢，就常常把那兩句話寫下來，到處去求聰明的人幫著分析，但一年過去了，也沒能搞明白。

唐憲宗元和八年，李公佐結束了在江西的從事職務，乘船來到建業。逗留期間，他上瓦官寺去，樓閣上的和尚齊物向他講述了小娥的遭遇和夢境。李公佐靠著欄杆，用手指在空中邊寫邊凝神默想，忽然，他全明白了，就讓寺裏的童僕立刻去叫小娥。

李公佐對小娥分析道：「殺你父親的，是申蘭；殺你丈夫的是申春。夢中說：『車中猿』，車字的中間乃是申字，申不是十二屬相中和猴相對應的嗎？草下有門，門中有東，這就是『蘭』字了。夢中又說『禾中走』，意思是穿田而過，這也是『申』字了；『一日夫』，是在夫字上面加一畫，下面加個日，這是『春』字。所以殺人的是申蘭、申春，這是明白無疑的了。」小娥聽後，悲痛至極，哭著一再拜謝了李公佐。她把申蘭、申春這四個字祕密寫在衣服裏面，發誓要找到這兩個強盜報仇雪恨。

　　小娥換上了男裝，闖江湖為人幫工。年底時，她到了潯陽郡，看見招貼上寫著有人要僱工，小娥就去應召。她問主人是誰？結果竟是申蘭。小娥心中憤恨而表面卻顯得很和順，就這樣在申蘭左右幹了兩年多。申蘭對小娥很是喜歡，進出的錢財，沒有不交小娥經手的。小娥每次看到申蘭搶來的他父親的衣物器具，總是傷心得偷偷哭泣。

　　申蘭與申春是兄弟，申春住在江北的獨樹浦，兄弟兩人感情很好，來往得很密切。一天，申春帶著大鯉魚、水果及好酒來探望申蘭，兄弟倆及其他賊人酣飲到半夜，後來其他賊人相繼離去，只剩下申春醉倒在內室，而申蘭也不勝酒力，醉臥在庭院。謝小娥暗中把申春反鎖在內室，抽出申蘭佩刀，割下申蘭的腦袋。然後邀集鄰人幫忙，擒下被鎖在內室的申春。

　　經清理，他們歷年多所掠奪的財貨，總計有數千萬之多。申蘭、申春有黨羽數十人，謝小娥平日早已分別記下他們的名字，一一擒下斬殺。當時潯陽太守嘉勉謝小娥的孝行，免小娥殺人的死罪。後來謝小娥削髮出家，終身為尼。

　　一般人或許有謝小娥的智慧與勇氣，但這份多年來尋訪賊人而不捨的堅忍精神，卻是萬萬難有的。

一個從不曾習武的弱女子，在一夜之間，手起刀落，斬殺了兩個惡貫滿盈的江湖大盜，自己卻毫髮未傷。這事乍一聽似乎不大可能，可文弱纖秀的謝小娥，卻把它付諸了實施，支撐她的則全在於那滿腔的深仇。她所表現出來的堅毅、忍耐精神，是中國婦女的驕傲。

堅毅的性格，也能使人產生巨大的忍耐力，忍耐力又能共生出謙讓的精神，而謙讓這一品質是要求人們利用自我犧牲的精神去控制自我，以維持社會或團體共同的秩序，創造出一個有紀律講文明的社會。因此，可以說艱苦生活的磨鍊是培養人們優秀品格的一種手段和方法。

李寄斬蛇

廣東、福建交界的庸嶺，綿長數十里。山下西北邊的低濕地裏，經常有一條長七、八丈，身圍一丈多的大蟒蛇出沒。當地的人都很害怕，就是都城的都尉和所屬各縣的長官，也有被蛇咬死的。於是，當地人就常用牛羊祭拜大蛇，祈求減免災禍。有巫師說大蛇有時給人託夢，想吃一名十二、三歲的女童，都尉和縣令為此事困擾不已，只好想辦法去尋找一些人家的奴僕生的女兒，和罪犯家的女孩子養起來，到八月祭蛇時將女童送入蛇穴，大蛇在半夜出洞，將女童緊緊捲住，然後吞下蛇腹。年年如此，前後已經吃了九個女童。

這一年，又到了祭蛇的日子，但尋遍各地，找不到當祭品的女童。將樂縣的李誕家有六個女兒，沒有兒子。最小的女兒名

寄，自願獻身蛇腹，但父母都不答應。

李寄說：「父母親，你們不用捨不得，家裏有六個女兒，卻沒有一個男孩，女兒無力學緹縈救父，也沒有能力供養父母，只是白白耗費家用，活著無用，不如早些死，賣身的錢雖不多，但也能稍稍補貼家用，這樣不是很好嗎？」

父母捨不得，但拗不過李寄，只好答應。李寄求得一把好劍，帶著獵犬前往都尉府。到了八月上旬祭蛇的日子，李寄持劍帶犬來到廟中，把事先做好的一個重達數十斤、外層塗上蜂蜜的米餅放在蛇洞口。到了夜裏，大蛇出洞了。只見蛇頭大得像個米倉，兩眼發亮猶如二尺寬的鏡子。因為聞到了米餅的香氣，大蛇就先吞食米餅，這時李寄放開獵犬，獵犬衝過去咬大蛇，李寄也隨之上去，用利劍朝大蛇猛砍。大蛇受傷後，爬行出洞外，掙扎到洞外的空地上就死了。

李寄進入蛇洞，發現洞中有九具女童的骸髏，就將骸骨全部運出洞外。李寄對著屍骨歎息說：「由於你們的膽怯和軟弱，才遭大蛇吞食，真是可悲、可憐啊！」然後才慢慢地走回家。

越王聽說李寄殺蛇的事，聘娶她為皇后，又任命李父為縣令，李寄的母親及姊姊們也都各有賞賜，從此境內再也沒有妖邪作亂。

漢高祖劉邦殺蛇而成皇帝，無獨有偶，李寄殺蛇而成皇后。天下的事，實在有許多相通之處。

智囊

一個弱女子，能把官府也無可奈何的大蟒蛇殺死，靠的是什麼呢？是置之死地而後生的勇氣和力量。正是這種勇氣，激發了李寄身上的潛能，她才做出了驚人之舉。所以後人在評價李寄斬

蛇的壯舉時，都稱她為奇女子，把她與漢朝的開國皇帝劉邦相提並論，因為劉邦曾斬白蛇而起義，後來當了皇帝，而李寄斬蛇而利民，最後也當上了王后。

人的潛能是相當大的，當這種潛能被激發的時候，會產生令人想像不到的力量。後來一些科學家做過實驗，不僅是人，所有的動物甚至植物都具有這種能力。

紅拂女慧眼識雙雄

楊素鎮守西京時，李靖作為一個平民百姓前來求見楊素，楊素坐在椅子上，傲慢地接見李靖。李靖向楊素深深行禮後，說：「天下即將大亂，英雄群起。楊公身為國家重臣，理應謙恭對待賢士，網羅豪傑引為心腹，怎麼可以坐在椅子上待客？」

楊素一聽這話，立刻嚴肅起來，忙起身道歉。當時楊素身邊圍著好幾名侍妾，其中有一位手持紅色拂塵的，容貌特別美麗，獨獨盯著李靖看。當李靖告辭離去後，那個侍妾站在欄杆前指使小吏說：「趕快去問問剛才離去的客人，他科舉功名第幾，家居何處？」李靖一一回答，那侍妾在一旁聽完後，念叨著離去了。

李靖回到旅店，那夜五更時，他忽然聽見有人敲門，並且低聲叫他的名字。他打開房門一看，只見一位身穿紫衣戴紗帽的人，還挑著一個行囊。李靖一問，原來是昨天在楊素家所見的那位手持紅拂的侍女，便請她進屋。侍女脫去外衣紗帽，急忙對李靖行禮。李靖吃了一驚，忙回禮，並且問她來意，她說：「我服侍楊司空很久了，也見過不少天下豪傑，但沒有一位可與閣下相比，所以特地前來投靠。」

李靖聽了這番話，就問她楊素的為人，她回答說：「不過是一具行屍走肉而已，不值得談論。許多侍女眼見日後沒有指望，

都紛紛離他而去，及早投靠有前途的人。而楊公也不怎麼追究她們的離去，我說的全是事實，閣下不要懷疑。」

李靖問她姓名，她只回答姓「張」，再問她家中排行，她回答「排行老大」。

李靖看她容貌舉止，言談氣質，簡直像天仙一般。李靖見紅拂女投奔自己，心中既高興又害怕，然而下意識中又總覺不妥，開門探頭，也沒見有人跟蹤。但是幾天之後，卻傳出有人追捕紅拂女的風聲，李靖覺得事不宜遲，立即改裝騎馬出城，準備帶紅拂女回太原。

途經靈右，兩人投宿客棧。一天，廚房的爐火上正燉著一鍋肉，紅拂女披散著一頭拖地長髮，站在床前梳頭，李靖在客棧外刷洗馬匹，突然有一位客人來到客棧門口，中等身材，蓄著滿腮紅鬍子，騎著一匹跛腿驢，下了驢，先丟一袋草料給驢吃，然後走進客棧，取過一隻枕頭斜臥在床，一雙眼卻一直注視紅拂女梳頭的動作。

李靖見了很生氣，正準備發火，紅拂女在觀察來客的舉動後，卻搖手制止李靖，要他先不要發脾氣。紅拂女整整衣裳，然後上前問客人姓名，客人躺在床上回答說：「姓張。」紅拂女說：「我也姓張，算起來應該是你妹妹。」又問客人家中排行，客人答：「排行老三。」紅拂女說：「我排行老大。」客人非常高興認了一個妹妹。

紅拂女招呼李靖過來，要李靖跟三哥見面，李靖向他行禮致意，於是三人圍坐閒聊，客人問李靖爐上燉的是什麼肉，李靖答：「羊肉，看來快熟了。」張某說肚子餓了，李靖拿出買來的胡餅，客人從腰間抽出匕首切肉，三人一面配餅吃肉，一面喝酒，接著客人又從皮囊中拿出下酒菜，原來是一顆人頭和一副人的心肝，他把人頭放回袋中，用匕首切開心肝，邀李靖一起吃，並且說：「這個人是天下最忘恩負義的人，我花了十年的時間，

才找到他砍下他的腦袋。」

接著又說：「我怎麼看你都是一個窮書生樣，你是如何得到這位絕世美人的？」李靖不敢隱瞞，就把結識紅拂女的經過說給客人聽。客人笑著說：「原來如此呀，我想光憑你自己，怎麼也無法獲美人心，那麼今後你有何打算呢？」李靖回答：「想暫時到太原避一陣子。」客人說：「據術士觀察星象，說太原上空有股不尋常的雲氣，我也想去太原看看。」於是李靖談到自己將去拜訪李世民，李靖並與客人約在太原汾陽橋碰面，說完客人就騎著驢走了。

到了兩人約定的日子，客人和李靖都依約來到汾陽橋，兩人再度碰面都非常高興，李靖假稱客人會看相，託友人介紹見了李世民，兩人一見面，客人發覺李世民是真命天子，就頹喪地回家。於是客人邀李靖夫婦到自己家中，介紹妻子與他們認識，並置酒菜招待他們，另外變賣家財，將變賣的錢財，滿滿裝了二十車，交給李靖輔佐李世民建立功業，他自己卻與妻子穿著軍服跨上快馬，帶著一名奴僕飄然而去。

後來李靖輔佐李世民統一天下，被封為衛國公。

吳長卿說：「紅拂女見李靖，以為遇見當世奇才，把楊素看得一文不值；日後又碰上鬍子客人，那氣度又遠勝李靖了。可惜啊！當時紅拂女未能遇見李世民！」

智囊

紅拂，自由生活的追求者，有自主意識的女性。美女識英雄，自古被人們傳為佳話，唐初就有美人紅拂女獨具慧眼，在芸芸眾生中，辨識了兩位英雄人物，一位是她的夫君李靖，另一位是她的結拜兄長虯髯客，三人結為莫逆之交，一同在風塵亂世中

施展才華，被人們稱為：「風塵三俠」。

為了表彰紅拂女佐夫之功，唐太宗下令在她的墓前築起突厥境內的鐵山和吐谷渾境內的積石山模型，並命魏徵撰寫墓誌銘，自己親手題下「大唐特進兵部尚書中書門下省開府儀同三司衛國公李夫人張氏之碑」的碑名。紅拂女歌妓出身，卻能獨具慧眼，認定李靖與虬髯客，得享盛名。

沈妾助夫脫險

明朝錦衣衛有個姓沈的人，他嫉惡如仇，因為彈劾宰相嚴嵩的罪過而受到懲罰，被貶到保安去種田。當時，總督楊順、巡按路楷，都是嚴嵩的門客，聽從嚴嵩兒子嚴世蕃的支使，為所欲為，草菅人命。對他們說來，除掉一個人，就像去掉身上的一膿瘡，大至王侯，小如公卿，都不在話下。楊順就曾跟路楷合謀，抓了很多和造反的人有聯繫的白蓮教徒，並經過篡改把他們列入死囚的名冊，判處了死刑，然後又吞沒他們的家產。

因為處理這件事有功，所以楊順的一個兒子當了錦衣衛的千戶，路楷則升官，候選五品卿寺。為此，楊順快快不樂，他想：「宰相對我的獎賞太輕了，難道我幹得還不夠嗎？」於是，他把沈的二兒子抓來，活活打死了；他又發公文到越地，逮捕沈的長子——儒生沈襄，把他抓來之後，就每天拷打審訊。

沈襄的處境十分艱難危急，眼看就要被整死了。正在這時，楊順、路楷被人彈劾，最後皇帝下旨把他們逮捕治罪，沈襄才得以減刑，被發送去守邊關。當初沈襄被抓來的時候，只有一個愛妾跟在身邊，到這時，他就和這妾一起奔赴邊關。走到中途的時候，他們隱約聽說嚴嵩要派人半路攔截沈襄，把他殺掉。沈襄很害怕，想逃跑，然而看著愛妾又不忍割捨。

妾說：「沈家傳宗接代，就靠你一個人了，你只管走吧，不要為我擔心！」

於是沈襄就騙押送的人說，城裏有和自己同榜登科的某年兄家，欠了沈家的錢，他要去討回來。押送的人因為看到他的妾留下了，就沒有懷疑，放他走了。

沈襄很久不回來，押送的人就到他所說的人家去詢問，那家人說沈襄未曾來過。押送人即返回去詢問那個妾，沈襄的妾一把抓住押送人的衣襟，放聲痛哭，她說：「我們夫妻患難相守，一刻也不分開，現在他一去不回，肯定是你們受嚴嵩的指使，殺死我的丈夫了！」這時，圍觀湊熱鬧的人很多。押送的人一時分辨不清，只好報告到監司。

監司也懷疑嚴嵩真的派人殺了沈襄，不得已，就暫且讓沈襄的妾在尼姑庵裏寄食，責令押送的人立刻去追尋沈襄。押送人因找不到沈襄的下落，經常受到鞭打，於是他就哀求沈襄的妾，說沈襄實際上是自己逃掉的，他並沒有殺沈襄，不要冤枉他，後來押送人也趁空逃跑了。

很久以後，嚴嵩的勢力衰敗，沈襄才出頭申訴了自己的冤案，朝廷就又把楊順和路楷抓起來抵罪，沈襄的妾則回到了丈夫身邊。

沈襄，號小霞，楚人江進之著有《沈小霞妾傳》。嚴嵩想在半路截殺沈襄，是否確有其事，後人無法知道。然而沈襄趁這個時候逃走，實在是最適宜、最乾淨俐落的了。經過沈妾的那一番撒賴，即使是上級官員也會疑心真有其事的；也正是因為這樣，沈襄才能夠安然逃脫而沒有後患。楊順、路楷之流死了，他們的肉簡直不足以餵狗；而沈妾和沈氏父子的聲名，則一起流傳後世。忠誠和智慧集中在這一家人身上，這真是值得讚美啊！

智囊

　　沈妾之所以能夠順利地助夫脫險，關鍵在於經過沈妾的那一番撒賴，即使是上級官員也會疑心真有其事的；也正是因為這樣，沈裏才能夠安然逃脫而沒有後患。在危險的情況下，沈妾敢於挺身而出，大膽做出讓沈裏先逃走的決定，這是需要很大的勇氣和膽量的。

　　同時，沈妾能夠與押送的人不斷撒賴，反咬一口，迂迴曲折地把押送的人搞得糊裏糊塗，製造種種假象令押送的人信以為真。沈妾的做法之所以成功，是因為她抓住了押送的人對於女子的防備心理，通過女子的「小技術」救了自己的丈夫。

　　現代社會，競爭激烈，男女應該一視同仁。當面對困難和挫折的時候，女子應該努力發揮自己的聰明和才智，幫助朋友、親人、同事等順利渡過學習、工作和生活上的難關，而不要過多地依賴他人，更不要因為自己是女性而享受女性優柔寡斷的「特權」，切忌充當絆腳石的社會角色。

崔簡妻智制色狼

　　唐初，滕王李元嬰荒淫無道，好色成性，同幕僚中只要有較為美麗的妻子，無不受到他的強暴姦污。每次侮辱這些婦女之前，滕王都詭稱是王妃有請，只要人一入宮就被他侮辱。典簽官崔簡的妻子鄭氏，剛剛結婚，滕王就派人去叫她。

　　崔簡很為難，想不讓妻子去，又懼怕滕王的淫威；去了則肯定被滕王侮辱，而鄭氏卻安慰說沒有關係，她自有辦法。於是她來到滕王宮門外的小閣子，滕王正等候在裏面。鄭氏剛進去，滕

王就要侮辱她。鄭氏大聲喊叫隨從，說：「大王哪會幹這樣無禮的事呢！這人一定是個家奴！」說著脫下一隻鞋來，把滕王的頭打破了，並抓得滕王滿臉都是血。王妃聞聲而出，鄭氏才得以返回家去。

此事過去以後，滕王感到很丟人，一連十天沒出來處理政事，崔簡每天都去等候參見，不敢馬上離去。後來，滕王終於升堂開始處理政事了，崔簡就向前賠罪，滕王自覺非常羞愧，尷尬至極，什麼也沒有說就走了出去。以前那些曾經被喚入宮的幕僚妻子們聽說這件事情以後，沒有一個不感到羞愧的。

不但能保全自己，也能保全別人，這位鄭氏真是個有膽識的婦女。

智囊

封建社會，「君叫臣死，臣不得不死」，又何況是臣之妻女呢！所以，君御臣妻，臣也無能為力，而妻女既然失去了丈夫的庇護，那麼，也只得任人宰割了。明智的妻子深知不能公開地反抗帝王的淫威，但又不甘心就這麼任人宰割，於是，她們就憑藉著自己的機智勇敢，以計來制止帝王的越軌行徑。

唐代的崔簡之妻鄭氏就是歷史上少有的這樣的奇女子之一。她的計策說來也挺簡單，無非不過是兵家常用的「將計就計」，她明知道是滕王欲施暴於己，卻佯做不知，給滕王本人戴了頂不大不小的帽子——大王豈能如此好色？又給自己有力地反抗滕王的施暴找到了口實，而滕王在欲笑不能、欲哭無淚的情況下，飽挨了一頓打後，便只得慚愧作罷，鄭氏因此而得還。鄭氏此計的目的在於「不唯自全，不能全人」，恐怕從此以後，滕王再也不敢染指部屬之妻了吧！

木蘭替父從軍，韓氏扮男入軍，
善聰男裝販線香

秦朝時，朝廷要派兵去守衛邊疆，女兒木蘭可憐父親年老，便代父從軍。她在邊疆駐守十二年才回來，竟沒有人知道她是女子。

韓氏，是保寧的民家女子。元朝末年，農民的紅巾軍部將明玉珍在蜀地起事，韓氏擔心被明玉珍的隊伍搶去，就女扮男裝，頂了別人的名字去從軍，結果被調去征伐雲南，往返七年，都沒人知道韓氏是女的，雖然同在部隊，一起吃住，也沒有人發覺。後來遇到她叔父，叔叔一見到她，大為驚異，周圍的人才知道，韓氏原來是個女子，於是叔叔把她帶回了四川，當時人們都稱她為貞女。

黃善聰是明代應天府淮清橋的民家女孩，十二歲時母親就死了，這時她的姊姊已經嫁人，只有父親以販賣線香為業。父親可憐善聰年幼孤單，就叫穿戴上男孩子的衣飾，帶著她在盧州、鳳陽一帶流浪了幾年，最後父親也死了。善聰就假說自己名叫張勝，自己幹活謀生。有個跟她年齡相仿的人叫李英，也賣香。李英從金陵來，不知道善聰是女孩子，就約她作夥伴，同吃同住一年多。善聰總是說自己有病，從不脫衣襪，夜裏才解大小便。明孝宗弘治辛亥年正月，她與李英一起回到南京，那時她已經二十歲了。

善聰還是男子打扮就去見她姊姊，見了面，她就喊姊姊，姊姊說：「我根本就沒有弟弟，你怎麼來找我呢？」善聰笑著說：「小弟就是善聰啊！」於是哭著告訴姊姊自己的經歷。姊姊聽後大怒，而且責罵她：「男女在一起食宿，太玷辱我家的名聲了。你自己說你是清白的，可是誰能相信呢？」因此要把她趕出去，不肯收留她。善聰非常氣憤，哭著發誓說：「妹妹的身子如果真

是不乾淨的話，死了也就算了，我一定要讓你明白我的身子是清白的，這樣才能使你明白我的心！」姊姊的鄰居是接生婆，姊姊就叫她來檢查一下，善聰果然是處女。姊姊這才和善聰擁抱慟哭，並親手為她換去男裝。

過了一天，李英來看望善聰，想再約她一同外出，而善聰出來見他時，忽然變成個女子了。李英大為驚訝，問明詳情後，他若有所失，悶悶不樂地回去了，他恨自己過去那麼粗心愚笨，竟一點也沒有察覺。於是他把善聰的情況告訴了母親，他母親也感歎不已。當時李英還沒有妻室，母親認為善聰很賢慧，就為兒子去向善聰求婚，善聰不願意，說：「我如果成為李英的妻子，怎麼能保證人們不懷疑呢？」親戚和鄰居都來勸說，善聰痛哭流涕，不嫁李英的決心反而更大了。

此事一時流傳很廣，人們都把它當成稀奇事。官府聽說後，就幫助李英送了聘禮，判李英與善聰結為夫妻。

木蘭女扮男裝十二年，韓貞女七年，善聰只有一年多。至於在善於偽裝自己，隨機應變方面，她們都一樣聰明。南齊時，東陽的婁逞，五代時，臨邛的黃崇嘏，她們無故假扮男人，躋身官場之中，這哪裡是女子的本分呢？至於唐朝貞元年間的孟媼，二十六歲出嫁，丈夫死後，又嫁給丈夫的弟弟郭汾陽。郭死後，她寡居十五年，當時軍中幾次上奏兼御史大夫，要求表彰她，可這時她忽然又不甘孤獨，重新嫁了人。當時她已七十二歲，婚後還生了兩個孩子，活到一百多歲才死。這老婦恐怕是人妖吧？她的事是不能用常理去論說的。

歷史上流傳著許多女扮男妝的英雄事蹟。其中，花木蘭替父

從軍的故事廣為流傳。花木蘭，河南虞城人，生於南北朝時期，突力子侵犯北魏邊疆，地保持軍帖命花弧應徵入伍。花木蘭想到父親年老多病，決意女扮男裝，以弟弟的名字代父從軍。花木蘭將自己女扮男裝替父從軍報效祖國的經過稟告賀元帥。元帥聽後大為讚賞，稱她真是一位巾幗英雄。從此，花木蘭留在家園，孝敬父母，她的英雄故事，萬世流芳。

韓氏扮男入軍，善聰男裝販線香等女扮男裝的傳奇故事，固然有其感天動地的震撼力量，但是今人讀之，更多佩服的是她們與命運和生活鬥爭的勇氣和魄力。

識大體的練夫人

宋朝郇國公章得象，是建州人，他的高祖章仔鈞在五代十國時期，曾在閩王王審知手下任高州刺史、檢校太傅，人稱章太傅。太傅的夫人練氏，智慧過人。

有一次，太傅準備出兵打仗，有兩個將軍遲到了，太傅要殺他們。練夫人為太傅置辦了好酒和美女，太傅非常高興，一直喝到深夜，喝得大醉。這時夫人偷偷地放了兩個將軍，讓他們逃跑了。

兩個將軍投奔了南唐，成為南唐的將領。後來，他們率領南唐的軍隊來攻打建州時，太傅已經死了，練夫人還住在建州。兩個將軍派人送給練夫人很多金帛，並給她一面白旗，告訴她說：「我們要屠殺全城的人，到那時夫人可掛白旗為標誌，我們告誡士卒不准去打擾你。」夫人退回金帛說：「如果有幸你們還思念過去的恩德，希望你們保全全城人的性命。假如你們必須殺掉全城的百姓，那我家願與大家一起死，不願獨自保全。」她的話使兩將很感動，於是決定不屠城了。

夫人當初救了這兩個將軍的性命，一定是預知他們是有用之才而惋惜他們。也可能是先請示過太傅，太傅不准，夫人才用計灌醉太傅而放走了他們。不然的話，按軍法將軍遲到者必死，夫人怎能違法而換取恩惠呢？至於後來又確實得到回報，是多麼巧呢！夫人免二將一死，二將又因夫人而免全城人之死，夫人所獲得的報償是多麼豐厚啊！太傅有十三個兒子，其中八個是練夫人所生。到宋朝興旺時，章太傅的子孫在科舉考試中入選以至做了高官的很多，這都是練夫人積德的回報。

智囊

　　作為一個聰明的女人，識大體是必不可少的。識大體、顧大局、重視主要矛盾，不僅是一個人處世能力的體現，更是一個人自身修養的體現，其中有一顆寬容的心是必不可少的。能寬容的人，因而有雅量，有雅量的人能恕人，因而能容人。即使是仇人，也會變成朋友。可以說，凡是偉大的事物，都來自寬容。

第二十七卷
奸詐狡黠的智囊

英雄偶爾也會騙人，強盜有時也耍手腕；智慧愈來愈深沉，奸詐愈來愈老到；賊人掌握神靈寶物，奸雄秉持生死大權；百姓粗知魑魅魍魎，莫不躲藏迴避。因此，輯有《奸詐狡黠的智囊》一卷。

奪權前的準備

齊國的大夫陳乞想驅逐年幼的國君晏孺子，讓公子陽生當齊國國君。但又感到扶助晏孺子的高張和國夏這兩個人勢力大，這件事很難辦，陳乞就裝出事奉高氏和國氏的樣子，每逢上朝，必定和他們坐在一輛車上，為他們當衛士。

每次跟他們出去，一定要提到齊國的大夫們，說：「他們都很驕傲，打算拋棄你們的政令，他們說：『高氏、國氏受到國君的寵信，必定要威脅我們，何不就除掉他們呢？』他們本來就在打你們的主意，你們要早點考慮對付他們的對策，要想對付他們，最好是全部消滅他們，猶豫等待是下策。」

到了朝廷上，就說：「他們這些大夫都是虎狼。見到我在你們的身旁，很快就要殺我了。請讓我靠到他們那邊去。」

他又對大夫們說：「高氏和國氏這兩位仗著得到國君寵信而要打你們的主意，他們對國君說：『國家多患難，這是由於顯貴們和受寵信的人們造成的，把他們全部除掉了，然後您的國君的位置就穩定了。』現在已經定下計畫了，你們何不乘他們沒有動手之前，就搶在他們的前頭動手？等到他們動手了，再後悔也來不及了。」

大夫們聽從了。那年夏天六月，陳乞和眾位大夫率領武裝部隊進入齊國國君所住的宮室，國夏聽說了，和高張坐車到齊侯那

裏。雙方打了一仗，國氏和高氏失敗了，逃到了魯國。

當初，齊景公活著的時候，他喜歡他的小兒子荼，跟陳乞商量，想立荼作太子，陳乞說：「人們為什麼樂於作國君？原因就在於：當國君的在立哪個、廢哪個上完全可以由自己作主。您要是想立荼為太子，我就請求立他。」

齊景公的年長的兒子公子陽生對陳乞說：「我聽說大夫您原來已經不打算立我為太子了。」陳乞說：「一個國家的君主，要是拋開他的真正繼承人，而立非法繼承人，那麼看樣子他一定是要殺死他的真正的繼承人了。我沒有提出要立您做王位繼承人，為的是給您留一條活路，您趕快離開齊國吧！」陳乞給了公子陽生玉節，讓他逃走了。景公死後，荼被立為齊國國君即為晏孺子。

現在高氏和國氏被打敗了，陳乞就派人把公子陽生從魯國迎回來，安置在自己的家裏，等辦完齊景公的喪事之後，大夫們都在朝廷上，陳乞說：「我的母親主持一次小小的祭祀，希望大夫們參加。」大夫們都說行，於是都到陳乞的家裏。陳乞派大力士扛出一個巨大的口袋，打開口袋，大家一下子看到了袋裏的公子陽生。陳乞說：「這就是咱們的國君。」大夫們不得已，也就很快地面北，向公子陽生行了君臣大禮，尊公子陽生為齊國國君。在這之後，便前去殺死了原來的國君荼。

自從陳氏給了齊國的百姓很多施捨之時起，他就有取代姜氏在齊國稱君的勢頭了。他所怕的，只不過高氏和國氏罷了。高氏和國氏除掉後，齊國的大夫們又能對陳氏怎麼樣呢？他先殺了荼，立公子陽生為國君，不久又殺了公子陽生，立公子陽生的兒子壬為國君，這些都是他在逐步接管齊國國君的位置期間所作的文章啊！六朝時，統治者最熟悉這種伎倆，陳乞恐怕是這種伎倆的創始人吧！

陳乞為了篡奪齊國朝政，大耍陰謀兩面派手法，除掉高、國，廢掉幼君，迎立公子陽生。陳乞雖然沒有手刃孺子，但正如公子陽生所言：「微子則不及此。」

孺子荼之弒，實禍起於陳乞。經書「陳乞弒其君荼」，乃追首禍者。也有篡政者與篡位者合謀弒君者，如衛寧喜弒其君剽即是其例：衛獻公流亡在外十二年，企圖假手寧喜復國，而寧喜則視置君為兒戲，見利忘義，殺掉衛殤公，驅逐孫林父，以復衛獻公。這又是一起謀位者與謀政者狼狽為奸演出的一場流血事件。

反激得真情

楚成王已經立商臣為太子，隨後又想改立小兒子公子職。商臣聽說這件事後，一時分辨不出這件事是真是假，因此就請教他的師傅潘崇說：「怎樣才能把這件事情查清楚呢？」

潘崇說：「您可以用酒食招待江芉，但對她表示不尊敬。」商臣聽從了他的意見，江芉果真發怒了，說：「喝，你這個只配供人使役的下賤東西，難怪楚王想廢掉你而立公子職為太子啊！」

商臣對潘崇說：「改立這件事是確定的了。」

陽山君在衛國當相。他聽說衛國國君懷疑自己，就裝著批評衛國國君所寵愛的樛豎，從樛的反映中他摸到衛國國君對自己的態度。他用的方法與此事相同。

激將法，通常是從反面刺激對方以達到正面激勵的效果，從而接受建議的方法。俗話說：「勸將不如激將」。有時由於種種原因，有的人正面鼓勵難以奏效，就不妨有意識地運用反面刺激方法，直接貶抑對方，以激起正面心理衝動，不自覺地接受說明。

在日常生活中，人的行為不僅受理智的支配，也同樣受感情的驅使，激將就是要用話使別人放棄理智，憑一時的感情衝動去行事。所以，激將最適合在那些經驗較少，容易感情用事的對象身上使用。

在教育學生的過程中，運用激將法取得成功的例子很多。利用學生自尊心和逆反心理積極的一面，從相反的角度，以「刺激」的方式對學生寄予良好的期望，以激起其「不服氣」情緒，使其產生一種奮發進取的「內驅力」，將自己的潛能充分發揮出來，從而收到不同尋常的教育效果。運用激將法能否達到預期的教育目的，主要取決於「刺激」中暗含的期望目標是否適宜，以及對「激將」方式和時機的把握是否恰當。

專權新術

田嬰在齊國做相，有人向齊王進言說：「年終財政結算時，您何不抽出幾天時間親自聽取下邊的彙報呢？要不是這樣的話，您就無法知道官吏是否在營私舞弊，也不知道政事得失。」齊王說：「好吧！」田嬰立即請求齊王聽他報帳。齊王打算聽他報帳了，田嬰命令官員準備好全年財政收入上大大小小的所有帳目和憑據。齊王親自來過問財政結算，但這些帳目聽不勝聽，他吃完

飯後又得坐下來聽，累得吃不下晚飯。田嬰還請求說：「這些是臣子們一年到頭白天黑夜都不敢馬虎對待的職事，大王您再用一個晚上親自聽取他們的報告，那麼臣子們就會從中得到鼓勵。」齊王說：「行。」過了不久，齊王已經打瞌睡了，官吏們抽刀把刻在竹簡上的結算出來的帳目全都塗改了，齊王終於決定不再親自聽取財政結算了，於是把這類事都交給了田嬰。

　　大宦官劉瑾想專權，就在明武宗跟前準備了各種雜藝，等到武宗玩賞得很入迷時，就取了很多各衙門的章奏來請武宗處理，皇上說：「我用你是幹什麼的？你要用這些事一件一件地來煩死我嗎？你該馬上拿走。」劉瑾這樣做了幾次。以後事情不論大小，只隨劉瑾裁決，不再報皇上審定了。

智囊

　　唐朝的宦官仇士良擁立唐武宗，權傾天下，無人匹敵。當時宦官的勢力大到足以左右天子的廢立，唐武宗儘管對仇士良又恨又怕，但又對此無可奈何。奴才畢竟是奴才，奴才的野心再大，最終也成不了主人。宦官畢竟是宦官，宦官的野心再大，最終也不可能成為天子。況且，正如萬物有盛日，也必有其衰時一樣，仇士良深諳此理，所以，在他認為引退的時機到來之時便藉口老衰而引退了。退休後，他的下屬常常到他的府第去請安，順便向他討教駕馭皇帝的心得。

假孝子

　　東海地方的孝子郭純的母親死了，每次他哭母親時，一群群

的烏鴉都聚集在他的周圍，御史核查後發現這件事確實屬實，就在他的鄉里表彰了他的孝行。後來再次查詢此事時，才知道原來是他每次哭母親時就往地上撒餅，因此才有成群的烏鴉爭先恐後地來吃地上的餅。以後，他屢次這樣做，所以烏鴉一聽到他的哭聲，沒有一次不爭相聚集到他的跟前來的。原來他是靠餅餌引來烏鴉群，不是由於他的「孝心」產生了奇蹟。

田單在守即墨時，讓城中的人每次吃飯時必須在庭院中祭祀祖先，使烏鴉在即墨城上下飛舞來就食，而使攻打即墨的燕人誤認為他有神相助。現在郭純所用的，正是田單這一類的妙計，可惜用在了小處。然而撒餅餵烏鴉也可以說是幫助他母親修了陰德，稱他為孝子也是可以的。河東地方的孝子王燧家裏，貓和狗互相餵奶。王燧的兒子向州裏提到了這件事，因此受到州縣兩級政府的表彰。查問此事，才知原來是他家的貓和狗同時都產仔，王家的人把小狗放在母貓的窩裏，把小貓放在母狗的窩裏，母貓習慣於奶小狗，而母狗習慣於奶小貓，於是也就習以為常了。

這些事即便不是假的，跟孝又有什麼關係呢？

智囊

人有人性，獸有獸性。何為獸性？即野獸生存的本能。「人為財死，鳥為食亡」，這句俗話中前半句對於人性的概括或許有偏頗，但後半句對於獸性的剖析卻是千真萬確的。利用此種獸性，它或許可以使你「美名」千古，事業有成。像郭純、王燧這樣的「孝子」得以哄騙了當時的不少人，不能說不與當時的政府褒獎此類「孝行」有關，正如漢代以來的封建統治者，他們紛紛標榜「以孝治天下」，表彰孝子，舉孝廉，賜粟帛，蠲捐稅，搞得好不熱鬧，其實都是騙人的。許多帝王弒父淫母，兄弟相殘，

連表面上的溫情脈脈也不要，有些士流也極力裝成孝的樣子騙人。

李代桃僵

鄒老人是蘇州地區的一名狡猾的人。有一個叫王甲的有錢人，深夜殺死了他的仇人李乙。這件事敗露了，官吏把王甲抓起來關進了監獄。王甲用重金賄賂鄒老人，求他想辦法救自己。鄒老人向王甲要了一百兩銀子，他拿著這一百兩銀子很快來到南京，同掌管刑法的官員徐公交往，兩人關係漸漸密切了。徐公常常留鄒老人住在自己家裡。

有一天半夜，他突然拿出這些銀子獻給徐公，向他訴說自己的內親王甲吃了冤枉官司。徐公說：「我倒是不惜為您想辦法，但是王甲在蘇州地區犯的案，跟我們南京不是一個府，我怎麼能給你盡力呢？」老人說：「這事不難辦，昨天您抓來了二十名海盜，其中有兩個籍貫是蘇州地區的。您只管叫這兩人承認李乙是他倆在夜裏殺死的，這樣做，對他們來說也不增加什麼罪過——因為他們本來就是要判死刑的，而我那親戚王甲就能再生了。」

徐公同意了這個主意。鄒老人出來後又私下裏又去找那兩個海盜的妻子，答應在兩個海盜處死後養活他們兩家，叫她們勸丈夫招認謀殺李乙，那兩個海盜也同意了。等到審訊時，徐公問：「你們是蘇州地區的人，在那裏曾殺人沒有？」兩個海盜馬上就招供某月某日把李乙殺死在他家中，搶走了他的錢。老人抱著這一案卷回到蘇州地區，讓王甲的兒子向官府鳴冤，這樣，王甲竟然得以釋放。

　　「李代桃僵」的核心在於，根據敵我雙方力量的消長，當必須損失局部利益時，要忍痛割愛，這就是我們常見的「棄車保帥」之做法，以便取得更大的全面性的勝利。

　　「勢必有損，損陰以益陽。」大意是：當局勢發展到必須要有所失時，要捨棄損失小的而保存損失大的。陰者，指小部，局部；陽者，指大部，全局。

　　敵我雙方的情況，各自都存在著優勢和劣勢，全面、絕對的優勢是不存在的。雙方的勝敗，就在於對強與弱的運用上。用下等馬對上等馬，用上等馬對中等馬，用中等馬對下等馬的田忌賽馬，實際上也可以說是李代桃僵的一種運用。

　　棋戰中的各種情況，總是利害相關的，「李代桃僵」就是要趨利避害。「兩利相衡從其重，兩害相衡趨其輕。」這個原則是毋庸置疑的，但如何權衡其輕、其重是很不容易的。對於比較簡單的技術問題，可借直觀辨認，但對於複雜的多子力的組合型攻防，有時很難分清，甚至可能會判斷錯誤。這就需要周密地運籌、計算，方能趨利避害，找出最佳方案。

反咬一口

　　古時浙江中部地區，有一家兒子毆打七十歲的父親，把老人的牙都打掉了。

　　老父親拿著打掉的牙，到官府去告兒子不孝，那個兒子害怕極了，去找一位訟師，向他討教辦法，答應給訟師一百兩銀子。訟師搖頭說：「這事太難辦了。」那個兒子答應再多給些銀子，

再三懇求訟師幫忙，訟師這才勉強答應，叫那個兒子留給他三天期限想辦法。

到了第二天，他忽然對那個兒子說：「想出辦法來了。你讓別人都躲開，我附耳告訴你。」那兒子側耳靠近他，訟師立刻咬住了他的耳朵，咬下了半個耳輪，上衣上沾上了很多血。那個兒子大吃一驚，喊叫起來。訟師說：「你別喊，這就是用來使你脫身的辦法。但你必須好好地把這半個耳輪藏起來，等法庭審訊時再拿出來。」

到了法庭上，法官質問那個兒子為什麼打掉父親的牙，他就為自己辯白，說是他父親咬了他的耳朵，以至咬落了自己的牙齒。官員們認為那兒子不可能自己咬掉自己的耳朵，而老人的牙齒本來就不堅固，咬兒子耳朵時咬掉了牙，也確實是可能的。這樣，那個兒子竟然免於刑事處分。

明明是兒子打了老子，卻能用計謀來使兒子免於刑事處分，那訟師顛倒黑白的能力實在是可怕呀！然而他的計策也太奇特了。

智囊

古代的所謂「訟師」，即今天的律師。訟師做的是幫人打官司的職業，所謂「受人錢財，替人消災」。接受了人家的錢財，那天地良心自然也就被拋到後腦殼去了。但是，細細分析訟師的計策，之所以能夠成功是因為他巧妙地將矛盾轉移給了對方，將問題的癥結推脫給了別人。

所有的組織，矛盾的多少，矛盾的強度，構成了一個矛盾的總量。而此矛盾的問題，是和品質守恆定律一樣，本身是不可能減少也不可能增加的，總量永遠是那麼多。一個封閉系統的熱量

就是那麼多，除非這個系統開放，開放了之後，熱量雖然還是那麼多，但是有一些熱量跑到其他地方去了，本身的溫度就會降了下來。

....

張某智用乞丐

　　北京城外某街有一個姓張的人，是當地的土豪，能用錢財結交人，使別人為他賣命，所以北京城中的無賴都依附於他。一次他忽然想到：對於乞丐這一類人，他還沒有搜羅到手。於是就在空地上蓋了房，招乞丐去居住。在乞丐無以謀生時，他經常接濟他們。乞丐對他感恩到極點，想報答他，只是沒機會。時間久了以後，他先用乞丐們去收債，債戶人家怕乞丐糾纏，沒有一個不是馬上還債的。

　　不久，張某探聽到有人承擔了營建房舍的事，張某就前往拜見，自己請求居中辦理此事。有的人不答應，張某就暗地裏叫乞丐們去糾纏這人，又私下裏派人替這人出謀劃策，說此事非張某人不能解決。等到他把張某請來，張某一到便瞪起眼睛大喝一聲，把乞丐都嚇跑了，那個人佩服張某的才能，因此就請張某負責營建房舍之事。張某接手以後便任意籠絡別人，從中得利不計其數。

　　張某又因一件小的怨仇而生一個安徽人的氣，那人是開當鋪的，張某派人假裝拿幾件龍袍去典當銀子，裝出一副十分著急的樣子，「我要銀子有急用，所以來典當，你姑且不要開當票，替我暫時留著支撐龍袍的外架，晚上我就派人帶銀子來贖取。」

　　另外又派人向官告發，指那安徽人違犯禁令私藏龍袍。那安徽人口稱冤枉，說這龍袍不是他的，是別人來典當的，但官府見那龍袍還用架子架著，而查賬本上邊又沒有用龍袍典當銀子的人

的姓名，因此那安徽人便沒有辦法為自己申辯，就被判處立枷。

　　所謂「立枷」就是讓犯人直立在木籠內，籠頂枷於犯人頸上。過了一年，張某因其他事犯法被關進監獄。那安徽人的兒子為父親的事打官司喊冤，他把張某所做的不法的事情全都揭發了出來，而且拿出了很多錢來上下打點，結果張某也被判處立枷，所用來枷張某的，就是前一年用來枷安徽人的那個木籠，枷上封記上那安徽人的姓名還在，人們都為此事感到驚異。後來張某終於死了。

智囊

　　乞丐是社會上無用的人，而張某用智來驅使他們，使他們能發揮自己的作用。那些手下擁有眾多的人力卻不能指揮他們去發揮作用的人，與張某相比又怎麼樣呢？張某的險惡狡詐不值得稱道，但他的才能也有超過一般人的地方。要是遇到漢代虞詡設三科來招募士人那樣的機會，張某或許還能任一個隊長的職務。

盜盤妙法

　　鄉下有一老婦人，一直念經，她有一個很值錢的古代銅盤。一個盜賊把石塊放在包袱裏背著，到了老婦人家門外，別人問他背的是什麼，他說：「銅盤，我打算把它賣了。」他走到老婦人家的門口，見家裏沒有人，他就把石塊扔在地上，背走了古銅盤，回過身來向門內問：「你們想買盤嗎？」有人回答說：「我家有盤。」盜賊就把盤包好，又背著出了門，門內門外都沒有人覺察。

這是一起明顯的掉包盜盤的事例。小偷施以掉包計，與其他小偷一樣，是在乘主人和鄰人不備的情況下進行的。本來，老嫗家裏已有銅盤，而小偷將石頭背至老嫗的門前，以伺機暗中「調包」。尤其是他裝以賣銅盤的商販的身分，故意大聲喝，一來使屋裏的「老嫗」不起疑心，二來為他調包得手後，順利出走——即不使鄰人見疑。而小偷卻正是在這種他人全不疑心的背景下，實現其光天化日之下盜竊的目的。

假絕食的和尚

有個和尚相貌特殊，且不吃任何東西也能活著，隨身除了一個瓢和一件僧衣之外，沒有一根絲，一粒米。他乘坐在安徽商人的木筏上，十天不吃飯也不餓。商人們想試探他是否真的不吃東西，就把他坐的木筏放在河的中游。又過了十天，還是如此。於是大家都去向他下拜，稱他為活佛，爭先恐後地供養他。

他說：「不用供養我，我是某山寺的和尚，因為山寺的大殿年久失修，快要倒塌了，想跟各位施主求佈施。你們能佈施就是功德無量。」於是就拿出化緣簿，讓各人寫上化緣的數目，寫好之後，他就和大家約定某月某日到佛寺見面。到了約定的日期，大家前去寺中，一打聽並沒有這麼個和尚。

大殿確實快塌了，但是也沒有人去求過佈施。商人們正與和尚們為此事感到很驚訝，忽然看到寺中伽藍菩薩的相貌和那個化緣的和尚十分相似，菩薩懷裏有一本簿冊，就是前次的化緣簿。眾人驚詫地認為這是神明顯靈，高高興興地佈施了一千兩銀子。

又怕說出去有損功德，因此互相告誡不要把這事傳出去。

　　後來才知當初塑佛像時，因為這個和尚長得相貌特殊，就照著他的形象塑造了伽藍像。於是這個和尚想出了這麼個辦法來騙錢。而所謂一粒糧食也不吃，原來是他事先用牛肉乾切成幾十顆大的「念珠」，自己暗地裏吃這牛肉乾做的念珠來充饑。這都是奸詐的和尚做的事。

　　閩鄉有一個鄙俗的和尚，見農民家的牛長得肥大，每天在野外等著那牛，把鹽放在自己的頭上，讓牛來舔頭上的鹽。時間久了，牛就習慣了。那和尚有一天晚上來到農民家，哭著告訴農民說：「您的牛是我父親脫胎的，父親託夢給我，告訴了我這件事，我想贖牠回去。」

　　牛的主人把牛趕出來，牛見到和尚，就來用舌頭舔他的頭，彷彿有舐犢深情，牛主人把牛給了和尚，和尚回去後殺了牛，做成牛肉丸子，放在空心竹杖中，又用自己能靜坐不吃東西來欺別人，後來有一位姓孟的知縣，查了和尚的大小便，才使他的欺詐行為敗露了。

智囊

　　世人皆為凡人肉胎所生，必食以五穀雜糧方能夠生存，豈能「旬日不食不饑」而安然無恙乎？若吹噓自己不同於世人，類似神仙，其中必定有詐，如像本文中所述的「活佛」那樣，揭穿其西洋鏡，乃為徹頭徹尾「奸僧」罷了！

挖銀不得反失銀

　　明神宗萬曆三十四年，南京有個山西來的商人，在三山街賣毛織品。忽然有一天，一個外地人同一個道士一起來到店裏，光訂毛織品就用了一百多兩銀子，而且要的品種都很奇特。兩人先留下了一大錠銀子作為訂金，說等到貨物到齊之後再給足銀子。從此後，兩人借催貨為名，經常到店裏來。到了以後兩人就附耳低語，還指天畫地，好像是有極祕密的事似的。商人越看越起疑心，問他們在說些什麼，但那兩人卻不說。

　　商人第二次問他們，那外地人才摒退旁人，告訴商人說：「我的那位道兄是個十分善於望氣脈的人。從前秦始皇認為江南地方有一股天子氣，於是就埋了千萬兩銀子來壓住這股天子氣，所以南京當時叫金陵。但這些銀子到底埋在哪裡，人們一直不知道。前些日子我的那位道兄半夜裏總是見到一股寶氣騰空而起，心知這藏銀時間久了，現在應當出世了，但他也不知道這銀子埋在哪裡。這幾天經他仔細地觀察後，發現那股寶氣所冒出來的地方，正是在貴店的第三排房下，要是能在誠心誠意的祈禱之後去發掘出這筆藏銀，就可以富得與國君相匹敵。」

　　商人很貪婪，相信了那兩人的話，就說：「這第三排房子是我家的內室，在那裏發掘怎麼樣？」

　　那外地人說：「這件事必須請教我的道兄。」

　　那道士說：「可以帶我去看一看嗎？」

　　那商人說：「行。」

　　那道士仔細地查看了一番後說：「的確是在這兒，從這兒到那兒，總共三丈多，都是埋銀子的地方，這銀子埋了幾千年，寶氣才蒸騰而上，這也的確是天數，您要不是有這麼大的福分，也不能在此遇到我們。現在只要選擇黃道吉日，準備好祭祀用的牛、豬、羊等三牲以及美酒，來祭告天地，再找來幾十個掘地的

工人，在夜深人靜以後，一齊動工發掘，挖到五尺左右，就可以知道結果了。」

那商人相信了他的話，跟別人訂好了掘地的日子。到了下午，那外地人和道士一起來了，他們祭奠得極其誠懇。道士又披散著頭髮，拿著劍作法，過了很久，又讓約來的挖銀子的人都吃了一頓飽飯，等到夜深人靜時，鋤頭鐵鍬一起下手，挖掘到了五尺深，可是什麼也沒有發現。這時天已大亮，忽然聽得門外有達官貴人到來時儀仗隊開道的喊聲，原來是某總督帶著世代有交誼的紅帖來拜見。

那商人正感到十分驚訝，這時穿繡花衣裳的貴人已經登堂入室，堅決要求相見。那商人的兒子勉強出來拜見，伏在地上，那貴人把他攙起來，對他說：「聽說秦始皇埋的銀子被你家發掘出來了，你家富得可以與國君相匹敵，我特意向你們祝賀。現在邊界地區軍糧缺少，假如你們能拿出幾萬兩銀子來幫助國家渡過難關，那麼封個食邑萬戶的侯也不算什麼。我將替你啟奏皇帝，讓皇帝封你。」

那商人一邊發抖一邊道歉說：「我實在沒有那麼多銀子。」

那貴人徑直進入內室，見門外有大家吃喝以後杯盤狼藉的現場，而門內地下挖得亂七八糟，這時那外地人和道士匍伏在地上，上前謁見貴人，說埋藏的銀子確實有，只是不太多。商人不能為自己辯白，又怕招來禍害，不得已送上三千兩銀子來求脫身，同時還把那外地人和道士留下作為訂錢的那錠銀子也退還給他們。因此這家賣毛織品的商店就倒閉了。

《太平廣記》記載姓薛人家有兩個兒子住在伊闕的鄉野，有個道士敲門求水喝。姓薛的人欽佩他有道氣，與他交談得很融洽。道士乘機誇讚他們住的地方景象很好，問姓薛的人：「從這裏在東南方向走一百步，是不是有五棵松樹盤曲糾結在一起？」姓薛的說：「這是我家的良田。」

那道士就摒退旁人，告訴他說：「那裏地下有百兩黃金，兩口寶劍，那寶劍的靈氣隱隱約約地浮現在天上的張、翼兩個分星之間，我尋找它們已經很久了。那黃金可以送給別人，那寶劍你們要是自己佩帶了，將來可以當宰相，我也要求得到其中的一口，可以用它施展斬妖魔的道術。」

　　那姓薛的哥倆被他迷惑住了。道士選了個黃道吉日就要開掘，他要了三百尺灰繩索，還有很多五色的彩絹。他又建了十座祭壇，其中所用的器皿都是白銀的，大約花費了姓薛的人家幾千兩銀子。那道士又說自己掌握了點石成金的點化才，所以看待金銀如糞土一般。現在有幾箱金銀寄存在太微宮，想暫存到這裏來。不久，派人運箱子來了，箱子封得很嚴實，重得舉也舉不動，到了晚上，那道士和他的徒弟在五棵松樹之間作法，他警告大家不要偷看，等法事完了，將招呼大家去看。但等到第二天早晨，一點音訊也沒有，姓薛人家的那兩個兒子前去一看，只見地上有車輪和馬蹄印，所陳設的東西全都被道士搬空了。

　　這件事與上邊那件事極為相似。

智囊

　　一個人算計太精，凡事都以自己能否獲得利益為前提，而一件事情、一椿生意的利益總是有限的，饅頭只有那麼大，你吃了，人家必然就少吃了，別人會甘心嗎？反過來，別人吃多了，給你留下的也必然就少了。所以，一件事、一椿從天上掉下來餡餅的生意，總是有人怨恨，不是你怨恨別人，就是別人怨恨你，結果總是不歡而散，甚至容易節外生枝，自生麻煩。

　　這就是「時時刻刻忙算計，誰知算來算去算自己」的道理。

達奚盈盈移花接木

天寶年間，唐玄宗所寵愛的一個大官的妾名叫達奚盈盈，天生麗質，姿色動人，在當時堪稱一絕。她與當時擔任千牛衛職務的某官宦子弟相好。一天，她便私自把那千牛衛藏在自己的內室，千牛衛失蹤後，官府很著急，到處尋找。

唐明皇聽說自己身邊的禁衛軍官失蹤了也很吃驚，下詔書讓官府在京城大肆搜索，什麼地方都找到了，就是沒見千牛衛的蹤影。於是就問起他最近曾到哪裡去過，他的父親提到前些日子聽說那大官員有病，那千牛衛曾前去探望過他。

唐明皇下詔書，要到那大官員的家裏去搜索，達奚盈盈對千牛衛說：「事到如今，我勢必不能再私自把你藏在我這裏了，但是你放心，你即便是出去也沒有什麼關係，他們不會加害於你。」千牛衛很害怕，怕會因此犯法獲罪。

盈盈就教他說：「你出去後，只是不能說是藏在我這裏。如果皇上問你到哪裡去了，你只是說你見到的人是長得如此如此的，你見到的室內陳設是這般這般的，你在那裏吃到的食物是這樣這樣的，還籠統含混地講，自己之所以在那裏，是由於形勢所迫，身不由己，你要是這樣說，就絕對不會有什麼禍患了。」

千牛衛從隱藏的地方出來後，去見唐明皇，唐明皇大怒，追問他這些日子到哪裡去了？牛衛就按盈盈教他的話來回答唐明皇，皇帝的怒氣頓時消了，笑了笑，不再追問。

過了幾天，楊貴妃的姊姊虢國夫人進宮來見唐明皇，唐明皇打趣地說：「你為什麼把青年男子藏得那麼久而不讓他出來呀？」虢國夫人絲毫沒有驚慚之意，也只是大笑一場罷了！原來達奚盈盈深知宮內細情，她知道虢國夫人家經常窩藏青年男子與她鬼混，於是教千牛衛描述的是虢國夫人的長相服飾、室內擺設和飲食起居，使唐明皇誤以為千牛衛原來被虢國夫人窩藏起來了。

 智囊

　　一件皇帝問罪的大事，在束手無策的時候，只被達奚盈盈略施「移花接木」的小計，便給輕巧地搪塞過去了。由此可見，達奚盈盈在情愛上的智慧和勇敢，同時也看出宮廷帷幕後面的荒淫和無恥。

　　虢國夫人窩藏青年男子，靠的是皇親的權勢和法律的縱容；而達奚盈盈傾心於千牛衛，靠的是膽量和計謀。在這個問題上，虢國夫人是一筆連自己都搞不清楚的糊塗帳，因此，再給她加上一筆也無關緊要。她如同一塊被污染了的白綢，達奚盈盈在一旁悄悄地擦手，也無人能夠覺察其中有瑕。

第二十八卷
耍小聰明的智囊

從縫隙裏面透露出來的光亮雖然微弱，但它也是光明不可缺少的重要部分；這好比一隻螢火蟲發出的亮光雖說不太起眼，但如果把眾多的螢火蟲裝進紗囊，卻也能用以照明；又好比我的心胸像海洋一樣開闊，但也不排斥吸收路邊的積水。因此，輯有《耍小聰明的智囊》一卷。

商太宰責備市場官吏

　　戰國時，有一次，商太宰派自己身邊一個年輕的侍從小吏去市場查看。等小吏從市場回來後，商太宰問他：「你在市場上看見了什麼？」那侍從小吏說：「沒見到什麼。」商太宰又說：「即便如此，你總會看到一些東西吧！有什麼印象特別深刻的東西嗎？」那侍從小吏說：「市場的南門之外，牛車特別多，堵塞了交通，我們等了好長時間才得以通行。」商太宰便告誡他：「不准告訴別人我問過你什麼話。」

　　於是，商太宰便召集管理市場的官吏，責備他們說：「市場南門之外，為什麼有那麼多牛屎？」這些管理市場的官吏十分奇怪商太宰怎麼會對這件事知道得這麼快，從此以後，他們更加小心謹慎地盡職盡守，不敢有一絲懈怠。

智囊

　　韓非子說：「君主屢次召見一些人，讓他們長時間地待在自己身邊而又委派他們做什麼事，但其他的人卻認為他們一定受到了君主的祕密指令，那麼，奸佞之徒就會害怕得像鹿受了驚那樣四散逃奔。派人去做事的時候，先用其他自己已經知道了的事情

去責問，那麼，被派去做事的人，就不敢再兜售自己的小聰明來弄虛作假了。因此，龐敬召來了管理市場的公大夫，而戴歡命令部屬去偵察臥車，周國的君主故意丟失了玉簪，商國的太宰斷言有牛屎。」

考驗手下人

戰國時，有一天，韓昭侯故意把一片剪下來的指甲握在手中而假裝丟了，急忙要求他的手下人去尋找。他的手下人有的為了邀功，就拔掉了自己的一個指甲，給韓昭侯獻上去。韓昭侯借這件事來考察他左右的人對他是否忠實。

戰國時，子之在燕國做相，他坐在屋裏假裝道：「跑出門的是什麼，是不是一匹白馬？」他的左右侍從都說沒看見，只有一個人跑出門外看了一會兒，又進來報告說：「確實是一匹白馬跑過去了。」子之用這種方法發現侍從中說假話的人。

表其忠心，以邀其信和投其所好，以邀其寵，這是古往今來的奸佞小人慣用的伎倆，韓昭侯、子之分別以「無中生有」術測出奸而示忠的小人。由小知大，歷史上一些昏君之所以被一些奸佞小人左右得暈頭轉向，禍國禍民，無一不是這些奸佞小人曲意逢迎，虛美隱惡，揣心思而後動，察顏色而始行，溜鬚拍馬，卑鄙猥瑣到了家的結果。

作為領導者，一定要善於觀察和識別下屬的品行。一些人總是信誓旦旦，可以把方的說成圓的，把黑的說成白的，把地上的

吹到天上去，當著領導的面不停地吹噓炫耀拍馬屁，甚至還能指鹿為馬，而且善於抓住別人的弱點，大做文章。一旦得手，就翻臉不認人，或者跑得比誰都快，來個倒打一耙，栽贓陷害。陰謀家和野心家擅長爾虞我詐，因為他們的生活沒有準則，有奶便是娘，為了自己的利益，什麼都可以做出來。因此，當領導者遇到這樣的下屬時，不要被糖衣炮彈所打倒，在是非面前喪失理智和威信。

算卦先生知貴賤

　　五代時南唐的趙王李德誠鎮守江西，有一位算卦先生自稱對於世上眾人的貴賤，一眼就可看個分明。李德誠不以為然，就讓人把這位算卦先生找來，吩咐幾個歌女與他的妻子滕氏在一起，穿戴打扮完全一樣，一起站立在庭院中。然後，讓那位算卦先生來分辨哪個是貴婦人，哪個是歌女。那個算卦先生彎著身子進來說：「貴夫人頭上有黃色的雲。」那幾個歌女都不自覺地仰頭向滕氏的頭上望去。算卦先生得意地笑了，指著滕氏說：「您就是貴夫人！」

　　李德誠聽罷非常欽佩，高興地放他走了。

智囊

　　人的貴賤雅俗，是挺容易從一個人的外在的裝束，和內在的氣質上分辨出來的，即便是外表裝束一樣，但只要她們一顰一笑，一舉手一投足之間，便可知其分曉。更何況長期尊卑身分所形成的習慣心理，在一聲呼叫聲中就不由自主地流露出來。如此

看來，算卦先生真不愧是一個出色的心理學家。

諸葛恢巧嫁守寡女

　　諸葛恢的女兒嫁給庾氏家作媳婦，後來丈夫死了她守寡，發誓說不再改嫁。這個女子品性剛正堅強，不可能強迫她改嫁，不久，諸葛恢暗自把女兒許給了江彪，於是就把家搬到了江彪家附近，他開始哄騙女兒說：「家應該搬。」家搬過去不久，家人又都走了，唯獨把女兒留下。等到女兒察覺以後，已經不能再出去了。江彪晚上來到她那裏以後，這個女子哭罵不止，日子長了也就不哭不罵了。江彪晚上進屋睡覺，總是躺在她對面的床上。後來江彪發現這個女子的情緒變得安定了，他就假裝做惡夢，過了很久也清醒不過來似的，出氣顯得急促。

　　這時，諸葛恢的女兒便叫婢女說：「快把江郎叫醒。」江彪一聽這話便一躍而起，走到她的身邊說：「我本來是個堂堂的男子漢，我做惡夢同你有什麼相干，要來麻煩你叫我？既然你關心我，哪能不和我在一起說話呢？」女子一時無話可說，又有些慚愧。從這以後，兩人之間便產生了越來越深的感情。

智囊

　　感情這東西最單純真誠，也最實在，來不得一點虛假和強求，尤其是成為一生一世的夫妻。但是，時間可以改變這一切，長期相處，感情距離也會逐漸縮短。一塊石頭揣在懷裏還可以揣暖和，何況是人呢！江彪是個有心人，他採取的就是這種時間漸變的策略和激將法，反使諸葛女自慚形穢。這真值得當今那些男

子漢脾氣特大的為人之夫們學習學習。

宴席上喝酸酒

古時科舉考試規定：一縣的考生要到州裏去大考的時候，該縣的縣令一定要到城郊親自去為他們餞行。有一次，縣裏為他們準備的酒很酸，大家在宴席上議論紛紛。有個名叫張幼子的考生，讓大家不要喧嘩，說保證能換掉酸酒。接著，他就找來一個大酒杯，捧著滿滿一杯酒去向縣令敬酒祝福，縣令不知道酒酸，有異味，喝下後忍不住馬上皺起了眉頭，十分生氣地懲罰了縣裏操辦宴席的官吏，命令他立即換上了好酒。

智囊

以酒為考生餞行，本是一樁好事，但餞行時備以劣質的酸酒，則表現出地方官吏的下屬對於上面規定的陽奉陰違。如果只是議論紛紛地發發牢騷，就根本無法改變這種捉弄考生的窘況。聰明的張幼子則採取了向縣令敬酒的方式，目的就是想讓這位百姓的父母官親口品嘗品嘗他的下屬置備的「佳酒」。唯有親口嘗一嘗居心不良的下屬置備的酸酒，方才知道下屬的劣行，心存不善者才能從中受到教訓。

刻書人妙計防翻刻

明初，蘇州城刻書業很賺錢，但是對別人轉手翻刻很苦惱。

俞羡章刻印《唐類函》，即將完成之際，他先發出訴訟的狀子，謊稱自己新印了多少本書運往某地，半路上被強盜搶走，請求官府為他捕捉強盜。接著提出了破案之後給報酬，招募捕捉搶劫新書的強盜。這樣一來，《唐類函》十分暢銷，可是也沒有人敢去翻印。

智囊

俞羡章的這種「謊報軍情」的做法有一箭雙鵰、一石二鳥的效果：第一，為《唐類函》一書做了變相的廣告宣傳；第二，以法律的力量震懾了日後企圖盜印此書的書商。試想，這個時候去盜印這本書，豈不就等於承認自己是那位半路盜書的強盜？

竇公巧平窪地

唐代崇賢人竇公善於經營家業，但是苦於沒有大的資本。他在京城內有一塊空地，與某大宦官的地段相鄰，宦官看中這塊地，想得到它。當時，這塊地僅值五、六百緡，竇公很高興地把這塊地奉送給了那位大宦官，卻根本沒有提出價錢。在討得宦官歡心之後，他就藉故說自己打算去江淮，希望得到兩三封給神策軍中的護軍寫的信，那宦官便替他寫了信。竇公借著這些信總共賺得三千貫，從此他的事業便發達起來。

京都東市有一片空地，地勢低窪，常有積水，他就用低廉的價錢將這塊空地買了下來，然後讓女傭人帶著蒸餅盤，在那塊空地上引誘兒童：哪個孩子如果扔磚瓦擊中空地上的一個目標就獎給一個蒸餅。小孩子們都跑來爭相扔磚瓦石塊，這樣就把那片窪

地填平了六、七成。接著，他又僱用一些民工用好土鋪墊，在這塊空地上蓋起了一家客店，專門接待波斯客商居住，每天能賺取一千貫現金。

智囊

竇公的高明在於他善於借別人的力量發財，這叫做借雞下蛋。東市的低窪積水地，誰也沒有看到它的潛在價值，或許儘管有的人看到了它的價值，但由於麻煩等原因而放棄了。竇公一眼看到它的巨大價值，以低廉的價值買下，又以蒸餅為誘餌吸引兒童前來擲石填坑，於是低窪地上蓋起了客店。

竇公發財致富的故事，說明要懂得以小失換大得，即今人所說的：「吃小虧占大便宜。」生意場上常常是有所失才能有所得的，如果過於求賺，患得患失，只想得到而不願付出，那是成不了大氣候的。

其實，不唯獨是生意場上，即便是人與人之間的社交關係，倘若一心想占對方的便宜，甚至不惜坑蒙拐騙，開始或許可以得到一點便宜，但久而久之，人們看透了你這個人了，最終不僅占不到人家的便宜，相反連當初所得到的那一點便宜，也會喪失殆盡。

石鞬子扮僧戲婦

蘇州人石子，由於他的樣子很像北方的胡人，因此大家就叫他石鞬子。這個人愛開玩笑，機智聰明。有一次，他走路走得疲倦了，便來到一家客店，想進去休息一會兒。這家客店有一處小樓十分乾淨，早已被一個和尚佔有了。石鞬子登上樓往裏偷看，

見和尚關閉著窗子正睡午覺，從窗子的縫隙中又看到與這所樓相對的那座樓上，有一個少婦正在臨窗刺繡。於是，石輇子便穿上這和尚的衣服，微微地打開窗戶，向那個少婦眉來眼去做鬼臉。少婦見此情景十分生氣，告訴了她的丈夫，於是少婦的丈夫便同和尚吵鬧，和尚一頭霧水，莫名其妙，有口難辯，只好馬上走了，而石輇子就乘機安然地在那裏住下了。

智囊

石輇子的惡作劇，實際上是一種損人利己、陷害無辜的不道德行為，與我們今天提倡的「我為人人，人人為我」的道德格格不入，理應受到譴責。不過，平心而論，石輇子利用地形略施小計就達到自己的目的的手段，又不得不令人驚訝和折服。他充分利用了當時的便利條件：臨窗有少婦，樓內有鼾睡的僧人及其脫下的袈裟，還利用了僧人戲婦觸犯僧規尤其招人厭惡的心理，很容易地就達到了擠走僧人、住進小樓的目的。只可憐那位無辜的僧人代人受過還茫然莫辨，縱使跳到黃河裏也洗不清。

騙人的孩子

一個少年跟隨主人到外地去上任做官，臨走時，他替主人從縣裏要來一匹馬，他騎的這匹馬十分駑劣，卻看到後面的人騎的是駿馬。於是，這個少年便手握韁繩，騎在馬上裝哭，後面的那人問他說：「你為什麼哭啊？」那少年說：「我的馬奔跑得飛快，我害怕駕不住牠，還會傷害我。」後面的人以為這個少年年紀小，說的話可信，真認為少年的這匹馬更好，於是就與少年交

換了馬，換完馬以後，那少年便揚鞭而去。而後面的那個人騎上馬以後，才發現被少年欺騙了，追也追不上了。

稚童欺騙成人，往往容易成功，其原因就在於人們有一種習慣性的思維方式，認為小孩子沒有什麼社會經驗，「童稚天真，其言可信」。這個故事也給人們敲了一記警鐘，欺騙是不分年齡，尤其是那些被成年人寵壞了的孩子，他們過早地飽受了生活的冷酷和人間的漠情，欺騙起成年人來那真是叫絕，足令一些書生氣十足的老實成年人瞠目結舌，防不勝防。

小童誘人落陷阱

從前西村有一個大媽在院子裏栽了幾棵李子樹，上面長滿了好吃的李子。因為常有人翻牆而到園裏偷李子，她就在院牆下面挖了坑，在裏面放些糞便污水。

一天，有三個頑皮的少年爬上牆頭來偷李子。第一個少年登上牆頭往下一跳，就掉進陷阱裏了，渾身上下沾滿了糞便污水，又髒又臭，熏得他都喘不過氣來。可是他還是仰起頭對著少年喊：「來啊！這裏的李子真好吃。」另一個少年聽到喊聲跟了上來，也掉進了陷阱，這個少年剛要開口喊叫，那個聰明的少年馬上摀住了他的嘴，自己又接著不停地叫別人快來。不一會兒，又有一個少年上當，掉進了陷阱，後來的那兩個少年都罵第一個少年，那個少年說：「假如我們三人有一個沒掉進陷阱，那麼那個人就會沒完沒了地笑話我。」

小人拖著別人幹不好的事，使被拖的那個人不能開口批評自己，用的就是上述那種欺騙手法。有人說那個聰明的少年就是明代的唐伯虎，恐怕不會如此吧！

 智囊

　　善疑者，不疑常人之所疑，疑常人之所不疑。

　　要打開成功之門，需要克服從眾心理，不能人云亦云。學者阿希曾進行過從眾心理實驗，結果在測試人群中僅有 $1/4 \sim 1/3$ 的被試者沒有發生過從眾行為，保持了獨立性。可見它是一種常見的心理現象。從眾性是人們相對於獨立性的意志品質；從眾性強的人缺乏主見，易受暗示，容易不加分析地接受別人意見並付諸實行。「從眾定勢」不利於個人獨立思考和創新意識，雖然它使每個人有一種歸屬感和安全感。

　　生活中有不少從眾的人，也有一些專門利用人們從眾心理來達到某種目的的人，某些商業廣告就是利用人們的從眾心理，把自己的商品炒熱，從而達到目的。生活中也確有些震撼人心的大事會引起轟動效應，群眾競相傳播、議論、參與。但也有許多情況是人為地宣傳、渲染而引起大眾關注的。常常是輿論一「炒」，人們就易跟著「熱」。廣告宣傳、新聞媒介報導本屬平常之事，但有從眾心理的人常就會跟著「湊熱鬧」。

　　從不加分析地「順從」某種宣傳效應，到隨大流跟著眾人走的「從眾」行為，以至發展到「盲從」，這已是不健康的心態了。多一些獨立思考的精神，少一些盲目順從、隨大流的從眾，以免上當受騙，才是健康的心理。打開成功之門，不僅不要盲目崇拜權威，不要盲目從眾，還要具有強烈的自信心和過人的勇氣。

弱秀才治倒大力士

　　王卞將軍在軍營中設宴，邀請當地的一些名門貴族、達官貴人觀賞摔跤比賽。比賽中，有一位摔跤手身材魁梧，力大無比，許多健壯的士兵與他較量，都紛紛敗下陣來。坐席中一位秀才說自己能勝過那位摔跤手，他便走上前去，朝那位大力士伸了伸左手指，那位魁梧的摔跤手立刻就倒下了。

　　王卞覺得有些神奇，懷疑這個秀才有氣功，便問秀才。秀才答道：「這個摔跤的人害怕醬，我預先從他的同伴中了解到這一點，所以我先到廚房裏，用左手指沾了一點醬，剛才他見到醬就倒下了。」

智囊

　　一個大力士和一個白面書生角鬥，誰為贏家，這個結論應當是不言而喻的。但這裏恰恰相反，白面書生輕而易舉地戰勝了大力士，理由何在？原來是弱者掌握了強者的弱點，這便使雙方的力量發生了根本的變化，弱者由弱變強，強者由強而弱，最後白面書生竟打敗了貌似強大的大力士。

　　這個故事，啟示我們對於貌似強大的敵人，不要被他那表面上張牙舞爪的氣勢所嚇倒，須知，強敵再強，也必然有其不可克服的弱點，如大象再強大，卻畏懼弱小的老鼠，那是因為只有老鼠知道大象的弱點，乘虛而入，大象就拿這個小傢伙沒有辦法。對於強大的敵人也是如此，只要咱們掌握了強敵的弱點，攻其弱部，便可以「四兩撥千斤」。因此，民間有「打蛇打七寸」、「打虎打其腰」、虎有「銅頭鐵臂豆腐腰」之說，都是攻其弱部，便能置蛇、置虎於死地。

敖陶孫化險為夷

南宋寧宗時，丞相趙汝愚與平章軍國事韓侂冑爭權，遭到韓侂冑的罷黜，死於到遠州的路上。太學生敖陶孫聽說此事以後，寫了一首詩悼念，並且把詩題在三元樓的牆壁上。他剛停筆還沒喝幾口酒，屏壁就被人抬走了。

敖陶孫知道一定是韓侂冑的手下，就立即換了酒保衣服拿著酒器下樓，正巧碰到捕衙來拘捕他，但是這些人不認識他，便問他：「敖陶孫在不在樓上？」敖陶孫機智地答道：「他正在樓上痛飲。」

說完便慌慌忙忙地逃往福建。韓侂冑後來事敗垮臺後，敖陶孫才得以出來，他在一次科舉考試中考了第一名。

智囊

敖陶孫大難臨頭，卻巧逃追捕、化險為夷的關鍵，就在於捕者不僅不認識他，反而向他打聽「敖上舍在否？」既然如此，恐怕再愚蠢的人也會順水推舟、金蟬脫殼。但像敖陶孫這樣臨機應變、勇敢機智者也並不多見，如果他不是沉著鎮靜，不慌不忙，而是稍有疏忽緊張，那麼，就會引起捕快的懷疑，恐怕也難以成為「漏網之魚」了。而由於他的「此地無銀三百兩」，便使得那些快捕們只把注意力集中在樓上，而對於從他們身邊堂而皇之即將溜走的真正的罪犯放鬆了警惕。

金蟬脫殼的實質，是用詭詐之術迷惑對手，偽裝和掩蓋真實意圖。其本意為存殼去質，但在經商活動中借用則往往是去殼存質。當商品銷路不暢時，則採用去殼或換殼，以使商品在市場上打開銷路。運用金蟬脫殼之計，假象造得越逼真，效果越好。

俞清老騙錢還酒債

　　王安石一向很喜歡俞清老，俞清老便常常向王安石伸手借錢。這一天，俞清老笑著對王安石說：「我想出家做和尚，但是苦於沒有錢買和尚的度牒，不知能否借錢給我？」王安石聽後爽快地答應了，送給他一筆錢用來買度牒，並約定日子為他削髮出家。可是等到了約定的日子，俞清老卻毫無動靜，於是，王安石問他是怎麼回事。俞清老說：「我想和尚也不是好當的，買度牒的錢，我姑且送給酒家還酒債吧！」王安石聽後也開懷大笑。

　　肯幫他出錢買度牒，怎麼會不肯替他償還酒債呢？俞清老似乎也沒有必要再多說一次謊話。

智囊

　　俗話說得好：「有借有還，再借不難。」俞清老此種靠說謊找朋友借錢的做法，實在不敢恭維。既然是朋友，向朋友借錢則應當開誠布公，毫不隱瞞。朋友一片誠心地幫助你，你卻一次又一次地欺騙朋友，這種做法實在不值得提倡。事不過三，這樣的謊話說多了，可能會產生如故事「狼來了」中的那個小孩那樣的惡果，最後會借不到錢的。不過，從這個故事中，我們倒也看出王安石為人處世真摯的一面。

　　有的人幾乎終生在謊言中生活。無論在經濟活動中，政治活動中，還是在一般性的社會生活中，人際交往中，甚至在婚姻感情生活中，他總是習慣於編造謊言，不斷地用新的謊言去修補舊的謊言，而且經常樂此不疲。

　　說謊的本質是欺騙，言語的欺騙自然會延伸為行為的欺騙。盜竊、詐騙和其他各種經濟、政治、社會行為中的騙術都可能成

為這種人的行為方式。且不說在政治、經濟等社會性行為中，僅僅在感情生活中，我們就不難發現，有的人終生在謊言中生活。他的整個感情生活經歷都是用謊言堆砌的，沒有謊言，他的情感生活體系就會頃刻崩塌。它概括了放羊孩子高呼「狼來了」的全部心理動因，我們可以鄭重其事地把它稱為「狼來了的情結」。

狡猾少年巧學魔術

凡是幻戲一類的手法，大多是作假。從前，南京有一個人賣藥，車上放置一尊觀世音菩薩的佛像，凡是來看病買藥的人，他都要把藥放在觀音菩薩的手中經過一下，如果這藥有留在佛手上不掉下來的，便給問病的人服用。這樣，這個賣藥的人每天可以獲利上千貫錢。

一天，有一個青年在旁邊觀看，非常羨慕，想學會這種招術。等周圍的人散去以後，便邀請賣藥的人到酒店去喝酒，他不交酒錢，喝完就走，而酒店的掌櫃就好像沒看見這一切似的。

那青年邀請賣藥的人這樣喝酒許多次，賣藥的人便問這個青年人其中的奧妙，青年人回答說：「這不過是雕蟲小技，先生您如果答應咱們彼此交換各自的技法，那就太好了。」賣藥的人說：「我沒有什麼奧妙，僅僅是佛像手上有磁石，而我所做的藥有的含有鐵屑，藥裏要是有鐵屑就會被磁石吸住了。」青年人說：「我更沒有什麼奧妙，只不過是事先已經把酒錢交給店主，再約客人到酒店喝酒，店主當然就不過問。」說完，兩人一起大笑作罷。

賣藥者的戲法揭穿了一錢不值，但從中可以使人們獲得深刻的教訓，那就是：科盲常常是騙子們愚弄的對象，成千上萬對科學無知的人便成了騙子們騙術得逞的沃土良田，騙子們以自己對科學的一知半解來進行封建迷信的欺騙，實在是對科學的褻瀆和對古人的諷刺。

依此類推，賣藥者的手法，使人們不禁想起了民間那些巫婆神漢們經常耍弄的花招，諸如所謂「斬鬼見血」、「仙姑顯靈」、「仙賜神水」等，實際上都是借助物理、化學反應，以及他們所掌握的一點點心理學知識以售其奸，其用心可謂歹毒也！從某種意義上來說：科學和迷信之間，有時只相隔一層紙，一捅就破。

但許多科盲和迷信神靈的人無法或不願捅破這層紙，反而在這層紙面前誠惶誠恐，因此愈迷愈信，愈陷愈深。科學普及者應當伸出一個手指捅破這層紙，讓糊塗者看清真相，揭穿這從古至今仍在繼續的騙局。

謝生巧騙飲美酒

長洲謝生嗜好喝酒，曾經到張幼子先生門下遊學。張幼子喜歡設宴，但因家境清貧，又無力讓客人喝得很痛快，有一天張幼子家有了好酒招待客人，僅僅給每位客人都倒了半杯酒，謝生感覺喝得不痛快，於是便離開宴席出去小便，他在外面用紙包住一個土塊，招呼僮僕出來，祕密地把紙包交給他，並且叮囑說：「我因為內臟的病發作了，不能喝酒，現在用這幾文錢慰勞你，

求你給我少倒點酒。」這個孩子打開紙包發現原來是包著土塊，心裏覺得十分不高興，故意在給謝生倒酒時倒成滿杯，這一天謝生獨自喝到了雙倍的酒。

智囊

主人翁運用了「逆向思維」的創造性方法，使其本來難以達到的目的竟輕而易舉地達到了。如果當時謝生直接索酒，那麼，不僅得不到，而且有失體面。謝生以欲擒故縱的「逆向思維」，做出了請求「少倒酒」的惡作劇舉動，激怒侍童偏要多倒酒，但他萬萬沒有想到，他的惡意報復，正是謝生求之不得的美事。

都說「萬物生長靠太陽」，那麼，萬物的毀滅是不是也和太陽有關呢？我想，這大約是一定的。現在的太陽還是一顆較為年輕的恒星，待到它年老體衰，必然會給地球以致命的影響。這便是辯證法說的，有一利必有一弊。因此，「逆向思維」是人們重要的一種思維方式。

在人際關係中，「逆向思維」也是很重要的，它常表現為易位思考的形式。譬如因愛成仇就是一種典型模式，越是愛到發狂越是會因愛成仇，這也正好符合物極必反的自然法則。有人便意識到愛情完滿的危險，提出「愛到八分最相宜」的意見。生活中有許多愛得要死要活的情侶，到最後不僅婚姻破裂，連朋友也沒得做，比仇人有過之而無不及。樂極生悲也是一種社會常態。

勇士黏虎

忻代地方有一家姓種的年輕人很勇敢，每當村裏的壯士們集

合起來練武時，他們常能出奇制勝，表現出很大的才能。有一天晚上，他們在月色下的莊園中散步，有個佃戶迎上前來說：「這幾天晚上，常有一隻老虎去麥場的麥稭堆上，在麥稭上翻來滾去地玩樂，過了很久才離去，你們最好過幾天再到麥場去。」

有人建議一箭把老虎射死算了。種家的一個年輕人在後邊笑著說：「我嫌射一箭太麻煩，我們應當用木膠來獵取牠，這就如用木膠黏飛鳥那樣不費力氣。」眾人都責備他說大話，他說：「請大家湊五千文錢籌辦酒席為我慶功。要是我不能辦到自己所說的事，這酒錢就由我一個人來掏。」大家答應了。

第二天清早，那年輕人把佃戶們召集起來，準備了一斗多木膠，把它塗在麥場堆放的麥稭上，同時又用繩子繫了一隻羊，作為引虎上鉤的誘餌，然後大家全都躲在周圍。夜晚，月光穿過樹叢，灑在麥場上時，老虎果然出現了。牠先撲向那隻繫在繩子上的羊，狠狠地把羊吃了。然後，回過頭來，來到麥場，在麥稭堆上滾來滾去，舒展身子。牠打了幾個滾以後，帶膠的麥稭就密密麻麻地黏滿了全身；這些麥稭黏得牢牢的，怎麼甩也甩不掉。老虎的性子本來就剛烈，此時便感到實在難以忍受，於是就伏在地上大聲吼叫，又騰跳而起，幾乎跳了丈把高，不久，那老虎就僵立不動了，過了很久，大家一起呼叫著圍上前去，近前一看，那隻老虎已經死了。

智囊

《聊齋志異》中《狼三則》，其中第一則寫的是屠戶為狼所迫，把肉吊在樹上，狼為食肉而被鉤住吊死的故事；第二則寫屠夫與狼鬥智鬥勇，以刀劈狼首，擊斃兩狼的故事；第三則寫屠戶被狼困在一個席棚內，狼將爪子伸進去，結果被屠戶割破皮肉、

吹氣脹死的故事。文章讚揚了屠戶的機智勇敢，揭露了狼的貪婪、兇狠和狡詐的本性，並預示了狼的必然下場。讀者通過閱讀，能夠深刻體會到人狼相鬥中屠夫的勇敢、聰明和睿智。

同狼一樣，老虎在本故事中充當了反面角色，年輕人抓住了老虎愛在麥稭上翻來滾去玩耍的事實，依靠場地條件，以一斗多木膠當作對付老虎的作戰工具，通過黏虎來達到制虎的目的，出奇制勝。在與虎鬥爭的過程中，表現了年輕人的勇敢和智慧。

〈下卷 終〉

國家圖書館出版品預行編目資料

智囊大全集（明）馮夢龍 著 -- 二版 --
新北市：新視野 New Vision, 2023.03
　　冊；　公分 --
　　ISBN 978-626-97013-1-5（上卷：平裝）
　　ISBN 978-626-97013-2-2（下卷：平裝）

857.16　　　　　　　　　　　　111022195

智囊大全集 下卷

作　　者　明·馮夢龍
出 版 人　翁天培
出　　版　新視野 New Vision
製　　作　新潮社文化事業有限公司
　　　　　電話 02-8666-5711
　　　　　傳真 02-8666-5833
　　　　　E-mail：service@xcsbook.com.tw
印前作業　東豪印刷事業有限公司
印刷作業　福霖印刷有限公司

總 經 銷　聯合發行股份有限公司
　　　　　新北市新店區寶橋路 235 巷 6 弄 6 號 2F
　　　　　電話 02-2917-8022
　　　　　傳真 02-2915-6275

二　　版　2023 年 3 月